CATHERINE MCKENZIE

NACH DEM FEUER

Roman

Deutsch von Marie Rahn

WILHELM HEYNE VERLAG
MÜNCHEN

Die Originalausgabe erschien
unter dem Titel SMOKE

MIX
Papier aus verantwortungsvollen Quellen
FSC® C083411

Verlagsgruppe Random House FSC® N001967

Vollständige deutsche Erstausgabe 03/2017

Redaktion: Claudia Krader
Umschlaggestaltung: Eisele Grafik Design, München,
unter Verwendung eines Motivs von
© Gettty images/Oleh Slobodeniuk, Alamy/Michael Neelon (misc)
Satz: Leingärtner, Nabburg
Druck und Bindung: CPI books GmbH, Leck
Printed in Germany

ISBN: 978-3-453-41957-5

www.heyne.de

Für meine Schwester, Carolyn McKenzie Ring,
die jetzt Cam gerufen wird,
für mich aber immer Cammy bleibt.

PROLOG

Rauch

Rauch. Alles daran hatte für sie immer schnell weg von hier *bedeutet, daher wollte der Geruch nicht passen, weil sie sicher zu Hause war.*

Es war Rauch von einem Lagerfeuer mit grünem Holz, der an ihrem Bewusstsein zupfte und flüsterte: Aufwachen, aufwachen, aufwachen!

Elizabeths Augen sprangen auf. Ben neben ihr schnarchte leise und schlief wie ein Toter, wie immer, trotz allem.

Im Halbdämmer war der Rauchgeruch gleichzeitig stärker und schwächer, daher wusste sie nicht, ob sie nur geträumt hatte. Ihr war klar, dass sie nachsehen musste. Trotzdem zögerte sie, wie man zögert, wenn man sich mitten in der Nacht fragt, ob man den Herd angelassen hat.

Ich sollte aufstehen, denkt man, aber vielleicht ist gar nichts. Ich könnte wieder einschlafen und dort weiterträumen, wo ich aufgehört habe.

Und doch.

Irgendwas brannte da.

Irgendwas nicht weit Entferntes oder Großes.

Elizabeths Füße berührten den kalten Boden. Sie schauderte in ihrem Schlafanzug, den sie angezogen hatte, als sie und Ben beschlossen, dass genug gesagt worden war, und müde ins Bett gingen.

Sie folgte dem Geruch durchs Haus und hielt nur kurz vor ihrem Schlafzimmer inne, um den Rauchmelder zu überprüfen. Er funktionierte. Das sollte er auch, schließlich kontrollierte sie alle drei Monate mit geradezu religiösem Eifer die Batterien. Sie entspannte sich, aber nur kurz. Wenn das Feuer nicht im Haus war, musste es ganz in der Nähe sein.

Vor dem Fenster am Ende des Flurs blieb sie stehen und überflog den Horizont mit der gezackten Bergkette, bis sie es sah: eine im Mondlicht zuckende Säule aus Rauch und Hitze, die hoch in die Nacht ragte und die Sterne verdeckte.

Sie berechnete kurz Ausbreitung und Entfernung, eine Kalkulation, die sie schon Tausende Male angestellt hatte, und ging Ben wecken.

»Wach auf«, sagte sie und rüttelte ihn härter als nötig an der Schulter. »Es brennt.«

TAG 1

Von: Nelson County Emergency Services
Datum: Dienstag, 2. September, 2 Uhr 32
An: Verborgener Empfänger
Betrifft: Feueralarm im Cooper Basin

Am Rand des Cooper Basin hat sich ein Feuer entwickelt, das sich rasch ausbreitet und Wohnhäuser bedroht. Die zuständigen Rettungsdienste überprüfen das Gebiet. Nelson County hat für das gesamte Cooper Basin und den westlichen, von Oxford und Stephen Street begrenzten Bereich von Nelson eine Evakuierungsempfehlung ausgegeben. Den Bewohnern wird geraten, nur das Nötigste und die wichtigsten Papiere zusammenzupacken und sich darauf vorzubereiten, kurzfristig ihre Häuser zu verlassen.

In der Grundschule von Nelson wird eine Notunterkunft eingerichtet. Der Unterricht fällt aus. Die Eltern werden gebeten, ihre Kinder nicht zur Schule zu schicken. Die Schulverwaltung wird sie darüber informieren, wann und wo der Unterricht wieder aufgenommen wird.

Weitere Informationen sind zugänglich über www.nelsoncountyemergencyservices.com.

Weitere Instruktionen werden folgen, wenn nötig.

1

Hausgäste

Elizabeth

Wir, Ben und ich, streiten uns darüber, wo wir hinsollen.

Genauer gesagt streiten wir uns zuerst, ob wir überhaupt gehen sollen.

»Du übertreibst«, sagt Ben, als er sich den Schlafdämmer aus dem Kopf geschüttelt und begriffen hat, dass das Feuer nicht im Haus ist, ich aber trotzdem wegwill.

»Wir befinden uns innerhalb der Evakuierungszone.«

Ich zeige ihm die E-Mail vom Notfalldienst des County, und mein Handy wirft einen Heiligenschein um sein Gesicht.

Er liest sie langsam und gründlich. Weil er mir nicht glaubt, denke ich unwillkürlich, obwohl ich in diesem Fall eindeutig die Expertin bin.

»Es ist eine Evakuierungsempfehlung«, sagt er und reicht mir das Handy zurück.

Da hat er recht. Doch ich weiß, wie schnell sich die Lage ändern kann, vor allem in einem Jahr wie diesem.

Man sehe sich nur an, wie sich die Lage zwischen uns verändert hat.

»Ganz genau«, sage ich. »Das heißt: Ihr seid gut beraten, eure Sachen zu packen, bevor es zu spät ist.«

»Es ist mitten in der Nacht.«

»Glaubst du, ein Feuer kümmert es, wie viel Uhr es ist? Bitte, Ben, können wir … können wir es nur dieses eine Mal so machen, wie ich will?«

»Was soll das denn jetzt heißen?«

Ich antworte nicht, sondern ziehe stattdessen Kleider aus dem Korb mit sauberer Wäsche, die tagelang dort gelegen haben, weil keiner von uns sich darum kümmern wollte. In letzter Zeit haben wir häufig solche Pattsituationen, in denen wir mittels unerledigter und unausgesprochener Dinge kommunizieren.

»Elizabeth? Hallo?«

Ich stopfe die Kleider in meinen Rucksack, den ich für die Joggingsachen benutze.

»Ich gehe. Du willst bleiben? Schön. Aber ich gehe.«

»Schon gut, schon gut, ich komme mit. In Ordnung? Ich komme mit.«

Ich stopfe ein paar Sachen von ihm in den Rucksack. Der riecht ein wenig nach Schweiß, doch das ist im Augenblick wohl unser geringstes Problem.

Ben schlurft zur Kommode und zieht sich Jeans und ein Sweatshirt an. Aus dem Bad holt er ein paar Toilettenartikel, auch meine Gesichtscreme, als ich ihn darum bitte.

In den nächsten zehn Minuten packen wir schweigend unsere Notebooks zusammen, verriegeln die Fenster und ziehen alle Stecker aus den Steckdosen. Erst als wir vor der Haustür stehen, ich mit der Kunststoffbox mit allen Notfallpapieren auf der Hüfte, fällt uns das Wichtigste ein.

»Wohin gehen wir denn?«, fragen wir wie aus einem Mund und lächeln, wie immer, wenn wir gleichzeitig dasselbe sagen, obwohl das nur noch selten geschieht.

»Zu meinen Eltern«, schlägt Ben vor.

»Aber …« Wieder unterdrücke ich etwas, das eigentlich nicht gesagt werden müsste.

Wir können nicht zu deinen Eltern.

Wir lassen uns doch scheiden.

Denn das hatten wir am letzten Abend beschlossen, bevor wir zu Bett gingen, weil wir zum Weiterreden zu erschöpft und zu traurig waren. Außerdem: Worüber hätten wir reden sollen, nachdem wir zum entscheidenden Schluss – *Scheidung* – gekommen waren? Mir war egal, welche Möbel ich bekam, und wenn es Ben nicht egal war, dann empfand er noch genug für mich, um sich meinem *Es reicht* und dem Vorschlag zu beugen, ins Bett zu gehen und zu versuchen, etwas Schlaf zu bekommen.

Wir lassen uns scheiden.

Nach zehn Jahren Ehe und sechs Jahren Beziehung.

Scheiden.

Ich kann es nicht glauben, obwohl ich es als Erste ausgesprochen, vielleicht sogar als Erste daran gedacht habe. Wann immer ich mir erlaubte, daran zu denken, dachte ich, wenn ich irgendwann den Mut aufbrächte, es laut auszusprechen und um die Scheidung zu bitten, würde ich erleichtert sein. Das war sogar in den schlimmsten Stunden während der letzten Monate so, in den Momenten, als ich dachte: *Ich halte das nicht mehr aus, ich kann einfach nicht mehr.*

Aber ich fühle mich nicht erleichtert. Stattdessen fühle ich mich nur schlechter. Jetzt kann ich es tatsächlich nicht mehr aushalten. Nur was genau, weiß ich nicht.

Deshalb können wir nicht zu Bens Eltern.

Es geht einfach nicht.

Trotzdem tun wir's.

Bens Eltern wohnen in einem absurd großen Haus drei Meilen südlich der Stadt.

Die Stadt Nelson mit einer Einwohnerzahl von 23 194 Leuten und je nach Wirtschaftslage bis zu 100 000 Feriengästen liegt in einer ausgedehnten Talmulde inmitten gezackter, schneebedeckter Berge, die zu den nördlichen Rocky Mountains gehören. Vor dem Aufkommen des Fremdenverkehrs war die Rinderzucht der riesigen Viehranches im Tal die Haupteinnahmequelle. Nachdem die Viehzucht eingestellt wurde, wohnen heute die Betuchten auf diesen Ranches. Bens Elternhaus steht am Rand eines tausend Hektar umfassenden Grundstücks, auf dem früher 10 000 Rinder gehalten wurden. Das nutzt mein Schwiegervater Gordon als Vorwand, um sich als Gentleman-Rancher zu bezeichnen.

Das ist nicht ganz fair. Denn Gordon ist wirklich ein Gentleman, einer der anständigsten Menschen, die ich je getroffen habe. Ich liebe ihn wirklich. Ich liebe Bens ganze Familie: seine zurückhaltende Mutter Grace, seine ungelenke kleine Schwester Ashley und seinen überspannten Bruder Kevin, das Sandwichkind. Zwar haben sie mehr Geld, als es fair oder gerecht wäre, doch das Leben ist eben weder fair noch gerecht. Wenn allerdings jemand so viel Geld verdient, dann sie.

Ihr Haus ist allerdings tatsächlich absurd groß.

Als wir in unserem Wagen vor dem absurd großen Haus sitzen, streiten wir uns wieder. Diesmal darüber, ob wir uns mit Bens Schlüssel in den Gästeflügel schleichen und in einem der dortigen Zimmer übernachten oder seine Eltern wecken und ihnen Bescheid geben sollen, dass wir da sind. Ben will sie schlafen lassen, ich halte das nicht für richtig.

»Wahrscheinlich ist die Alarmanlage an«, sage ich und weise ihn damit völlig unnötig auf etwas hin. Das hasse ich an mir, kann es aber anscheinend nicht ändern. »Was ist, wenn wir den Alarm auslösen? Willst du, dass deine Mutter einen Herzanfall bekommt?«

»Natürlich nicht. Herrgott noch mal. Aber gut, machen wir, was du willst.«

Ich lege meine Hand auf seinen Arm. »Tut mir leid. Das fällt mir echt schwer. Ich weiß nicht …« Ich unterdrücke ein Schluchzen, wende mich zum Fenster, konzentriere mich auf den Seitenspiegel und die Nacht da draußen.

»Ich weiß«, sagt Ben mit angespannter Stimme. »Mir auch.«

»Hasst du mich?«

»Nein.«

»Nicht mal ein bisschen?«

Er nimmt meine Hand und verschränkt seine Finger mit meinen. »Nicht im Geringsten.«

Ich drehe mich zu ihm. »Wie ist das möglich?«

Darauf lächelt er nur traurig und bricht mir erneut das Herz.

»Wir sollten reingehen«, sagt er schließlich. »Und versuchen, etwas zu schlafen.«

Wir verlassen den Wagen, und ich werfe mir wie früher in der Schulzeit den Rucksack über die Schulter. Dann stehen wir vor dem Haus und warten darauf, dass einer von uns den nächsten Schritt macht. Das schrille Zirpen der Grillen durchzieht unser Schweigen.

»Ich gehe zuerst rein«, sagt Ben. »Gib mir ein paar Minuten.«

»Aber du wirst es doch nicht …?«

»Ihnen sagen? Nein.«

»Versprochen?«

»Wenn ich es doch sage.«

Ich betrachte seinen Rücken, als er in den Lichtkreis der Lampen auf der vorderen Veranda tritt. Ein Glühwürmchen fliegt am Dach entlang, *blink, blink*. Hier ist der Rauchgeruch schwächer. Da wir Meilen vom Feuer entfernt sind, vermischt er sich mit den nächtlichen Gerüchen von Espen und Beifuß.

Im Haus gehen die Lampen an wie fallende Dominosteine. Vor lauter Sorge krampft sich mein Magen zusammen. Zwar bin ich fast überzeugt, dass Ben sein Wort halten und unsere schlechten Nachrichten nicht ins Haus seiner Eltern bringen wird, zumindest nicht heute Nacht. Doch ganz sicher bin ich mir nicht, was er tun wird, nicht mehr.

Während ich draußen warte, die Sekunden zähle wie ein Kind beim Versteckspiel und das Gewicht des Rucksacks an meinen Schultern zieht, habe ich das Gefühl, es wäre zu viel Wasser den Fluss hinuntergeflossen, als dass Ben sich einfach auf die Feuermeldung beschränken würde.

Als Bens Mutter dann die Haustür öffnet, barfuß durch das taufeuchte Gras zu mir kommt und mich in einem für sie ganz untypischen Willkommensgruß in die Arme schließt, tue ich, was ich fast nie tue.

Ich weine.

2

Lodernde Flammen

Elizabeth

Als ich aus unruhigem Schlaf erwache, ist das Licht um mich dunkelgrau.

Die restlichen Nachtstunden habe ich in dem Bemühen verbracht, eine bequeme Lage in Bens Jugendbett zu finden. Es ist zwar groß genug für zwei – Bens Eltern hielten nichts von einem traditionellen schmalen Jungenbett. Doch das Feuer will mir einfach nicht aus dem Kopf. Ich checke mit der Hand über dem Display mein Handy, damit Ben nicht vom Licht geweckt wird. Will wissen, ob es Neuigkeiten gibt, ob die Evakuierungsempfehlung aufgehoben wurde oder ob ich mein Haus genauso verloren geben muss wie meine Ehe.

Ein Teil in mir kann es nicht glauben. Ein Feuer. *Ein Feuer.* Hier. In Nelson. Wohin ich vor zwei Jahren gekommen bin, um das alles endlich hinter mir zu lassen.

Zehn Jahre lang habe ich als Brandbekämpferin gearbeitet, jeden Sommer, seit ich sechsundzwanzig Jahre bin. Ich fing als Hilfskraft an, arbeitete mich bis zur Teamleiterin hoch und wurde schließlich Brandermittlerin für den örtlichen Brandbezirk. Von Mai bis September, bis die Temperaturen sanken und der erste Schnee in den Bergen fiel, drehte sich alles, was ich tat, darum. Das machte mich aus. Selbst außerhalb der Saison war ich zur Stelle, wenn irgendwo ein Feuer ausbrach und zusätzliche Kräfte gebraucht wurden, ganz gleich wo.

Ben würde sagen: überall, nur nicht bei mir.

Ich fing mit einem Ferienjob als Ausguck an, nach meinem zweiten Collegejahr im Südwesten von Oregon. Meine Freundin Susan hatte das mehrere Sommer hintereinander gemacht. Als sie wegen einer Blinddarmentzündung ausfiel, sprang ich für sie ein. So komisch mir das heute vorkommt, damals schien es mir eine gute Idee zu sein, mehrere Monate allein in der Wildnis zu verbringen. Meine beste Freundin war ein halbes Jahr zuvor bei einem Autounfall ums Leben gekommen, und ich hatte mit meinem ersten richtigen Freund am College Schluss gemacht. Wahrscheinlich hatte ich das Gefühl, ich müsste aus allem raus. Meine Begeisterung für Jack Kerouac, der einst dreiundsechzig Tage als Ausguck am Desolation Peak arbeitete, hatte vielleicht zusätzlich das sprichwörtliche Öl ins Feuer gegossen.

In der zweiten Juniwoche wanderte ich dann durch die Wälder, im Gepäck Vorräte, die reichen mussten, bis zwei Wochen später Nachschub kommen sollte. Ich richtete mich auf einem Turm ein, der ein atemberaubendes Rundumpanorama auf den schönsten Wald bot, den ich je gesehen hatte. Ich blieb fünfundsechzig Tage dort und hielt die Augen offen. Ha, Kerouac! Wartete. Weinte und las und lachte. Als der Sommer vorbei war, fühlte ich mich geheilt.

Im nächsten Sommer verpflichtete ich mich erneut und im Sommer darauf ebenfalls, obwohl ich Ben schon kannte. Am Ende dieses letzten Sommers spürte ich, dass ich mehr tun wollte. Nicht nur die Rauchspuren aus der Ferne sichten, sondern erfahren, wie das Feuer ist. Seine Hitze spüren, es bekämpfen, es besiegen.

Also trainierte und lernte ich und wurde stark. Als ich fertig war, folgte ich dem Feuer. Ich war oft weg von zu Hause, weg von Ben. Nach zehn Jahren hatte ich das Gefühl, ich hätte einen Großteil meines Lebens mit Warten verbracht. Darauf, zu Ben zurückzukehren. Darauf, die Familie zu gründen, die wir haben wollten, einen Job zu haben, der mir gefiel, *und* eine Ehe. Darauf, dass die Luft sich erwärmte und die Schneeschmelze die Flussbetten füllte. Darauf, dass ein Blitz oder eine nachlässig weggeworfene Kippe eine verräterische weiße Rauchwolke am Horizont aufsteigen ließ.

Darauf, dass ein Funken ein Feuer entzündete.

Ich hatte es so satt zu warten.

Trotzdem kann ich gerade nur auf den Morgen warten.

Bei Tagesanbruch schlüpfe ich leise aus dem Bett und schütze mich mit einer Jeans und einem Fleecepullover vor der Morgenfrische. Es ist erst der 2. September, der Tag nach Labor Day, doch offenbar kommt der Winter früher und bringt uns nach der Gluthitze des Sommers eine willkommene Abkühlung.

Als ich mir im Bad mit einer Bürste durch meine schulterlangen roten Haare fahre, fallen mir die dunklen Schatten auf, die schlaflose Nächte immer unter meinen hellgrünen Augen hinterlassen. Das Licht der Glühbirnen rund um den Spiegel reflektiert sich in den silbernen Strähnchen, die ich zu färben versäumt habe.

Im Schlafzimmer hinterlasse ich Ben eine kurze Nachricht auf einem Zettel vom Schreibtisch und lege ihn in die Kuhle auf meinem Kopfkissen. Als ich leise die Tür hinter mir schließe, atmet er ruhig und gleichmäßig.

Um nicht die Alarmanlage auszulösen, gehe ich durch den Seiteneingang hinaus. Kurz darauf sitze ich am Steuer meines alten blauen Autos und fahre dorthin, wo jeder vernünftige Mensch das Weite suchen würde.

Während ich über die Schotterstraße ruckle, kommt mir der Rauch entgegen, der sich bereits im ganzen Tal ausbreitet. Der bittere Geruch beißt mir so in der Nase, dass sie anfängt zu jucken.

Im Ort ist die Main Street so gespenstisch still, wie ich sie lange nicht mehr gesehen habe, vielleicht sogar noch nie. Ganz gewiss nicht im Sommer, wenn die Touristen über die Holzplanken der Bürgersteige stapfen und in den überteuerten Kunstgewerbeläden und T-Shirt-Shops herumlungern. Es ist hübsch hier ohne all die Leute. Früher war mir das bewusst. Wieso habe ich das vergessen?

Ich nehme die Umgehungsstraße um den Fuß des Nelson Peak herum und werde eine Meile nördlich vom Ort entfernt angehalten, weil ich mich der Sperrzone nähere, die die Rettungsmannschaften eingerichtet haben. Sie sind mit Feuerwehrwagen, Nutzfahrzeugen und dem ersten der weißen Wohnwagen gekommen. Die Fahrzeuge werden sich sprungartig vermehren, wenn die Sache nicht bald unter Kontrolle gebracht wird.

Ich zeige einem der Männer aus dem Büro des Sheriffs meine Marke, die ich nach meiner Kündigung eigentlich hätte zurückgeben müssen. Eines von vielen Dingen, die ich hätte loslassen sollen. Doch dazu konnte ich mich nicht durchringen.

»Ich will kurz einen Blick drauf werfen und die Lage einschätzen«, erkläre ich dem Uniformierten. Er nickt und hebt das Absperrband.

Als ich an ihm vorbeifahre, stellen sich protestierend meine

Nackenhärchen auf. Es war keine gute Idee hierherzukommen. Im Gegenteil, es war ein Fehler, Verbindung zu dem Leben zu halten, das ich hinter mir lassen wollte. Wenn ich wirklich einen klaren Schnitt gemacht hätte, wäre ich nicht hier und würde nach zwei Jahren immer noch ohne Kind und bald ohne Mann die Zeit zurückdrehen.

Das ist so ein Klischee, ein gottverdammtes Klischee. Doch vielleicht ist das Leben immer ein Klischee, ich weiß es nicht. Nur beschleicht mich das Gefühl, mein altes Leben wäre mir hierhergefolgt, als hätte es mich vermisst.

Ich parke meinen Wagen mit der Motorhaube Richtung Feuer und werfe einen Blick auf das geschäftige Treiben um mich herum. Gelbe Schläuche voll Wasser und Löschflüssigkeit. Aufblitzende Äxte und surrende Kettensägen. Ein paar Männer bemühen sich, das Feuer von den Nachbargebäuden fernzuhalten, das an den Trümmern eines zerstörten Hauses leckt. Der Teamleiter bellt Befehle in sein Funkgerät. Ich höre fast, was er sagt, obwohl ich nicht über einen Helm mit ihm verbunden bin.

Da klopft jemand an mein Seitenfenster. Ich kurble es herunter und lasse die Vergangenheit herein.

»Hey, Beth«, sagt Andy und lächelt erfreut, trotz der Umstände. »Bist du gekommen, um das Feuer zu bekämpfen?«

In die Grundschule von Nelson hätten wir unsere Kinder geschickt.

Ich versuche, nicht daran zu denken, als ich eine Stunde später auf den halb vollen Parkplatz fahre. Solche Gedanken sind reine Selbstbestrafung. Obwohl ich das Gefühl habe, ich hätte jedenfalls theoretisch ab und zu eine Strafe verdient, muss ich damit aufhören.

Ich war nie im Schulgebäude, doch es kommt mir genauso vor wie meine eigene Grundschule, nur kleiner. Als wäre ich Alice im Wunderland mit der Pille, die einen wachsen lässt. Selbst meine Füße erscheinen mir zu groß, als ich über den Fliesenboden marschiere.

Ich folge den hastig gemalten Plakaten zum Büro des Direktors, wo der Incident Commander, der Einsatzleiter, die Einsatzzentrale eingerichtet hat. Wie ein Fluglotse ist der IC der Dreh- und Angelpunkt, durch den alle Informationen und Anweisungen zu den Rettungsteams an der Brandstelle geleitet werden. Ganz gleich wie gut Ausrüstung und Teams sind, mit einem schlechten Einsatzleiter in der Zentrale kann das Feuer nicht unter Kontrolle gebracht werden.

Im Büro des Direktors sitzt seine rechte Hand, der Operations Center Dispatcher, vor einer Reihe Computerbildschirmen. Er teilt die Leute auf die verschiedenen Abschnitte auf. Ihn kenne ich nicht, aber der IC ist eine alte Freundin.

Kara Panjabi verschaffte mir meinen ersten Einsatz bei einem Brand und hat mich seitdem unter ihre Fittiche genommen. Sie ist fünfundfünfzig und hat Lachfältchen, die sich tief in ihr Gesicht eingegraben haben. Von außen wirkt sie weich, doch sie schlägt etliche der Männer in den Teams im Bankdrücken, was sie in ruhigen Momenten draußen vor Ort oft bewiesen hat.

Zwar hatten wir einige Auseinandersetzungen, als ich ihr verkündete, ich würde aufhören, doch das bedeutet nicht, dass sie sich nicht freut, mich zu sehen.

»Elizabeth! Ich habe mich schon gefragt, wann du hier auftauchst.«

Wir umarmen uns. Sie riecht nach Balsaholz und Zitronellöl und darunter nach Rauch. Ein Geruch, der so tief in

Haut und Haare dringt, dass ich ihn nach zwei Jahren noch manchmal an mir rieche, wie einen Geliebten, der mich einfach nicht loslassen will.

Kara löst sich von mir. »Du rufst nicht an, du schreibst nicht.«

»Ich ... hatte viel zu tun«, weiche ich aus.

»Warst du draußen vor Ort?«

»Ja, bevor ich hierherkam.«

»Andy ist da, oder?«

Andy hat mir gesagt, wo ich Kara finde.

»Hör auf damit.«

»Womit denn?«

»Deine gruseligen Fähigkeiten in Sachen übersinnlicher Wahrnehmung auf mich anzuwenden.«

In Karas Familie gibt es ein paar Wahrsager. Sie behauptet zwar, nicht an *den ganzen Unsinn* zu glauben, doch das heißt nicht, dass es unter ihrer Würde wäre, ihre ausgeprägte Beobachtungsgabe zu nutzen, die sie bereits auf den Knien ihrer Großmutter trainiert hat.

»Ach, du bist bloß neidisch.«

»Aber sicher doch.«

Wir grinsen uns an. Dann huscht Karas Blick kurz zu meinem Bauch. Unwillkürlich lege ich die Hände darauf.

»Ich bin nicht ...«

»Nicht? Das tut mir leid.«

Ich wende mich den Monitoren zu, die sowohl Aufnahmen von den Kameras zeigen, die wir bereits in der Umgebung aufgestellt haben, als auch von den Kameras an den Helmen der Feuerwehrmannschaft.

»Die Helmkameras sind neu«, sage ich, nachdem ich mir darüber klar geworden bin, was die ungewohnte Perspektive bedeutet.

»Ja, wir probieren es noch aus. Ich weiß nicht, was ich davon halten soll.«

Meine Augen wandern von Bildschirm zu Bildschirm. Schwarzweißbilder von Flammen, Rauch und Rettern. »Die Aufnahmen sind so ruckelig. Es ist mühsam, sie anzusehen.«

»Das stimmt.«

»Wie wollt ihr vorgehen?«

»Was würdest du vorschlagen?«

Ich sehe mir die Karte von der Umgebung an, die an der Wand über den Bildschirmen angebracht wurde. Ein rotes X auf der Ebene nördlich vom Fuß des Nelson Peak markiert den Punkt, wo das Feuer seinen Ursprung hatte. Die Südseite des Berges liegt direkt dem Ort zugewandt und bildet einen hiesigen Skihang. Im Sommer kann man dort wandern, joggen und Rad fahren. Die Touristen erklimmen die gewundenen Pfade auch zu Pferd, und am Fuß des Berges liegt das Sportstadion des Orts. Mein eigenes Haus steht auf der Westseite, auf der Ostseite befindet sich die Cooper-Basin-Wohnsiedlung. Der Nelson Peak ist also buchstäblich das Herz dieser Stadt, und wie es aussieht, braucht dieses Herz einen dreifachen Bypass, um zu überleben.

»Nach diesem Sommer wird sich das Feuer rasch ausbreiten«, erkläre ich. »Das Terrain wird schwierig zu bearbeiten sein, wenn ihr es zum Berg hintreibt.«

»Aber wir müssen es dahin treiben.«

»Ja. Gebäude gehen vor.«

»Gebäude gehen vor.«

Kara geht zum Funkgerät und gibt an die Mannschaften die Order durch, das Feuer weg von den Häusern zu lenken, den Berg hinauf, wenn es nicht gelöscht werden kann. Danach wird sie zusätzliche Mannschaften anfordern, die besser ausgerüstet sind, um auf schwierigem Terrain zu arbeiten. Ihr Ziel ist es, einen Wall zur Eindämmung des Feuers zu bilden, doch bis dahin wird noch viel Wasser und Geld verbrannt werden.

Da betritt eine untersetzte Frau mit einem Megafon unter dem Arm das Büro. Sie wirkt wie eine Engländerin in Tweed, die ihre Hunde zur Jagd zusammenruft.

»Mrs. Punjab«, quetscht sie zwischen zusammengebissenen Zähnen hervor.

»Eigentlich heißt sie Panjabi«, schalte ich mich ein. »Und wer sind Sie?«

Darauf antwortet sie nicht. Stattdessen wendet sie sich zu Kara. »Ich muss eine Schule leiten«, sagt sie zu ihr. »Wann bekomme ich mein Büro zurück?«

»Das kann ich nicht sagen, Mrs. Fletcher. Ich schätze, in etwa einer Woche.«

»In einer Woche! Aber das Feuer hat sich doch kaum ausgebreitet.«

Kara tippt mit dem Finger auf einen der Bildschirme. Er zeigt eine Wetterkarte, die ich nach so vielen Jahren Praxis lesen kann wie ein offenes Buch. Wir müssen mit einer endlosen Reihe heißer, trockener und windiger Tage rechnen.

»Es kommt sehr ungünstiges Wetter auf uns zu.«

»Was soll das heißen?«

Kara schürzt die Lippen. »Dass die Lage viel schlimmer werden wird, bevor sie sich beruhigt.«

FEUER IM COOPER BASIN

Anwohner verliert gesamtes Hab und Gut

Gepostet am Dienstag, 2. September 2014, 8 Uhr 02

Von Joshua Wicks, Nelson County Daily

Gegen halb zwei Uhr nachts entstand am Ostrand der Cooper-Basin-Wohnsiedlung ein Feuer, das bisher nicht eingedämmt werden konnte, sondern sich rasch ausbreitet. Als ein Anwohner den Rauch roch und den Notruf betätigte, eilten die ersten Rettungsteams sofort zur Brandstelle.

Momentan gibt es eine Evakuierungsempfehlung für das gesamte Cooper Basin und den westlichen Teil von Nelson zwischen der Oxford und Stephen Street. Eine Karte dieses Bereichs ist auf der Website der *Nelson Daily County* unter *www.nelsondaily.com* zu finden.

Der Notfalldienst von Nelson County rät allen Anwohnern, bewegliche Wertsachen und wichtige Papiere zusammenzupacken und sich für die Evakuierung bereitzuhalten.

Obwohl sich das Feuer rasch ausbreitet, haben die Anwohner außerhalb der Evakuierungszone und einschließlich des Ortskerns von Nelson nichts zu befürchten, wie Polizeichef Dwayne Thompson versicherte. »Wir haben unsere besten Leute zur Bekämpfung des Feuers abgestellt und sind zuversichtlich, dass es in Kürze eingedämmt werden kann.«

Obwohl die Feuerwehr nur wenige Minuten nach dem Notruf eintraf, war es zu spät, das Haus von John Phillips (67) zu retten.

»Ich habe alles verloren«, sagte Phillips. »Ich hatte nicht mal die Zeit, Kleider oder Fotos oder sonst etwas zu retten.«

Phillips bemerkte das Feuer erst, als der Rauch in sein Haus drang.

»Mein Schlafzimmer liegt im ersten Stock«, sagte Phillips, der wegen leichter Rauchvergiftung behandelt wurde. »Ich wusste gleich, dass es schlimm ist, und sprang aus dem Fenster.«

Phillips, dessen Frau zwei Jahre zuvor verstarb, hatte das Glück, dass sein Fenster offen stand und zur Frontveranda hinausgeht. »Ich hängte mich ans Spalier und ließ mich fallen. In meinem ganzen Leben habe ich noch nie solche Angst gehabt.«

Chief Thompson meinte, es sei zu früh, etwas zur Brandursache zu sagen. Da es letzte Nacht kein Gewitter in der Gegend gab, liegt menschliches Verschulden nahe.

»Wir haben die Verantwortung für das Feuer an die Bezirksverwaltung abgetreten, werden aber ebenfalls ermitteln, ob es Brandstiftung oder Fahrlässigkeit war«, sagte er. »Wegen der Trockenheit in diesem Sommer hängen seit Monaten Brandschutzverordnungen aus. Sollte jemand dagegen verstoßen haben, wird ihn die volle Härte des Gesetzes treffen.«

Die Behörden bitten alle, sich per E-Mail oder SMS als Brandmelder einzutragen, falls sie es noch nicht getan haben. Weitere Informationen dazu auf *www.nelsoncountyemergencyservices.com.*

3

Auf, auf!

Mindy

Obwohl Mindy Mitchell weit im westlichen Teil des Orts wohnte, erfuhr sie erst ziemlich spät vom Feuer.

Das war nicht ihre Schuld. Nicht, dass sie sich nicht dafür interessierte – natürlich tat sie das. Nur fiel es ihr in letzter Zeit schwer, sich auf dem Laufenden zu halten. Jedenfalls bei allem, was außerhalb ihrer Familie passierte.

Eigentlich war es lächerlich, schließlich hatte sie gedacht, wenn ihre Kinder erst älter wären, hätte sie mehr Zeit für sich. Für ihre Interessen, wie auch immer die heute aussehen mochten. Doch stattdessen schien das Leben der Kinder heute mehr Zeit einzufordern als in ihren Tagen als hilflose Säuglinge. Angus war sechzehn und so groß wie sein Vater, Carrie vierzehn und so graziös wie eine Tänzerin. Nur die dünne Narbe neben ihrem Brustbein erinnerte an ihren schlimmen Herzfehler als Baby.

Literaturclub, Ballettschule, das jährliche Herbstfest, all das stand heute auf der Liste der Dinge, die ihre Unterstützung verlangten. Zeit, um die Füße hochzulegen, ein Buch zu lesen oder irgendwas anderes zu tun, schien auf dieser Liste nicht vorgesehen.

Ihr Mann Peter hatte dieses Problem offenbar nicht. Er saß ihr gegenüber am Frühstückstisch und steckte sich klein geschnittenes Obst in den Mund, während er die *New York Times* auf seinem Tablet las. Natürlich war er ein engagierter Vater. Zumindest im Vergleich zu den Männern ihrer Freundinnen, die es *babysitten* nannten, wenn sie sich um ihre Kinder kümmern sollten, und sofort ihre Mütter anriefen, sobald die Frauen das Haus verlassen hatten. Peter wusste, wie die Freunde ihrer Kinder hießen. Er schaffte es mindestens zur Hälfte ihrer Sportveranstaltungen. Wenn sie krank wurden, blieb er manchmal zu Hause, als sie beide noch arbeiteten, um sich um sie zu kümmern. Trotzdem hatte er es in seiner Bank zum Geschäftsführer gebracht, während sie bei der letzten Budgetkürzung ihre Stelle als Biologielaborantin in der Highschool verlor und zu Hause blieb.

Sie hätte nie gedacht, dass sie so enden würde. Als Vollzeithausfrau und -mutter, die sich über den Nährwert des Essens ihrer Kinder Gedanken machte und Wochen im Voraus Menüs plante. *Obwohl daran nichts auszusetzen war.* Mindy rief sich ganz schnell zur Ordnung, als könnten Frauen, die mit diesem Schicksal zufrieden waren, sie hören und sich kritisiert fühlen.

Sie hatte einfach nur andere Pläne gehabt. Ihre acht Jahre Studium in Zellbiologie kamen ihr wie aus einem anderen Leben vor. Eigentlich sollte sie mittlerweile an der Heilung von Krebs arbeiten.

Stattdessen ertappte sie sich dabei, dass sie unentwegt wie ein Helikopter über ihren Kindern kreiste, als könnte ihre ständige Aufmerksamkeit Schaden von ihnen abwenden. Dabei wusste sie, dass das nicht stimmte.

Morgens sorgte sie dafür, dass Angus und Carrie etwas

aßen, ihre Hausaufgaben und die Sportsachen dabeihatten, ihre Teller in den Geschirrspüler räumten, einigermaßen präsentabel aussahen und in Peters SUV stiegen, damit er sie rechtzeitig vor der Schule absetzen konnte. Heute früh hatte sie Angus fast aus dem Bett zerren und unter die Dusche schieben müssen, wie so häufig in letzter Zeit. Über den komischen Geruch in seinem Zimmer wollte sie lieber nicht nachdenken und beruhigte sich damit, dass auch sie in der Highschool herumexperimentiert hatte.

Daher war es schon kurz vor neun, als sie ihr E-Mail-Account öffnete und die Warnung des Notfalldienstes las.

Die E-Mail versteckte sich unschuldig zwischen denen ihrer Schwester und den Spam-Mails, die es durch ihren Filter geschafft hatten. Allein der Anblick beschleunigte ihren Puls, bis sie sich zur Vernunft rief. Sollte wirklich eine Gefahr bestehen, hätten die Behörden mehr getan, als nur eine E-Mail zu schicken.

Tatsächlich wurde das auf der Homepage der Lokalzeitung *The Nelson County Daily* bestätigt: Das Feuer breitete sich am Fuß des Berges südlich der Stadt aus und fraß sich gierig durchs trockene Unterholz. Doch die Stadt selbst war in Sicherheit. Bisher jedenfalls. Dennoch sollten die Anwohner *in Alarmbereitschaft* bleiben.

Mindy fühlte sich, als hätte sie die letzten vierzehn Jahre in Alarmbereitschaft verbracht. Seit jenem Tag, an dem Carrie im Alter von acht Wochen plötzlich blau angelaufen war. Nur weil sie direkt neben einem Rettungssanitäter wohnten, hatte sie keinen bleibenden Schaden davongetragen. Mindy hasste dieses Gefühl, aber sie hatte sich daran gewöhnt. Meistenteils empfand sie es als Teil von sich, den sie nicht loswerden oder ändern konnte.

Mindy verscheuchte diese Gedanken und beugte sich näher zum Bildschirm. Da sie ihre neue Brille nicht trug, sah sie nur verschwommen. Allein bei der Bezeichnung *Gleitsichtbrille* fühlte sie sich schon alt. Sie schob den Kopf vor und zurück, bis sie die Buchstaben erkennen konnte. Das Bild über dem Artikel zeigte einen Mann Ende sechzig, der mit einer roten Decke um die Schultern im Heck eines Krankenwagens saß und auf die rauchenden Trümmer seines Hauses starrte.

Anwohner verliert gesamtes Hab und Gut, lautete die Schlagzeile.

Da nahm eine vage Idee in ihrem Kopf Gestalt an.

Als Mindy sich eine Stunde später in ihrem Spinningkurs abmühte, wollte ihr dieses Foto nicht aus dem Kopf gehen. John Phillips, so hieß er laut Zeitung. Geboren und aufgewachsen in Nelson. Seit zwei Jahren Witwer. Ehemaliger Bauarbeiter, jetzt Rentner.

»Und hoch«, brüllte die Kursleiterin Lindsay, die die Teilnehmerinnen zwischen dreißig und fünfzig drillte, als stünden sie kurz vor einem Kampfeinsatz.

Die vierundvierzigjährige Mindy hob ihren Po vom Sattel. Der Schweiß lief ihr in Strömen übers Gesicht. Was der Sinn der Sache war, wie sie wusste. Doch sie wünschte sich, sie würde beim Sport nicht so aussehen, als bekäme sie gleich einen Herzinfarkt.

Sie war sich ziemlich sicher, John Phillips noch nie gesehen zu haben, obwohl sie seit über zehn Jahren in Nelson wohnte. Sie staunte jedes Mal aufs Neue, dass es in einem Ort mit nicht einmal fünfundzwanzigtausend Einwohnern Leute gab, von denen sie nie gehört hatte. Dazu gehörten nicht nur die neu Hinzugezogenen. Nein, auch Menschen wie John, die ihr ganzes Leben in Nelson gelebt hatten. Wieso kam er ihr nicht wenigstens bekannt vor?

Mindy hatte es sich letzten Endes damit erklärt, dass Nelson aus vielen kleineren Welten bestand. Es war wie bei der russischen Matrioschka, wo viele kleine Püppchen in einer großen lebten. Da waren die *echten* Nelsoner, deren Familien mindestens seit zwei Generationen ansässig waren. Dann die Reichen und Neureichen, zwischen denen auch ein Graben verlief. Dann die Sportlertruppe, wie ihre Freundin Kate sie nannte. Die bestand aus jungen Männern und Frauen, die von der spektakulären Umgebung hierhergelockt worden waren und alle aussahen, als kämen sie direkt aus einer Werbung für Outdoorbekleidung – groß, muskulös und blankäugig.

Daneben gab es natürlich die Mittelklasse, zu der Peter und sie gehörten. Allerdings hatte Mindy sich immer so gefühlt, als wären die beiden Hälften ihrer ganz persönlichen Matrioschka unsauber verarbeitet worden, sodass sie sich nur knirschend zu einem Ganzen zusammenfügten.

»Zwei Minuten hinsetzen«, brüllte Lindsay.

Mindy fiel auf, dass die Frau überhaupt nicht zu schwitzen schien, was sie unfair fand.

»Hast du das von dem Mann gelesen, der sein Haus bei dem Brand verloren hat?«, fragte Kate Bourne sie aus dem Mundwinkel, damit Lindsay es nicht sah.

Zu reden war in diesem Kurs strengstens verboten. Selbst Kate hatte ein bisschen Angst vor Lindsay, die nur wenige Wochen zuvor tatsächlich ein paar Plappermäuler hinausgeworfen hatte.

»Daran habe ich gerade gedacht«, erwiderte Mindy keuchend und schob sich die aschblonden Haarsträhnen aus der Stirn, die sich aus ihrem Pferdeschwanz gelöst hatten.

Sie war seit einem Jahr in dem Kurs, seit Kate sie dazu aufgefordert hatte, doch er schien nie leichter zu werden. Genauso wenig stellten sich die Ergebnisse ein, die Kate ihr versprochen hatte – straffe Schenkel, knackiger Po und acht Kilo weniger Gewicht, die sie nach Angus' Geburt nicht losgeworden war. Ganz zu schweigen von den fünf Kilo, die sie in der Schwangerschaft mit Carrie zugelegt hatte. Doch Mindy hütete sich, bei Kate darüber zu klagen. Die hätte nur erwidert: »Dann hast du nicht genug gemacht«, und Mindy hätte sich noch schlechter gefühlt als ohnehin schon.

»Es ist tragisch«, bemerkte Kate und radelte mühelos zu der Salsamusik, die Lindsay auflegte, um sie zu motivieren.

Mindy bemerkte, dass auch Kate kaum schwitzte. Allerdings gehörte Kate zu den Frauen, die in jeder Lage präsentabel aussahen.

»Ja, wirklich«, bestätigte sie. »Ich habe überlegt …«

»Wie oft muss ich es noch sagen? Nicht reden!«, donnerte Lindsays Stimme, als wäre sie durch ein Megafon verstärkt.

Mindy senkte den Blick zu Boden und fragte sich, ob sie noch röter werden konnte, als sie schon war. Und ob es irgendeine Möglichkeit gab, sich vor dem Spinningkurs zu drücken, ohne Kate gegen sich aufzubringen. Als sie zu dem Schluss kam, dass beides nicht möglich war, konzentrierte sie sich für den Rest der Stunde auf ihre bleichen Beine, die sich auf und ab bewegten.

Ihre Füße traten unermüdlich in die Pedale, aber ihre Gedanken kreisten um John Phillips.

»Also, was wolltest du eben sagen?«, fragte Kate, als sie sich ihre feuchten Klamotten abstreifte. Sie hatte ihre schwarzen Haare zu einem perfekten Pferdeschwanz zusammengefasst, alle Enden gleich lang. Durch ihre leicht geröteten Wangen strahlten ihre grünen Augen wie die einer Katze.

Mindy wandte den Blick ab. Vielleicht, weil sie mindestens zehn Kilo mehr wog als Kate, aber eigentlich war es ihr immer unangenehm gewesen, sich vor anderen Frauen auszuziehen. Etwas daran erinnerte sie an das demütigende Gefühl in der Schulumkleide. Wenn sie ehrlich war, fühlte sie sich heute noch so, als wäre ihr Körper etwas, das versteckt werden musste, ein Geheimnis, das sie nicht preisgeben durfte.

»Wegen Mr. Phillips?«

»Du meinst das Brandopfer?«

Mindy biss sich auf die Innenseite ihrer Wange. Das machte Kate immer: Sie klassifizierte Menschen nach einem einzigen Merkmal. In gewisser Weise wurde es dadurch leichter, ganz offen über Leute zu reden. Wer außer ihren engsten Freundinnen wusste schon, dass die Fusselhaar-Mutti die Frau des Bürgermeisters war, die zugegebenermaßen wirklich kümmerliche Haare hatte? Manchmal fragte sich Mindy, wie Kate wohl *sie* bezeichnete, wenn sie nicht dabei war. Wahrscheinlich als Herzfehler-Mutti. Eigentlich wollte sie das gar nicht so genau wissen.

»Ja«, erwiderte Mindy. »Das ist sein Name, John Phillips. Seine Frau ist vor zwei Jahren gestorben.«

»Genau. Ich hab den Artikel gelesen.«

»Jedenfalls habe ich mich gefragt, ob wir nicht zu einer Spendenaktion aufrufen könnten? Du weißt schon, wie auf unserem Herbstfest, nur dass die Spenden diesmal für ihn wären? Damit er sich ein neues Haus kaufen kann?«

Noch so etwas, was Mindy auffiel, wenn sie mit Kate zusammen war: Sie konnte keine klaren Aussagesätze mehr formulieren, alles mutierte zu einer einzigen großen Frage.

Kate ließ ihr Handtuch zu Boden fallen und stieg in ihre winzigen Dessous. Mindy wusste nie, ob es ihr einfach egal war oder ob sie ihren straffen, gebräunten Körper zeigen wollte.

»Hm. Was meinst du, Bit?«

Bit, Betsy Loman, gehörte ebenfalls zu ihrem Spinningtrupp, wie Kate sie nannte. Der Trupp war eine Untersektion der Koffaholics, einer Gruppe von etwa zwanzig Frauen, die Kate anführte. Mindy kannte sie seit Jahren, hauptsächlich über die Kinder, traf sich aber erst seit etwa einem Jahr regelmäßig mit ihnen. Seit dem Supergau, wie Kate es nennen würde.

»Ich finde, das ist ... eine großartige Idee?«, sagte Bit und sah Kate in Erwartung einer Reaktion an.

Bit wollte immer allen gefallen. In Bits Nähe fühlte sogar Mindy sich selbstbewusst.

Kate nickte. »Ich finde sogar, wir sollten das Herbstfest zu einer Spendenaktion für Brandopfer nutzen. Schließlich braucht der Hockey Club eigentlich keine Unterstützung.«

Bit wurde rot und presste die Lippen zusammen.

»Vielleicht könnten wir den Erlös aufteilen?«, fragte Mindy beunruhigt. »Haben wir im letzten Jahr nicht hunderttausend Dollar zusammengebracht?«

»Sei nicht albern, Min. Was kriegst du in dieser Stadt schon für hunderttausend?«

4

Ermittlungen

Elizabeth

Als Ben das erste Mal mit mir nach Nelson fuhr, konnte ich meinen Blick einfach nicht von der Umgebung wenden. Es war eine Panoramalandschaft mit herzzerreißend schönen schneebedeckten Bergen und tiefblauem Himmel. Obwohl es Winter und eiskalt war, spürte ich, wie mir die feuchte Kälte aus den Knochen wich, die ich aus meiner Heimatstadt Ottawa mitgebracht hatte. Ich wusste noch, dass ich dachte: So sollte ein Winter sein. Hier könnte ich leben.

Genau darum bat mich Ben vier Tage später, nachdem wir mit Skiern auf einen der kleineren Berge gestiegen waren und uns auf einem sonnigen Felsen ausruhten, bevor wir durch den Pulverschnee hinunterfahren wollten. Mit ihm zu leben. In dieser Stadt. Für immer mit ihm zusammenzubleiben.

Die vier Tage waren bis dahin eher schwierig gewesen. Obwohl ich gewusst hatte, dass Ben aus einer Familie mit Geld stammte, und seinen Eltern schon bei anderen Gelegenheiten begegnet war, musste ich mich erst daran gewöhnen, so viel Geld aus der Nähe zu sehen.

Im Geld zu schwimmen.

Es war nicht nur das absurd große Haus. Oder der Umstand, dass seine Schwester Ashley tatsächlich rosa Polohemden und Kniestrümpfe trug wie jemand aus dem *Kleinen Leitfaden für die höhere Tochter*, einem ironisch gemeinten Handbuch an meiner Highschool, das an Halloween konsultiert wurde. Ich war nicht gerade in einer Hütte aufgewachsen und wusste, welches Besteck man zu welchem Gang benutzte, aber alles wirkte so antiseptisch. Es war penibel aufgeräumt, jede Mahlzeit so gut wie im Restaurant und vom Personal zubereitet. *Personal!* Hätte es damals schon *Downton Abbey* gegeben, wäre ich mir vorgekommen wie in einer der Episoden. Wie die ordinäre kanadische Kusine beispielsweise, die ihre höchst kultivierten Verwandten besucht. Es wäre nur eine Frage der Zeit gewesen, bevor ich mich – wie entsetzlich! – von der falschen Seite der Servierplatte bedient hätte.

Nur in Bens Zimmer fühlte ich mich wohl. Ein Innenarchitekt hatte es gestaltet, doch Ben hatte die handbedruckte Tapete mit Postern von seinem Lieblingsbuch und seinen Lieblingsplatten überklebt. *1984*, *Dark Side of the Moon*, *The Outsiders*. Die Poster waren ziemlich ungewöhnlich, weil sie eher wie Gemälde aussahen. Bei näherer Betrachtung erkannte ich, dass es sich nicht um Drucke, sondern tatsächlich um Gemälde handelte.

»Wo hast du die her?«, fragte ich.

»Äh, ich, die sind von mir.«

»Du malst?«

Ben senkte den Kopf und suchte etwas in einer der Schreibtischschubladen.

»Früher.«

»Wieso hast du damit aufgehört?«

»Weil ich nicht besonders gut bin.«

»Was? Sieh dir die doch mal an! Die sind perfekt.«

Ben drehte sich zu mir um und hielt etwas hinter seinem Rücken versteckt.

»Ich kann gut kopieren. Wenn du eine Gang von Kunstdieben kennst, die einen guten Fälscher braucht, bin ich dabei.«

»Wenn du so was zustande bringst, kannst du doch sicher auch andere Sachen malen?«

»Wenn ich nicht abmale, bringe ich nur Strichmännchen zustande.«

»Das ist ja ...«

»Erbärmlich?«

»Aber nein!«

Er grinste. »Keine Sorge. Ich bin darüber hinweg. Außerdem würden Grace und Gordon ausflippen, wenn ich ihnen erzählte, ich wollte ein brotloser Künstler werden.«

»Hast du ihnen erzählt, dass du stattdessen beschlossen hast, brotloser Lehrer zu werden?«

»Das wollte ich mir bis zur letzten Minute aufsparen.«

»Aha. Sag mal, was versteckst du da hinter deinem Rücken?«

»Ach das?« Er zog seine Hand hervor und präsentierte mir wie ein Zauberer eine halb volle Tüte mit Marihuana. »Glaubst du, das Zeug ist noch gut?«

»Es gibt nur eine Möglichkeit, um das herauszufinden.«

Also zogen wir uns in den hinteren Teil des Gartens zurück, kifften auf einer Schneewehe und kicherten uns wie die Teenager durch eine weitere exquisite Mahlzeit. Weil Ben drei Tage später wieder seine Hand hinter dem Rücken versteckte, als wir uns gerade auf einem Berggipfel ausruhten und tief die dünne Luft einatmeten, während unser Herz von der Höhe und der Anstrengung heftig pochte, musste ich lachen.

»Findest du wirklich, dies ist der rechte Ort?«

»Eigentlich dachte ich, der Ort sei perfekt.«

Ich wollte schon protestieren und warnen, dass wir einen schwierigen Abstieg vor uns hätten, außerdem bestünde Lawinengefahr …

Da kniete sich Ben vor mir in den Schnee und präsentierte mir eine kleine Samtschatulle. Er sagte, ihm sei klar, dass er mir nicht so viel bieten könne wie seine Eltern, doch liebe er mich aus ganzem Herzen.

»Willst du meine Frau werden?«, fragte er.

Und jede Faser meines Seins schrie *Ja*.

Wegen meines Besuchs an der Brandstelle und bei Kara fahre ich ziemlich spät ins Büro, was meinen Boss, den Staatsanwalt Rich Parker, ganz sicher verärgern wird. Er bekam die Stelle vor drei Jahren, nachdem er einen Großteil seiner Karriere als Stellvertreter für den vorigen Staatsanwalt gearbeitet hatte. Richs letzter Stellvertreter war ein Junge frisch von der Uni gewesen, der einmal zu oft *Wer die Nachtigall stört* gelesen hatte. Er hat vor ein paar Wochen gekündigt, daher sind wir nur zu dritt im Büro: ich, Rich und Richs Sekretärin Judy.

Unser Büro befindet sich in einem kleinen Gebäude am Stadtplatz, direkt gegenüber dem Gericht, und ich arbeite als Richs Privatermittlerin. Ein entsprechender Lehrgang war Teil meiner Ausbildung zur Brandermittlerin gewesen. Als ich mit der Brandbekämpfung aufhörte, dachte ich, der Job würde gut zu mir passen, obwohl ich eigentlich keine Ahnung hatte, was er beinhaltete. Ich hatte wohl die vage Vorstellung, ich würde bei der Suche nach Vermissten, der Aufklärung von Wirtschaftsbetrügereien und vielleicht ab und zu bei Mordermittlungen helfen. Dabei hatte es seit fünfundzwanzig Jahren in der Gegend keinen Mord mehr gegeben, was natürlich gut war.

»Hier geht es meistens ums Häusliche«, hatte Rich gesagt, seinen Stuhl gefährlich nach hinten gekippt und die Cowboystiefel auf dem Schreibtisch abgelegt. Die Stiefel waren sein einziges Zugeständnis an seine ländliche Herkunft. Von den Knien aufwärts bevorzugte er den Großstadtstil: Nadelstreifendreiteiler und konservative Krawatten mit Windsorknoten, ganz gleich, welches Wetter herrschte.

»Häusliche?«, wiederholte ich und fragte mich nervös, ob es ein Fehler gewesen war, zum Vorstellungsgespräch in einem Sommerkleid aufzukreuzen. Meine bisherige Arbeitskluft war feuerabweisend gewesen, etwas Bürotauglicheres als dieses Kleid hatte ich nicht.

Rich musterte mich, als sortierte er mich direkt in die Sparte der Dummköpfe ein. Er trug sein flusiges graues Haar sehr kurz geschnitten, bis auf ein paar Strähnen, die über den Schädel gekämmt waren. Seine Augen waren dunkelbraun, sodass man die Pupille nicht sah.

»Häusliche Gewalt. Sie sagten doch, Sie wären eine ausgebildete Ermittlerin, oder?«

»Ja, natürlich. Ich stand kurz auf der Leitung. Tut mir leid.«

Er legte den Kopf auf die Rücklehne, als wünschte er sich, er könnte einen riesigen Hut zurückschieben.

»Häusliche Gewalt, Trunkenheit, ein paar Methlabore. Damit haben wir's hier zu tun.«

»Was wäre meine Aufgabe?«

»Hauptsächlich Beweise zu sammeln.«

»Ist das nicht Aufgabe der Polizei?«

»Könnte man meinen. Stimmt aber nicht. Die ganze Polizei hat nur fünfzehn Angestellte und nur einen Detective neben dem Chief, der zu viel mit der Leitung zu tun hat. Die Streifenpolizisten erledigen die Laufarbeit, aber wenn wir tatsächlich etwas vor Gericht bringen, dann brauchen wir mehr Beweise, als sie auftreiben können.« Er zog seine Beine vom Tisch und lehnte sich zu mir. »Ich gewinne gern. Gewinnen Sie auch gern, Elizabeth?«

»Selbstverständlich. Wer nicht?«

Ich bekam die Stelle. Vermutlich, weil es keine anderen Bewerber gab. Insgesamt war die Arbeit ziemlich einfach: Flüchtigen nachspüren, Häuser durchsuchen und Zeugen für die häusliche Gewalt auftreiben, die es viel zu oft in dieser Stadt gab, vor allem Freitagnachts. Seit meiner Ankunft hatte es einen Mord gegeben. Unwillkürlich fragte ich mich, ob meine morbiden Jobvorstellungen dafür verantwortlich waren. Aber der Typ hatte nur wenige Minuten nach seiner Festnahme unter Tränen gestanden.

Noch ein Fall von häuslicher Gewalt, der böse geendet hatte.

Am Ende gefiel mir die Routine mehr, als ich gedacht hätte. Es war kein reiner Bürojob, und ich bekam sehr schnell die Schattenseite der Stadt zu sehen. Es konnte verdammt deprimierend sein, vor allem, wenn die Frauen trotz der Schnitte und Blutergüsse auf ihrem Gesicht keine Anzeige erstatten wollten. Nach zwei Jahren war ich mir immer noch unschlüssig, ob ich langfristig dort arbeiten wollte, doch angesichts der anderen Probleme in meinem Leben verschob ich die Entscheidung auf später.

Als ich im Büro eintreffe, ist Rich glücklicherweise nicht da. Vielleicht ist er noch nicht von seinem Labor-Day-Wochenende zurück. Er wollte mit seinen Kumpeln am Nelson Lake angeln, da er dort eine Blockhütte hat. Hin und wieder überfällt mich die Angst, er wollte mich dorthin einladen.

Ich frage Judy, wo er ist. Es besteht die fünfzigprozentige Chance, dass sie ihm aus reiner Langeweile oder Bösartigkeit steckt, dass ich mich verspätet habe. Aus eigener Erfahrung weiß ich, dass meine Auseinandersetzungen mit ihm zu den Dingen gehören, die *es hier interessant machen*. Findet sie.

Ich finde das eher nicht.

»Bei Gericht«, erklärt Judy kaugummikauend. Mit fünfundfünfzig sollte sie diese schlechte Angewohnheit eigentlich längst aufgegeben haben, genau wie das Rauchen, von dem ihre Finger gelb gefärbt sind. Doch wahrscheinlich geht mich das nichts an. »Wegen des Banküberfalls.«

»Ach ja.«

Der erste Banküberfall in der Geschichte der Stadt war vergangene Woche das Gesprächsthema Nummer eins. Der Bankräuber wurde Freitag drei Countys von uns entfernt geschnappt und wieder zurückgebracht. Ich frage mich, ob er nach einer Woche im Gefängnis der Stadt bereit ist zu gestehen, denn dort sitzen zu neunundneunzig Prozent Betrunkene, vor allem an einem langen Wochenende.

»Wo waren Sie?«, fragt Judy. Mir fällt auf, dass sie zu ihrem Herbstlook gewechselt hat, einem schlecht sitzenden Kostüm mit Rolli in einem Beerenton. Ihr stahlgraues Haar ist auf dem Kopf zu einem komplizierten Dutt zusammengefasst. »Man muss sich so anziehen, wie man leben möchte«, pflegt sie zu sagen. »Als Statist in einem Film?«, habe ich unklugerweise einmal erwidert.

»Ich dachte, ich werfe einen Blick auf das Feuer«, erkläre ich.

»Das fällt nicht in unsere Zuständigkeit.«

»Ich kenne ein paar Leute, die dort arbeiten.«

Achselzuckend wendet sie sich wieder der Scrabblepartie

zu, die sie online spielt. Ihr Punktestand beträgt 455, während der ihres Gegners bei 212 liegt. Mich hat sie bei jeder unserer Partien vernichtend geschlagen, daher spielt sie nicht mehr mit mir. »Zu langweilig« findet sie, und da muss ich ihr zustimmen.

Ich hole mir einen Kaffee aus der winzigen Küche und begebe mich in das Kabuff, das mein Büro darstellen soll. Ursprünglich handelte es sich dabei um einen überdimensionierten Besenschrank. Als ich hier anfing, wurde er ausgeräumt. Das einzige andere Büro ist für den Stellvertreter reserviert, und Rich weigert sich, es mir vorübergehend zuzuteilen. Offenbar könnte ein Bewerber einen falschen Eindruck bekommen, wenn er wüsste, er müsste dort arbeiten, wo jemand wie ich gesessen hat.

Der Boden und alle Regale meines Kabuffs sind mit Aktenordnern und Kartons gefüllt, in denen sich hauptsächlich erledigte Fälle befinden. Für Aktenschränke reicht das Budget nicht. Ich hätte fast von meinem eigenen Geld welche gekauft, doch ich verdiene so wenig, dass Ben mir das ausgeredet hat. Eine Anschaffung jedoch konnte ich mir nicht verkneifen, ein kleines Messingschild für meine Tür. Daher begrüßt mich jeden Morgen schimmernd mein Name: *Elizabeth Martin.*

Als ich mein E-Mail-Account öffne, um zu sehen, ob es neue Warnmeldungen wegen des Feuers gibt, entdecke ich eine E-Mail von Ben.

Danke, dass du mir eine Nachricht hinterlassen hast, schreibt er.

Vor zwei Jahren hätte ich genau gewusst, was ich mit dieser E-Mail hätte anfangen sollen, und etwas Witziges oder leicht Anzügliches geantwortet. Zum Beispiel war es zwischen uns gang und gäbe, einander schreckliche Bilder mit Strichmännchen zu schicken, die zeigten, was wir am Abend miteinander anstellen sollten.

Die Antwort darauf hätte einen weiteren Vorschlag beinhaltet. Oder einen Link zu einem entsprechenden Video. Witzig. Unbekümmert. Einer der Gründe, warum Ben immer noch derjenige war, mit dem ich mich in einem Raum voller Menschen am liebsten unterhielt.

Aber jetzt – jetzt lese ich seine Worte und weiß nicht, was ich davon halten soll. Meine Nachricht war neutral. *Konnte nicht schlafen, bin zur Arbeit.* Diese E-Mail könnte ebenfalls neutral gemeint sein. Sie könnte auch unterschwelligen Sarkasmus transportieren, lodernden Zorn oder ein passiv-aggressives *Leck mich*. Wir sind in letzter Zeit beide voller Sarkasmus, Zorn und Aggression. Immer bereit, etwas in den falschen Hals zu bekommen. Schon beim Lesen dieser E-Mail fühle ich mich wie eine Wanne mit abgestandenem Wasser, aus der der Stöpsel gezogen wird.

Sorry, schreibe ich schließlich zurück. Meine Allzweckreaktion, die verletzend wirkt, obwohl das nicht beabsichtigt ist. Entschuldigung, Ausdruck des Mitgefühls, Zustand. All dies und nichts davon trifft auf mich zu. Wenn ich noch länger darüber nachdenke, wird Judy in meinem Büro kaugummikauend auftauchen, während ich meine Stirn schluchzend auf die Schreibtischplatte drücke.

Daher checke ich lieber meine restlichen E-Mails. Es gibt keine neuen Warnmeldungen. Dann lese ich die Lokalzeitung mit ihrer pathetischen Berichterstattung über den Brand, davon lebt sie. Anschließend stöbere ich eine Stunde lang online im lokalen Katasteramt. Das ist das beste nicht verschreibungspflichtige Mittel zur Gefühlsabtötung, das es gibt.

Das mache ich, weil Rich das Gefühl hat, jemand würde

die Grundbesitzabgaben manipulieren, indem er in die Kaufverträge falsche Grundstückswerte einträgt. Dieses Gefühl überkommt ihn alle paar Wochen. Meistens, wenn er sich wegen seiner *Umfragewerte* Sorgen macht. Nächstes Jahr will er wiedergewählt werden. Da in seiner Amtszeit die erfolgreichen Anklagen nicht gestiegen sind, muss er einen *größeren Coup* landen, um seine Stelle zu behalten.

Fairerweise muss man jedoch sagen, dass die Zahlen vorher irrsinnig hoch waren, daher ist ein Prozent weniger schon eine Enttäuschung. Natürlich sind seine Umfragewerte nur Gerüchte, die er im hiesigen Café hört, und es kandidiert auch niemand gegen ihn, doch offenbar ist *ständige Wachsamkeit* gefordert.

Da ich schon einmal dabei bin, mache ich eine Liste mit potenziell verdächtigen Transaktionen. Dann sitze ich da, starre auf meinen Bildschirm und aktualisiere alle fünf Minuten die Seite über das Feuer im Cooper Basin auf *ForestFires.com* wie eine Ratte in einer Skinner-Box, die auf ihr nächstes Leckerli hofft.

Auf meine E-Mail antwortet Ben nicht.

»Wieder mal zu spät, Liz?«, fragt Rich, der unbemerkt hinter mir aufgetaucht ist. Er hat seine Lief-nicht-gut-Miene aufgesetzt, daher vermute ich, der Bankräuber ist auf Kaution raus.

»Elizabeth.«

»Pardon?«

»Ich habe Ihnen schon eine Million Mal gesagt, dass ich nicht auf Liz höre.«

Wahrscheinlich sollte ich mich einfach von ihm Beth nennen lassen, doch der Name ist für Menschen reserviert, die ich mag.

»Schön. Elizabeth. Wenn's denn sein muss.« Er sieht mich stirnrunzelnd an und wippt auf den Absätzen seiner Cowboystiefel. »Was hat Ihnen heute Morgen die Petersilie verhagelt?«

Ich drehe den Monitor zu ihm, sodass er die Karte sehen kann. »Unser Haus befindet sich in der Evakuierungszone.«

»Der was?«

»Vom Feuer. Dem Feuer im Cooper Basin.«

»Ach ja, richtig.«

»Momentan ist noch alles okay, aber ...«

»Da wird nichts passieren. Waldbrände kommen hier ständig vor, aber in der Stadt hatten wir kein Feuer seit ... seit wann? 1954?«

Er sagt das, als wäre es eine Ewigkeit her, doch er könnte sich genau daran erinnern.

»Das weiß ich nicht, aber ...«

»Apropos Brand, wir hatten einen Anruf vom Polizeichef. Ihre Dienste werden benötigt.«

»Meine Dienste? Wofür denn?«

»Waren Sie früher nicht Brandermittlerin? Oder haben Sie das nur in Ihren Lebenslauf geschrieben, um mich zu beeindrucken?«

Ich ignoriere seine Beleidigung. »Denken die, es wäre Brandstiftung gewesen?«

»Zumindest muss das ausgeschlossen werden, das wissen Sie doch. Außerdem hingen den ganzen Sommer über Brandschutzverordnungen aus. Selbst wenn jemand nur fahrlässig war, müssen wir Anklage erheben.«

»Kommt mir übertrieben vor.«

»Sagen Sie das mal dem Staat. Wie ich gehört habe, hat ihn die Sache bereits eine halbe Million gekostet.«

Da er den ganzen Morgen vor Gericht war, habe ich keine Ahnung, woher er all diese Informationen hat, es sei denn …

»Wie lief denn die Anhörung?«, frage ich.

»Seine Eltern haben einen teuren Anwalt angeheuert. Der alte Richter Otis wusste gar nicht, wo ihm der Kopf stand. Nach nur fünf Minuten gewährte er dem Jungen die Freilassung gegen fünftausend Dollar Kaution. Ist das zu fassen?«

»Absurd.«

»Da haben Sie verdammt recht. Jedenfalls reden bei *Joanie's* alle nur über das Feuer. Der Bankraub ist Schnee von gestern.«

Joanie's ist sein Stammcafé. Die Klatschzentrale.

»Also machen Sie sich besser auf den Weg«, sagt er. »Deputy Clark wartet schon auf Sie.«

»Ich weiß nicht, ob das eine gute …«

Ungeduldig wedelt er mit der Hand. »Ab zum Büro des Sheriffs. Feuer verbrennt Geld.«

5

Mit oder ohne?

Mindy

Nach dem Spinningkurs begleitete Mindy Kate und Bit zum *Nelson Perk*, der angesagten Kaffeebar des Orts, die ironischerweise seit Neuestem nur noch entkoffeinierten Kaffee verkaufte. In Mindys Augen das perfekte Pendant zu dem Cupcake-Laden, der vor ein paar Wochen eröffnet hatte und nur gesunde Cupcakes verkaufte.

Wenn man sich schon für Cupcakes entschied, interessierte einen doch nicht, ob sie gesund waren!

Mindy wäre lieber zu *Joanie's* gegangen, dem gemütlichen Stadtcafé, wo die ältere Generation Gerüchte austauschte. *Hast du schon gehört, Fred? Es heißt, im Frühling soll ein neuer Abzugskanal unter dem Fluss verlegt werden.* Dort war Mindy früher oft gewesen. Doch das einzige Mal, als sie Kate das vorschlug, sah die sie an, als hätte sie sich mit Lippenstift die Augenbrauen gefärbt, und fing an zu lachen.

»Du bist so witzig«, sagte sie, wie immer, wenn Mindy etwas für sie Unverständliches tat. Als könnte Kate weiterhin ignorieren, dass Mindy nicht richtig dazugehörte, wenn sie in solchen Fällen die Humorkarte zückte.

Mindy wusste nicht genau, wie sie in diese Lage geraten

war: unsicher, ein einziges Fragezeichen, mit dem Gefühl, die Hälfte der Zeit ihre Freundinnen fast zu hassen. Sie wusste, sie sollte sie aufgeben. Doch die Vorstellung, *keine* Freunde zu haben, wieder dort zu landen, wo sie vor einem Jahr stand … nein, das konnte sie nicht. Auch wenn diese Freundinnen eigentlich nicht zu ihr passten und ihr nicht guttaten, redeten sie doch wenigstens mit ihr.

Auf dem Parkplatz checkte sie nach einem schnellen Blick über die Schulter auf ihrem Handy, was es Neues zum Brand gab. Sie wusste nicht, warum sie sich benahm, als hätte sie eine heimliche E-Mail-Affäre, doch etwas an dem Feuer fühlte sich zutiefst persönlich an.

Sie las, dass die Brandursache noch unbekannt war. Das Feuer war am Rand des Cooperbeckens ausgebrochen, an einem steinigen Hang voller Unterholz, Altholz und niedriger trockener Sträucher. Zwar konnte durch das rasche Eingreifen der hiesigen Feuerwehr der Nordrand des Feuers eingedämmt werden, doch breitete es sich den Nelson Peak hinauf aus und bedeckte bereits fünfhundert Hektar Fläche.

War es gut, dass es zu zehn Prozent eingedämmt war? Wie lang dauerte es, ein Feuer vollkommen unter Kontrolle zu bringen? In der ganzen Zeit, seit Mindy in Nelson lebte, war kein Waldbrand je so nah gekommen. Sie ärgerte sich dennoch über ihre Unwissenheit. Ein weiterer Beweis dafür, dass ihre Welt zu klein und isoliert geworden war.

Mindy klappte ihr Handy zu und lief Kate nach.

Die Koffaholics besetzten natürlich den besten Tisch, der einen perfekten Ausblick auf die Straße bot, sodass man die Passanten beobachten konnte, ohne dass es auffiel. Honor Wells, Keffie Bristol und Caramel Homer machten zwar nicht beim Spinningkurs mit, zogen sich aber so an, als kämen sie gerade vom Sport. Mindy wusste nicht, wann Sportklamotten für Frauen gesellschaftsfähig geworden waren, die sich noch vor dem Zähneputzen schminkten. Vielleicht war der Preis ausschlaggebend. Hundertfünfzig Dollar für eine Yogahose!

Das *Perk* war halb voll. Ein, zwei andere Frauengrüppchen, die verstohlen neidische Blicke in ihre Richtung warfen. Ein paar Studenten, die im Internet surften. Der ernste Schriftsteller, wie Kate ihn nannte, der stirnrunzelnd auf sein Notebook starrte. Sein Bildschirm zeigte immer die Maske eines Programms, das einen dazu bringen sollte, jeden Tag eine bestimmte Anzahl von Wörtern zu schreiben. Seiner panischen Miene nach zu urteilen, schaffte er wohl sein Pensum nicht.

»Mindy hatte eine Idee«, verkündete Kate, nachdem Honor & Co. auf der Kunstlederbank Platz für sie gemacht hatten und sie bei ihrem üblichen Kellner das Übliche bestellt hatte. »Einen kleinen Café Crème *sans.*« Was nichts anderes bedeutete als einen Milchkaffee mit einem Schuss entkoffeinierten Espresso, doch wenn Kate es mit den spärlichen Resten ihres Schulfranzösisch bestellte, klang es viel authentischer.

»Och«, sagte Caramel in einem Tonfall, der Mindy so stark an den einer Zehnjährigen erinnerte, dass sie sich zusammenreißen musste, um nicht zu erwidern: »Ach, werd erwachsen!«

Wenn Mindy einen Grund benennen sollte, warum sie sich unbedingt von diesen Frauen lossagen musste, dann wäre es genau das: In ihrer Gegenwart wurde sie kritisch und gehässig. Dabei behielt sie sich Kritik sonst für sich selbst vor.

»Erzähl«, forderte Caramel sie auf.

Erwartungsvoll sah Kate sie an.

»Tja, ihr habt doch vom Feuer gehört?«, begann Mindy, und dieses Mal kam ihr die Frage berechtigt vor, denn es war durchaus möglich, dass die Koffaholics nichts davon wussten.

»Natürlich«, erwiderten Honor und Caramel wie aus einem Mund.

»Tja, also, äh …«

»Los«, sagte Kate und berührte mit ihrer Zunge den Schaum ihres kleinen Café *Wieauchimmer.*

»Also ich dachte, das heißt, *wir* dachten, wir könnten dieses Jahr den Erlös vom Herbstfest nicht für das Hockeyteam nutzen, sondern für die Brandopfer.«

»Gibt es denn Brandopfer?«, fragte Keffie.

»Bislang zumindest eins. Sein Name ist John.« Sie stockte, holte tief Luft und bekam stattdessen den Dampf ihres Entkoffeinierten in die Luftröhre. »Seine Frau ist vor zwei Jahren gestorben, und jetzt hat er seinen gesamten Besitz verloren.«

»Och«, machte Caramel wieder, als wäre Johns Tragödie eine verbotene Leckerei, die sie sich einverleiben würde, wenn alle ins Bett gegangen waren. »Wie traurig.«

»Total«, nickte Kate. »Doch wir werden das wieder in Ordnung bringen.«

»Aber«, sagte Caramel, nachdem sie ein paar Sekunden angestrengt nachgedacht hatte. »Im letzten Jahr haben wir doch hunderttausend erzielt, oder? Das reicht nicht für ein Haus.«

»Nicht für ein Haus wie unsere«, erwiderte Kate. »Aber ich dachte eher an eine Wohnung, ein kleines Apartment oder so etwas. Schließlich ist er alleinstehend. Wie viel Platz braucht ein einzelner Mensch schon?«

Fragt die Frau, deren Haus mindestens zehntausend Quadratmeter groß ist, dachte Mindy und spürte dann, wie sie rot wurde, obwohl sie sich fast sicher war, dass niemand, nicht einmal Kate, ihre Gedanken lesen konnte.

»Trotzdem«, setzte Caramel an, warf dann aber einen Blick zu Kate und schluckte den Rest ihres Einwands herunter.

»Wir machen es«, sagte Kate. »Außerdem werden die Leute dieses Jahr mehr spenden, wenn sie wissen, für wen es ist.«

»Aber was ist mit dem Hockeyteam?«, protestierte Keffie. »Das muss die Eishalle mieten und neue Ausrüstung kaufen. Das ist doch auch wichtig.« Keffie hatte drei Söhne im Hockeyteam, und das Immobiliengeschäft ihres Mannes lief nicht so gut, obwohl der Durchschnittspreis eines Hauses in Nelson dreimal so hoch war wie im Rest des Landes. »Sollten wir wirklich all unsere Zeit darauf verwenden, nur einem einzigen Menschen zu helfen?«

»Da hat sie vielleicht recht«, sagte Mindy, die ein schlechtes Gewissen wegen ihres Vorschlags verspürte, obwohl eigentlich Kate darauf bestanden hatte. »Vielleicht könnte ich ja etwas getrennt davon organisieren? In ein paar Monaten oder so?«

»Nein«, entgegnete Kate. »Was ist denn los mit euch? Dies ist die Gelegenheit, ein echt gutes Werk zu vollbringen, nicht nur irgendeinen Scheiß, bloß weil man Lust auf eine Party hat. Wenn ihr eine Party wollt, kommt Freitag zu mir. Wir. Machen. Es. Basta.«

Bit und Caramel senkten wie gescholtene Schüler den Blick auf ihren Kaffee. Aber dieses eine Mal hatte Mindy nicht einen sarkastischen Gedanken im Kopf.

Nein, in diesem Augenblick empfand sie Stolz, dass Kate fast so etwas wie ihre Freundin war.

6

Brandherd

Elizabeth

Als ich mit Deputy Clark wieder zum Brand fahre, werfe ich einen Blick auf die Uhr im Streifenwagen. Es ist zwölf Uhr fünfzehn. Mittagspause an der Highschool, daher ist Ben wahrscheinlich erreichbar. Ich hole mein Handy hervor und erkläre dem Deputy, ich müsste kurz jemanden anrufen.

Ben meldet sich nach dem zweiten Klingeln. Ich höre leises Stimmengewirr im Hintergrund und dann Gelächter in der Nähe. Die übliche Geräuschkulisse im Lehrerzimmer, ähnlich wie in Kantinen, wenn ich mich recht erinnere.

»Hey«, sage ich. »Wie läuft dein Tag?«

»Den Umständen entsprechend gut.«

Ich versuche herauszuhören, ob der Hauch Sarkasmus mitschwingt, den ich in seiner E-Mail zu spüren meinte, doch da ist nichts. Vielleicht hatte ich mir das nur eingebildet. Oder er will nicht, dass die Leute um ihn herum mitbekommen, wie es um uns steht. Dass ich das nicht mehr sagen kann, liegt mir wie eine Last auf den Schultern.

»Freuen sich die Kinder, dass die Schule wieder angefangen hat?«

»Du kennst das doch.«

»Stimmt. Äh, ich dachte … wir könnten vielleicht später nach dem Haus sehen? Und ein paar Sachen holen. Prüfen, ob es langsam ernst wird.«

»Du meinst das Feuer?«

Ich werfe einen Blick zum Deputy. Ganz eindeutig hört er mit, doch da er direkt neben mir sitzt, kann ich ihm das nicht vorwerfen.

»Ja«, sage ich. »Das Feuer.«

»Kannst du mich nach dem Schreibseminar abholen?«

»Wann ist das zu Ende?«

»Viertel vor fünf. Wie immer.«

Noch so ein Streitthema. Eigentlich sollte ich seinen Stundenplan schon seit Langem kennen.

»Könnte sein, dass ich da beschäftigt bin.«

»Womit denn? Und *du* wolltest doch …«

»Ich weiß. Tut mir leid. Ich dachte nur … ich würde gern nach dem Haus sehen.«

»Du benimmst dich irrational, Beth.«

»Ja, wahrscheinlich.«

»Wo bist du überhaupt?«

Ich werfe einen Blick aus dem Fenster. Vor uns tauchen zwei Bisons ihre Nasen in einen Bach, der an der Straße entlangläuft.

»Bisonstau«, sage ich zu Deputy Clark. »Vorsicht.«

Er drosselt das Tempo, genau wie die anderen Wagen, die an den Tieren vorbeischleichen wie an einer Unfallstelle.

»Was?«, fragt Ben. »Wo bist du?«

Irgendetwas sagt mir, dass Ben im Augenblick am allerwenigsten hören will, was ich mit der Brandermittlung zu tun habe.

»Ich bin wegen eines Falls unterwegs.«

»Tja, warum rufst du mich dann nicht an, wenn du freihast?«

»Tut mir leid«, wiederhole ich.

Gott, ich habe es so satt, mich ständig zu entschuldigen.

Er antwortet nicht. Während wir langsam an den anderen vorbeifahren, die aus dem Wagen heraus Schnappschüsse mit ihrem Handy machen, lausche ich der summenden Stille. Ich stelle mir vor, wie er dasitzt. Mit einer Hand schirmt er das Telefon ab, um für etwas Privatsphäre zu sorgen, und gleichzeitig beißt er auf den Kragen seines Hemds, um nichts zu sagen, was er später bedauert.

»Ich muss aufhören«, sage ich schließlich. »Ich liebe dich.«

Ben zögert lange genug, um mir bewusst zu machen, dass wir so etwas nicht mehr beiläufig zum Abschied sagen sollten, selbst wenn es wahr ist.

»Bis später«, erwidert er, dann ist die Leitung tot.

Ich lege das Handy auf meinen Schoß, weil ich hoffe, er wird mir gleich simsen, dass er mich auch liebt. So wie früher, wenn wir uns am Telefon gestritten hatten und ein weiterer Anruf zu dramatisch gewesen wäre. Aber mein Handy bleibt stumm.

Deputy Clark schaltet sein Funkgerät ein und meldet den Stau. Unsere Blicke treffen sich, und obwohl mir das Herz schwer ist, lächeln wir uns verschwörerisch an. *Diese Leute*, sagt unser Blick. *Was soll man da machen?*

»Ist Ihr Haus in der Gefahrenzone, Ma'am?«, fragt Deputy Clark und gibt wieder Gas. Er spricht so stockend, als benutzte er innerhalb eines Satzes mehrere Kommas und hier und da sogar einen Punkt. Er ist fünfundzwanzig. Da er seinen Hut ziemlich weit nach hinten geschoben hat, sehe ich einen Anflug von Akne auf seiner Stirn.

»Ja, leider.«

Und nenn mich nicht Ma'am, würde ich am liebsten sagen. Herrgott!

Stattdessen beschreibe ich, wo unser Haus steht. Dass ich vom Rauch in der Nacht aufgewacht bin. Den Rest unterschlage ich, obwohl ein Teil in mir wünscht, ich könnte es ihm anvertrauen. So wie man sich manchmal auf einer langen Reise einem völlig Fremden anvertraut und in dem Bewusstsein, dass man sich nie wieder sehen wird, alle Zurückhaltung aufgibt.

»Dann ist das bestimmt komisch für Sie, oder?«, fragt er. »Dass Sie jetzt ermitteln.«

»Das gehört zum Job, nicht wahr?«

»Ja, Ma'am, stimmt.«

Im letzten Collegejahr haben Ben und ich uns in einem anderen Schreibseminar kennengelernt.

Ich stand kurz vor dem Abschluss meines naturwissenschaftlichen Vorstudiums und, wie ich damals dachte, kurz vor dem Beginn des Medizinstudiums. Da meinte ich, ich könnte damit meinen Lebenslauf abrunden. Nicht unbedingt mit einem Schreibseminar, aber mit etwas anderem als den unzähligen Stunden, die ich mit einsamen Experimenten im Labor verbracht hatte. Warum ich ausgerechnet zum Schreibseminar wollte, wusste ich nicht. Ich war keine Schriftstellerin und hatte auch nie das Bedürfnis verspürt, das zu Papier zu bringen, was mir im Kopf herumging. Ich las viel, das tue ich immer noch, hatte mir aber nie eigene Geschichten ausgedacht. Allerdings hatte eine Freundin von mir im Vorjahr das Schreibseminar besucht. Außerdem war ich hundertprozentig sicher, mein Exfreund Jason würde nicht dort sein. Das wäre eine angenehme Abwechslung, da wir uns sonst ständig über den Weg liefen, weil wir dasselbe belegt hatten.

Ein Tutor der Literaturwissenschaftlichen Fakultät namens Morris leitete das Seminar. Er war schrecklich affektiert. Rückblickend würde ich sagen, er war ein Hipster, bevor es Hipster gab. Er trug eine riesige Brille, Pullover mit Löchern an strategischen Stellen und hielt Waschen offenbar nicht für zwingend notwendig. Doch damals dachten meine Freundin Cecily und ich nur, er müsste sich ein gutes Deo kaufen.

In der zweiten Woche war ich immer noch unschlüssig, ob ich gehen oder bleiben sollte. Cecily hatte sich verspätet, und bevor ich sagen konnte: »Der Platz ist reserviert«, hatte Ben sich bereits neben mich gesetzt.

»Hat er schon die Nummer mit seiner Kurzgeschichte abgezogen?«, fragte Ben und nickte in Morris' Richtung.

Morris redete gerade über die Bedeutung seiner *Entwicklung*, während er ziemlich offensichtlich die drei Erstsemester anstarrte, die ihm mit großen Augen an den Lippen hingen.

Würg.

»Äh, was?«

»Hast du noch nicht davon gehört?« Ben lächelte. Er hatte weiße Zähne, glatte schwarze Haare und salbeigrüne Augen. Eins achtzig groß. Breite Schultern. In so ziemlich jeder Hinsicht das Gegenteil von Jason. Was gut war.

»Nein. Sollte ich?«

»Hm, ja. Aber das kommt wahrscheinlich noch.«

»Herrgott, was machst du eigentlich hier? Wer bist du?«

»Ich bin Ben Jansen. Und du bist Elizabeth Martin.«

Bevor ich fragen konnte, woher er meinen Namen wusste, lehnte er sich verschwörerisch zu mir. Er roch nach Schlaf, obwohl das Seminar um vier Uhr nachmittags stattfand. Später sollte ich erfahren, dass Ben ein fanatischer Befürworter des Mittagsschläfchens war.

»Da geht es um etwas, was er geschrieben hat. Soweit ich weiß, das Einzige, was er bisher zustande gebracht hat. Eine annähernd biografische Geschichte über den Tod seiner Schwester, mit der er seine jeweilige Semesterfavoritin ins Bett kriegt.«

»Und es gibt Frauen, die darauf reinfallen?«

»Allerdings.«

Ich sah mir Morris näher an. Er hatte drahtige Haare, die sich von selbst zu Dreadlocks verfilzten. Seine überdimensionierte Brille war rund und erinnerte an Harry Potter. Und offenbar konnte er nur mit salbungsvoller Stimme reden.

Wie gut musste seine Kurzgeschichte sein, dass ich auch nur im Entferntesten interessiert wäre, mit ihm ins Bett zu steigen? Ich gestehe, ich geriet ganz leicht in Versuchung.

»Idiotinnen«, sagte ich zu Ben.

»Wieso?«

Ich wies zu den Mädchen, die Morris anhimmelten und eifrig mitschrieben.

»Weiber. Verknallen sich in hässliche Rockstars, bloß weil die in schmalzigen Balladen von Gefühlen singen.«

»*Das* ist also der Grund?«

»So ist es. Wir stehen so ziemlich auf alles, was uns glauben lässt, die Männer verstünden uns.«

»Ha! Darüber solltest du schreiben. In deinem Essay.«

»Auf gar keinen Fall.«

Er lächelte wieder und schüttelte den Kopf. »Damit würdest du den Männern einen Dienst erweisen.«

»Ganz sicher. Aber sag mal, wieso erzählst du mir das überhaupt?«

»Ach … weil … weil ich das Gefühl habe, du könntest seine Semesterfavoritin werden.«

Er senkte den Blick auf den Notizblock vor ihm. Darauf stand in Blockschrift mein Name, den er immer wieder nachgezogen hatte, während wir uns unterhielten.

»Aber du gehörst mir«, sagte er leise.

Und weil ich ein Mädchen war, schmolz ich dahin.

Ich erkenne keinen der Feuerwehrmänner, als wir John Phillips Haus erreichen. Wahrscheinlich sind die, die ich kenne, also die mit der meisten Erfahrung wie Andy, auf der Rückseite des Nelson Peak beschäftigt und bekämpfen den Brand von oben. Sie versuchen, alles Brennbare aus dem Weg zu räumen und zu verhindern, dass das Feuer über den Gipfel springt und sich dann wie eine Lawine Richtung Ort ausbreitet.

Früher ging man bei allen Waldbränden so vor. Wenn es brannte, musste das Feuer gelöscht werden, ganz gleich, was es kostete. Aber im Laufe der Jahre änderte sich die Verfahrensweise. Ein Jahrhundert der Waldbrandbekämpfung hat uns gelehrt, dass Feuer die Wälder gesund erhält und dass ein Feuer alle zehn Jahre weniger schädlich ist als eines alle hundert Jahre. Wenn heute ein Waldbrand ohne menschliches Zutun entsteht und keine bewohnten Bereiche bedroht, lässt man es brennen. Letzten Endes verhindern kleinere Waldbrände größere. Feuer verhütet Feuer, lautet die neue Parole.

Die absurdeste Parole aller Zeiten.

Natürlich wird dieses Feuer bekämpft werden müssen, ganz gleich, was meine Ermittlungen ergeben. Es mag zwar gut für die Wälder rund um Nelson sein, wenn das Alt- und Unterholz der letzten fünfzig Jahre beseitigt würde, doch für die Stadt selbst auf gar keinen Fall.

Oder für mich.

Deputy Clark führt mich an den Lastwagen, den Kisten mit Ausrüstung und an umherwimmelnden Einsatzkräften vorbei, bis wir ein paar Hundert Meter von den verkohlten Trümmern von John Phillips Haus entfernt stehen bleiben.

In dieser Distanz drehen wir eine Runde um das gesamte Grundstück. Es ist noch zu gefährlich, sich in das verbrannte Gemäuer zu begeben. Doch nach dem Brandmuster im Gras zu schließen, ist das Feuer ziemlich sicher nicht im Haus ausgebrochen.

Nach diesem ersten Rundgang ziehen wir uns die komplette Brandbekämpferkluft an: feuerfeste Stiefel, Gamaschen, Jacke, Handschuhe, Helm mit Visier und Atemschutzmaske. Zwar ist das Feuer tausend Meter entfernt, aber Vorsicht ist besser als Nachsicht. Ich brauche einen Moment, um mich an die ungewohnt schwere Ausrüstung zu gewöhnen, die für Waldbrände ist wesentlich leichter. Genauso wie an den kurzen Anflug von Klaustrophobie, der mich jedes Mal überkommt, wenn ich eine Atemschutzmaske trage.

Ich bemerke den chemischen Geruch des Anzugs, während ich langsam mit einem Notizbuch in der Hand zur Brandstelle gehe und mit gesenktem Kopf den Brandherd suche.

»Also«, höre ich Deputy Clark durch das Funkgerät in unseren Helmen. Der Klang erinnert mich wieder an den von Astronauten beim Spacewalk. »Wie läuft das jetzt? Wie bei der Untersuchung eines Tatorts?«

»Im Prinzip schon. Grundsätzlich gibt es vier mögliche Ursachen für ein Feuer: natürlich, durch Unfall, durch Brandstiftung und unbekannt. Wir müssen herausfinden, in welche Sparte dieses Feuer gehört.«

»Aber *unbekannt* ist doch keine Ursache für ein Feuer.«

»Das stimmt. Normalerweise kommt das auch nicht vor.«

Das war Ehrensache unter Brandermittlern. *Unbekannt* bedeutete, man wäre durchgefallen, hätte sich selbst durchfallen lassen.

»Woher wissen Sie, wonach Sie suchen müssen?«

Ich schiebe mein Visier hoch und die Atemmaske beiseite. Hole tief Luft. Der Geruch nach Holzkohle und verbranntem Gras dringt in meine Nase. Ich prüfe, ob Gerüche darunter liegen, die nicht hierhergehören. Benzin. Petroleum. Andere Brandbeschleuniger.

Da ist nichts. Bislang ist der einzige chemische Geruch die Löschflüssigkeit, die großzügig in der ganzen Umgebung verteilt wurde. Eigentlich bräuchte ich einen Hydrokarbondetektor. Das ist ein kleines Gerät, mit dem man Spuren von entflammbaren Flüssigkeiten in der Luft aufspüren kann. Doch so etwas hat die hiesige Feuerwehr nicht.

»Es gibt viele Methoden, eine Brandursache zu ermitteln«, sage ich, klappe das Visier wieder herunter und setzte mir erneut die Atemmaske auf. »Feuer hinterlassen Spuren, Fingerabdrücke wie ein Straftäter.«

Als ich mit meiner Ausbildung zur Brandermittlerin begann, erkannte ich, dass ich bereits seit Jahren gelernt hatte, diese Spuren zu lesen. Durch die Bekämpfung des Feuers hatte ich alles darüber erfahren. Daher kam mir der Stoff ganz leicht und natürlich vor, als ich spezielle Kurse über die Chemie und die Strömungen bei Bränden und über das Lesen einer Brandstelle besuchte. Das Feuer würde mir mitteilen, wie es angefangen hatte, wenn ich nur die Geduld aufbrachte, ihm zuzuhören.

Hätte ich doch nur genauso gut auf die Hinweise derer hören können, die mir nahestanden!

»Der erste Schritt ist, die Stelle ausfindig zu machen, wo das Feuer begann, den sogenannten Brandherd. Hier, das ist ziemlich einfach.«

Mit einer Handbewegung umfasse ich das rauchende Haus und den Pfad aus verbranntem Gras, der zum hinteren Rand des Grundstücks und dann in den Wald führt.

»Selbst wenn der Nachbar es nicht gemeldet hätte, bevor es das Grundstück verließ, wäre eindeutig, dass das Feuer dort ausgebrochen ist.«

»Heißt das nicht, dass es vorsätzlich entzündet wurde? Denn letzte Nacht gab es kein Gewitter. Das habe ich nachgeprüft.«

»Das werden wir sehen. Wenn man den Brandherd gefunden hat, muss man nach der Brandursache suchen. Dabei hilft uns wieder das Feuer.«

Ich zeige auf die Streifen im ehemaligen Garten des Hauses. Die gesamte etwa fünfhundert Quadratmeter große Rasenfläche ist schwarz und durchweicht von Wasser und Löschflüssigkeit. Es gibt ein eindeutiges Muster, an dem man oder zumindest ich sehen kann, dass dieses Feuer aufs Haus zugelaufen ist und nicht davon weg.

»Sehen Sie dieses Muster? Das zeigt uns, woher das Feuer kam. Jetzt müssen wir nur seinem Weg folgen.«

Wir gehen über das verbrannte Grundstück. Die Stiefel und der Schutzanzug halten die Hitze von den Füßen ab, doch ich fange an zu schwitzen.

Das Brandmuster führt mich zurück zum Rand des Grundstücks, wo aus Rasen erst Wiese und dann Wald wird.

Da ist mein Hauptverdächtiger: eine Feuergrube.

»Hat man den Brandherd«, sage ich, »dann muss man herausfinden, womit das Feuer entzündet wurde. Draußen in den

Wäldern kann das so etwas Harmloses wie eine Scherbe sein oder etwas so Dramatisches wie ein Blitz. In bewohnten Gegenden sind normalerweise Menschen dafür verantwortlich. Ein Lagerfeuer, das nicht gründlich genug ausgetreten wurde. Oder Müll, der in einem Fass verbrannt wurde.«

Deputy Clark zeigt auf die mit Steinen eingegrenzte Feuergrube. »Da hat es angefangen, nicht wahr?«

Ich bücke mich und halte meine durch einen Handschuh geschützten Finger über die weiße Asche. Sie verströmt immer noch Hitze. In der Asche erkenne ich ein paar halb verkohlte Holzstücke, die Überreste von Papier und zwei ausgebrannte Bierdosen.

»Holen Sie mir einen Eimer«, sage ich. »Und eine Schaufel.«

7

Schuldfrage

Elizabeth

Als wir zur Grundschule zurückfahren, komme ich mir langsam vor wie ein Jojo. Von unserem Haus zu dem von Bens Eltern. Von ihrem Haus zum Feuer. Vom Feuer zur Grundschule. Von der Schule zur Arbeit. Von der Arbeit zum Feuer. Vom Feuer zur Schule.

Jedes Mal, wenn ich mich gerade orientiere, werde ich – *zack!* – in eine andere Richtung gezogen.

Zur Grundschule fahren wir, weil dort John Phillips nach einer kurzen Behandlung wegen leichter Rauchvergiftung untergebracht wurde. Eigentlich muss ich ihn und seine Nachbarn befragen, doch die sind in alle vier Himmelsrichtungen verstreut. John Phillips ist der Einzige, dessen Aufenthaltsort wir kennen.

In der Schule sehe ich kurz nach Kara, die von allen Seiten bedrängt wird, dann folge ich den Schildern in die Turnhalle. Sie wurde bereits als Notunterkunft für möglichst viele Personen eingerichtet. Ich sehe Reihen um Reihen leerer Feldbetten mit Decken und schlaffen, angegrauten Kopfkissen aus dem Armeebestand. Ich frage mich, wo die Kinder sind, doch dann fällt mir ein, dass sie *waldbrandfrei* bekommen haben.

Zu ihrem Entzücken, da bin ich sicher. Was man mit ihnen macht, wenn das Feuer nicht unter Kontrolle gebracht werden kann und es hier von Evakuierten wimmelt, ist noch nicht entschieden.

Als die Tür der Turnhalle hinter uns zuschlägt, frage ich die verantwortliche Ehrenamtliche, wo Mr. Phillips ist.

»Dort drüben«, sagt die Frau herablassend und zeigt auf ein Feldbett in der hinteren linken Ecke. Ich kenne sie vom Sehen und weiß, sie heißt Honor Wells. »Ich glaube, er schläft.«

Mag sein, dass er trotz des grellen Neonlichts geschlafen hat, doch als wir zu ihm treten, ist er wach. Er liegt auf dem Rücken, hat die Hände hinter dem Kopf verschränkt und starrt an die Decke.

»Mr. Phillips?«

»Kristy?«

Mit kurzer Verzögerung fällt mir wieder ein, dass Kristy seine Frau ist. Oder war. Seit zwei Jahren tot, denke ich und stelle mir die morbide Frage, woran sie gestorben ist.

»Nein, Mr. Phillips. Ich bin Elizabeth Martin. Und dies hier ist Deputy Clark. Wir sind von der Polizei und möchten Ihnen ein paar Fragen stellen.«

»Nennen Sie mich doch John.«

Er setzt sich langsam auf und blinzelt mit seinen braunen Augen, als hätten wir gerade Licht gemacht. Seine Haare sind schneeweiß und kurz. Die Bräune in seinem Gesicht verrät, dass er oft draußen arbeitet. Er hat sich drei Decken und zwei Kissen geschnappt. Sein Bett ist das mit der größten Entfernung zur Tür.

Offenbar ein planvoll agierender Mensch. Oder zumindest einer mit guten Instinkten.

John stellt seine Füße fest auf den glänzenden Holzboden.

Er trägt blaue Krankenhauskluft und riecht nach billiger Seife, wahrscheinlich aus der Schuldusche.

Ich beginne mit ein paar einleitenden Fragen über seine Lebensumstände. Er antwortet mir zerstreut und wechselt dabei ständig zwischen Gegenwart und Vergangenheit, als seien sie ihm eins.

Zum Beispiel erklärt er mir, er habe sich für dieses Bett entschieden, weil er vor über vierzig Jahren in der Armee war und weiß, wie schwer es ist, in einem Raum voller schnarchender Männer zu schlafen. Obwohl er in der Grundausbildung war und immer so erschöpft vom Drill, dass er eigentlich auch im Bombenhagel schlafen können sollte. Heutzutage sei es noch schlimmer, da wecke ihn jedes kleinste Geräusch.

»Aber tagsüber habe ich Mühe, wach zu bleiben«, sagt er mit in die Ferne gerichtetem Blick. »Wie früher. Ich leg mich nur kurz aufs Ohr und bin dann wer weiß wie lange weg.«

»Sie haben einen Schock erlitten«, sage ich. »So verarbeitet ihn der Körper.«

»Wie bitte?«

»Wenn man etwas durchmacht wie Sie, fühlt man sich oft danach sehr müde. Tagelang. Das ist ganz normal, aber wenn Sie sich dauerhaft unwohl fühlen, sollten Sie einen Arzt aufsuchen.«

»Der Arzt in der Notaufnahme meinte, ich wäre okay nach dem … Feuer.«

Sein Blick wird einen Moment leer, dann kehrt seine Aufmerksamkeit zurück.

»Hier sind Sie in Sicherheit, John«, sage ich und lege ihm sanft die Hand auf die Schulter.

»Ich habe alles verloren.«

»Das tut mir wirklich sehr leid. Aber erst mal können Sie hierbleiben, und ich bin sicher …«

Ich halte inne, denn wessen bin ich mir denn sicher? Dass alles wieder gut wird? Dass er mit tätiger Mithilfe und Geld unterstützt wird? Dass er irgendwohin kann, wenn die Notunterkunft geschlossen wird? Wie kann ich so etwas behaupten, wenn ich das nicht einmal für mich selbst weiß?

Sollte er bemerken, dass meine Gedanken abschweifen, so zeigt er es nicht. Er sieht sich nur langsam blinzelnd um.

»Das ist doch die Grundschule, oder?«

Als ich das bestätige, schweifen seine Gedanken ab. Es ist nicht die Grundschule, die er besucht hat. Natürlich trägt sie denselben Namen wie seine alte Schule, *Nelson Elementary*, doch das Gebäude wurde erst vor zwanzig Jahren erbaut. Seine alte Schule wurde abgerissen, als man entdeckte, dass sie voller Asbest war und der Schulbezirk wegen zweier Fälle von Lungenkrebs verklagt wurde. Ihm gefiel sein Schulgebäude, das damals noch neu war. Damals waren fast alle im Ort Kinder von Viehbesitzern und Milchbauern so wie er. Zur Ernte- und Kälberzeit wurde die Schule geschlossen. Der Stundenplan bestand hauptsächlich aus Lesen, Schreiben und Rechnen, was für das Leben in Nelson vollkommen ausreichte.

Heute sei das natürlich anders, sagt er. Das weiß er. Doch das heißt nicht, dass ihm das gefallen muss.

Wieder verstummt er, und sein Blick wird leer.

Ich merke, dass Deputy Clark langsam ungeduldig wird, doch als er etwas sagen will, gebe ich ihm ein Zeichen, dass er John reden lassen soll. Das gesteigerte Redebedürfnis gehört zum Schock. Im Laufe der Jahre habe ich festgestellt, dass ich mehr erfahre, wenn ich die Leute einfach reden lasse. Für uns

Menschen ist Schweigen in einer Gruppe unerträglich. Wir folgen dem natürlichen Instinkt, einfach auszusprechen, was uns gerade im Kopf herumgeht. Wenn ich an Johns Stelle wäre, würde ich sicherlich von Ben plappern, von unserer Entfremdung, an der ich nicht schuld bin, er aber auch nicht, so etwas kommt einfach vor. Wie die Dinge liegen, weiß ich, dass John sich langsam zum Feuer vorarbeiten wird. Wenn ich Glück habe, ist der Fall abgeschlossen, bevor Ben überhaupt mitkriegt, dass ich damit zu tun habe.

Also unterbreche ich das Schweigen nicht, bis John fortfährt: »Wir hatten nie Kinder, Kristy und ich. Einer von uns konnte nicht, vielleicht auch beide. Wir haben das nie untersuchen lassen. Es war kein Geld dafür da. Außerdem wussten wir beide, wenn nur einer keine Kinder kriegen könnte, würde der andere ihm die Schuld geben. Dann würde zwischen uns Groll anwachsen, bis für anderes kein Platz mehr wäre.«

Er wirkt, als überraschte ihn seine eigene Aussage. Ich habe die Luft angehalten, und mein Herz pocht heftig gegen meine Rippen.

Und das aus dem Mund eines alten, verängstigten Mannes.

»Haben Sie Kinder?«, fragt er mich.

»Nein.«

»Sie wären bestimmt eine gute Mutter. Sie reden mit den Leuten wie mit echten Menschen, nicht wie …« Er weist nickend zu Honor, die Decken faltet. Dann senkt er die Stimme: »Sie redet mit mir, wie manche mit Leuten sprechen, die ein bestimmtes Alter überschritten haben. Wissen Sie, was ich meine?«

Ja, das weiß ich. Honor gehört zu den Menschen, die mit Älteren sprechen, als wären sie begriffsstutzig. Als stünden sie schon mit einem Fuß im Grab.

»Ja. Sie haben also Ihr ganzes Leben in Nelson verbracht?«

Richtig, sagt er, sein ganzes Leben, genau wie sein Vater. Und als Bauarbeiter gearbeitet, früher jedenfalls, und jetzt ist er allein, ohne seine Frau. Er weiß nicht, was auf ihn zukommt, und hat das Gefühl, man könnte ihm die Schuld geben.

»Die Schuld?«, frage ich. »Am Feuer, meinen Sie?«

Deputy Clark neigt sich mit dem Notizblock in der Hand zu ihm, als wollte er eine Aussage aufnehmen.

»Ich habe geschlafen«, erwidert John. »Kann man mir die Schuld geben, weil ich geschlafen habe?«

»Nicht, weil Sie geschlafen haben. Selbstverständlich nicht«, sage ich, um ihn zu beruhigen.

»Sie hätten das Feuer sonst vielleicht früher bemerkt«, meldet sich Deputy Clark zu Wort. Ich schüttle den Kopf, doch er fährt fort: »Oder vielleicht ... haben Sie gestern Abend die Feuergrube benutzt, Sir?«

»Die ... ist das Feuer von dort ausgegangen?«

»Wahrscheinlich.«

»Es ist noch zu früh, um das eindeutig festzulegen«, korrigiere ich ihn mit einem Anflug von Wut. Er hat unerlaubt eine Information preisgegeben, und das ist nicht mehr rückgängig zu machen. Eben war John Phillips ein unbeschriebenes Blatt, doch jetzt ist der Fleck da. Wenn er von sich aus gewusst hätte, wo das Feuer herkam, hätte das ein Beweis sein können. Jetzt ist es nur ein Beweis für Deputy Clarks mangelnde Ausbildung.

John starrt wieder in die Ferne. Ich weiß nicht, ob er sich nur seine nächste Bemerkung sorgfältiger überlegt oder mit den Gedanken wieder in der Vergangenheit weilt. Ich wandere mit dem Blick durch die Turnhalle, um ihn nicht zu bedrängen, und da sehe ich sie. Mindy Mitchell steht am Eingang und spricht mit Honor.

Was macht die denn hier?

Als Ehrenamtliche arbeiten wahrscheinlich. Ein unfreundlicher Gedanke will in mir Gestalt annehmen, doch ich verdränge ihn. Ich bin wütend auf sie, die Wut durchzuckt mich wie ein Adrenalinstoß. Doch es wäre vollkommen irrational, ihre altruistischen Neigungen zu verurteilen. Ben würde behaupten, dass alles, was zwischen uns vorgefallen ist, irrational sei. Doch es ist ein Riesenunterschied, ob man von einem Streit hört oder daran beteiligt ist.

Ich wende mich mit dem Rücken zur Tür und hoffe, dass Mindy mich nicht bemerkt. Obwohl wir in einer Kleinstadt leben, ist es mir ein ganzes Jahr lang gelungen, ihr aus dem Weg zu gehen. Da muss doch ein weiterer Tag möglich sein.

»Fällt Ihnen sonst noch etwas ein?«, frage ich John. »Auch wenn es nichts mit dem Feuer zu tun zu haben scheint. Man kann ja nie wissen.«

Er fährt sich mit den Händen zu den Schultern und dann wieder zu den Knien, als wollte er sich die Falten in seiner Kluft glatt streichen.

»Hat man Ihnen schon von den Jugendlichen erzählt?«, fragt er langsam.

»Welchen Jugendlichen?«

»Denen, über die ich mich den ganzen Sommer beschwert habe. Ich habe ein paar Mal auf Ihrer Wache angerufen, Deputy. Das können Sie nachprüfen.« Er hebt die Füße wieder aufs Bett und lehnt sich gegen die Kissen. »Die sind ständig nachts zur Feuergrube gekommen und haben dort Bier getrunken. Haben gewartet, bis ich schlief. Meinten wohl, ich kriege es nicht mit.«

»Ist Ihnen aufgefallen, dass sie ein Feuer in Ihrer Grube gemacht haben?«

»Aber sicher doch. Das ist ja einer der Gründe, warum ich die Polizei angerufen habe. Jugendliche sind dumm genug, bei solchen Wetterbedingungen Feuer zu machen. Die könnten ja die ganze Stadt abfackeln.«

»Wissen Sie, wer diese Jugendlichen waren?«

»Nein, Ma'am. Aber ich würde sie wiedererkennen.«

8

Brathähnchen und andere Probleme

Mindy

Nachdem Mindy Kleider- und Essensspenden für die Brandopfer in der Grundschule abgeliefert und dafür gesorgt hatte, dass Angus weiterhin das Schreibseminar besuchen konnte, fuhr sie Carrie zu ihrer Ballettstunde. Dann verbrachte sie mehrere Stunden mit Haushaltspflichten, die sie langsam in den Wahnsinn trieben. Sie nahm die trockene Wäsche ab und brachte ihren Wagen zur Waschanlage. Die letzte Reinigung war sechs Monate her, und der Dreck wurde langsam peinlich. Schließlich besorgte sie in drei verschiedenen Geschäften die Lebensmittel von ihrer Einkaufsliste, weil kein einziger Laden alles hatte, was sie brauchte. Große Supermärkte hatten es noch nicht bis Nelson geschafft. Und was hätte ihr das auch gebracht? Was hätte sie denn mit ihrer Zeit angefangen?

War das nicht ein schrecklicher Gedanke, dass sie nichts Besseres mit ihrer Zeit anzufangen wusste? Nicht, dass sie der Meinung war, für ihre Familie zu sorgen hätte keinen Wert. Aber sie hatte schon seit Jahren ständig das unterschwellige Gefühl, dass sie eigentlich *mehr* tun sollte. Genauer gesagt, seitdem die Kinder alt genug waren, sich selbst anzuziehen und zu essen. Seitdem sie endlich akzeptiert hatte, dass Carrie außer Gefahr war. Also trat sie verschiedenen Komitees bei und arbeitete freiwillig in der Schule mit, sodass ihre Tage voll waren.

Doch es blieb ihr genug Zeit, an einem Tag in drei verschiedenen Läden einzukaufen. Wahrscheinlich entwickelte sich der Gedanke an John Phillips deshalb langsam zur Besessenheit. Sie entwarf im Stillen schon eine Liste mit all den Dingen, die die Koffaholics tun mussten, um das Herbstfest als Spendenaktion für sein neues Haus zu gestalten. Das Fest sollte in fünf Tagen stattfinden. Mindy sah schon die enttäuschten Mienen der restlichen Verantwortlichen im Organisationskomitee vor sich, wenn der neue Spendenzweck verkündet würde. Sie hoffte sehnlichst, dass das Kate übernehmen würde.

Doch sie machten tatsächlich das Richtige, wirklich. Also brauchte sie dieses eine Mal nicht zu befürchten, abgelehnt zu werden oder Leute zu verärgern oder dass die Dinge passierten, um die ihre Gedanken sonst eigentlich ständig kreisten.

Nein, diesmal nicht.

Außerdem: Wenn es Kate nicht kümmerte, warum dann sie?

Das Huhn fürs Abendessen hatte sie erst im letzten Laden gekauft. Sie hatte genug Warnungen gesehen, in denen geraten wurde, Hühnerfleisch schnell nach Hause zu bringen und in den Kühlschrank zu legen. Außerdem würde sie es dieses Mal richtig durchbraten, sodass hinterher kein rosa Saft mehr herausfloss. Sie schämte sich zuzugeben, dass sie trotz jahrelanger Bemühungen nicht in der Lage war, ein Huhn richtig zuzubereiten. Dabei war das so einfach, sollte es zumindest sein. Es war peinlich, wenn sie es erneut in den Ofen geben musste, nachdem ein Schnitt von Peters Tranchiermesser enthüllt hatte, dass es nicht durch war.

Brathähnchen mit Zitronenfüllung und Kräuterkruste war Peters Lieblingsessen. Dazu gab es Blechkartoffeln mit Knoblauch und Rosmarin und Blattsalat. Sie machte ihn gern glücklich. Selbst nach all den Jahren achtete sie darauf, dass Angus und Carrie sie nicht vollkommen von dem Menschen und dem Grund dafür ablenkten, wegen dem sie dieses Leben überhaupt gewählt hatte.

Angus. Mit leichtem Schreck wurde ihr klar, dass sie den ganzen Tag nicht an ihn gedacht hatte. Auf einmal galt ihre größte Sorge nicht mehr ihrem Sechzehnjährigen. Dieses Jahr hatte sie sich so viele Gedanken über Angus gemacht, dass ein ständiger unterschwelliger Schmerz entstanden war. Wie bei einem losen Stück Nagelhaut, an dem man so lange zupft, bis es zu bluten anfängt. Doch nicht an ihn zu denken, erzeugte auch Schmerz. Irgendwas stimmte in letzter Zeit nicht mit Angus. Nur wusste sie nicht, was.

Nichts Großes deutete darauf hin, sondern viele kleine Vorfälle. Er war nicht gefährdet wie Carrie, brauchte keine ärztliche Hilfe. Und ganz sicher baute er keine Bomben im Keller. Bitte, lieber Gott, bitte nicht! Er hatte sich ganz einfach aus ihrem Orbit entfernt, und sie wusste nicht, in welchen Kreisen er sich bewegte. Litt er an Depressionen wie ihr Bruder? Hatte er mit seiner Sexualität zu kämpfen? Wurde er in der Schule gemobbt? Doch ganz gleich, wie oft sie fragte, nachhakte und sogar schnüffelte: Sie kam einfach nicht dahinter.

Aber da war etwas.

Zum Beispiel heute Morgen. Mindy hatte das Gefühl, er hätte sich nachts rausgeschlichen, um Pot zu rauchen oder was die Jugendlichen von heute so rauchten. Seine auf dem Boden verstreuten Klamotten, seine absolute Lethargie und der komische Geruch schienen dafür zu sprechen. Doch sosehr Peter und sie ihm zusetzten, sie drangen einfach nicht zu ihm durch. Eine Durchsuchung seines Zimmers ergab nichts. Die Alarmanlage im Haus war nicht ausgeschaltet worden. Und Teenager schliefen nun mal viel und experimentierten gern herum …

Bla, bla, bla.

Peter sagte ständig, sie würde sich zu viele Sorgen machen, aber sie wusste, dass auch er besorgt war. Er versuchte, Angus so wie früher zu gemeinsamen Unternehmungen zu bewegen: Basketball, Radtouren, Klettern. Aber daran war Angus nicht mehr interessiert. Jedenfalls nicht mit seinem Dad. Es brach Mindy jedes Mal das Herz, wenn Peter versuchte, sich die Kränkung nicht anmerken zu lassen.

Wenigstens schien Carrie über dem zu stehen, was ihren Bruder herunterzog. Als hätte sie als Ausgleich für den Herzfehler eine Extraportion Lebenslust mitbekommen. Mindy wusste, dass sich das zu einem Problem entwickeln konnte. Doch momentan schien es sie vor dem zu bewahren, was viele der Töchter ihrer Freundinnen durchmachen mussten.

Wegen Angus mussten sie allerdings wirklich etwas unternehmen. Und zwar bald.

Dann musste Mindy daran denken, wie komisch es gewesen war, Elizabeth in der Grundschule zu sehen, selbst aus der Ferne. Mehr als diesen einen Blick von ihr hatte sie seit dem Supergau nicht erhaschen können. Was hatte sie wohl mit John Phillips zu bereden? Wahrscheinlich hatte es mit dem Feuer zu tun. Doch es war wirklich seltsam, die zwei Menschen miteinander sprechen zu sehen, um die sich viele ihrer Gedanken drehten, wenn auch aus völlig unterschiedlichen Gründen.

Lag es an ihrem emotionalen Verlust nach der Entzweiung mit Elizabeth, dass sie sich plötzlich so auf Angus konzentriert hatte? Das fragte sie sich wirklich, wusste sie doch, dass sie in deprimierter Stimmung gern etwas in andere hineindeutete. Als wäre sie eine Lupe für das Leiden anderer Menschen. Das erklärte wahrscheinlich auch ihre Besessenheit von John Phillips.

Als Mindy in ihre Auffahrt einbog, beschloss sie, diese Gedanken erst einmal beiseitezuschieben. Das gelang ihr auch einigermaßen. Als Peter nach Hause kam, überprüfte Mindy gerade zum achten Mal das Huhn mit dem Thermometer, das er ihr besorgt hatte. Nicht zum Geburtstag, Hochzeitstag oder ähnlich unpassendem Anlass, sondern einfach so. Weil er wusste, dass sie deswegen Stress hatte und er ihr ein bisschen helfen wollte.

»Lass es doch einfach vor sich hin braten und vergiss es«, sagte er. Er trug einen der dunkelgrauen Anzüge, die er sich nach seiner Beförderung in der Bank gekauft hatte. Dazu ein blaues Hemd und die gestreifte Krawatte, die ihm die Kinder zu Weihnachten geschenkt hatten. Sein sandfarbenes Haar war noch dicht, bekam jedoch graue Strähnen, vor allem wenn es im Nacken zu lang wurde.

»Na klar, du Ron Popeil, du hast gut reden.«

Kapitulierend hob Peter die Hände. Er hatte die langen, spitz zulaufenden Finger, die man bei eins fünfundneunzig großen Männern oft sah. »Ich weiß, du hältst nichts von Marketing, aber Ron Popeil? Das ist echt ein Tiefschlag.«

Bevor Peter in der Bank anfing, hatte er im Marketing des Krankenhauses gearbeitet. Dabei hatte Mindy ihm schon tausendmal erklärt, sie hätte *per se* nichts gegen Marketing, sondern gegen die Vorstellung, medizinische Maßnahmen zu verkaufen, Patienten als Ware zu betrachten. Als etwas, das gezählt, berechnet und budgetiert wurde. Nicht, dass die Arbeit bei der Bank ihn in eine moralisch bessere Position gebracht hätte. Ganz sicher nicht, wenn eine Familie nach der anderen von der Zwangsversteigerung ihres Hauses bedroht wurde. Mit solchen Problemen mussten sich Kate und die Koffaholics nicht beschäftigen. Sie konnten sich nicht einmal vorstellen, was das bedeutete.

»Wer sagt denn, dass ich nichts von Marketing halte? Schließlich hat Popeil einen Haufen Kohle gemacht. Damit könnte ich auch leben«, sagte Mindy.

»Lass das nicht die Kinder hören.«

»Ich bin sicher, die äußern viel Schlimmeres, wenn wir nicht dabei sind.«

Peter legte den Kopf schräg. »Hallo, wen haben wir denn da?«

»Wie bitte?«

»Wo ist meine Frau, und was hast du mit ihr gemacht? Die Mindy, die ich kenne und liebe, würde sich niemals so leichtfertig über das lose Mundwerk unserer Kinder äußern.«

»Ach so. Ich bin nur in komischer Stimmung.«

Das war sie tatsächlich. Als wäre ihr Hirn auf Schnellvorlauf geschaltet und surrte unablässig weiter, weiter, weiter.

»Das ist dieser Spinningkurs, ich sag's dir.« Peter nahm sie in die Arme und zog sie an sich. Seine Hände wanderten ihren Rücken hinunter und umfassten ihren Po, der sich tatsächlich ein bisschen straffer anfühlte. »Danach bist du immer aufgeputscht. Nicht, dass ich was dagegen hätte ...«

»Elternsexalarm!«, rief Carrie von der anderen Seite des Raums, wo sie an ihren Hausaufgaben saß. Sie hatte ihre Ballettsachen an, schwarze Gymnastikhose, schwarzer Gymnastikanzug, rosa Bolero, und die maisblonden Haare zu einem perfekten, straffen Knoten gebunden.

»Aber Schatz«, sagte Peter. »Du willst doch, dass deine Eltern sich lieben, oder?«

»Aber nicht direkt vor meinen Augen.«

»Was glaubst du denn, wie du entstanden bist?«

»Ach, Peter, sei ruhig«, sagte Mindy, musste aber lachen. Sie bemerkte, dass Peters Hände immer noch auf ihrem Po lagen. Vielleicht konnte sie ihre Energie für später aufsparen, wenn die Kinder im Bett waren.

»Angus! Mom und Dad benehmen sich ekelhaft«, rief Carrie.

Angus hockte wie ein Zombie vor dem Computer der Kinder, den Mindy im Wohnzimmer haben wollte. Ihr Sohn würde sich keine Pornoseiten im Internet ansehen. Nicht in ihrem Haus.

»Ach, werd doch erwachsen, Carrie«, erwiderte Angus, ohne den Blick vom Bildschirm zu lösen. »Wenn du endlich einen der Typen in deiner Ballettschule küssen würdest, anstatt nur …«

»Abendessen«, rief Mindy und gab Peter einen dicken Schmatz auf den Mund.

9

Ein Zuhause schaffen

Elizabeth

Nach der Befragung von John Phillips fühle ich mich erschöpft. Ich weiß nicht, ob es an seiner Traurigkeit liegt, die man fast mit Händen greifen kann. Oder daran, dass er so einsam und verlassen auf seinem Feldbett in einer leeren Turnhalle saß, die auf die Evakuierten einer ganzen Stadt wartet. Auch auf Ben und mich, wenn wir nicht woanders hinkönnen.

Deputy Clark setzt mich am Büro ab, wo wir uns mit ein paar Floskeln verabschieden. Zurück am Schreibtisch, gebe ich meine Notizen sowohl zum Feuer als auch zu John Phillips Befragung in den Computer ein. Dann lege ich eine Liste mit Aufgaben für den folgenden Tag an. Eine Kopie der Meldungen bei der Polizei einholen, die John Phillips erwähnt hat. Nachfragen, ob Nachbarn ebenfalls Probleme mit Jugendlichen auf ihrem Grundstück haben. Die Gruppe ausfindig machen, die möglicherweise das Feuer zu verantworten hat.

Der Brand ist nicht unter Kontrolle, sondern breitet sich aus. Nach der letzten Verlautbarung sind mittlerweile über sechshundert Hektar betroffen. Feuerwehrteams aus dem gesamten Umkreis sind an den Löscharbeiten beteiligt, können es aber kaum eindämmen.

Ich rufe den Wetterbericht auf, aber wie Kara sagte, sieht es schlecht aus. Morgen wird es heiß und windig. Auch für die nächsten Tage ist kein Tropfen Regen in Aussicht. Ich schicke ein Stoßgebet zum Himmel, dass sich die Meteorologen wie üblich irren. Doch mir ist aufgefallen, dass das nie passiert, wenn es wirklich darauf ankommt. Der Schneesturm Ende Mai, der einem das lange Wochenende vom Memorial Day ruiniert, oder die sintflutartigen Regenfälle am Nationalfeiertag treten unfehlbar ein, wenn sie erst einmal vorausgesagt wurden. Nur die kühlen, bedeckten Tage, die nach einer Hitzewelle dringend benötigt werden, die kommen unerwartet und fast ungebeten.

»Tja, Leute, wir sind uns nicht ganz sicher, aber der herrliche Tag, den wir vorausgesagt haben, scheint doch nicht zu kommen. Stattdessen türmen sich Wolken …«

Wieso muss beim Wetterbericht immer so herumgesülzt werden?

Jedenfalls sieht es übel aus. Ganz gleich, wie man es betrachtet.

Ich fahre den Computer herunter und schicke Ben eine SMS: *Treffen am Haus jetzt?*

Kurz darauf seine Antwort: *Bin unterwegs.*

Unser Haus steht an den nordwestlichen Ausläufern des Nelson Peak und wäre ohne Graces und Gordons Großzügigkeit für eine Brandbekämpferin und einen Lehrer viel zu teuer gewesen.

Wir hatten nie vor, derart in ihrer Schuld zu stehen. Wir hassen es beide, jemandem etwas zu schulden. Aber unser Haus – tja, das war Liebe auf den ersten Blick.

Aus Liebe macht man schon mal komische Dinge.

Wir hatten uns viel kleinere Objekte im Tal angesehen. In schlechteren Wohngegenden, kleine Häuschen, die aussahen, als wären sie nicht winterfest. Dort starrten uns nur Probleme entgegen. Bäder mussten renoviert werden, Küchen ganz herausgerissen. Nicht, weil ich so pingelig war, sondern schlicht und einfach aus Gründen der Hygiene. Der Immobilienmarkt eines Orts, in dem ein Drittel der Bevölkerung fluktuiert, ist ziemlich problematisch. Mich schreckte die Vorstellung ab, den Schmutz Tausender Skitouristen wegzuschrubben.

Wir standen kurz davor, uns für eines der akzeptableren dieser Häuschen zu entscheiden, weil wir ja irgendwo wohnen mussten. Unser damaliges Haus ging auf die Bank über, und die wollte keine Mieter. Da entdeckte ich in der *Nelson Daily* die Anzeige für dieses Haus. Ein gerade fertiggestelltes Nurdachhaus mit Blick auf die Berge, umgeben von großen Espen. Ich dachte an den Schatten, den sie uns in der Sommerhitze spenden würden, und an ihr schimmerndes Goldlaub im Herbst.

Als ich Ben die Anzeige zeigte, wirkte er zwar skeptisch, doch in seinen Augen leuchtete es auf. Und es leuchtete in uns beiden auf, als wir durch das sonnendurchflutete Haus gingen und das frisch verarbeitete Holz rochen.

Hier könnten wir eine Familie gründen, dachte ich. Es ist perfekt.

Die Immobilienmaklerin schwafelte etwas über die Quadratmeterzahl und mehrere Interessenten, weswegen wir schnell zuschlagen sollten. Doch als ich das Mindestgebot sah, sank mir das Herz. »Das sollten Sie besser überbieten«, bemerkte die Maklerin außerdem.

»Das können wir uns nicht leisten«, flüsterte ich Ben zu, während wir so taten, als würden wir uns die Speisekammer neben der Küche ansehen.

»Ich weiß, aber … eine Möglichkeit gibt es vielleicht. Wenn wir beide unseren Stolz vergessen.«

Mir war klar, was er meinte. Zu seinen Eltern zu gehen und das zu tun, was wir niemals tun wollten, das hatten wir uns geschworen. Seine Eltern um etwas zu bitten.

Dieses Haus mit den Panoramafenstern, die uns die ganze Stadt zu Füßen legen schienen, mit dem großen Natursteinkamin, der das Wohnzimmer den ganzen Winter behaglich machen würde, und den Nadelbäumen rund ums Grundstück, die die Luft selbst an schwülwarmen Tagen frisch halten würden – dieses Haus war es allerdings wert, unsere Prinzipien zu opfern.

»Das kann ich, wenn du es kannst«, sagte ich.

Zur Besiegelung unseres Pakts gaben wir uns die Hand, und unsere Eheringe stießen klickend aneinander, als seien sie zusammengekommen, um einen Toast auszubringen.

Ben wartet auf der umlaufenden Veranda. Er sitzt auf der Schaukelbank, die wir vor ein paar Jahren an einem Wochenende mit viel Schweiß zusammengezimmert haben.

Offenbar geraten wir immer in Streit, wenn wir gemeinsam etwas an unserem Haus verschönern wollen, daher sind wir im Laufe der Jahre dazu übergegangen, getrennt zu handwerkern.

In den Wintermonaten strich ich in meiner planlosen Art die Wände und brauchte für ein Zimmer eine ganze Woche. Wenn Ben etwas anfing, hatte er es blitzschnell fertig. Er arbeitete wie ein Wahnsinniger an der Regalwand des Wohnzimmers oder an der Installation des neuen Geschirrspülers, als der alte kaputt ging.

Aber für diese Bank, eine Schaukel für ein Pärchen, waren

vier Hände nötig, daher arbeiteten wir zusammen und stritten uns. Kurz bevor sie fertig war, schlitzte ich mir den Finger an einer scharfen Kante der Verpackung auf, in der sie geliefert worden war.

»Bleib sitzen«, sagte Ben, als sich die Blutlache über meine ganze Handfläche ausbreitete. »Halte sie hoch.«

Während er losrannte, um den Verbandskasten zu holen, hätte ich fast *Über der Spüle!* gerufen, verkniff es mir aber. Ich zog lieber mein verschwitztes Shirt aus, unter dem ich nur einen BH trug, und wickelte es fest um meinen Finger. Dann saß ich auf der Schaukel, presste meine pochende Hand gegen die Brust, stieß mich sacht vom Boden ab und fragte mich, wie ich so unvorsichtig sein konnte.

Kurz darauf kehrte Ben mit dem Angelkasten zurück, den ich in einen Verbandskasten umfunktioniert hatte. Obwohl ich den Erste-Hilfe-Kurs absolviert hatte, suchte er schnell und effizient alles Notwendige heraus und verarztete mich, ohne dass ich etwas sagen musste. Er wickelte behutsam das Shirt von meinem Finger und wischte das Blut mit einem sterilen Tuch ab. Während er den Finger verband, hielt er sanft und geschickt meine Hand.

»Schon besser?«, fragte er und küsste mich auf die Stirn.

Als ich nickte, setzte er sich neben mich. Ich lehnte meinen Kopf an seine Schulter und lachte.

»Was ist?«

»Wenigstens streiten wir nicht mehr.«

Da lachte auch er, und dann saßen wir eine Weile glucksend da und bewunderten die Aussicht.

Jetzt lacht Ben nicht.

»Wo willst du anfangen?«, fragt er betont sachlich.

»Vielleicht könnten wir von Zimmer zu Zimmer gehen und

alles zusammenpacken, was sich leicht transportieren lässt? Fotos, Rechnungen, DVDs. In der Speisekammer sind ein paar Plastikboxen. Und wir sollten den Kühlschrank ausräumen.«

Er nickt, steht auf und folgt mir ins Haus. Drinnen kommt mir der Rauchgeruch stärker vor als draußen im Schutz der Nadelbäume. Das Haus wirkt bereits verlassen.

»Ich nehme mir die Küche vor«, erklärt Ben. »Ich muss außerdem meine Notizbücher holen.«

Das überrascht mich. Zwar schreibt Ben in letzter Zeit hauptsächlich auf seinem Notebook, doch er hat unzählige Notizbücher mit Gedichten, Kurzgeschichten und halb fertigen Romanen, die zum Teil aus seiner Teenagerzeit stammen. Eigentlich hatte ich angenommen, er hätte sie letzte Nacht mitgenommen. Ich jedenfalls hätte das getan. Aber Ben ist der Schriftsteller oder eben nicht. Das ist eines der Themen, über die wir nicht mehr sprechen.

»Ich dachte …«

»Was?«, fragt er mit scharfem Unterton.

»Nichts, vergiss es. Ich hole die anderen Sachen.«

Er grunzt und wendet sich zur Küche. Ich folge ihm, um eine Plastikbox zu holen. Die Muskeln an Bens Nacken sind angespannt. Ich erkenne, dass er wütend ist. Nicht nur verärgert wie vielleicht heute Morgen oder definitiv heute Nachmittag, sondern richtig wütend. Das ist der Hass, nach dem ich ihn heute Nacht vor dem Haus seiner Eltern gefragt habe. Der Hass, den er geleugnet hat.

Den er, wie er sagte, mir gegenüber niemals empfinden könnte.

Doch jetzt ist er da und breitet sich in dem Haus aus, das wir verlassen haben.

Als wir mit einem Kofferraum voller Erinnerungen und Nahrungsmitteln vor dem Haus von Bens Eltern landen, ist die Dinnerzeit glücklicherweise längst vorbei. Bei Bens Eltern gibt es kein zwangloses Abendessen, und ich wäre wohl nicht in der Lage, ein ganzes Dinner lang den Schein zu wahren.

Gordon und Grace wollen gerade ausgehen. Gordon trägt seinen Smoking und Grace ein eisblaues Etuikleid mit Strasssteinchen. Heute Abend gibt es in Nelson ein Symphoniekonzert. Eins der Ereignisse, die ich oft besuchen wollte, am Ende aber immer irgendwie verpasst habe.

Grace mustert die Boxen, die Ben in der Eingangshalle stapelt. Sie trägt ihr dickes weißes Haar in einem stumpfen Bob, und Bens grüne Augen sind der einzige Farbtupfer in ihrem Gesicht.

»Bleibt, so lange ihr wollt«, sagt sie und gibt mir ein Luftküsschen an meiner Wange.

»Danke. Es wird nicht lang dauern.«

Sie nickt mitfühlend, und dann brechen sie glücklicherweise auf, denn sonst hätte ich mich vielleicht an ihrer Schulter ausgeweint. Sie steht mir näher als meine eigene Mutter, die mich bei meinem Vater zurückließ, als ich acht war. Es war nicht so schlimm, wie es sich anhört. Wir sahen uns am Wochenende und in den Ferien, die so verliefen wie sonst bei Scheidungsvätern.

Nach ihrem Aufbruch begeben Ben und ich uns in die Küche. Sie besteht aus endlosen weißen Marmorflächen und Schränken aus dunklem Holz. Damit ist sie das genaue Gegenteil unserer eigenen Küche mit vermackten Eichenregalen und Laminatflächen, doch die würde ich ohne zu zögern vorziehen. Zumindest mit der Atmosphäre von früher, als wir gemeinsam Mahlzeiten zubereiteten und über das manchmal katastrophale Ergebnis lachten.

Ben holt Lebensmittel aus dem Kühlschrank mit Nullgradzone.

»Doppeldecker mit Hühnchen?«, fragt er.

»Ja bitte.«

Er fängt an, die Zutaten zu einem in unserem Haushalt berühmten Sandwich aufeinanderzustapeln. Getoastetes Brot, Hühnchenbrustscheiben, Salatblätter, Tomaten, Speck. Darauf wird Mayonnaise geschmiert, und dann geht's noch einmal von vorne los. Es wirkt wie zwei aufeinander gestapelte Clubsandwichs und wird so mächtig, dass man es kaum in den Mund bekommt, was einen Teil seines Reizes ausmacht. Nicht ein einziges Mal haben wir diese Sandwichs gegessen, ohne uns am Ende vor Lachen über unsere Versuche zu krümmen, sauber davon abzubeißen. Es ist ein Wettkampf darum, wer zuerst kleckert. Am Ende muss man sich jedes Mal der Tatsache beugen, dass man sie nur vernünftig essen kann, indem man sie auseinanderbaut und Besteck benutzt.

»Wie war's heute in der Schule?«, frage ich.

Ben arbeitet an einer der beiden Highschools am Ort. Es gibt eine staatliche, die so ähnlich ist wie meine frühere Highschool. Große Klassen, Kinder aus allen Gesellschaftsschichten, unterbezahlte und überlastete Lehrer. Daneben gibt es Bens Privatschule, die 40 000 Dollar pro Jahr kostet. Sie heißt *Voyages*, weswegen ich sie mir immer an Bord eines Schiffs vorstelle anstatt auf dem piekfeinen, riesigen Anwesen am östlichen Stadtrand.

Dort war auch Ben, und jetzt schicken seine alten Freunde ihre Kinder dorthin. Eigentlich wollte er nicht dort unterrichten, wäre viel lieber an der öffentlichen Highschool untergekommen. Zumindest hat er das früher behauptet, aber als er dort seine Qualifikationen vorwies, bekam er keinen Job. Da er unbedingt in Nelson bleiben wollte, kapitulierte er. »Ich erziehe die Schüler zu kleinen Liberalen, wenn die Eltern nicht hingucken«, sagte er bedauernd. »Unterwandere das System von innen.«

»Wie war das Schreibseminar?«, frage ich jetzt.

»Die erste Regel beim Schreibseminar ist, nicht über das Schreibseminar zu reden.«

»Ha.«

»Es war gut. Größtenteils wieder dieselben Schüler.«

»Dieser Tucker und seine Freunde auch?«

»Sieht so aus. Offenbar möchte jeder zukünftige Soziopath seine düsteren Fantasien mit anderen teilen.«

Ben ist mit meinem Sandwich fertig und schiebt es zu mir herüber.

»Glaubst du, das ist es?«

»Wer weiß? Aber ich hasse wirklich, dass ich mich die Hälfte der Zeit fragen muss, ob ich einen von ihnen beim Direktor melden muss. Du weißt schon, wegen der Politik von null Toleranz bei Gewalt.«

Im Vorjahr blieb Ben nichts anderes übrig, als eine von Tuckers Geschichten dem Direktor vorzulegen, da dort bis ins Detail beschrieben wurde, wie er seine Schwester zerstückeln wollte, angefangen bei ihrem Balletttrikot. Daraufhin wurde Tucker drei Tage vom Unterricht suspendiert. Doch als sich herausstellte, dass seine Schwester gar keinen Ballettunterricht nahm, durfte er wieder zur Schule. Der Direktor und Ben mussten sich bei der ganzen Familie entschuldigen, während Tucker sie gehässig angrinste. In der Woche danach fand Ben ein zerschnittenes Balletttrikot in seinem Fach im Lehrerzimmer.

Doch mangels Videoaufzeichnung konnte nicht bewiesen werden, von wem es stammte. Ende der Geschichte.

»Du musst das Seminar ja nicht geben«, sage ich.

»Das wäre ziemlich unfair gegenüber den anderen Kindern. Außerdem bilde ich mir ein, einen guten Einfluss auf sie auszuüben.«

»Das bildest du dir bestimmt nicht nur ein«, bemerke ich sanft.

Ben sieht zu, wie ich das fertige Sandwich nehme und versuche, mir eine Ecke in den Mund zu schieben.

»Und«, fragt er dann. »Wen haben sie geschickt?«

»Hmpf?«

»Als Einsatzleiter. Für das Feuer.«

Resigniert lege ich das Sandwich weg. »Kara.«

»Die mag ich.«

»Ich weiß. Gibst du mir bitte Messer und Gabel?«

»Ha! Sieg auf ganzer Linie.«

Er tänzelt siegesbewusst zur Besteckschublade und holt Messer und Gabel heraus. Nach kurzem Zögern nimmt er für sich ein zweites Besteck.

»Moment«, sage ich. »Du hast es nicht mal versucht. Also bist du der Loser.«

Anstatt wie erwartet zu lachen, zuckt er nur mit den Schultern.

»Woher weißt du, dass Kara die Einsatzzentrale leitet?«

Ich komme mir vor, als hätte er mich in eine Falle gelockt. Als würde Ben die Antwort wissen und abwarten, ob ich ihm die Wahrheit erzähle.

»Die Feuerwehr hat Rich gebeten, mich zur Brandermittlung abzustellen.«

Er sieht mich nur abwartend an. Ein Anflug von Mitgefühl

für John Phillips überkommt mich. Genau so habe ich ihn behandelt. Jetzt muss *ich* das Vakuum füllen.

Wie sehr uns Schweigen verhasst ist, wenn wir etwas für uns behalten wollen!

»Ist doch naheliegend, oder nicht?«, sage ich rasch. »Schließlich muss die Brandursache herausgefunden werden. Bei all den Brandschutzverordnungen und den hohen Kosten durch Waldbrände ... na ja, jedenfalls sieht es so aus, als wäre dieser Brand von der Feuergrube eines Einheimischen ausgegangen.«

Ben fängt an, langsam sein Sandwich zu zerschneiden. Er führt einen Bissen zum Mund und kaut ihn nachdenklich, während ich dem Impuls widerstehe weiterzureden.

»Da war jemand tatsächlich so dumm, nach diesem trockenen Sommer ein Feuer zu machen?«, fragt er schließlich.

»Er meinte, ein paar Schüler von der Highschool hätten dort nachts herumgelungert, Bier getrunken und Zeug verbrannt.«

»Kannte er die Jugendlichen?«

»Nein, er konnte sie nur vage beschreiben. Etwa sechzehn. Weiß. Rowdys.«

»Klingt wie die Hälfte meiner Schüler.«

»Ganz genau. Apropos: Hast du heute in der Schule irgendwas mitgekriegt?«

»Was zum Beispiel?«

»Gerüchte? Schüler, die sich komisch benommen haben? Wissen die Lehrer normalerweise nicht, was so vor sich geht?«

»Ich patrouilliere nicht durch die Gänge, um jemanden zu finden, der sein Herz ausschütten will.«

»Tja, gut, aber ich werde euch wohl einen Besuch abstatten müssen. Genauso wie der Nelson High. Um Fragen zu stellen und zu sehen, ob es Verbindungen gibt.«

»Damit wirst du dich nicht beliebt machen.«

Ich beiße eine Ecke vom Sandwich ab und kaue darauf herum. Der Speck mit der Mayonnaise überwältigt mich fast mit seinem Geschmack, seiner Normalität.

»Du kennst mich doch: Miss Arschkarte.«

Ben lächelt. Da blitzt eine neue SMS auf meinem Handy auf. Sie stammt von Andy Thomas, und der Teil, den wir beide auf dem Bildschirm sehen können, lautet: *reden?*

Bens Lächeln weicht der harten, zornigen Miene von eben.

»Da meldest du dich besser mal«, sagt er und geht steif aus der Küche.

TAG 2

Von: Nelson County Emergency Services
Datum: Mittwoch, 3. September, 00 Uhr 01
An: Verborgener Empfänger
Betrifft: Feueralarm im Cooper Basin

Das Feuer im Cooperbecken breitet sich weiterhin rasch aus und hat bereits über 800 Hektar Fläche mit Wald und Buschwerk vernichtet. Wegen der Brandrichtung wurde die Evakuierungsempfehlung für Nelsons westlichen Teil zwischen Oxford und Stephen Street aufgehoben, für das Cooperbecken gilt sie weiterhin. Im oben genannten Bereich werden über Nacht Einsatzkräfte mit schwerem Gerät arbeiten, daher sollten die Anwohner mit Lärmbelästigung rechnen. Sollte sich die Lage ändern, könnte die Evakuierungsempfehlung wieder in Kraft treten.

Weitere Informationen sind zugänglich über www.nelsoncountyemergencyservices.com.

Weitere Instruktionen folgen, wenn nötig.

10

Erwartungen und Pflichten

Elizabeth

Am Mittwochmorgen wache ich auf, als die ersten Sonnenstrahlen den Horizont erhellen. Bens Schlafzimmer hat keine richtigen Vorhänge. Immer, wenn ich nicht in völliger Dunkelheit schlafe, erwacht mein Körper mit dem Tag, als wäre in meinem Gehirn ein Schalter umgelegt worden.

Als ich mein Handy unter dem Kopfkissen hervorhole, sehe ich die E-Mail des Notfalldienstes auf meinem Display. Ich habe das Handy auf Vibration gestellt, weil ich sicher war, nachts davon aufzuwachen. Doch die E-Mail kam kurz nach Mitternacht, und ich habe nichts mitbekommen.

Ich lese sie und überlege, ob das bedeutet, wir können wieder nach Hause, falls wir das wollen. Dann prüfe ich die Wetterlage. Ich stelle mir vor, wie all die Bäume auf der Rückseite des Berges verbrennen, die ich von meinen Querfeldeinläufen kenne. Denn dorthin breitet sich das Feuer aus, dort bekämpfen es Kara und ihre Rettungsteams und hoffen, es einzudämmen, es zu löschen.

Wir bleiben besser, wo wir sind.

Außerdem: Ist das Haus noch unser Zuhause?

Ich drehe mich zur Seite, weg von Ben, und sehe direkt vor

mir das Foto auf dem Nachttischchen. Es wurde an unserem Hochzeitstag aufgenommen, oben auf dem Gipfel des Nelson Peak. Ich blicke in unsere strahlenden Gesichter. Wir grinsen breit, denn wir haben das Undenkbare getan und sind *stolz*.

Es war an einem herrlichen Junitag vor zehn Jahren, mit für Nelson typischem Sommerwetter, hoher Himmel, trockene Wärme. Wir hatten keine große Feier, zumindest nicht nach Graces und Gordons Maßstäben. Nur Freunde vom College, die engsten Verwandten, mein Team von den Brandbekämpfern und ein paar von Bens alten Freunden. Dennoch fühlte ich mich von der Organisation überfordert. Hätte Grace mir nicht großzügigerweise einen Hochzeitsplaner zur Seite gestellt, hätte ich das nie geschafft. Ich konnte mich nicht auf Details konzentrieren oder Entscheidungen treffen, die im Grunde ganz einfach waren. Vielleicht lag es am Zeitpunkt. Schließlich konnte ich, zumindest theoretisch, jeden Moment zu einem Feuer abberufen werden. Je näher die Hochzeit kam, desto angespannter wurde ich.

Nicht, dass ich Ben nicht heiraten wollte, natürlich wollte ich das. Aber da gab es die Scheidung meiner Eltern und die Tatsache, dass ich seit dem College nicht mehr dauerhaft an einem Ort gelebt hatte. Und Ben deutete an, dass er bald eine Familie gründen wollte. Und …

»Wir können alles absagen, wenn du willst«, sagte Ben, als er mich in seinem alten Baumhaus entdeckte. Es befand sich in dem Wäldchen auf dem Anwesen seiner Eltern. Dort hatte ich mich versteckt und saß zusammengekauert auf dem Boden, die Knie unter dem Kinn, die Arme um die Beine geschlungen. Ich wollte mich ganz klein machen. Am liebsten wäre ich ganz verschwunden.

Ich sah ihn an und fragte mich, wieso er wusste, was in

meinem Kopf vorging, obwohl ich es nie laut ausgesprochen hatte, nicht einmal vor mir selbst. Darüber war ich so erleichtert, dass ich fast vollkommen zusammenbrach.

»Nein, das will ich nicht«, sagte ich mit bebender Stimme.

»Sicher?«

Er hockte sich in gleicher Haltung so dicht neben mich, dass sich unsere Arme berührten. Ich hörte, wie das Hochwasser von der Schneeschmelze den nahe gelegenen Bach herunterrauschte.

»Sah aber so aus. Fast hättest du mich reingelegt.«

»Tut mir leid.«

»Ich will keinen Fehler machen, Beth. Wenn du nicht willst, dann sag es einfach.«

Ich senkte die Arme und drehte mich zu ihm. Am liebsten hätte ich mich wie ein Kind in seinem Schoß verkrochen. Am liebsten hätte ich ihn gleich geheiratet, im Baumhaus, mit den Vögeln als Zeugen, und der Wind hätte im Gras unser Hochzeitslied gespielt.

»Ich bin irgendwie nicht bereit dazu.«

»Das habe ich mir fast gedacht.«

»Nein, ich meine nicht das Heiraten. Sondern alles andere.«

»Was denn?«

»Na, ein Haus, Kinder, meinen Job aufgeben und …«

»Wovon redest du denn? Das müssen wir doch gar nicht.«

»Nicht?«

Er hob mit seinen Händen mein Kinn. Unsere Gesichter waren nur Zentimeter voneinander entfernt.

»Natürlich nicht. Wer sagt denn so was?«

»Deine Mutter zum Beispiel.«

»Dann ignorier sie einfach.«

»Ich glaube, du willst das auch.«

»Ja, das stimmt, zumindest manches davon. Aber nur, wenn du das auch willst. Erst dann.«

Ich sah ihn forschend an und spürte, wie mein Herz schneller schlug, vielleicht vor Erleichterung, vielleicht vor Glück.

»Ich kann doch nicht die Verantwortung für diese ganzen Entscheidungen übernehmen. Wenn du das willst ...«

Da legte er mir den Finger auf die Lippen. »Ich will dich. Und ich überlasse nicht dir die Verantwortung, sondern wir entscheiden alles gemeinsam. Zum passenden Zeitpunkt.«

»Woher wissen wir das? Ob der Zeitpunkt passt?«

»Das werden wir einfach wissen. Okay?«

Als Antwort küsste ich ihn, und nach einer schlaflosen Nacht vier Wochen später versammelten wir uns am Fuß des Berges und fuhren mit einem rostigen gelben Sessellift zum Gipfel hinauf. Ich hatte Angst, einen Schuh zu verlieren oder mir das dünne Chiffonkleid an den scharfkantigen Metallsitzen zu zerreißen. Aber Ben hatte dafür gesorgt, dass auf den Sesseln Decken lagen. Er hielt meine Schuhe in der Hand, bis wir oben waren, und lenkte mich ab, indem er mir endlich verriet, wie seine Eltern reagiert hatten, als er ihnen verkündete, wo wir heiraten wollten.

Die Zeremonie fand auf einer hölzernen Aussichtsplattform statt, die einen Blick auf die Stadt und die Gipfel der schneebedeckten Berge dahinter bot. In jenem Jahr wuchs dort büschelweise Akelei und umrahmte die Plattform. Ihr zarter Duft roch besser als alle Treibhausblumen.

Während der Wind uns umwehte, sprachen wir unser Ehegelöbnis:

In guten wie in schlechten Zeiten,
in Gesundheit und Krankheit,
bis dass der Tod uns scheidet.

Ich spürte, wie die Worte uns umwanden und aneinanderbanden.

Dann waren wir Mann und Frau. Ben nahm mich in die Arme, küsste mich und sagte: »Jetzt hast du mich am Hals.«

Er hob mich hoch und trug mich über die Schwelle der alten Skihütte, wo wir uns zu dem formellen Bankett hinsetzten, auf das seine Eltern bestanden hatten. Ich konnte nur ahnen, wie viel Geld es gekostet haben mochte, die aus den 1960-ern stammende Inneneinrichtung der Hütte in einen Traum mit seidenbespannten Wänden, rosa und blauer Beleuchtung und exquisit eingedeckten Tischen zu verwandeln. Ich erhaschte einen Blick meines Vaters, der zweimal mit den Augenbrauen zuckte, unser Geheimsignal für *gut gemacht.* Doch ich zuckte nur die Achseln, schüttelte den Kopf und hoffte, er könnte sich amüsieren, obwohl er mit meiner Mom und ihrem neuen Mann an einen Tisch platziert worden war.

Als wir dann am Tisch saßen, Champagner tranken, dicke Scheiben vom Rinderbraten abschnitten und auf den Ort blickten, der meine neue Heimat werden sollte, fiel endlich alle Anspannung von mir ab.

Es war vollbracht, wir waren vereint, und ich wusste, durch unsere starke Liebe würden wir alles durchstehen.

Als ich mich auf die andere Seite drehe, sehe ich, dass Ben wach ist. »Hey«, sage ich. »Bist du noch wütend?«

»Ich war nicht wütend.«

Nachdem er Andys SMS auf meinem Handy gesehen hatte, zischten wir uns die nächste halbe Stunde an wie Schlangen und stritten, so leise wir konnten, obwohl seine Eltern ausgegangen waren. Als könnten unsere Worte sonst in die Wände dringen und seinen Eltern bei ihrer Rückkehr Zeugnis von unserem Zerwürfnis ablegen. Dann wüssten sie es und dann … Was dann wäre, wusste keiner von uns.

»Du hast mir gesagt, ihr hättet keinen Kontakt mehr«, hatte er irgendwann gesagt.

»Hatten wir auch nicht. Ich habe heute zum ersten Mal seit einem Jahr mit ihm gesprochen.«

»Lüg mich nicht an, Beth, ja? Lass es einfach.«

»Wieso glaubst du mir nicht?«

»Du weißt, warum.«

»Dafür habe ich mich tausendmal entschuldigt. Was erwartest du noch von mir?«

Und so weiter und so fort.

Oh ja, streiten können wir gut. Ben und ich.

Weil wir so viel geübt haben.

»Ich will nicht mehr streiten«, sage ich jetzt zu Ben, als wir uns ansehen, aneinandergebunden durch die Umstände, die Vergangenheit und, unter all dem, durch unsere Liebe, die manchmal durch alles, was passiert ist, fast ausgelöscht erscheint.

»Ich wollte nie streiten«, gibt er zurück.

»Ben.«

»War nur ein Scherz. Okay? Es sollte nur ein Scherz sein.«

Finde ich nicht lustig, denke ich. Sage aber: »Na gut.«

»Würdest du mir eines sagen?«

»Natürlich.«

»Hast du wenigstens versucht, dich nicht anheuern zu lassen?«

»Ja, selbstverständlich. Aber Rich …«

»Nein, gut. Danke, das genügt.«

»Ben«, sage ich noch einmal.

Er schließt die Augen. »Nicht jetzt. Ja?«

»Okay.«

»Und bitte ... triff dich nicht mehr mit ihm, ja? Mit Andy.«

»Nein, werde ich nicht«, sage ich, obwohl das bald eine Lüge sein wird.

Nachdem Bens Augen eine Weile geschlossen bleiben, merke ich, dass er wieder eingeschlafen ist. Vielleicht ist er wirklich nicht so wütend, wenn ihm das gelingt. Andererseits war einzuschlafen schon immer leicht für ihn.

Ich beobachte, wie er ein- und ausatmet. Betrachte seinen Bartschatten am Kiefer. Seine vollen Lippen, die mich nach all den Jahren noch überraschen, so weich sind sie. Die perfekte Länge seiner Nase.

Schläft er wirklich, oder tut er nur so, um das Kapitel mit uns abzuschließen? Träumt er von mir wie früher, als er mit meinem Namen auf den Lippen aufwachte und sich seine Absichten unmissverständlich an meiner Rückseite bemerkbar machten? Er hat in die Scheidung eingewilligt, aber will er sie auch? Hat er nur nachgegeben, weil ich darauf bestand, oder will er sie selbst?

Mit solchen Fragen könnte ich mich in den Wahnsinn treiben. Monatelang habe ich nichts anderes getan.

Jetzt schiebe ich sie beiseite, stehe auf und stelle mich kurz unter die Dusche. Als ich meine Haare großzügig mit Shampoo einschäume, entweicht ein Hauch von Rauch, als hätte ich in einer mückenverseuchten Sommernacht zu lange Marshmallows am Lagerfeuer geröstet. Es erinnert mich daran, dass das Feuer uns immer noch heimsuchen kann, selbst hier draußen.

Als ich die Küche betrete, ist es kurz nach sechs. Gordon sitzt bereits an der Küchentheke und gräbt den Löffel in seine allmorgendliche Grapefruit. Er trägt ein weißes Hemd und eine dunkle Hose. Zum Wirtschaftskapitän fehlen ihm nur Jackett und Krawatte.

»Guten Morgen, meine Liebe«, sagt er und legt sein *Wall Street Journal* nieder. »Was möchtest du zum Frühstück?«

Zwar fragt er mich das, doch eigentlich ist die Frage ein Auftrag an Rosalia, ihre Haushälterin. Deren Mutter hat Ben und seine Geschwister praktisch aufgezogen.

Rosalia steht in einer Art blauem Kittel unauffällig am Herd und bereitet ein Omelett aus Eiweiß zu, Gordons zweiten Gang nach der halben Grapefruit. Mit seinen knapp eins achtzig ist Gordon fast noch so schlank wie bei seiner Hochzeit vor vierzig Jahren, was Grace ständig erwähnt. Dasselbe gilt übrigens auch für sie, nur sagt man so etwas nicht über sich. Jedenfalls nicht jemand wie Grace.

Mittlerweile weiß ich, dass ich nicht dagegen protestieren sollte, mir von Rosalia das Frühstück zubereiten zu lassen. Daher bestelle ich ein pochiertes Ei und Toast und verdränge meinen Mittelklassewiderstand. Ich sollte die Annehmlichkeiten genießen, so lange ich das kann. Denn ganz sicher hat ihre Gastfreundschaft Grenzen. In gewisser Hinsicht überrascht es mich, dass ich dies hier vermissen werde. Obwohl ich mich oft darüber lustig gemacht und bei den hiesigen Gepflogenheiten nie ganz unbefangen gefühlt habe, war es doch tröstlich, ein intaktes, liebendes Elternpaar in der Nähe zu wissen, bei dem man stets willkommen ist.

»Grace bat mich, dich an deinen Termin für die Anprobe morgen zu erinnern«, sagt er, als ich ihm gegenüber Platz nehme.

Grace ist Langschläferin und benutzt Gordon oft als eine Art mündlichen E-Mail-Service. Echte E-Mails schreibt sie niemals. Zu unpersönlich, behauptet sie, obwohl ich eher vermute, dass ihr Computer Angst machen.

»Welche Anprobe?«

Als mein Handy durch Summen eine neue E-Mail ankündigt, hole ich es aus meiner Tasche, weil ich sicher bin, es sind neue Informationen über den Brand. Aber es geht nicht um das Feuer, sondern ist eine automatische Erinnerung an den Termin bei einem der beiden Scheidungsanwälte der Stadt, den ich ein paar Wochen zuvor vereinbart hatte. Ich wollte mich damit selbst dazu zwingen, Ben von meinem Trennungswunsch zu erzählen. Eigentlich hatte ich den Termin absagen wollen. Es ging nur darum, es endlich anzusprechen, nicht darum, es durchzuziehen. Ich schiebe das Handy in meine Tasche zurück und hoffe nur, dass Gordon nicht bemerkt, wie meine Hand zittert.

»Du hast doch wohl nicht das Herbstfest vergessen?«, fragt er amüsiert über seine gesenkte Zeitung hinweg. »Ich glaube, das diesjährige, sehr originelle Thema ist *Schwarz und Weiß.*«

Gordons zwiespältige Haltung gegenüber seinen gesellschaftlichen Verpflichtungen ist etwas, das ich sehr an ihm mag. In seiner Stellung könnte er jede Woche den Smoking anziehen, um auf Cocktailpartys und Vernissagen Hände zu schütteln. Im Gegensatz zu vielen seiner Freunde genießt er lieber sein behagliches Heim. Er und Grace haben ein Arrangement getroffen, eine Art Kalkulation angestellt, wie oft er seinen Verpflichtungen nachkommen muss, um seine gesellschaftliche Stellung zu wahren. Aber das Herbstfest ist der Höhepunkt der Saison, ein Event, auf das wir oft mitgeschleppt wurden. Grace weiß, dass ich ein hoffnungsloser Fall bin, wenn es darum geht, das richtige Kleid auszusuchen. Nicht, weil ich keinen Blick für hübsche Kleider habe, sondern weil ich dazu neige, es schlicht und einfach zu vergessen, bis es zu spät ist. Vor zwei Wochen hat sie mich zur ersten Anprobe gezerrt, als die bestellten Kleider eingetroffen sind. Morgen geht es um die letzten Änderungen.

»Ach, ja richtig«, sage ich. »Ich war nur abgelenkt ... vom Feuer. Am Samstag?«

»Ich glaube, ja.«

»Findet das Fest tatsächlich am Fuß des Nelson Peak statt?«

»Wahrscheinlich.«

»Dann muss es vielleicht abgesagt werden. Wenn der Waldbrand schlimmer wird.«

»Ach ja?«, bemerkt er, diesmal ohne seine Zeitung zu senken. »Das wäre bestimmt ein Schlag für die gesamte Stadt.«

Ich verkneife mir ein Lachen. »So oder so könnte es ein Logenplatz für das Schauspiel werden, die ganze Stadt in Flammen aufgehen zu sehen.«

»Sicher nicht«, sagt er, und damit ist das Thema beendet.

»Daher sollte Deputy Clark sowohl an der öffentlichen als auch an der privaten Highschool Befragungen durchführen«, erkläre ich Rich, nachdem er an seinem Arbeitsplatz erschienen ist und ich ihn darüber informiert habe, was es aus forensischer Sicht Neues gibt.

Mutmaßlicher Brandherd: Feuergrube.

Mutmaßliche Ursache: Fahrlässigkeit.

»Worauf begründet?«, fragt Rich.

»Das Gespräch mit John Phillips.«

Ich gebe ihm eine Kopie des Protokolls, das ich am frühen Morgen getippt habe. Ich habe ein paar produktive Stunden hinter mir und empfinde einen merkwürdigen Stolz, weil Judy sich diesmal nicht darüber beschweren kann, dass ich zu spät zur Arbeit gekommen bin. Heute saß ich lange vor ihr an meinem Schreibtisch.

Während Rich die Seiten überfliegt, blicke ich aus dem Fenster. Wie so oft in dieser Stadt bietet es einen Blick auf den Nelson Peak. Die Rauchsäule dahinter ist dichter geworden. Der Berg wird von einem Schleier eingehüllt, sodass er von meiner Position aus verschwommen wirkt. Es ist schwer, sich vorzustellen, etwas könnte den Peak zerstören. Schwerer fällt es mir nur bei unserem Haus.

Rich legt den Bericht nieder, kippt seinen Stuhl zurück und legt seine Stiefel auf den Schreibtisch.

»Ist doch wohl ziemlich offensichtlich, was da passiert ist, auch wenn Phillips es nicht zugeben will. Ich meine, wir sollten ihn zu einer offiziellen Befragung herbitten. Dann können wir entscheiden, ob wir Anklage erheben.«

»Er sagt, auf seinem Grundstück hätten sich Jugendliche herumgetrieben. Teenager, die etwas getrunken und Feuer in seiner Grube gemacht hätten. Er sagt auch, dass sie in jener Nacht da waren.«

»Um ein Uhr morgens? An einem Montag?«

Ein leichter Schauer des Unbehagens überläuft mich.

»Er hat sich tatsächlich schon früher über sie beschwert. Das habe ich in den Akten gefunden.«

Ich reiche ihm einen zweiten Stoß Papiere. Berichte über die Meldungen, die Phillips im Büro des Sheriffs gemacht hat. Eine Bande Halbstarker hat seinen Garten den ganzen Sommer über als privaten Spielplatz benutzt und dort getrunken, Böller hochgehen lassen und Gegenstände als Stolperfalle auf seine Veranda gelegt, wenn er brüllend herausstürzte, um sie zu verscheuchen. Eine Art chinesische Wasserfolter aus Gott weiß welchem Grund.

»Ich glaube, es wäre der beste Ansatz, wenn wir dem nachgingen. Männer wie Phillips wissen ganz genau, dass man nach so einem Sommer nichts verbrennt. Außerdem kann man sich logischerweise auch bei ihm fragen, wieso er um ein Uhr morgens etwas draußen verbrennen sollte, oder?«

»Meiner Erfahrung nach«, sagt Rich und kippt den Stuhl gefährlich weit nach hinten, »meiner Erfahrung nach greift Logik in solchen Situationen nur selten.«

11

Ursachenforschung

Mindy

Angus' Geburt war so unkompliziert gewesen, dass Mindy ihren Freundinnen unterstellte, sie hätten bei der Schilderung des Geburtstraumas gelogen. Dabei wusste sie im Grunde, dass sie Glück gehabt hatte, nicht die irrsinnigen Schmerzen ertragen zu müssen, die ihr bis ins letzte Detail beschrieben worden waren. Angus war so begierig, in die Welt zu kommen, dass er keinerlei Widerstand geleistet hatte.

Er war ein unkompliziertes Baby gewesen. Hatte nach sechs Wochen durchgeschlafen, gern allein mit seinen Bauklötzen gespielt und ohne Probleme die Vormittage in der Kinderbetreuung verbracht, sodass sie ohne schlechtes Gewissen ihre Doktorarbeit beenden und sich danach auf Post-Doc-Stellen bewerben konnte. Schließlich waren sie und auch Peter schon ganz früh in der Kita gewesen, und es war ihr gut gegangen. *Wirklich gut.* Angus war Fremden bereitwillig in die Arme gehüpft, dass es ihm sicher auch gut dabei ging.

Daher gab es keinen Grund anzunehmen, bei Carrie könnte es anders kommen, und am Anfang lief ebenfalls alles nach Plan. Zwar hatte Mindy bei ihrer Geburt etwas länger in den Wehen gelegen, doch sie hatte das Gefühl gehabt, das sei nur recht und billig. Trotz ihrer Befürchtungen war Angus nicht eifersüchtig auf sein neues Schwesterchen gewesen, sondern schien nur fasziniert und hing stundenlang über ihrer Wiege, um ihr Grimassen zu schneiden oder in seiner eigenen Brabbelsprache etwas zu erzählen.

Sie hatten acht Wochen gehabt. Acht Wochen als ganz normale vierköpfige Familie, um sich aneinander zu gewöhnen, sich zu freuen und etwas Schlaf zu bekommen, wann immer es möglich war. Acht Wochen in der Illusion, ihr Leben verliefe in geordneten Bahnen, während die Fahrt längst bergab ging.

Als Mindy ihre Tochter an einem herrlichen Nachmittag zum Stillen wecken wollte, fand sie sie blau angelaufen und nach Luft schnappend in ihrer Wiege. Mindys Schrei drang durchs offene Fenster und alarmierte ihren Nachbarn, den Rettungssanitäter, der sofort herbeigestürzt kam. Er rettete Carrie mit seinen Wiederbelebungsmaßnahmen das Leben, während Mindy hektisch nach dem Telefon suchte, erst den Notarzt und dann Peter in der Überzeugung anrief, ihre Tochter wäre verloren. Auf der rasenden Fahrt ins Krankenhaus klammerte sich Angus an sie und weinte heftig, ganz untypisch für ihn. Mindy überkam das Gefühl, sie hätte das ahnen müssen. Sie hätte wissen müssen, dass so etwas passieren würde, weil sie sich nicht hundertprozentig auf das Wohlbefinden ihrer Kinder konzentriert hatte. Weil sie so selbstsüchtig gewesen war, sich Freiraum zu bewahren. Das war die Strafe dafür.

Doch es stellte sich heraus, dass Carrie an einer genetisch bedingten Anomalie litt, die entstehen kann, wenn zwei nicht intakte Gene der Eltern zusammenkommen. Sowohl Mindy als auch Peter hatten diesen Geburtsfehler vollkommen unwissentlich hervorgerufen. Er nannte sich *ventrikulärer Septum-*

defekt und bedeutete, dass Carrie ein Loch in ihrem kleinen Herzen hatte. Obwohl dieser Defekt in den meisten Fällen direkt nach der Geburt diagnostiziert wurde und leicht behandelt werden konnte, war Carries großes Loch übersehen worden. Das konnte vorkommen, versicherten ihnen die Ärzte. Peter war überzeugt, sie hatten nur Angst vor einer Klage.

Daran konnte Mindy keinen Gedanken verschwenden. Wen interessierten Anwälte, Geld und Schuldzuweisungen, wenn ihrer Tochter ein Stück vom Herzen fehlte?

Nach zwei Operationen am offenen Herzen ihrer Tochter stand Mindy unter Schock, zitterte am ganzen Körper, brach ständig in kalten Schweiß aus und hatte Konzentrationsschwierigkeiten. Eigentlich sollte es keine bleibenden Probleme geben, solange sie vor allem auf gute Zahnhygiene achtete. Es bestand sonst das Risiko, dass Bakterien in ihr Blut und in das noch poröse Gewebe ihres Herzens gelangten. Obwohl Carries Aussichten also gut waren, spürte Mindy, wie diese Erfahrung sie grundlegend veränderte. Die Sorglosigkeit und Leichtigkeit ihres bisherigen Mutterdaseins waren verflogen. Es kam die Mindy zum Vorschein, die sie bis heute war, eine von Selbstzweifeln geplagte Hypochonderin, deren Motto lautete: *Allzeit wachsam!*

Diese Mindy war ohne langes Nachdenken bereit gewesen, nach Nelson zu ziehen. Nun würde sie nie ein Labor leiten, doch wie konnte sie ihre Kinder Fremden überlassen? Es war ganz gleich, wie ihr Leben aussah, solange es nur Carrie und Angus Sicherheit bot. Nelson sah wunderschön aus, die Luft war sauber, die Bewohner wirkten alle gesund, vielleicht konnten sie sich hier erholen. Vielleicht konnte Mindy sich hier erholen.

In gewisser Hinsicht gelang ihr das. Jahre vergingen, ohne dass etwas passierte. Carrie wurde größer und entwickelte eine Leidenschaft fürs Ballett, die Mindy manchmal besorgniserregend fand. Angus wurde ein lustiger kleiner Bursche, der alles dafür tat, seine Mutter zum Lachen zu bringen. Es vergingen erst Tage und dann Wochen, ohne dass Mindy das Schlimmste dachte. Sie fing wieder an, in Teilzeit zu arbeiten. Nichts Anspruchsvolles, nur im Labor der Highschool, während die Kinder in der Schule waren, sodass sie für sie da war, wenn sie sie brauchten.

Heute erkannte sie, dass ihre Vorstellung, sie bewache die Festung, eine Illusion gewesen war. Ihre Wachsamkeit hatte nachgelassen, sie hatte sich vom Glück einlullen lassen und war nachlässig geworden. Sie war irgendwo zwischen der alten und der neuen Mindy steckengeblieben.

Als sie an diesem Morgen aufwachte, hatte sich die Angst wieder fest in ihrem Herzen eingenistet.

Diesmal galt sie Angus.

»Angus! Komm frühstücken!« Eine Stunde nach ihrem angsterfüllten Tagesanfang seufzte Mindy. Sie hasste es, dass sie in letzter Zeit so oft die Stimme erheben musste. Nein, eigentlich musste sie ihre Kinder *anschreien,* um sie zu irgendetwas zu bewegen. Bevor sie selbst Kinder hatte, war sie immer zusammengezuckt, wenn Leute ihre Kinder anbrüllten. Als wären deren Worte Peitschenhiebe, die durch ein Versehen auch sie treffen könnten. Doch offenbar war dies neuerdings die einzige Möglichkeit, die Aufmerksamkeit ihrer Kinder zu erringen. Es war, als wüssten sie, dass Lautwerden ihr derart widerstrebte, dass sie nur im äußersten Notfall darauf zurückgriff.

Trotzdem kam Angus nicht. Sie ging zum Computer, wo er vollkommen versunken auf die Seite von *ask.fm* starrte, allerdings noch genug Geistesgegenwart besaß, sie wegzuklicken, bevor sie etwas lesen konnte.

»Wie oft muss ich dir das noch sagen? Vor der Schule keinen Computer, außer es ist …«

»Für die Schule. Ich weiß, Mom.«

»Was machst du dann hier?«

»Ich wollte nur … da gibt's ein paar, die sind gemein zu Willow, und ich wollte nur checken, ob es ihr gut geht.«

Er senkte leicht den Kopf, wie immer, wenn er nicht die ganze Wahrheit sagte, sondern ein wichtiges Detail wegließ. Willow Koning war … nun, zu ihrer Zeit hätte man Willow als Angus' Freundin bezeichnet. Heutzutage konnte Mindy Beziehungen nicht mehr deuten, sie wusste nur, dass Angus' Coolness und Schnoddrigkeit verflogen, wenn es um sie ging.

»Ihr geht's sicher gut. Außerdem siehst du sie in einer halben Stunde. Also, komm essen.«

Angus schloss die Seite, ohne sie noch einmal aufzurufen. Mindy wusste aus Erfahrung, dass er die Einstellung des Computers so geändert hatte, dass sie diese Seite später nicht mehr öffnen konnte und auch nicht an sein Passwort herankam. Sie hatte Peter längst bitten wollen, das zu ändern, um … Nicht um zu schnüffeln, doch um das zu tun, was verantwortungsvolle Eltern in einer Welt mit Cybermobbing und sozialen Netzwerken tun mussten. »Alle sind jetzt bei *ask.fm*, Mom. Facebook ist was für Eltern.«

»Hör auf deine Mutter«, bemerkte Peter vom Tisch aus, als Angus auf halbem Weg dorthin war.

Etwas an Peters Ton brachte Mindy dazu, ihn sich zum ersten Mal an diesem Tag genauer anzuschauen. Er hatte dunkle Schatten unter den Augen und hängende Mundwinkel. Wie immer, wenn er nicht gut geschlafen hatte. Dass sie das nicht früher bemerkt hatte! Sie gehörte nicht zu den Frauen, die ihren gesamten Fokus vom Mann abzogen und auf die Kinder richteten. Normalerweise achtete sie genauso auf ihn wie auf sie.

Sie beobachtete, wie er eine Banane klein schnitt, und fragte sich, ob er wegen Angus schlecht geschlafen hatte. Nicht wegen der leichten Unruhe, die sie beide das gesamte letzte Jahr empfunden hatten, sondern wegen etwas weitaus Bedrohlicherem, das auf ihrer Brust lastete. Sie wusste, sie konnte Peter fragen, doch sie wollte nicht, dass er es abstritt.

Also erkundigte sie sich stattdessen, ob alles in Ordnung sei.

Geistesabwesend blickte er auf. »Ja, es könnte nur ein Problem in der Arbeit geben. Ich darf nicht darüber sprechen.«

Eine neue Sorge befiel Mindy. In der Bank hatte es viele Entlassungen gegeben. Nun, zumindest nach Nelsoner Maßstäben. Zwei, um genau zu sein. Wenn Peter seinen Job verlor, wäre das ziemlich schlimm, obwohl sie beide vorausschauend waren und gespart hatten. Schließlich war da das College, und man musste Rücklagen für Krankheitsfälle schaffen und … Mindy schauderte es. Was war nur heute mit ihr los?

»Muss ich mir Sorgen machen? Ich könnte mir einen Job suchen. Zwar habe ich schon länger nicht …«

»Nein, nein. Darum geht es nicht. Es könnte nur sein, dass ich wegen einer bestimmten Sache die Polizei informieren muss, mehr nicht.«

Erleichterung überkam Mindy, die sofort von Schuldgefühlen verdrängt wurde. Seit die Wirtschaft in den Keller ging, musste Peter mehr Hypothekenkredite kündigen, als er zählen konnte. Die Häuser wurden dann zwangsversteigert. Manchmal fanden die ehemaligen Besitzer das ungerecht und beschädigten das Haus aus Rache. Sie rissen die Einbauschränke heraus und nahmen sie mit oder Schlimmeres. Peter duldete so etwas nicht. Doch das machte es nicht leichter für ihn, diesen Leuten noch mehr Schwierigkeiten zu bereiten, als sie ohnehin schon hatten.

»Ist eine Kündigung schiefgegangen?«

»So was in der Art.«

Mindy griff nach seiner Hand und strich ihm über die Knöchel. Seine Haut war trocken und rau.

»Ich weiß, wie sehr du solche Fälle hasst.«

»Ich werde es überleben. Was hast du heute vor?«

Mindy wandte sich zu Angus um und beobachtete, wie er sich durch seinen mittlerweile kalt gewordenen French Toast mümmelte. Sie selbst war zu nervös zum Essen, wusste aber nicht, ob es an ihrem schlechten Start in den Tag lag oder an dem, was vor ihr lag.

»Ich? Ach, ich muss heute in die Höhle des Löwen.«

12

Lose Enden

Elizabeth

Ich beschließe, zu Fuß die sechs Blocks zum Büro des Sheriffs zu gehen, um mich mit Detective Donaldson zu treffen, der John Phillips' Beschwerden entgegengenommen hat. Wenn die Dienststelle diesen Beschwerden nachgegangen ist, was sie wohl nicht besonders gründlich getan hat, wird Donaldson wissen, was nicht im Protokoll steht.

Falls es etwas gibt, was nicht im Protokoll steht, ertönt Richs skeptische Stimme in meinem Kopf.

Ich verdränge sie und gehe die Sullivan Street entlang, bevor ich nach rechts auf die Main Street abbiege. In der Luft hängt ein feiner Rauchschleier, von dem mir die Augen tränen. Meine Schritte auf den Bohlen des erhöhten Gehwegs klingen gedämpft, als drückte ein Gewicht auf meine Füße, sodass sie nicht wie sonst fest und laut auftreten können. Es ist ein seltsames Gefühl. Als befände ich mich in einer Geisterstadt und nicht mitten in der Betriebsamkeit eines Werktags.

Das Büro des Sheriffs liegt im alten Postamt, einem unauffälligen Backsteingebäude aus den 1960-ern. Es gibt ein weiteres Sheriffbüro für die Touristen mit einem Planwagen über dem Eingang auf der Westseite des Stadtplatzes. Dort bekommen Kinder einen goldenen Sheriffstern zum Anstecken, und es findet täglich um vierzehn Uhr eine vorgetäuschte Schießerei statt. Das war die Zeit, zu der vor hundertzwanzig Jahren die einzige Schießerei in diesem Ort stattfand.

Detective Donaldson belegt eines der beiden Einzelbüros auf der Wache, Sheriff Thompson das andere. Alle übrigen der insgesamt zehn Angestellten arbeiten im Großraumbüro, das wegen des Schichtwechsels gerade voll ist. Deputy Clark unterhält sich an der Kaffeemaschine mit einem anderen Polizisten. Als er mich sieht, tippt er sich an den Hut.

Donaldsons Büro befindet sich im hinteren Bereich. Da er gerade telefoniert, winkt er mich herein und bedeutet mir mit Daumen und Zeigefinger, dass es nicht lange dauern wird.

Kurz darauf legt er auf, und wir tauschen die üblichen Einleitungsfloskeln aus – oder das, was neuerdings dafür herhalten muss. Nichts Neues über das Feuer. Ja, ich denke, es könnte schlimmer werden. Nein, meines Erachtens ist der Fall nicht so eindeutig.

»Clark hat mir erzählt, der Brandherd sei die Feuergrube von Phillips' Haus. Also meine ich, es ist Zeit, Mr. Phillips zu einer Befragung herzubitten«, sagt er. Er ist an die vierzig und besitzt das Selbstbewusstsein, das ich durchs Fernsehen mit Detectives verbinde. Jeder weiß, das sind die Schlauen. Allerdings gehöre ich auch dazu, also sollte ich wohl den Mund halten.

»Was ist mit den Jugendlichen, von denen er gesprochen hat?«, frage ich. »Es hat Meldungen gegeben, richtig?«

Detective Donaldson fährt sich mit der Hand über seinen zurückweichenden Haaransatz. Zwar ist er fast kahl rasiert, doch das gerade noch sichtbare W auf seiner Stirn verrät ihn.

»Diese Jugendlichen haben kein Feuer gemacht, sondern

Phillips geärgert. Müll auf sein Haus geschmissen. Toilettenpapier zwischen den Bäumen gespannt.«

»Aber wenn sie in der betreffenden Nacht auf seinem Grundstück waren … sie *waren* doch vorher schon mal da, oder?«

»Ziemlich sicher. Haben Bier getrunken, gekifft und wer weiß was gemacht.«

»Hat man herausgefunden, wer dazugehört?«

»Meiner Meinung nach war es eine der Banden aus Spanish Town, aber das konnte ich nicht zweifelsfrei feststellen. Die reden da nicht mit Gringos.«

»Hatte Phillips nicht angegeben, die Jugendlichen seien weiß gewesen?«

»Es war dunkel. Er sah Kids wegrennen. Wie soll er das wissen?«

Ich beiße die Zähne zusammen. Es passt nicht in Donaldsons Weltbild, dass es ganz normale Jugendliche gewesen sein können. Normal heißt für ihn weiße Kinder mit reichen Eltern, die nicht in einem prekären Viertel der Stadt wohnen. Kinder, deren Eltern einen Anwalt anheuern und ihm das Leben schwer machen können. Diese Einstellung zeigte er jedes Mal, wenn wir zusammenarbeiten mussten. Sein Hauptpool für Verdächtige ist immer Spanish Town. Ich habe gehört, er hat dort sogar nach dem Bankräuber gesucht, obwohl die Videoaufnahme eindeutig einen Blondschopf über dem Halstuch zeigte, mit dem der Bankräuber sein Gesicht verdeckte. Wahrscheinlich versteift er sich deshalb auch auf Phillips. Genau wie Rich. Weil ihn niemand verteidigen wird.

»Wie lautet also Ihre Theorie?«, frage ich. »John Phillips hat sein Haus vorsätzlich abgefackelt, indem er ein paar Papierfetzen in der Feuergrube anzündete, die zweihundert Meter vom Gebäude entfernt liegt?«

»Vielleicht hat er mit Brandbeschleuniger eine Spur von dort zum Haus gelegt, weil er wusste, dieser Beweis würde verbrennen?«

»Würde er nicht. Und in der Ruine wurde nichts gefunden. Wo hätte er zum Beispiel den Behälter gelassen?«

Donaldson zuckt die Achseln. Unwichtige Kleinigkeiten.

»Wieso hätte er das tun sollen?«, setze ich nach. »Schließlich befand sich in diesem Haus alles, was er besaß.«

»Schon gut, schon gut, beruhigen Sie sich.« Er verkneift sich die *kleine Lady*, aber sie ist trotzdem deutlich zu hören. »Ich will ja nicht behaupten, dass er es absichtlich getan hat. Unfälle passieren einfach.«

Vor viereinhalb Jahren untersuchte ich einen Waldbrand jenseits der Staatsgrenze, der von einem Kind verursacht worden war, wie sich herausstellte. Ihm war der Grillanzünder seines Vaters in die Hände geraten, und es wollte Feuer machen, um wie auf ihren Campingausflügen Marshmallows zu rösten. Das war am Ende eines sehr trockenen Frühlings, in dem es ständig zu unkontrollierten Bränden kam. Eigentlich sollte ich das Feuer untersuchen, doch da wir knapp an Brandbekämpfern waren, schloss ich mich ihnen mit Freuden an. Ich konnte kaum die Bilder der Verwüstung abschütteln, die dieser hinreißende kleine Junge verursacht hatte, und es kaum erwarten, nach zwölf Stunden Knochenarbeit den Segen des Schlafs zu genießen und alles zu vergessen.

Dennoch reichte es nicht, mich körperlich und geistig vollkommen zu verausgaben, um das letzte Gespräch mit seiner Mutter zu vergessen. Bis zu diesem Zeitpunkt waren bereits zwei Menschen in dem Feuer umgekommen: die Enkel eines älteren Pärchens, das die Batterien in seinen Rauchmeldern nicht regelmäßig ausgetauscht hatte. Die Emotionen kochten hoch. Ich suchte die Familie in ihrer winzigen Wohnung auf. Die Mutter des Jungen, Karen oder Carol, war die ganze Nacht damit beschäftigt gewesen, ihren von Albträumen geplagten Sohn zu trösten. Das Telefon klingelte pausenlos. Ich fragte sie, warum sie es nicht ausstöpselte.

»Ich will den Anruf nicht verpassen«, erwiderte sie. Sie war jung, keine fünfundzwanzig, wirkte gleichzeitig älter als ich und doch kindlich. Ihre Kleider passten ihr nicht richtig, und im Haus herrschte eine Unordnung, die nicht erst in den letzten Tagen entstanden sein konnte.

»Wessen Anruf denn?«

»Den der Eltern. Von diesen Kindern. Wenn sie anrufen ... will ich da sein.«

»Ich glaube nicht ...«

»Doch, sie werden anrufen. An ihrer Stelle würde ich es tun.«

Das Telefon schrillte, und sie stürzte hin. Ich hörte das wütende Grollen einer Männerstimme aus dem Hörer dringen. Sie hörte einen Augenblick zu und legte dann auf. Es waren nicht die Eltern gewesen.

Sie setzte sich wieder auf ihren schiefen Esszimmerstuhl, faltete sich hinein, als wäre er eine Kapsel, die sie in den Weltraum katapultieren könnte, weit weg von hier. Dann zog sie knackend ihre Fingerknöchel mit einem Geräusch auseinander, bei dem es mir immer in den Zähnen zieht. Auf beiden Armen hatte sie ein identisches Muster von Blutergüssen. Ich erkannte erst nach genauerem Hinsehen, dass sie von Fingern stammten. Jemand mit großen Händen hatte sie so fest gepackt, dass er Abdrücke hinterließ. Wer auch immer das gewesen war, im Augenblick war er nirgendwo zu sehen. Einer vom Rettungsteam hatte gesagt, ihr Ehemann säße im Pub, seit die Nachricht bekannt geworden war. Doch offenbar hatte er vorher genug Zeit gehabt, seinen Standpunkt deutlich zu machen.

»Wird man Timmy wirklich verhaften?«, fragte sie. »Kann man einen Siebenjährigen überhaupt verhaften?«

»Nein, ich glaube nicht. Er ist zu jung.«

»Als wir zur Polizei gingen, dachte er, wir machen einen Ausflug. Er fragte sich die ganze Zeit, wo die anderen aus seiner Klasse sind.«

Sie brach zusammen. Ich saß da, kämpfte mit den Tränen und fragte mich, was das Protokoll für einen solchen Fall vorsah. Dafür war ich nicht ausgebildet worden. Ich hatte meine Aufgabe erfüllt und die Brandursache ermittelt. Nur meine Schuldgefühle hatten mich hierhergetrieben. Irgendwie kam es mir vor, als hätte ich etwas in Gang gesetzt, was ich wieder stoppen müsste. Doch das ging nicht.

Ich hörte eine Tür knacken, und dann erschien Timmy auf der Schwelle. Er war klein für sein Alter, hatte einen wilden, weißblonden Haarschopf und trug einen fleckigen Pyjama mit Füßen. Er stapfte auf uns zu und legte seiner Mutter schützend die Hand auf die Schulter.

»Du bringst meine Mami zum Weinen«, sagte er. Ich konnte nicht erkennen, ob das eine Frage oder eine Aussage war.

»Ja. Das tut mir leid.«

»Ich mag's nicht, wenn sie weint.«

In diesem Moment fragte ich mich nicht, was ich tun sollte. Ich wollte ihn in die Arme nehmen und fest an mich drücken. Ihn vor der Welt da draußen beschützen, die ihn als angehenden Pyromanen bezeichnete, als Psychopathen. Also folgte ich einfach meinem Instinkt. Ich setzte ihn mir auf den Schoß und drückte seinen schlaffen Körper an mich, während er mit seinen großen blauen Augen zu mir aufblickte. Er roch nach Milch und Shampoo, nach Baby, obwohl er keines mehr war. Er saugte an zwei Fingern, um sich selbst zu trösten. So saßen wir, bis seine Mutter sich wieder fasste. Dann verließ ich ganz schnell die heruntergekommene Wohnung, denn mich überkam der wilde Drang, mir Timmy einfach zu schnappen und mit ihm zu verschwinden, ohne einen Blick zurückzuwerfen.

Ich könnte dieses Kind retten. Nicht so abstrakt, wie wir alle jeden Tag Menschen retten, unsichtbar und unerkannt. Sondern ganz konkret, wie man eine streunende Katze bei sich aufnimmt, sie anständig füttert, gut behandelt und ihr zeigt, dass nicht alles im Leben so schlimm sein muss.

Als ich eine Stunde später wieder im Camp war, stellte ich mich in die lange Schlange vor den Freiluftduschen. Ich nutzte die gesamte mir zustehende Zeit, um mich mit Kernseife abzuschrubben, als könnte ich damit den ganzen schrecklichen Tag abwaschen. Wie ein Roboter bewegte ich mich durch die Essensschlange und brachte meinen Teller Spaghetti mit Knoblauchbrot zu einem Picknicktisch, wo eine Gruppe Brandbekämpfer saß, die ich nicht kannte. Ich wollte mit niemandem reden. Ich wollte nur das Gefühl haben, allein, aber nicht einsam zu sein, das man überall bekommt, wo viele Menschen gemeinsam an einem Ziel arbeiten.

Aber einer der Männer ließ mich nicht in Ruhe.

»Du bist die Brandermittlerin, oder? Elizabeth Martin?«, fragte ein Mann, der wie ich etwa Mitte dreißig war. Er hatte kurze dunkelblonde Locken und dunkelbraune Augen. Sein Gesicht war sonnengebräunt und zerfurcht, aber gut aussehend.

»Woher weißt du das?«

»Ich bin Andy Thomas und habe gesehen, wie du gestern

Abend wegen des Jungen befragt wurdest. Armer kleiner Kerl. Für den ist das Leben doch im Arsch, oder?«

»Was ist mit den Menschen, die gestorben sind? Für die ist das Leben wirklich im Arsch.« Ich wurde rot, weil mir meine Wut peinlich war.

Der Mann senkte den Kopf und trank einen großen Schluck aus seiner Wasserflasche. »Da hast du natürlich recht. Trotzdem tut mir der Junge leid.«

»Wieso?«

»Wie soll er damit leben? Mit der Gewissheit, dass er zwei Menschen umgebracht hat, vielleicht sogar noch mehr? Nur weil sein Dad den Grillanzünder irgendwo rumliegen ließ, wo er drankam. Das kann jedem passieren.«

Ich aß ein paar Bissen. »Da würden die meisten dir aber widersprechen. Vor der Wohnung des Jungen bildet sich fast schon ein Lynchmob.«

»Das sind kranke Arschlöcher. Die sollten lieber für die lebenslange Therapie sammeln, die der Junge brauchen wird. Ich wünschte nur, er müsste es nicht erfahren. Glaubst du, seine Eltern sind so klug, es ihm nicht zu erzählen?«

Ich dachte daran, in welch ärmlichen Verhältnissen er lebte, an seine junge Mutter, an seinen Vater, der seit dem Unfall dauerbetrunken war. Vielleicht hätte ich der Mutter raten sollen, ihm nichts zu sagen. Vielleicht hätte ich das Kind einfach mitnehmen sollen.

»Irgendwann würde er es erfahren, meinst du nicht? Schließlich müsste er sich nur googeln.«

»Ja, wahrscheinlich. Das verdammte Internet.«

Ich drehte mich um. Seine Haare waren nass, und er roch frisch geduscht. Doch er hatte noch Spuren von Erde und Asche an seiner Nase und unter den Fingernägeln.

»Wieso interessiert dich das überhaupt?«

»Das ist eine lange Geschichte. Die ich dir vielleicht irgendwann erzähle, wenn wir Freunde werden.«

»Ach so, alles klar.«

Ich senkte den Kopf über den Teller, überzeugt, dunkelrot zu werden.

Er lachte. »Hey, Mädel. Im Ernst. Ich bin nicht so mysteriös, wie es aussieht. Ich bin zur Feuerwehr, weil wir in meiner Kindheit auf einem Campingausflug ein unerlaubtes Lagerfeuer angezündet haben, durch das am Ende tausend Hektar Land verbrannten. Es starb zwar keiner, aber ich musste mich ständig fragen: Was, wenn doch? Was wäre dann aus mir geworden?«

Seine Miene war so offen und unschuldig, dass ich mich auf der Stelle zu ihm hingezogen fühlte. Nicht sexuell, obwohl das nicht ausgeschlossen war. Es war die Unbefangenheit, mit der er seine Gefühle preisgab. Die Schlichtheit seines Charakters. Er war kein Rätsel, das mühsam gelöst werden musste. Er hatte nichts zu verbergen. Ich erkannte sofort, dass ich nicht erst lange ergründen musste, was er mochte, was er wollte, was ihn auf die Palme brachte. Was ich aus irgendeinem Grund nicht wusste, musste ich nur fragen, dann würde er es mir sagen.

»Also, man sieht deutlich, dass du einen Scheißtag hinter dir hattest«, sagte er. »Willst du darüber reden?«

Seltsamerweise wollte ich das tatsächlich.

Als ich heute zur Brandstelle komme, haben sich die weißen Wohnwagen über Nacht vervielfältigt. Jetzt kämpfen über zweihundert Mann an der Brandfront, und über allem liegt bereits ein Gefühl der Dauerhaftigkeit, wie bei jeder Wohnwagensiedlung. Große gelbe Traktoren, Bagger und Planierraupen sprenkeln die Bergseite. Brandbekämpfer in grünen und gelben Schutzanzügen bewegen sich wie Arbeitsbienen zwischen ihnen.

Eindämmen, eindämmen, die Parole des Tages lautet eindämmen.

Ich finde Kara in einem der Wohnwagen. Ihr mobiles Einsatzzentrum ist eingetroffen, dennoch erklärt sie mir, dass sie die Grundschule ebenfalls beibehalten wird. »Nur für alle Fälle.« Ich vermute, der wahre Grund ist, die tweedgewandete Direktorin in den Wahnsinn zu treiben. Gerade als ich das denke, lächelt Kara und sagt: »Das auch.«

»Und, was sagen dir deine Visionen noch?«, frage ich, während ich die Rettungsmannschaften am Berghang beobachte, die sich durch jahrelange Zusammenarbeit routiniert und präzise vorwärtsbewegen.

»Du weißt ganz genau, dass ich keine Visionen habe.«

»Das kannst du Andy und den anderen nicht erzählen. Und mir, ehrlich gesagt, auch nicht.«

Ich glaube zwar nicht, dass Kara wirklich Visionen oder übersinnliche Wahrnehmungen hat oder wofür auch immer ihre Großmutter berühmt war. Aber sie hat eine ausgeprägte Intuition, was Menschen, Geschehnisse und alles um sie herum betrifft. Es ist, als könnte sie auf einer für uns nicht wahrnehmbaren Frequenz hören, was Menschen denken und aus welcher Richtung der Wind kommt.

Wohin das Feuer läuft.

»Andy und den anderen?«, fragt sie grinsend.

»Ich weiß nicht, was du meinst.«

Sie wendet sich wieder zu ihrem Monitor. »Hast du den Brandherd gefunden?«

Ich setze sie ins Bild.

»Irgendwelche Gründe, wieso Phillips Lust gehabt haben könnte, sein Haus oder den Stadtteil abzufackeln?«

»Glaube ich nicht.«

»Also reine Nachlässigkeit?«

»Keine Ahnung.«

Sie blickt mich kurz an und nickt dann. »Du magst diesen Mann.«

»Klar, er tut mir leid, aber ... also eigentlich ist es nicht meine Aufgabe, jemanden zu beschuldigen, oder? Ich muss nur ermitteln, was das Feuer ausgelöst hat, die Konsequenzen überlasse ich anderen.«

»Ich bezweifle, dass du in diesem Fall in der Lage bist, Ursache und Konsequenzen auseinanderzuhalten.«

»Das befürchte ich auch.«

Kara wendet sich wieder ihren Monitoren zu. Ihr Blick ruht auf einem, der Aufnahmen eines Einsatzteams zeigt, das gerade von seiner Schicht zurückkommt. Lauter alte Freunde, darunter Andy.

»Es geht ihm gut«, sagt sie. »Seit du weg bist.«

»Wieso erzählst du mir das?«

»Ich dachte, du wüsstest das gern.«

»Ich hab ihn gestern gesehen. Hier.«

»Ach, echt?«

»Ja, und das wusstest du. Hast du nicht ein Einsatzzentrum zu leiten?«

Sie grinst erneut, diesmal nur für sich. »Mach ich doch auch.«

»Ben lässt dich grüßen.«

Ihr Grinsen verblasst. »Das mit euch tut mir wirklich leid.«

Meint sie die Scheidung? Dass wir kein Kind bekommen? Lieber nicht nachfragen.

»Mir auch.«

»Du bist doch sicher nicht einfach so hierhergekommen? Um mich zu kontrollieren?«

»Wie ich sehe, drückst du heute alle Knöpfe.«

Da nimmt sie mich in den Arm. »Ach, mein Schatz. Es tut mir leid. Aber ich habe ein ganz ungutes Gefühl wegen des Feuers und lasse das an allen aus.«

Ich löse mich aus ihrer Umarmung und sehe ihr in die Augen. Ihr Blick ist ungewöhnlich ernst.

»Wie schlimm wird es?«

»Sehr schlimm, so leid es mir tut.«

»Die Stadt?«

Mein Haus?

»So schlimm nicht, hoffe ich, aber ... es wird knapp werden. Zu knapp, um es genauer zu sagen.«

Ich blicke aus dem verschmierten Fenster ihres Wohnwagens und frage mich nicht zum ersten Mal, wie es sein kann, dass ein paar Hundert Männer und Frauen, die keiner kennt, über Leben und Tod einer ganzen Stadt entscheiden. Es sind Fremde, die ihr eigenes Leben in Gefahr bringen, während die Menschen, die sie zu retten versuchen, sich wahrscheinlich darüber beschweren, dass ihre Wäsche nach Rauch riecht und der Geruch nie mehr rausgehen wird. Natürlich möchte ich, dass sie in dieser seligen Unwissenheit weiterleben. Nur manchmal wünsche ich mir, sie würden lange genug mit der Realität konfrontiert, damit sie endlich aufwachen und die Welt so sehen, wie sie wirklich ist.

»Möglicherweise waren es Kids, die das ausgelöst haben«, sage ich zu Kara.

»Kinder?«

»Jugendliche. Sie haben Mr. Phillips belästigt. Alkohol und jugendlicher Leichtsinn wahrscheinlich.«

»Glaubst du, das ist ihnen bewusst?«

»Vielleicht. Aber ob es sie kümmert?«

»So zynisch wie eh und je.«

Ich schlinge meine Arme um mich. »Tut mir leid. In letzter Zeit bin ich ziemlich reizbar.«

»Verständlich.«

Wir verabschieden uns, dann streife ich durch die Wohnwagensiedlung und höre mir das Geplauder an. Ich weiß, ich schinde Zeit, doch als ich Andy mit einem Handtuch um die Hüften aus der Dusche kommen sehe, wird mir klar, dass ich etwas gesucht habe.

Ihn.

Bens Forderung vom Morgen fällt mir wieder ein, aber es ist zu spät.

»Beth«, sagt Andy. »Da bist du ja.«

»Nur kurz. Hast du eine Minute?«

»Ich ziehe mich schnell an, dann komme ich.«

Ich setze mich an den Picknicktisch vor seinem Zelt und denke nach. Wenn Ben wüsste, dass ich warte, um mit Andy zu reden, wäre das wahrscheinlich der Tropfen, der das Fass zum Überlaufen bringt. Doch ein Teil von mir weiß, dass es richtig ist, hier zu sein. Bei diesem Menschen, der weiß, was ich durchgemacht habe und immer noch durchmache. Mit dem es nie unbehagliches Schweigen oder Missverständnisse gab. Ich brauche den Trost, den er mir geben kann. Vielleicht ist das selbstsüchtig, aber deswegen bin ich da.

Andy kommt in einer alten Jeans aus seinem Zelt, die ich noch kenne, und in einem Sweatshirt, das mir neu ist. Seine nackten Füße stecken in Flip-Flops. Er geht barfuß, wann immer es möglich ist. Wenn seine Füße nicht in den schweren Arbeitsstiefeln stecken müssen, möchte er, dass sie *frei* sind. Wie immer bewundere ich die geballte Kraft, die er ausstrahlt.

»Was ist los?«, fragt er und setzt sich zu mir auf die Bank. Noch etwas, das ich immer an Andy mochte: Er traut sich, neben dem Platz zu nehmen, zu dem er will, anstatt gegenüber.

»Ich habe das Gefühl, es ist wieder so ein Fall. Wie vor vier Jahren.«

»Wie beim Miller-Fall? Hat ein Kind das Feuer verursacht?«

»Nein, Jugendliche. Teenager. Halte ich jedenfalls für möglich.«

»Das tut mir leid, Beth.«

Ich falte die Hände, als säße ich neben einem Priester. Vielleicht wird es ja auch eine Art Beichte.

»Ich weiß nicht, ob ich das machen kann.«

»Du machst doch gar nichts.«

Ich hole stockend Luft, atme aber vor allem Rauch ein.

»Doch, oder? Alle wollen den Hausbesitzer dafür verantwortlich machen. Ich könnte es dabei belassen. Ich *sollte* es dabei belassen.«

»Aber du glaubst nicht, dass er es war?«

»Ich bin mir einfach nicht sicher.«

»Du musst tun, was das Richtige ist.«

»Tatsächlich?«

Als er mich ansieht, weiß ich zum ersten Mal, seit wir uns kennen, nicht genau, was er denkt.

»Du tust immer, was das Richtige ist. Das macht dich aus.«

»Was ist, wenn ich nicht mehr so sein will?«

»Du kannst nicht vor dir selbst weglaufen. Ich dachte, das wüsstest du inzwischen.«

13

Abweichungen vom Plan

Mindy

Bevor sich Mindy den Koffaholics und dem Rest des Organisationskomitees für das Herbstfest stellen konnte, musste sie sich stärken. Mit Koffein und Kalorien, und zwar nicht mit dem billigen Ersatz aus dem *Perk*, sondern echtem Stoff.

Also ging sie ins *Joanie's*. Seit dem letzten schrecklichen Tag mit Elizabeth war sie nicht mehr dagewesen. Fett und Koffein, die ihre Sinne bestürmten, bevor sie überhaupt durch die Tür getreten war, beschworen Erinnerungen herauf.

Das war früher ihr Stammcafé gewesen, ihrs und Elizabeths. Hier hatten sie stundenlang gesessen. Vor allem in den Wintermonaten, wenn Elizabeth nicht arbeitete. Nach Mindys Entlassung tranken sie unzählige Tassen Kaffee zusammen und teilten sich ihre Kuchenstücke.

Seit dem College hatte Mindy keine enge Freundin mehr gehabt. Um ihren Master zu machen, war sie nach San Diego gezogen, wo sie niemanden kannte. Die Frauen und die Männer in ihrem Labor waren ein ziemlich engstirniger, elitärer Haufen gewesen. Leichter wurde es, als sie auf einer Party, zu deren Besuch sie sich gezwungen hatte, Peter kennenlernte. Dann zogen sie um und bekamen die Kinder. Carrie wurde krank, und sie zogen wieder um. Zwar hatte sie in Nelson Bekannte, meist Mütter, die sie während des täglichen Mutterpflichtenkarussells traf. Elizabeth war ihr einziger enger Kontakt außerhalb der Familie.

Es war Elizabeth gewesen, die ihr vorgeschlagen hatte, an einem Erste-Hilfe-Kurs teilzunehmen. Sie musste ihre Kenntnisse auffrischen, und nachdem sie die ganze Geschichte von Carrie und den darauffolgenden, von ständiger Unruhe geprägten Jahren gehört hatte, dachte sie, der Kurs würde Mindy guttun. Peter war überrascht gewesen, aber dieser dreimonatige Kurs hatte sich für Mindy als eine der besten Zeiten seit Jahren erwiesen. Zu lernen, wie man einfache medizinische Notfälle einschätzte und behandelte. Das letzte Intensivwochenende mit den anderen, viel jüngeren Teilnehmern in der Kaserne außerhalb der Stadt zu verbringen. Die Aufregung der letzten Prüfung durchzuhalten und mit Glanz und Gloria zu bestehen. Vor lauter Begeisterung fühlte sie sich noch Wochen danach wie berauscht.

Dann bekam Carrie eine schlimme Grippe, Angus fiel zweimal hintereinander im Matheexamen durch, Elizabeth verschwand für die Sommermonate, und Mindy landete mit einem Schlag wieder auf dem Boden der Realität.

Als sie sich jetzt ihren Weg durch das Café bahnte, das wie ein Diner aus den 1950-ern eingerichtet war, hoffte sie unwillkürlich, Elizabeth säße an einem der verschrammten Resopaltische oder holte sich an der Theke einen Kaffee zum Mitnehmen. Stattdessen sah sie Elizabeths Boss Rich, der mit dem Triumvirat der Honoratioren von Nelson in seiner üblichen Ecke Hof hielt: dem Sheriff, dem Bürgermeister und dem Leiter des Amts für Fremdenverkehr.

Seufzend nahm Mindy in der Nische hinter der von Rich

Platz. Sie bestellte bei der freundlichen Kellnerin, die noch ihren Namen wusste, einen Kaffee, schwarz. War es nicht schön, dass sie einfach nur *Kaffee, schwarz* sagen musste, anstatt sich an eine komplizierte Wortfolge zu erinnern, um das zu bekommen, was sie wollte? Das beschwingte sie so, dass sie außerdem eins von den Zimtteilchen bestellte, von denen sie im Spinningkurs geträumt hatte.

Der Spinningkurs. Den hatte Mindy ganz vergessen. Furcht und schlechtes Gewissen beschlichen sie in gleichem Maße. Kate würde enttäuscht sein. Herrgott, sie war ja selbst von sich enttäuscht, aber wie sollte sie das rückgängig machen? Oder das Plunderteilchen, das sie so bereitwillig geschluckt hatte?

Sie kam sich vor wie auf hoher See, und dieser Ort war ihr Anker. Ihre neu erwachte Panik war noch nicht gewichen, sie machte sich Sorgen wegen Peter und, ach, sie wusste es einfach nicht! Wenn sie ihre Konzentration nur auf eine Sache richten und dabeibleiben könnte! Wenn sie sich nur nicht immer von demjenigen mitschleifen ließe, der ihr gerade am nächsten stand. Als hätte dieser mehr Schwerkraft, und sie wäre ein Satellit in seinem Orbit.

Es war ziemlich unangenehm, in den eigenen Gedanken gefangen zu sein, daher konzentrierte sie sich auf die Unterhaltung in der Sitznische hinter ihr. Es war vom Feuer die Rede. Mindy war froh, dass wenigstens ein paar Leute im Ort das genauso wichtig nahmen wie sie. Zuerst wurden die üblichen Bemerkungen gewechselt, aber dann kam Rich auf Elizabeth zu sprechen. Er erklärte, sie hätte diese lächerliche Theorie, weil sie einfach nicht akzeptieren wollte, was offensichtlich war. Doch was so offensichtlich war, wollte er nicht sagen, und seine Andeutungen begriff Mindy nicht.

»Natürlich hat Madam Fletcher ihren Senf dazugegeben«,

fuhr Rich in seinem üblichen dozierenden Tonfall hinzu. Ach, welchen Spaß hatte es Elizabeth und ihr früher gemacht, ihn nachzuahmen. »Man könnte meinen, sie leitet ein Hotel.«

»Ist doch klar, dass sie unzufrieden ist, wenn ihre Schule in eine Notunterkunft umgewandelt wird. Schließlich ist Bildung wichtig«, sagte der Bürgermeister. Er war ein großer, sehniger Mann in den Sechzigern, der seit mindestens zwanzig Jahren auf seinem Posten klebte. »Bei mir im Büro gehen pro Tag mindestens dreißig Anrufe von aufgebrachten Eltern ein.«

»Unzufrieden war gestern«, entgegnete Rich. »Heute heißt es nur noch: *Ich habe die ganze Turnhalle voller Betten und Verpflegung und nur drei Gäste.*«

»Gäste? Das ist gut.«

»Wieso ruft sie überhaupt dich an?«, fragte der Leiter des Amts für Fremdenverkehr. »Das fällt doch in mein Ressort.«

»Habe ich auch gesagt. Aber sie meint, weil mein Mädel das Feuer untersucht, hätte ich auch über andere zu bestimmen.«

Mindy krümmte sich innerlich. Wenn Elizabeth wüsste, dass Rich sie als *mein Mädel* bezeichnete, würde sie ausrasten.

»Ist Phillips zur Befragung einbestellt worden?«, fragte der Bürgermeister.

»Nein, noch nicht«, antwortete Sheriff Thompson. »Ich dachte, ich lass ihn ein paar Tage im eigenen Saft schmoren. Damit er weich ist, wenn wir ihn uns vorknöpfen.«

»Du sadistischer Bastard«, bemerkte der Bürgermeister.

»Wie soll man denn sonst hier Ordnung halten?«

Rich holte sein klingelndes Handy hervor und verzog das Gesicht. »Pass nur auf, dass du dir bei den Wahlen nicht dein eigenes Grab schaufelst.«

Sheriff Thompson lachte. »Ich halte es für verfrüht, irgendwelche Beerdigungen zu planen.«

»Sie wollte keine Trauerfeier«, sagte John Phillips eine Stunde später zu Mindy.

Sie saßen seit etwa zwanzig Minuten an einem Klapptisch in der Turnhalle der Grundschule. Der Kaffee, den eine der Ehrenamtlichen gebracht hatte, stand unberührt vor ihm. John hatte sich eine Felddecke um seine Schultern geschlungen, die über dem V-Ausschnitt seiner Krankenhauskluft zusammengehalten wurde.

»Ihre Frau?«, fragte Mindy nach. Sie fühlte sich leicht desorientiert.

Weil ihr nach ihrem Kaffee und Teilchen zwei Stunden bis zum Treffen des Herbstfestkomitees totzuschlagen blieben, ertappte sie sich plötzlich dabei, dass sie zur Grundschule fuhr. Sie wollte mit John Phillips reden, entschied sie. Zeitungsartikel und belauschte Unterhaltungen reichten nicht aus, um sie durch den Ärger zu lotsen, der ganz sicher drohte. Außerdem kam es ihr komisch vor, sich für jemanden einzusetzen, den man nicht kannte.

Nach kurzem Zögern seinerseits duzten sie sich inzwischen. Es hatte nicht lange gedauert, da war Mindy in den Genuss seiner eigentümlich kreisenden Gesprächsführung gekommen. Offenbar hatte er keinen Filter. Es gab Augenblicke, da wusste sie nicht, ob er mit ihr oder seiner verstorbenen Frau Kristy sprach. Soweit Mindy erkennen konnte, hatte John seit langer Zeit niemanden mehr, mit dem er reden konnte. Nachdem er einmal angefangen hatte, schien ihn nichts mehr stoppen zu können.

Als sie ihn zum Beispiel fragte, wie es ihm ginge, antwortete er, an diesem Morgen habe er sich nach dem Aufwachen verwirrt und verloren gefühlt. Nicht, weil er nicht gewusst habe, wo er sei, sagte er. Sondern als wisse er nicht, *wer* er sei. Eigentlich habe er das nie so genau gewusst. Aber nun sei es, als wäre sein gesamtes Wissen, seine Erfahrungen, das angehäufte Leben, zu Asche verbrannt, in seine ursprünglichen Elemente zerfallen, so wie Kristy es für sich selbst gewollt hätte.

So kamen sie auf Beerdigungen zu sprechen.

»*Verschwende kein Geld für Trauerfeiern, Särge oder sonstigen Unsinn*, hat Kristy gesagt, als ihr die Ärzte eröffneten, dass der Krebs siegen würde«, sagte John und erweckte seine Frau wieder zum Leben, indem er ihre Worte mit hoher, heiserer Stimme vorbrachte. »*Sei vernünftig und nimm die billigste Variante. Und lass dich nicht von diesen Bestattern über den Tisch ziehen. Ich sag dir, die sind schlimmer als Gebrauchtwagenhändler. Hörst du?*«

»Sie dachte immer, ich höre ihr nicht zu. Klar, früher redete ich mehr, als wir noch frisch zusammen waren. Aber da ihr oft nicht gefiel, was ich zu sagen hatte, hielt ich lieber den Mund, wenn Sie verstehen, was ich meine.«

Das verstand Mindy nur zu gut. Sie hatte oft das Gefühl, es wäre einfacher, den Mund zu halten, zu nicken und nur etwas zu sagen, wenn es unbedingt sein musste. Also erklärte sie ihm, das sei doch normal.

John grunzte und fuhr fort.

Er hatte im Krankenhaus an Kristys Bett gesessen und sich gefragt, wie sie die Behandlungen bezahlen sollten, die ihnen der Arzt ganz sicher anraten würde. Wenn sie vorher darüber geredet hatten, dachte Kristy immer, die Army würde dafür aufkommen. Sie sagte, das schulde sie ihnen, weil sie meinte, er hätte in der Army was Wichtiges gemacht. Er hatte das nie richtiggestellt.

Wie hätte er ihr auch nach all den Jahren sagen sollen, dass er in Wahrheit nach knapp zwei Jahren in der Army zu fliehen versucht hatte, als er noch einmal nach Vietnam geschickt werden sollte? Desertieren nannte man das. Weil er aber in eins der Löcher gefallen war, die ein sadistischer Offizier von einem anderen Gefreiten hatte graben lassen, wurde er aus medizinischen Gründen entlassen und nicht ins Militärgefängnis geworfen.

An dem Punkt hatte Mindy überlegt, ob sie ihn stoppen und ihm sagen sollte, dass er ihr das nicht alles erzählen musste. Doch sie beherrschte sich. Schließlich war sie gekommen, damit er sich besser fühlte. Wenn ihm das Reden half, konnte sie ihn kaum zensieren oder verurteilen.

Sie gab einen mitfühlenden Laut von sich, den er als Ermunterung auffasste fortzufahren.

Nachdem Kristy ein paar qualvolle Wochen später gestorben war, machte John genau das, was sie gewollt hatte. Er hatte sich von dem aalglatten Anzugträger nichts aufschwatzen lassen, der davon salbaderte, einen Finanzierungsplan auszuarbeiten und Kristy einen würdigen Abschied zu schenken. Er nutzte ihre dürftigen Ersparnisse dazu, sie einäschern zu lassen. Dann füllte er ihre sterblichen Überreste von dem Plastikbeutel, den man ihm mitgegeben hatte, in eine alte Keramikdose um, die sie gemocht hatte.

Er hatte sie aufs Küchenregal gestellt und war wieder zur Arbeit gegangen.

»Das tut mir sehr leid«, sagte Mindy und griff nach seiner rauen Hand. »Ist sie … ist ihre Asche auch in dem Feuer verloren gegangen?«

John hatte in die Ferne gestarrt, als versuchte er sich zu erinnern, wo er etwas hingestellt hatte. »Wahrscheinlich. Himmel. Daran habe ich noch gar nicht gedacht.«

»Ich hätte es nicht erwähnen sollen.«

»Ist schon gut, Miss. Sie können ja nichts dafür. Was wollten Sie eigentlich von mir?«

»Ich, äh, wollte Sie etwas fragen.« Sie holte tief Luft und wagte den Sprung ins kalte Wasser. »Kennen Sie das Herbstfest? Nicht? Tja, das ist ein großes Wohltätigkeitsfest, das einmal im Jahr stattfindet. Normalerweise sammeln wir Geld für das Hockeyteam oder so. Aber dieses Jahr dachte ich, das heißt, dachten wir, wir könnten die Spenden für etwas anderes verwenden. Ich wollte zuerst Ihre Erlaubnis einholen und mich vergewissern, dass Sie einverstanden sind.«

»Wieso brauchen Sie meine Erlaubnis?«

»Wir würden die Spenden gern dafür verwenden, Ihnen ein neues Zuhause zu kaufen.«

»Oh nein, das könnte ich nicht ...«

»Nichts Großes, so viel Geld kommt da nicht zusammen. Genug für eine Wohnung vielleicht oder zumindest so viel, dass Sie irgendwo bleiben können, bis die Versicherung zahlt.«

»Hab keine Versicherung.«

»Nun, dann vielleicht doch für etwas Dauerhaftes.«

Da wandte er ihr den Blick zu. Seine Augen standen voller Tränen und erinnerten sie an den Familienhund ihrer Kindheit, einen Basset. »Wieso sollten Sie so etwas für einen Fremden wie mich tun?«

»Jeder hat ein Zuhause verdient«, sagte Mindy.

Da barg er den Kopf in seinen Händen, und Mindy konnte nicht sagen, ob er aus Dankbarkeit schluchzte oder aus Trauer.

14

Vorwürfe

Elizabeth

Nach meinem Gespräch mit Andy beschließe ich, mich auf die Suche nach anderen Bewohnern des Cooperbeckens zu machen, die vielleicht etwas gesehen haben könnten. In der unmittelbaren Umgebung des Brandherds werden wohl alle evakuiert worden sein. Doch da ich bereits ausreichende Erfahrungen mit menschlichem Verhalten bei einem Feuer gemacht habe, bin ich sicher, dort noch jemanden vorzufinden.

Bedauerlicherweise behauptet die einzige Nachbarin, die ich aufspüren kann, gar nichts zu wissen. Es handelt sich dabei um eine Schnüfflerin Mitte siebzig, die am Rand der Absperrung steht und auf das geschäftige Treiben starrt, als wäre es eine Dokusoap. Offenbar lebt John Phillips sehr zurückgezogen, und sie hat nie Ärger mit den Jugendlichen gehabt, die ihm solche Probleme beschert haben.

»Also haben Sie sie gesehen?«, frage ich. »Bei seinem Haus?«

»Das nun gerade nicht. Aber gehört. Solche Kids finden sich ja immer schrecklich komisch. Ist doch so. Erinnern Sie sich an Ihre eigene Jugend? Da meint man doch, alles, was man tut, wäre so wichtig, dass man sich nicht darum scheren muss, ob man laut ist oder nicht. Es kommt einem überhaupt nicht in den Sinn, man könnte andere damit stören.«

Ja, daran erinnere ich mich. Gut möglich, dass ich die Lauteste in meiner Gruppe war. Ich schäme mich immer noch dafür, als Vierzehnjährige in grellbunter Montur durch den Schnee gestapft zu sein.

Aber *lachen,* das konnten wir.

»Am Montag?«, frage ich. »Direkt vor Ausbruch des Feuers? Haben Sie da etwas gehört?«

»Könnte sein. Mein Gedächtnis ist auch nicht mehr, was es mal war. Das Alter, wissen Sie. Verschont keinen.«

Ich nehme ihre Personalien auf und notiere mir die Information, damit ich sie an Deputy Clark weiterleiten kann. Dann beschließe ich, lieber zur Notunterkunft zu gehen, anstatt zu versuchen, an den beiden Highschools etwas auszugraben. John Phillips ist sicher nicht der Einzige, der die Notunterkunft aufgesucht hat.

Ich bin mir nicht sicher, warum es mir widerstrebt, in den Schulen herumzuschnüffeln. Es hat wohl damit zu tun, dass ich mich in Gegenwart von Teenagern irgendwie hilflos fühle. Ganz im Gegensatz zu Ben, der sich intuitiv in sie hineinversetzen kann. Früher zog ich ihn damit auf, das könne er nur deshalb, weil er selbst ein halber Teenager sei. Früher konnten wir uns necken, ohne dass es sofort zum Streit kam.

Anscheinend geht mir also diese Fähigkeit ab. Nicht, dass ich vergessen hätte, wie man sich als Teenager fühlt. Ich kann mich mit allzu genauen Erinnerungen an Peinlichkeiten quälen, die ich lautstark im Klassenzimmer zum Besten gegeben habe, oder an das Gefühl, als meine erste große Liebe entschied, ich wäre die Mühe nicht wert. Doch meine vielen Jahre in den Wäldern haben mich von der Popkultur abgeschnitten. Ich habe weder die Musik gehört noch die Filme gesehen, die diese Generation verbindet. Wann auch immer Ben mir davon erzählt, womit die Teenager von heute sich quälen, mit *ask.fm* oder *Snapchat*, schaudert es mich. Mir reichen die Erinnerungen an meine Jugendsünden. Warum sind sie heute bloß so scharf drauf, dass ihre Entgleisungen der ganzen Welt für immer in Erinnerung bleiben werden?

Meine Entscheidung, zur Notunterkunft zu gehen, erweist sich als richtig. Honor Wells bestätigt mir, dass ein paar von John Phillips' Nachbarn tatsächlich dort untergekommen sind. Doch meine Erleichterung bekommt einen Dämpfer, als ich sehe, dass ausgerechnet Mindy von dem Tisch aufsteht, an dem John sitzt.

Jetzt kreuzt sie zum zweiten Mal an einem Tag meinen Weg, als wollte das Universum mich provozieren. Als wollte es sagen: *Da ist jemand, mit dem du ins Reine kommen solltest. Auch das solltest du in Ordnung bringen.*

Mindy wirkt genauso überrascht wie ich, und so stehen wir an den beiden entgegengesetzten Enden der höhlenartigen Turnhalle und starren uns an, als hätten wir ein Gespenst gesehen.

Dann hebt Mindy halb die Hand zum Gruß, und ich tue es ihr nach, woraufhin sie blitzschnell durch die Hintertür verschwindet.

Mindy und ich waren beide in einem Kurs mit dem Titel *Willkommen in Nelson*, den ich direkt nach meinem Umzug besuchte.

Das klingt albern, eher nach einer Veranstaltung für Grundschüler als für Erwachsene. Doch Bens Mutter drängte mich hinzugehen, und sie hatte recht. Nelson ist zwar eine Kleinstadt, bietet aber so viele Aktivitäten und hat so viele versteckte Ecken und Winkel, dass eine Einführung hilfreich ist.

Außerdem war es schön, andere Leute kennenzulernen, die im selben Boot saßen. Die meisten im Kurs waren junge Frauen. Selbst Mindy und ich waren mit unseren achtundzwanzig (ich) und vierunddreißig (sie) noch nicht besonders alt. Dennoch fühlten wir uns beide älter. Sie wegen all der Probleme, die sie mit ihrer Tochter durchgemacht hatte, und ich wegen der Erfahrungen in meinem Job. Bestimmt gibt es Menschen, die sich ansehen können, wie unzählige Häuser und riesige Waldflächen vom Feuer zerstört werden, und trotzdem Frohnaturen bleiben. Ich gehöre nicht dazu.

Unter anderen Umständen hätten Mindy und ich uns wohl nicht angefreundet. Das war von Anfang an klar. Sie hatte Angst vor ihrem eigenen Schatten, ich stürzte mich begeistert und mit lautem Kampfgebrüll in lebensgefährliche Situationen. Jenseits dieser oberflächlichen Unterschiede gab es aber genug, das uns verband. Wir waren beide Neuankömmlinge. Wir fühlten uns beide als Außenseiter. Wir hatten beide Ehemänner, die perfekt in diesen Ort passten.

Uns fiel es beiden schwer, Freundschaften zu schließen.

Ich glaube, wir hatten auch beide das Gefühl, von der anderen lernen zu können. Ich, vernünftiger zu sein, weniger waghalsig, mehr der Mensch, der ich als Mutter der Kinder sein musste, die wir ganz sicher bekommen würden, sobald wir bereit dazu wären. Und Mindy, tja, ich weiß nicht, ob sie es so ausdrücken würde, aber ich dachte immer, dass Mindy in mir etwas von sich selbst sah. Nicht von der Person, die sie war, als ich sie kennenlernte, sondern von der früheren Mindy. Manchmal, etwa wenn sie einen Witz machte oder an einer unangemessenen Stelle lachte, erhaschte ich einen Blick auf den Menschen, der sie hätte sein können, wenn ihr das Leben anders mitgespielt hätte.

Obwohl wir so unterschiedlich waren, wurden wir in jenem ersten Winter ziemlich schnell enge Freundinnen. An der Feuerfront war es ruhig, und ich wurde nicht abberufen. Zudem war es außerordentlich kalt, aber es fiel kein Schnee, weswegen die gesamte Stadt einen Lagerkoller bekam. Wir besuchten zusammen einen Töpferkurs, um etwas zu tun zu haben. Zwischen den schiefen Tassen und Schüsseln, die wir eigenhändig fabrizierten, vertrauten wir uns einander an.

Danach ging das Leben weiter. Der Frühling kam, und ich verließ die Stadt. Sie hatte ihre Familie, um die sie sich kümmern musste, aber wir blieben in Kontakt. Wann immer ich zu Hause war, gingen wir zusammen zum Mittagessen. Ben und ich luden sie und ihre Familie zum Dinner ein. Das genoss ich sehr, vor allem, nachdem Ben und ich in unser Haus gezogen waren. Das Gelächter und Geschrei der Kinder, das von den hohen Deckenbalken im Wohnzimmer widerhallte, würde schon bald dauerhaft unser Haus erfüllen. Bald, bald, ganz bald.

Wieder mit Mindy Zeit zu verbringen war eines der Dinge, auf die ich mich nach meiner endgültigen Rückkehr in den Ort freute. Doch wie sich herausstellte, war unsere Freundschaft das erste von vielen Dingen, die ich verlor.

Das erste in einer langen Reihe, die mit Ben endete.

Bevor ich meinen Job aufgab, hatten wir viele Jahre versucht, ein Kind zu bekommen. Nachdem ich von dem Brand nach Hause kam, den der kleine Timmy ausgelöst hatte, und Ben sah, wusste ich es. Ich wusste, ich durfte nicht länger zögern und auf den richtigen Zeitpunkt warten. Wenn ich mich nicht ins kalte Wasser stürzte, ohne jeden Aspekt bedacht zu haben, würde ich es niemals wagen.

Also warf ich die Pille weg und erklärte Ben, ich wollte schwanger werden. Sein strahlendes Gesicht verstärkte das Ticken meiner biologischen Uhr. Da uns beiden nie etwas in den Weg gelegt worden war und das Leben es immer gut mit uns gemeint hatte, waren wir sicher, es würde auch diesmal so sein. Dass mein Wunsch und Bens Wunsch und die chemische Reaktion, die wir produzierten, wenn ich ein paar Monate unterwegs gewesen war, ausreichen würden. Puff! Das Wunder des Lebens. Alles ganz einfach.

Aber es funktionierte nicht. Aus Monaten wurden Jahre, und nicht ein einziges Mal blieb meine Menstruation aus. Es war nicht hilfreich, dass wir die Hälfte des Jahres getrennt verbrachten. Ich fing an, mich wie besessen im Internet über Unfruchtbarkeit zu informieren. Das bestärkte mich in der Überzeugung, dass unter anderem der Stress in meinem Job dafür verantwortlich war, dass ich nicht schwanger wurde. Als ich dann auch noch erfuhr, dass es körperliche Erschwernisse gab, wurde mir klar, dass es ein Fulltime-Job sein würde, schwanger zu werden, wenn ich das wirklich wollte.

Ben hingegen beharrte darauf, dass ich meinen Job nicht aufgeben musste. Vielleicht war es uns einfach nicht bestimmt, Eltern zu werden, und das war auch okay. Doch ich wusste etwas, das er nicht wusste, und mir dämmerte die bittere Wahrheit: Wenn ich nichts änderte, würde es nicht passieren. Vielleicht nicht einmal, wenn ich etwas änderte. Zwar liebte ich meinen Beruf, doch Ben liebte ich auch. Ich wollte Mutter sein. Damals kam es mir so vor, als wäre eine Schwangerschaft das, was ich mir meisten wünschte. Ich konnte mir einen anderen Job suchen. Brände bekämpfen konnte ich immer noch. Aber nicht die Familie gründen, die ich mir sehnlichst wünschte.

Also kündigte ich und blieb zu Hause. Wir stellten einen

Sexplan auf, an den wir uns strikt hielten. Ich aß nur noch gesunde Sachen, trieb Sport und versuchte, meinen Stress so weit wie möglich zu reduzieren. Nur wurde ich davon nicht schwanger, sondern verrückt. So verrückt, dass es sich für mich wie eine Strafe anfühlte, auch nur in die Nähe von Kindern zu kommen. Jeden Monat, in dem der Strich im Teströhrchen nicht blau wurde, wuchs mein Groll weiter. Mein Groll gegen Ben, mein Groll gegen mich. Mein Groll wegen der Entscheidungen, die ich vor Jahren getroffen hatte und die sich nun rächten.

Die reinste Qual war für mich das Zusammensein mit meiner besten Freundin, der Frau mit den zwei perfekten Kindern, dem überdurchschnittlichen Mann und der unkontrollierbaren Angst, all das könnte ihr weggenommen werden. Doch das konnte ich ihr nicht sagen, das wäre undankbar gewesen. Selbstsüchtig. Schrecklich. In der Gegenwart von Mindy kam ich mir plötzlich vor wie ein schrecklicher Mensch.

Dann dachte Mindy, sie sei schwanger. Sie war dreiundvierzig, und ich wusste, dass sie und Peter nur noch unregelmäßig Sex hatten. Nicht jede Woche, manchmal nicht einmal jeden Monat, und doch war nun ihre Periode ausgeblieben. Sie sagte, sie fühlte sich, wie sie sich bei den beiden anderen Schwangerschaften gefühlt hätte. Doch wie sollte sie noch ein Kind bekommen? Wie sollte sie die schlaflosen Nächte durchstehen? Außerdem bestand ein großes genetisches Risiko, dass das Baby wie Carrie werden würde.

Wir saßen in Joanies Café, als sie sich zu mir neigte und flüsterte: »Ich habe daran gedacht … es nicht zu behalten.«

Mir glitt die Tasse aus der Hand und zerschellte auf der Untertasse.

»Was?«

»Sch, die Leute gucken schon rüber.«

Ich senkte den Blick auf die zerbrochene Tasse. Mir zitterten die Hände.

»Ich weiß, dazu muss ich wahrscheinlich in einen anderen Staat«, fuhr Mindy fort. »Aber … würdest du mitkommen? Peter wäre niemals einverstanden.«

Ich fühlte mich, als würde mir das gesamte Blut aus dem Körper weichen. Ich war und bin eine hundertprozentige Verfechterin der Wahlfreiheit, doch dass Mindy tatsächlich diese Wahl traf und mich nach all meinen Qualen bat, ihr zu helfen …

»Das ist doch wohl ein ganz schlechter Scherz«, sagte ich und unterdrückte meinen Drang, die beiden Hälften der Tasse an die Wand zu schleudern. »Das fragst du mich? *Mich?*«

»Ach, Beth, das war gedankenlos von mir. Wie schrecklich.«

»Wie konntest du so gottverdammt egoistisch sein?«

»Moment …«

»Nach allem, was Ben und ich durchmachen mussten, kommst du und willst das einfach …wegschmeißen? Bloß, weil es ein bisschen anstrengend werden könnte? Weil es nicht in deine Pläne passt?«

»So habe ich das nicht gesagt.«

»Aber es stimmt doch, oder?«

Mindy war hochrot geworden. »Ich bin völlig fertig. Ich weiß nicht, was ich machen soll. Wahrscheinlich hätte ich es dir nicht erzählen sollen, aber sonst habe ich doch niemanden.«

»Wahrscheinlich hättest du es mir nicht erzählen sollen?«

»Tu das nicht. Sprich nicht so mit mir.«

»Wie denn?«

»Als wärst du die Einzige, der was Schlimmes im Leben passiert ist. Carrie wurde mit einem riesigen Loch im Herzen geboren. Sie wäre fast gestorben. Das ist genetisch bedingt. Es wäre vollkommen unverantwortlich, noch ein Baby zu bekommen.«

Jetzt war es also nicht mehr nur eine Möglichkeit, sondern bereits ein Baby. Ein Baby, das sie bekommen konnte, ich aber nicht.

»Es kotzt mich dermaßen an, wie du ständig darüber redest«, sagte ich. »Komm endlich darüber weg.«

»Wie bitte?«

»Das ist deine Ausrede für alles. *Ich musste meine Karriere wegen Carrie aufgeben. Ich musste wegen Carrie hierherziehen. Wegen meiner Kinder kann ich nicht arbeiten.* Bla, bla, bla. Das ist deine Entscheidung, Mindy. Auch andere Menschen haben Kinder, die krank waren, aber die bauen nicht ihr ganzes Leben darum herum. Carrie geht es gut, *gut.* Und zwar schon seit Jahren. Du klammerst dich an deine Kinder, weil du nicht weißt, was du mit deinem Leben anfangen sollst.«

»Ist das bei dir so anders?«

»Allerdings, ich bin nicht im Geringsten wie du.«

»Ach so? Deshalb hast du auch den Job aufgegeben, den du liebst, weil du hofftest, du könntest dann eher schwanger werden. Und jetzt bist du wütend auf Ben, obwohl er dich gar nicht darum gebeten hat. Du triffst ständig die falschen Entscheidungen, Beth. Deswegen kannst du nicht schwanger werden.«

»Ich fasse es nicht, dass du das aufs Tapet bringst. Ich hatte dir das im Vertrauen erzählt, nicht, damit du es gegen mich verwendest.«

»Ich weiß nicht, was hier läuft. Wieso geht es plötzlich um dich? Wieso dreht sich alles immer um dich?«

Mindy stand auf und versuchte, ihre Arme in ihren Mantel zu schieben.

»So ist das, nicht wahr?«, sagte sie. »Bei solchen Gelegenheiten erkennt man die echten Freunde. Töpfern und wandern, das ist leicht. Aber das hier ... Wahrscheinlich hätte ich es wissen müssen.«

»Also ist alles meine Schuld?«

»Vergiss es einfach, okay? Vergiss, dass es mich gibt. Ich bin sicher, das fällt dir nicht schwer.«

Sie gab es auf, ihren Mantel überzuziehen und schritt durch die Menge der uns zugewandten Gesichter aus dem Café. Ich saß da, schäumend in meinem gerechten Zorn, denn im wesentlichen Punkt hatte ich doch recht, gottverdammt noch mal, oder?

Ach, ich bin so ein wunderbarer Mensch.

Kein Wunder, dass Ben so schnell in die Scheidung eingewilligt hat.

Nachdem ich mein kurzes Beinahe-Treffen mit Mindy abgeschüttelt habe, spreche ich mit zwei Pärchen, die in der Nähe von John Phillips wohnen. Ich will herausfinden, ob ihnen jemand oder etwas an seinem Haus aufgefallen ist. Es fühlt sich seltsam an, das zu machen, während John im Raum ist. Zwar befindet er sich am anderen Ende, hinter den Bettenreihen, doch ich fühle seinen Blick so deutlich auf mir, als würde mich etwas sanft zwischen den Schulterblättern drücken. Ständig habe ich den Drang mich umzudrehen, als stünde er auf einmal direkt hinter mir. Das ist natürlich alles nur Einbildung, wie so vieles in meinem Leben. Daher halte ich meine Augen geradeaus gerichtet und versuche, mich auf das zu konzentrieren, was seine Nachbarn mir erzählen.

Die Quintessenz ist: Wir haben nichts gehört und nichts gesehen.

Beide Pärchen sind jung, erschöpft und in Angst um ihr Haus und ihren Besitz. Sie fragen mich: War es seine Schuld? Sie möchten wissen, wer sie in diese Lage gebracht hat, wer ihnen möglicherweise alles genommen hat. Ob der alte Mann, der zusammengesunken auf dem Feldbett sitzt, etwas damit zu tun hat. Ich gebe beiden dieselbe Antwort. Ich weiß es nicht, will es aber herausfinden, und deshalb befrage ich sie. Sie sollten keine voreiligen Schlüsse ziehen, sondern daran denken, dass er bereits alles verloren hat.

Aber die verstohlenen Blicke, die sie auf John werfen, sind erheblich nachdrücklicher als das sanfte Stupsen an meinem Rücken. Sollte das Feuer tatsächlich ihre Häuser verschlingen, könnte es durchaus sein, dass John Phillips zu seiner eigenen Sicherheit in eine andere Unterkunft gebracht werden muss.

Nach dem Gespräch mit ihnen schlendere ich durch die Turnhalle und spüre den Sog, der von John ausgeht. Als ich schließlich vor ihm stehe, scheint er mich erwartet zu haben.

»Ist es so weit? Geben sie mir die Schuld?«, fragt er. Er trägt die Krankenhauskluft von gestern, und ein Zweitagebart hat sein Kinn ergrauen lassen.

»Niemand gibt Ihnen die Schuld, Mr. Phillips. Gäbe es denn einen Grund dazu?«

Er starrt blinzelnd in den Fleck Sonnenlicht, der ihm aufs Gesicht fällt. Dann schüttelt er sich und richtet sich auf, wobei seine Wirbelsäule hörbar knackt.

»Haben Sie die Waschräume gesehen?«, fragt er.

»Nein. Sind sie schrecklich?«

Er neigt sich vor und erzählt mir, dass seine Blase ein weiterer Kollateralschaden des Alters ist. Dass er sich oft fühlt wie als kleiner Junge, wo sein Drang ihn meist völlig unerwartet überfiel und er mitten im Spiel zum nächsten Baum rennen musste und für alle hörbar schrie: »Ich muss Pipi!«

Er schweigt einen Moment und reibt am Stoff seiner Hose. »Schön weich«, sagt er. »Damit fühlt man sich gut versorgt, wenn auch nur vorübergehend.«

»Sie sprachen vom Waschraum«, sage ich.

»Ach ja. Stimmt.« Das, äh, Urinal ist ganz anders als das in seiner früheren Grundschule. Das nämlich war ein großes, gefliestes Ding in der Mitte des Waschraums, um das die Jungen sich aufstellen konnten. Wenn sie fertig waren, drückten sie mit dem Fuß auf einen Hebel. Dann kam rauschend das Wasser und spülte alles weg.

»Wuuusch«, sagt er. »Wuuusch.«

Wer auch immer jenen Waschraum entworfen hatte, wusste nicht mehr, wie es war, ein kleiner Junge zu sein, davon war John überzeugt. Oder er war nie die Zielscheibe anderer Jungen geworden. Heute hieß es Mobbing, aber damals nannte sein Vater es nur Abhärten, und John hatte das offenbar dringend nötig. Das war die einzige Erklärung dafür, dass er unzählige Male mit dem Kopf im Urinal steckte oder in eine Kabine geschoben oder von seinem Vater mit Fäusten traktiert wurde, wenn er so dumm war, sich über etwas in der Schule zu beschweren.

Manchmal hatte auch Kristy ihn schikaniert, jetzt konnte er das ja sagen. Sie wurde zwar nicht handgreiflich, aber mit Worten konnte sie ihn durchaus herumschubsen. Er fragte sich, ob an ihm etwas war, das solche Leute anlockte. Gab er einen Laut ab, der Schwäche signalisierte und den nur bestimmte Menschen hören konnten? Wie der unhörbare schrille Ton einer Hundepfeife?

Vielleicht. Möglicherweise erklärte das die Sache mit den Jungs.

Ich merke auf. »Die Jungen, die Sie geärgert haben?«

Das erste Mal ließen sie sich vor etwa einem Jahr blicken, sagt er. Im letzten Sommer, als er zum letzten Mal als Zimmermann arbeitete, obwohl er das damals nicht wusste.

Er lag in einer schwülwarmen Sommernacht in seinem klumpigen Bett und war gerade eingenickt, als ein Knall ertönte. *Peng*! Er stand auf und stürzte zum Fenster, sah aber nur ein paar schmale Gestalten, die in die Dunkelheit rannten. Als er nach unten ging, fand er das erste von zahlreichen Geschenken, die sie ihm im Lauf des nächsten Jahres auf der Türschwelle hinterlassen sollten, einen Kuhfladen mit einem Knaller darin. Der Knaller rauchte noch, und die Explosion hatte für eine stinkende Schweinerei vor seiner Haustür gesorgt. Er war durch die Hintertür hinausgegangen und hatte die Veranda mit einer Schaufel abgekratzt. Dann war er in den hinteren Teil seines Grundstücks gegangen, um den Gartenschlauch zu holen und nachzusehen, ob sie weiteren Schaden angerichtet hatten. Da entdecke er die Bierdosen und roch den süßlichen Zitrusgeruch, der ihn an Stechapfel erinnerte.

»Saufen und Kiffen auf meinem Grund und Boden. Mich Nacht für Nacht zum Narren halten, bis ich nicht mehr schlafen konnte, Fehler bei der Arbeit machte und am Ende gefeuert wurde. Nach zweiunddreißig Jahren! Da macht man mal ein paar Fehler und kriegt keine Chance mehr. Dabei habe ich doch nichts anderes gelernt.«

»Und die Polizei?«, frage ich. »Wieso haben Sie sich nicht früher an sie gewandt?«

»Ha«, sagt er. »Die Polizei? Die Polizei bringt doch nichts.« Kristy hätte wahrscheinlich gesagt, er sollte das melden, das wusste er. Aber als er sich am Ende an sie wandte, hatten die

Polizeibeamten nur den Kopf geschüttelt, etwas auf ihren Notizblock gekritzelt und überhaupt nichts unternommen.

Auf einmal verschlägt es John die Sprache, und seine Augen werden so groß und rund wie in einem Comic.

»Was ist?«, frage ich.

Er öffnet den Mund, um etwas zu sagen, bringt aber kein Wort hervor. Immer wieder öffnet er ihn lautlos wie ein Guppy auf dem Trockenen.

Dann hebt er zitternd die Hand und deutet zur anderen Seite der Turnhalle.

Ich blicke in die angegebene Richtung. Dort steht Honor und lädt mehrere Tupperdosen aus einer großen Tragetüte auf den Tisch mit den Lebensmitteln. Neben ihr wartet in schlaffer Haltung ein Teenager, der mir vage bekannt vorkommt.

»Er«, stößt John schließlich hervor. »Er war's.«

Von: Nelson County Emergency Services
Datum: Mittwoch, 3. September, 16 Uhr 17
An: Verborgener Empfänger
Betrifft: Feueralarm im Cooper Basin

Das Wetter wird zu einem der entscheidenden Faktoren beim Feuer im Cooperbecken, da für die nächsten Tage Trockenheit, Wind und ungewöhnlich hohe Temperaturen vorhergesagt wurden. Das Feuer breitet sich inzwischen doppelt so schnell aus und hat bereits über 1700 Hektor Wald- und Buschland verbrannt. Die Anzahl der Brandbekämpfer ist über 250 gestiegen und wird bis zum Ende des morgigen Tages 500 erreichen.

Die Evakuierungsempfehlung für den westlichen, von Oxford und Stephen Street begrenzten Bereich von Nelson tritt wieder in Kraft und wird auf Broadview und Northway ausgedehnt. Im Anhang ist eine Karte des Bereichs angefügt. Den Bewohnern wird geraten, nur das Nötigste und die wichtigsten Papiere zusammenzupacken und sich bereitzuhalten, kurzfristig ihre Häuser zu verlassen.

Weitere Informationen sind zugänglich über www.nelsoncountyemergencyservices.com.

Da das Feuer derzeit außer Kontrolle zu geraten droht, erfolgen im Stundentakt weitere Informationen, bis sich die Lage stabilisiert hat.

15

Zusammenpacken

Elizabeth

Kaum verlasse ich die Grundschule, bemerke ich den Wetterumschwung. Die Warmfront, die ich seit gestern im Auge behalte, hat das Tal erreicht. Es ist unnatürlich heiß, trocken und windig. Als ich mein Handy heraushole, wehen mir die Haare ins Gesicht. Da ist die Evakuierungsempfehlung, vor der ich mich gefürchtet habe. Die relativ langsame Ausbreitung des Feuers hat sich beschleunigt. Obwohl wir alle Mann an Deck befohlen haben, bahnt es sich seinen Weg den Nelson Peak hinauf und breitet sich nach Westen aus. Nach einer raschen Berechnung komme ich zu dem Schluss, dass es bei diesem fortschreitenden Verlauf in achtundvierzig Stunden an meiner Haustür gelandet sein wird.

Gottverdammt! Wieso nur eine Empfehlung zur Evakuierung und keine Anordnung? Worauf zielt Kara ab? Wut steigt in mir auf, obwohl ich weiß, das ist irrational. Kara ist die Beste in diesem Metier. Wenn sie dieses Feuer nicht unter Kontrolle bringen kann, dann kann es keiner. In einem Anflug von Angst krampft sich mein Magen zusammen, und leichte Übelkeit überkommt mich. Dieses Feuer werden wir nicht besiegen, das spüre ich tief in meinem Innern. Das bedeutet, wir werden alles verlieren. Unser Haus. Unseren ganzen Besitz. Das Leben, das wir uns dort unter den Espen aufgebaut haben.

Es entgeht mir nicht, dass ich vor zwei Tagen etwas in Bewegung gesetzt habe, an dessen Ende mir ebenfalls der Totalverlust droht. Zu jenem Zeitpunkt dachte ich, das wäre mir nicht mehr so wichtig, ich könnte alles hinter mir lassen, auch Ben, und irgendwo ganz neu anfangen.

Tja. Haha. Ha, ha, *ha.*

Was bin ich für eine Idiotin. Es ist mir wichtig. Die Fotos, die in unserem ganzen Haus verteilt sind. Das Counting-Crows-Shirt, das ich im College von Ben geklaut und in dem ich so oft geschlafen habe, dass es meinen Geruch angenommen hat. Die Liebesbriefe, die Ben mir geschrieben hat, als wir getrennt waren.

Die Kleider, die ich nicht haben sollte und in einem Zimmer versteckt habe, das wir nie benutzen.

Und Ben. *Ben.* Im Augenblick wünsche ich mir nichts sehnlicher als Ben.

Mit zitternden Fingern tippe ich eine SMS: *Möchte dringend reden*, und füge fast noch ein *bitte* hinzu, doch etwas hält mich davon ab. Das wirkte vielleicht zu verzweifelt. Zu bedürftig.

Dann halte ich mein Handy in der Hand und warte, doch es kommt keine Antwort. Ich werfe einen Blick auf die Uhr. Die Schule ist aus, also gibt es keinen Grund für sein Schweigen. Er will nicht mit mir reden. Ich wähle seine Nummer und das Rufzeichen ertönt, einmal, zweimal, dreimal, aber er meldet sich nicht. Weil er Voicemail hasst, kann ich noch nicht mal seine Stimme hören. Ben beantwortet immer seine SMS. Ben geht immer ans Handy.

Ben will nicht mit mir reden.

Wieder verkrampft sich mein Magen, und ich stürze zur

Seitenmauer der Schule. Mir bleibt nicht einmal die Zeit, einen Mülleimer zu suchen, daher sinke ich einfach neben einem Busch auf die Knie und übergebe mich. Ein ekelerregend vertrautes Gefühl. Mein Körper lässt mich in dieser Hinsicht oft im Stich, vor allem bei Stress. Es ist, als wollte er all das Schlechte in mir zusammen mit den zuletzt zu mir genommenen Nahrungsmitteln herausschleudern.

Der Energieriegel, den ich mir aus meinem Handschuhfach geschnappt habe, schmeckt halb verdaut auch nicht besser.

Während ich mir meine Haare zusammenhalte, um sie vor den ätzenden Ergüssen meines Körpers zu schützen, frage ich mich unwillkürlich, ob mir morgen noch etwas geblieben sein wird, das ich verlieren kann.

Als ich mich wieder zusammenreißen kann, ist mir klar, dass ich eigentlich zurück an die Arbeit müsste. Ich sollte die Informationen, die ich John Phillips entlockt habe, die Identifizierung des Anführers der Bande, die ihm zugesetzt hat, an Deputy Clark weiterleiten, damit sie offiziell protokolliert wird. Stattdessen stopfe ich den Zettel mit dem Namen, der mir nur allzu vertraut ist, in meine Tasche und lenke meinen Wagen in eine andere Richtung, nach Hause.

Als ich vor unserem Haus vorfahre, wirbeln Rauchschwaden darum herum wie aus einem Musikvideo der 1980er. Und auf mich wartet eine Überraschung. Bens Wagen steht im Carport, und der Motor summt noch, weil er gerade erst ausgeschaltet wurde.

Ich betrete das Haus durch die offene Haustür und biete damit dem Rauch Zugang, der sich sofort mit dem Eigengeruch des Hauses und seiner Bewohner vermischt, den man nur bemerkt, wenn man länger fort war.

»Ben?«

»Oben«, ertönt seine Stimme aus einer unerwarteten Richtung. Ich dachte, er hätte vielleicht den Rest seiner Texte holen wollen, das, was er früher als den Abraum seiner Träume bezeichnete und nie wegschmeißen konnte.

Die Bücher, die er nicht zu Ende geschrieben hat. Das Baby, das wir nie bekommen haben.

Unser Leben war voll von Dingen, die wir nicht erreichen konnten. Weder zusammen noch getrennt.

Am oberen Treppenabsatz biege ich nach links und gehe bis zum Ende des Flurs, wo sich das kleinste Schlafzimmer befindet, das die Immobilienmaklerin als *wie gemacht für ein Kinderzimmer* bezeichnet hat. Damals strahlten wir sie an, weil wir überzeugt waren, dieses Puzzleteil würde unsere erst kürzlich getroffene Entscheidung bestärken. Ein richtiges Haus für uns und unsere Familie. An dem Tag, an dem wir die Schlüssel für das Haus bekamen, liebten wir uns in diesem Zimmer auf dem Fußboden, voll zärtlicher Leidenschaft. Als wir später aneinandergeschmiegt dalagen und die kühle Luft unsere Haut marmorierte, sagte Ben: »Sollen wir ihr erzählen, dass wir sie hier gezeugt haben?«

Jetzt sitzt Ben vor einer großen halb vollen Plastikbox mit ordentlich gestapelten Babysachen auf dem Boden. Neben ihm sehe ich die andere Hälfte, eine komplette Ausstattung fürs erste Jahr, nach Größe geordnet.

Diese Garderobe ist mein schändliches Geheimnis, obwohl es ziemlich harmlos begann. Mindy wollte ein paar ihrer Babysachen an eine karitative Einrichtung spenden, und ich half ihr beim Sichten, da fiel mir ein wunderschönes, hauchzartes Kleidchen in die Hände. Carries Taufkleid, erklärte mir Mindy, und eigentlich viel zu groß dafür, da sie Carrie erst mit zwei Jahren hatten taufen können. Oder, fügte sie errötend hinzu, es wäre doch früher gegangen, aber das hätte vielleicht Unglück gebracht.

»Wieso?«

»Eigentlich glaube ich gar nicht an das ganze Brimborium, es geht um die Idee, verstehst du? Die Taufe soll einen von der Erbsünde reinwaschen. Meine Mutter hatte mir immer erzählt, Babys, die vor ihrer Taufe sterben, kämen nicht in den Himmel ... und ich weiß, es ist albern, aber ich hatte das Gefühl, wenn wir sie tauften, bevor sie definitiv außer Gefahr wäre, würden wir sie darauf vorbereiten. Auf den Himmel.«

Sie lachte über sich, aber ich nahm sie spontan in den Arm. Da legte sie einen Augenblick ihren Kopf an meine Schulter und seufzte.

»Tja«, sagte sie und löste sich von mir. »Sieh mich nur an. Eines Tages wird mich das alles nicht mehr so sehr berühren.«

»Wieso behältst du das Taufkleid nicht? Bewahrst es für Carries Tochter auf.«

»Ja, vielleicht. Du solltest dir etwas von den Sachen aussuchen ... Sieh doch mal, wie viele es sind. Unfassbar.«

Ich protestierte, doch am Ende nahm ich einen Stapel Strampler mit, die ich ins Haus schmuggelte wie Hehlerware. So als hätte Mindys magisches Denken von mir Besitz ergriffen, nur umgekehrt. Wenn ich etwas für das Baby besorgte, würde es vielleicht nie kommen. Doch als ich die Anziehsachen in den Schrank hängte, wirkten sie so *passend*, als kämen sie nach Hause. Nicht lange danach ertappte ich mich dabei, wie ich mitten in der Nacht im Internet surfte und Babysachen bestellte.

Ich dachte immer, der Inhalt dieses Schranks wäre mein kleines Geheimnis.

»Was machst du da?«, frage ich Ben.

Er dreht den Kopf zur Seite, sodass ich sein Profil sehe.

»Es kommt mir nicht richtig vor, sie hierzulassen. Nicht bei dieser Windrichtung.«

Ich setze mich neben ihm auf den nackten Boden, zwischen uns die Stapel mit Anziehsachen, und fange an, sie von den Bügeln zu befreien und sie Bens Stapeln zuzuordnen. Er sieht einen Moment lang zu, dann hilft er mir. Viele Hände, schnelles Ende.

Obwohl nicht so viel zu ordnen ist.

Als der letzte Strampler gefaltet ist, drückt Ben den Plastikdeckel auf die Box.

»Die ganzen Sachen werden wahrscheinlich nach Rauch riechen«, bemerkt er.

»Tja, dann waschen wir sie.«

»Wir sollten wohl auch unsere restlichen Kleider mitnehmen. Jedenfalls so viel, wie wir können.«

»Ja«, sage ich, doch bleiben wir beide sitzen. Ich strecke meine Hand aus, bis sie seine berührt. Er zuckt kurz zusammen, doch dann entspannt er sich und dreht die Handfläche nach oben, sodass sie flach unter meiner liegt.

»Wie lang weißt du schon davon?«, frage ich.

»Von den Kleidern? Schon immer!«

»Bist du wütend?«

»Nein, natürlich nicht.«

»Kannst du es verstehen?«

»Aber ja. Das konnte ich immer, weißt du.«

Ich senke den Kopf, um die Tränen zurückzudrängen, doch sie kommen trotzdem und tropfen mir in den Schoß.

»Hey, aber, aber, sch«, sagt Ben. »Ist schon gut.«

Er schlingt seinen Arm um meine Schulter und zieht mich

an sich. Ich drehe den Kopf zur Seite, bevor er auf seiner Brust landet, und streife dabei mit meinen Lippen sein Kinn.

Reflexartig küsse ich es, und dann drückt Ben seinen Mund auf meinen. Wir klammern uns aneinander, und sein Mund ist überall: auf meinem Gesicht, meinem Hals, meinen Brüsten, als wir mein Shirt abgestreift haben. Dann wird die Box mit den Babysachen beiseitegeschoben, und wir verschmelzen auf dem Boden. Ich umschlinge seinen Rücken mit meinen Beinen, während er so tief in mich stößt, wie er kann. Ein paar Minuten lang ist alles andere vergessen.

Danach liegen wir in der Stille des Zimmers und füllen sie mit unseren Atemgeräuschen. Das Fenster klappert im Wind, und ich spüre, dass ich genauso eine Gänsehaut bekomme wie beim letzten Mal.

Ich frage mich, wer von uns als Erster etwas sagen wird und was. Ich weiß nicht, wie ich das empfinden soll, wie er das empfindet, oder auch nur, wieso das passiert ist. Heißt das, wir bereuen unsere Entscheidung? Versuchen wir uns beide an das Eine zu klammern, das bei uns immer gut war, ganz gleich wie giftig unsere Worte wurden? Ist dies nur eine Ausflucht, um etwas anderes zu empfinden als Verlust?

Mir bleibt nicht die Möglichkeit, das herauszufinden. Gerade als ich das Gefühl habe, einer von uns, vielleicht ich, würde etwas Wichtiges sagen, beginnt mein Handy beharrlich in der Hose zu summen, die wir hastig zur Seite geworfen haben. Ich lasse die Voicemail anspringen, doch dann summt es wieder. Ich setze mich auf, spüre die Druckstellen vom harten Boden auf meinem Rücken und streife mir Bens T-Shirt über den Kopf, während ich nach dem Telefon greife.

»Liz?«, fragt Rich. »Wo sind Sie? Hier ist die Hölle los.«

»Was? Ich …«

»Wieso habe ich Sie überhaupt eingestellt, wenn so ein Scheiß passiert?«

Ich spüre, dass Ben neben mir aufsteht und langsam in seine Klamotten steigt. Ganz sicher hört er Richs wütendes Zetern.

»Ich weiß nicht, wovon Sie reden. Was ist denn los? Was ist passiert?«

»Ich hab Ihnen doch gesagt, dass Phillips dafür verantwortlich ist.«

»Davon bin ich nicht überzeugt. Ich habe heute mit ihm gesprochen, und er konnte mir den Anführer dieser Jugendlichen nennen und …«

»Sie hören mir nicht zu. Er war es.«

»Wieso sind Sie sich da plötzlich so sicher?«

»Weil sein Haus zwangsversteigert werden sollte.«

TAG 3

16

In Deckung gehen

Mindy

Als um drei Uhr morgens das Dröhnen tief fliegender Flugzeuge einsetzte, war Mindy hellwach.

Sie hatte sich die ganze Nacht hin und her gewälzt und keine Minute Schlaf finden können. Das wusste sie genau, denn jedes Mal, wenn ihr endlich die Augen zufielen und sie sie später wieder aufschlug, war sie sicher, dass mindestens eine Stunde vergangen sein musste. Aber es waren nicht mal fünf Minuten. Das hätte jeden in den Wahnsinn getrieben, Mindy aber umso mehr, als sie sich ohnehin dem Wahnsinn nahefühlte.

Mit den E-Mails hatte es angefangen. Genauer gesagt mit einer E-Mail, nämlich ihrer eigenen. Sie und Kate hatten sie zusammen entworfen, aber Kate hatte darauf bestanden, dass Mindy sie abschickte, weil es schließlich ihre Idee war.

Ihre Idee.

Langsam bekam sie das Gefühl, es wäre keine gute Idee gewesen.

Allein die Reaktion des Organisationskomitees auf ihre Nachricht.

»Beruhigt euch, und lasst Mindy ausreden«, hatte Kate mit Bühnenstimme befohlen. Sie hatte auf dem College Theaterwissenschaft studiert, und so ein Stimmbildungskurs erwies sich manchmal als ziemlich praktisch.

Man war in einem der großen Räume im Nelson Arts Center zusammengekommen. Tischtücher, Kerzen und lange Girlanden mit künstlichen bunten Ahornblättern waren auf den an die Wände geschobenen Tischen verteilt. In der Mitte saßen zwanzig aufgebrachte Frauen auf Plastikstühlen, die man in der Grundschule benutzte, zu niedrig und zu klein für das Hinterteil eines Erwachsenen. Mindy stand mit Kate vor ihnen und hatte gerade verkündet, dass sich Motto und Spendenziel des Fests verändert hätten.

»Im Ernst«, sagte Kate. »Ruhe. Und zwar alle.«

Als sie streng ihren Blick schweifen ließ, war Mindy wieder froh, Kate zur Freundin zu haben. Was machte es schon, wenn sie dominant und stutenbissig war, wenn sie Mindy manchmal das Gefühl gab, naiv und unreif zu sein? Wenn es darauf ankam, tat Kate das Richtige.

»Ich versteh das einfach nicht«, sagte eine der Frauen. »Wieso ausgerechnet jetzt? Wieso ausgerechnet er?«

»Das soll euch Mindy beantworten«, erwiderte Kate. »Sie hat eine Schwäche für das Brandopfer entwickelt.«

Mindy blickte auf ihre Füße, als hätten die Spitzen ihrer soliden Schuhe irgendwie die Erklärung parat. Doch sie sah nur Bodenfliesen, daher hob sie wieder den Kopf und blickte zu den Frauen. Auf den winzigen Stühlen wirkten sie richtig verletzlich. Allerdings nicht so verletzlich wie John Phillips, der unter seiner Decke gezittert hatte.

»Wahrscheinlich ist keine von euch John Phillips jemals begegnet«, sagte sie mit brüchiger Stimme. »Ich auch nicht. Doch dann habe ich ihn heute Morgen besucht. Im Augenblick hat dieser Mann nichts. Von den Stühlen, auf denen ihr jetzt sitzt, hat er einen neben seinem Bett stehen. Nur dass es kein Bett ist, sondern eine Liege. Er hat Krankenhauswäsche an, und jemand hat ihm aus der Schulbücherei ein Buch gegeben. Einen Harry Potter, den er alles in allem ziemlich fesselnd findet. Seine Frau ist vor zwei Jahren gestorben. Er hat keine Kinder. Keine Versicherung. Wie ich schon sagte: Er hat nichts. Könnt ihr euch das vorstellen? Nun, ich nicht. Du hast nach dem Grund gefragt, Susan. Wieso er? Ich persönlich finde das ziemlich offensichtlich.«

Mit weichen Knien setzte sich Mindy auf ihren Stuhl, schätzte aber die Entfernung zu dem winzigen Sitz falsch ein und wäre fast zu Boden gekippt, hätte Kate sie nicht im letzten Moment mit fester Hand gepackt und wieder aufgerichtet.

»Hat noch jemand Fragen?«, meldete sich Kate zu Wort, hielt Mindy aber immer noch fest. »Nein? Dann machen wir uns an die Arbeit.«

Nach dem Treffen entwarfen Mindy und Kate sorgfältig die E-Mail für die Mailing-Liste des Herbstfestes, die die Veränderungen erklären sollte. Nach der Reaktion des Komitees wussten sie, dass es auf den richtigen Ton ankam, sonst würden endlose Klagen kommen.

In gewisser Weise verstand Mindy den Ärger der Leute. Die Eintrittskarten waren ausschließlich im Vorverkauf und unter der Vorgabe zu erwerben gewesen, alle Spendengelder würden ans Hockeyteam gehen. Die Sache war nur die: Selbst ohne das Feuer und John Phillips hätte das Hockeyteam das Geld nicht bekommen. Doch das wussten nur sie, Kate und Bit.

Das Hockeyteam hatte zu viel Geld. Das hatte ihr Kate gestern Nachmittag eröffnet, als sie auf Kates Küchenbank saßen. Wobei der Name mehr als nur ein leichtes Understatement war.

In Kates ultramodernem, makellosem Haus fühlte sich Mindy ständig, als hätte sie in ihrem Leben nur schlechte Entscheidungen getroffen. Nicht, dass sie so wohnen wollte – das Haus fühlte sich nicht wie ein richtiges Zuhause an. Oder weil es so teuer gewesen war. Sie war nicht materialistisch, sie wollte nur ihre Kinder versorgt wissen. Nein, es lag an der Sauberkeit. In Mindys Haus war es nicht schmutzig, das nicht. Aber es war ein Haus, in dem Kinder und aktive Menschen wohnten. Mindy hatte keine Haushaltshilfe, die ihr beim Aufräumen half. Bei den seltenen Gelegenheiten, bei denen sie Gäste zum Abendessen hatten, überlegte Mindy den halben Nachmittag, wo sie die Sportsachen der Kinder und die Wintermäntel verstecken sollte. Die waren irgendwie immer im Weg, selbst wenn der Winter längst vorbei war.

Ja, hatte Kate nonchalant bestätigt. Das Hockeyteam brauchte eigentlich seit Jahren kein Geld. Deshalb transferierte Kate heimlich die Spenden, die sie jährlich sammelten, auf ein Konto zur Renovierung der städtischen Bibliothek, die ständig von der Schließung bedroht war. Kate hatte dreihunderttausend Dollar gespart, und diesen Herbst wollte sie den Rest, den sie für die Renovierung brauchten, auf die Liste mit Sonderprojekten bringen, die einmal im Jahr angelegt wurde.

»Dreihunderttausend Dollar?«, hatte Mindy ungläubig gefragt. »Hat niemand bemerkt, dass so viel Geld fehlt?«

Kate zuckte die Achseln und zog ihr ultradünnes silbernes Notebook aus der extra dafür vorgesehenen Küchenschublade. Kate hatte für alles eine Schublade oder einen Schrank. »Selbst für Kondome«, hatte Bit ihr einmal hinter vorgehaltener Hand zugeflüstert und war wegen ihrer Kühnheit rot geworden.

»Offenbar nicht«, sagte Kate.

»Wie ist das möglich?«

»Ach, Schätzchen. In dieser Stadt kann man alles verbergen, wenn man es nur richtig anstellt.«

Mindy hatte die E-Mail gegen 16 Uhr 30 abgeschickt, dann den Computer ausgeschaltet und sich an die Vorbereitungen fürs Abendessen gemacht. Angus und Carrie kamen gerade nach Hause, als sie anfing, das Gemüse für das Curry zu schnippeln, daher hatte sie sie gebeten, ihr zu helfen.

Zu ihrem Erstaunen hatte Angus dieses eine Mal nicht protestiert, sondern ein Messer aus dem Messerblock genommen, die Schärfe getestet, wie Peter es ihm beigebracht hatte, und gefragt, was er schneiden sollte. Sie hatte ihm Brokkoli und Blumenkohl zugewiesen und ihn eine Minute lang angestarrt, als sähe sie einen Geist. Vielleicht war das auch so: Angus' Geist aus alten Tagen.

Gemeinsam zu kochen war ihr Ding gewesen. Mindy probierte gern neue Rezepte aus oder versuchte, etwas Leckeres aus dem Restaurant nachzukochen, und konnte das meist ziemlich gut. Abgesehen von Brathähnchen.

An diesem Abend war sie in ihrem Element. Es war so schön, mit Angus zusammenzuarbeiten und über seinen Tag zu plaudern, dass sie die E-Mail völlig vergaß.

»Wie geht's Willow?«, fragte sie ihn über die Kücheninsel hinweg und rechnete mit einer abweisenden Antwort.

Doch stattdessen sagte Angus: »Ihr geht es gut. Ein paar der Jungs ... also, du weißt ja, Jugendliche sind manchmal ziemlich gemein, oder, Mom?«

»Ja, daran kann ich mich erinnern.«

Er hielt inne und sah sie an. Mindy wusste nicht, was ihn mehr überraschte. Dass sie ihn verstand oder dass sie noch wusste, wie es als Teenager war.

»Klar«, sagte er dann. »Tja, also, da sind diese Typen, die

irgendwie beschlossen haben, Willow wäre ein Problem. Aber das stimmt gar nicht, weißt du?«

»Ich glaube schon. Erwachsene machen das manchmal auch.«

Mit einem lauten *Fump* teilte Angus den Blumenkohl in zwei Hälften.

»Tucker ist das ver*frickte* Problem.«

»Angus. Ausdruck.«

»Was denn?«

Er sah sie mit Unschuldsmiene an. Vor Jahren hatte er *Kampfstern Galactica* im Kino gesehen, wo man so geflucht hatte. Ständig hieß es *verfrickt* hier und *verfrickt* da. Mindy fand das extrem nervig, aber Angus hatte den Ausdruck sofort übernommen. Das Problem war nur, wenn er das Wort in der Öffentlichkeit benutzte, hörte es sich wie der echte Kraftausdruck an, dass alle Leute sie anstarrten und im Geiste auf die Liste schlechter Mütter setzten. Daher durfte er dieses Wort schon lange nicht mehr benutzen. Ungefähr vor einem Jahr, als er anfing, mit Tucker und Konsorten abzuhängen, wurde *Kampfstern Galactica* dann etwas Kindisches, Peinliches. Sie durfte niemandem erzählen, dass er sich den Film angesehen hatte.

»Ach nichts«, sagte Mindy jetzt. »Also, was genau ist da los? Wieso ist Willow ein Problem?«

»Das würdest du nicht verstehen.«

»Versuch's doch mal.«

»Ach, das ist so 'ne typische Tuckersache. Er will immer alle Spielzeuge für sich.«

Fast hätte Mindy gelacht. Das war ein klassischer Satz von Peter. Sie fand es komisch, ihn aus Angus' Mund zu hören, dessen Stimme sowieso fast wie Peters klang. Doch sie beherrschte sich, weil sie nichts gefährden wollte und wusste, sie bewegten sich auf dünnem Eis.

»Tja, dabei sollte er längst gelernt haben, wie man teilt«, sagte sie.

Als Angus die Augen verdrehte, wusste Mindy, dass sie ihre Chance vertan hatte.

Kurz darauf hatte er das Gemüse klein geschnitten und verschwand hinter dem Computer. Mindy beobachtete, wie er stirnrunzelnd auf den Bildschirm starrte und sich durch seine Nachrichten scrollte. Nicht zum ersten Mal wünschte sie, sie könnte seine Gedanken lesen. Sie war überzeugt, wenn diese an die Wand projiziert würden, wäre sie in der Lage, ihn zu verstehen und alles wieder in Ordnung zu bringen.

Über dem Abendessen, Angus und dem Aufräumen hatte sie die E-Mail und ihre mögliche Auswirkung ganz vergessen, als sie eine Stunde später etwas im Internet nachprüfte, worüber Peter und sie sich gekabbelt hatten. Es ging um die alberne Frage, wie alt die Schauspielerin in dem Film war, den sie gerade sahen. Da hatte sie ihren Posteingang gesehen.

Siebenundvierzig neue Nachrichten.

Zuerst dachte sie, es wäre Spam, sie wäre gehackt worden oder wie auch immer man das nannte, wenn man plötzlich eine Million E-Mails mit Investitionsmöglichkeiten bekam. Dann bemerkte sie, dass im Betreff alle ihre Herbstfest-E-Mail hatten, und klickte nervös auf die erste Nachricht. Die ziemlich repräsentativ für den Rest war.

Ich muss zugeben, ich war ziemlich schockiert/verwirrt/überrascht/empört/aufgebracht über Ihre E-Mail. Zwar befürworte/unterstütze/begrüße/bejahe ich karitative Unternehmungen, doch dies ist weder der rechte Zeitpunkt noch der rechte Ort für eine solche Aktion. Denn sicher kümmert sich die Stadt/der Bundesstaat/das Land/das Rote Kreuz um die Opfer der Brände. Daher möchte ich vorschlagen/Ihnen nahe legen/Sie auffordern/darauf bestehen, dies sofort zu korrigieren, zumal ich erfahren habe, dass jedermann über Ihren Alleingang aufgebracht/wütend/empört/entsetzt ist.

Noch während sie die erste E-Mail las, kamen vier weitere an und noch dreißig, bevor sie ins Bett ging. Nicht alle waren negativ, die Zahl der positiven belief sich auf drei. Doch für die meisten stellten die Veränderungen beim Herbstfest eindeutig ein großes Problem dar. Sie versuchte, Kate anzurufen, doch als der Anrufbeantworter ansprang, fiel ihr ein, dass Kate und Stuart zu ihrem allmonatlichen Rendezvous ausgegangen waren, bei dem sie ihre Handys nicht mitnahmen. Also schrieb Mindy ihr eine E-Mail, sie solle sie anrufen, ganz gleich wie spät es sei, und nahm ihr Handy mit ins Schlafzimmer.

Sie musste es vor Peter verstecken und auf lautlos stellen, weil er sonst darauf bestanden hätte, dass sie es weglegte. Nachdem er angefangen hatte zu schnarchen, holte sie es aus der Kommodenschublade und entdeckte, dass weitere zwanzig Nachrichten auf sie warteten.

Daher war sie hellwach, als die Flugzeuge und Helikopter über das Haus flogen, und das trieb sie schließlich aus dem Bett. Peter bekam davon genauso wenig mit wie ihre Kinder. Offenbar schliefen alle wie die Toten.

Leise schlich sie die Treppe hinunter und setzte sich an den Computer, weil sie dachte, ein bisschen Stöbern auf der J.-Crew-Schnäppchenseite würde ihre Nerven beruhigen.

So stieß sie auf Angus' Nachrichten.

FEUER IM COOPER BASIN

Zeuge rät Ermittlern: Teenager aus Nelson befragen

Gepostet: Donnerstag 4. September, 6 Uhr 45

Von: Joshua Wicks, Nelson Daily

Wie die *Nelson Daily* gestern erfuhr, hat ein Zeuge im Zusammenhang mit dem Feuer im Cooper Basin einen Verdächtigen identifiziert. Dieser Zeuge gab gestern gegenüber den Ermittlungsbehörden den Namen eines halbwüchsigen Anwohners von Nelson an, der möglicherweise in der Feuergrube hinter John Phillips' Haus ein Feuer gemacht hat. Aus diesem kleinen Feuer entstand der Waldbrand, der auf der Nordseite des Nelson Peak außer Kontrolle zu geraten droht.

Das Feuer wurde gegen 1 Uhr 30 am Dienstagmorgen entzündet. Phillips Haus ist bislang das einzige, das dem Brand zum Opfer gefallen ist, welcher mittlerweile mehr als 3000 Hektar Waldland zerstört hat. Über 250 Brandbekämpfer sind aus dem ganzen Land zusammengezogen worden. Bis zum Ende dieses Tages soll sich ihre Zahl verdoppeln.

Bislang ist es den Rettungsteams gelungen, das Feuer von den bewohnten Bereichen des Cooperbeckens fernzuhalten und in Richtung Nelson Peak zu drängen. Für die nächsten Tage ist weiterhin heißes, trockenes, windiges Wetter vorhergesagt worden, was die ohnehin gefährliche Lage nach einem Sommer mit ungewöhnlich wenig Niederschlag verschärft. Damit steigt die Gefahr, dass der Waldbrand im Cooper Basin der schlimmste seit einem Jahrhundert im Nelson County wird.

Angesichts der Brandschutzverordnungen, die seit Juni überall aushängen, werden die Behörden gegen den oder die Verursacher des Brandes Anklage erheben und für alle Kosten haftbar machen, die sich mittlerweile auf etwa eine Million Dollar belaufen und wahrscheinlich noch erheblich steigen werden.

Wie die *Daily* erfahren hat, gehört der Verdächtige zu einer Gruppe Jugendlicher, die sich wiederholt auf Phillips' Grundstück herumgetrieben hat. Er ist Schüler von Nelsons exklusiver Privatschule *Voyages*.

Die Evakuierungsempfehlung ist wieder in Kraft getreten und erweitert worden. Karten der Evakuierungszone sind erhältlich unter www.nelsondaily.com, in allen Ämtern der Stadt und auf der Website des Notfalldienstes von Nelson. Die Anwohner sollen Wertsachen und wichtige Papiere zusammenpacken und sich bereithalten, ihre Häuser zu verlassen. Außerdem wird empfohlen, sich bei www.nelsoncountyemergencyservices.com anzumelden, um im Notfall automatisch via SMS oder E-Mail gewarnt zu werden. Weitere Informationen sind ebenfalls über diese Adresse erhältlich.

17

Die Bombe platzt

Elizabeth

Wie mitten in einem Luftangriff wache ich auf, als Flugzeuge über unser Haus brummen.

Die Fenster scheppern.

Ein Motor brummt lauter.

Mein Herz schlägt heftig in der Brust. Erst nach ein paar Sekunden komme ich darauf: Der Waldbrand wird mit Wasser bekämpft. Große, schwere Flugzeuge und Helikopter mit Tanks voll Wasser und Löschmittel entleeren ihre Fracht über dem Nelson Peak, um zu bewirken, was die Brandbekämpfer am Boden nicht vermochten.

Gott spielen. Es regnen lassen. Das Feuer löschen.

Wieder brummt ein Motor lauter, und dann ertönt das charakteristische Rauschen eines Löschflugzeugs, das seine Ladung ablässt. Ich stelle mir vor, wie sich die Wolken aus leuchtend rosa Flüssigkeit ausbreiten und auf die tanzenden roten Flammen stürzen. Ich lausche dem Flugzeug, als es, leichter nun, steigt und sich entfernt, um eine neue Ladung zu holen. Außer dem Brummen seines Motors höre ich erst ein zweites und dahinter ein drittes Flugzeug.

Eine Weile spitze ich die Ohren, bis mir auffällt, dass es

draußen schon hell ist. Es kommt mir spät vor, später, als es sein sollte. Ein Blick auf die Uhr bestätigt: kurz nach sieben. Wir haben verschlafen.

»Ben«, sage ich und rüttle ihn sacht, erstaunt, dass er bei dem Krach noch schlafen konnte. »Ben.«

Grunzend dreht er sich auf die Seite und sieht mich an. Eine Locke steht von seinem Kopf ab. Er würde sagen, dass er zum Friseur muss, doch mit längeren Haaren hat er mir schon immer besser gefallen.

»Wie viel Uhr ist es?«

»Zwölf nach sieben.«

»Mist«, sagt er, rührt sich aber nicht. Seine grünen Augen sind vom Schlaf verklebt, so wie sie es sicher schon in seiner Kindheit waren. »Werden wir bombardiert?«

Ich lächle. »Mit Wasser.«

»Ah. Das ergibt mehr Sinn.«

»Als?«

»Mein Traum, den ich gerade hatte. Mit Robert Duvall. Ich glaube, wir waren im *Herz der Finsternis*.«

»Du meinst *Apocalypse Now*«, sage ich und tue es schon wieder, lächle aber, weil Ben es auch schon wieder getan hat. Er vertauscht ein Detail aus dem Bereich Allgemeinwissen so, dass es Sinn ergibt und er nur leicht danebenliegt. Früher dachte ich oft, das machte er absichtlich, aber zugegeben hat er es nie.

Er gähnt. »Wie auch immer. Du wusstest, was ich gemeint habe.«

»Ja, das stimmt.«

»Also?«

»Was hast du denn …?«

Da summt sein Handy auf dem Nachttisch. Erst einmal,

dann ein zweites Mal und schließlich sofort darauf ein drittes Mal.

»Das kann nichts Gutes bedeuten«, sagt Ben.

Er rollt sich auf die andere Seite und nimmt es. Sein Display blinkt voller E-Mail-Benachrichtigungen. Er wischt über die erste und seufzt laut, als er sie liest.

»Geht es um das Feuer?«, frage ich, und wieder krampft sich mein Magen zusammen.

»Nicht direkt. Ach, verdammt! Wusstest du davon?«

»Wovon denn?«

Ben ist aus dem Bett gesprungen, doch sein Blick klebt am Display. »Himmel!«

»Was ist denn los?«

»Lies die *Daily*«, sagt er und zieht ein Hemd aus dem Koffer, den wir am Vorabend mit zum Haus seiner Eltern genommen haben. »Gottverdammt noch mal. Das ist ja ganz zerknittert. So kann ich nicht zur Arbeit gehen.«

So was sieht Ben gar nicht ähnlich. Er ist nicht pingelig. Normalerweise ist es ihm völlig egal, wie sein Hemd aussieht, solange es nur dem Standard seiner Schule entspricht. Was auch immer die *Daily* gebracht hat, muss ziemlich schlimm sein.

»Gib mir eine Minute«, sage ich. »Ich bügle es dir.«

»Das brauchst du nicht.«

»Ich mache es gern.«

Ich stehe auf, schnappe mir dabei mein Handy und gehe ins Bad. Während ich meine Blase entleere, lese ich den Zeitungsartikel, den Ben gemeint hat. Jemand hat durchsickern lassen, Phillips hätte einen der jugendlichen Vandalen identifiziert. Rich wird ausrasten.

Als ich am Vorabend den Anruf aus dem Büro bekam, der fast für einen Coitus Interruptus gesorgt hätte, war Rich zwar wütend, aber auch hämisch. Er liebt es, etwas vor allen anderen zu wissen, und da meine in seinen Augen irrigen Schlussfolgerungen in Sachen John Phillips nur einen Tag bei den Ermittlungen gekostet hatten, regte ihn das nicht sonderlich auf.

John Phillips hatte ein Motiv. Sein Haus sollte zwangsversteigert werden, daher hatte er es offensichtlich abgefackelt. Ein glasklarer Fall, wie Rich es nannte. Einer mehr für seine Erfolgsstatistik.

Das Problem war nur, wie ich Rich vielleicht etwas zu selbstgefällig erklärte, dass meine Untersuchung mit fast hundertprozentiger Sicherheit ergeben hatte, dass das Haus nicht absichtlich abgefackelt worden war. Es war reines Pech gewesen, dass ein eher kleines Feuer derart außer Kontrolle geriet. Wie ich Detective Donaldson gegenüber erläuterte, war es für jemanden, der sein Haus abbrennen wollte, vollkommen irrational, das Feuer in einer zweihundert Meter entfernten Grube zu entzünden und zu hoffen, es würde bis zum Haus vordringen. Vor allem angesichts der Tatsache, dass nur sehr wenig Brennmaterial in der Grube gewesen war und keinerlei Brandbeschleuniger. Meiner Meinung nach war es bloßer Zufall, dass Phillips' Haus zwangsversteigert werden sollte und er nur wenige Tage vor dem Brand den entsprechenden Bescheid bekommen hatte.

»Es gibt keine Zufälle«, entgegnete Rich.

Ich seufzte. Als Nächstes würde er mir wahrscheinlich verkünden, alles geschähe aus einem bestimmten Grund.

»Dadurch könnten meine Ermittlungen einfacher werden«, sagte ich. »Wenn alle denken, wir hätten bereits unseren Schuldigen, wird es leichter für mich sein, mit ihnen zu reden.«

»Mit wem denn?«

»Den Jugendlichen, die John Phillips geärgert haben. Er hat in der Notunterkunft einen von ihnen identifiziert. Dem sollte ich zumindest nachgehen.«

»Wieso erfahre ich das erst jetzt?«

»Ich … ich wollte gerade zu Ihnen, als Sie anriefen.«

»Um wen handelt es sich?«

»Um einen Schüler der *Voyages*. Also sollte ich das überprüfen. Das übliche Prozedere.«

Ich ging rasch über den Namen des Jungen hinweg und hoffte, Rich würde nicht nachfragen. Es war zwar keine gute Idee, etwas vor ihm geheim zu halten. Aber bestimmt war es noch schlimmer, ihm den Namen dieses Jungen preiszugeben. Vor allem, bevor ich mir ganz sicher war.

Daran hatte er zu kauen. »Wieso sind Sie derart überzeugt, dass nicht John Phillips das Feuer gelegt hat?«

Froh über den Themenwechsel, schilderte ich ihm so geduldig wie möglich meine Unterhaltungen mit John Phillips. Die Spuren, die die Belästigungen sichtlich bei ihm hinterlassen hatten. Seine Angst, als er seinen Peiniger in der Notunterkunft sah.

»So gut kann sich kein Mensch verstellen«, sagte ich. »Schon gar nicht Phillips. Außerdem bin ich zu neunundneunzig Prozent sicher, dass es ein Unfall war. Wir können den Fall abschließen, wenn Sie das wollen.«

»Soll das ein Witz sein? Wissen Sie, welche Kosten dieses Feuer verursacht? Ich habe bereits einen Anruf aus dem Büro des Gouverneurs bekommen, bei dem mir unmissverständlich klargemacht wurde, dass wir Zivilklage erheben werden, um die Kosten wieder reinzukriegen.«

»Phillips hat kein Geld. Das ist Verschwendung von Ressourcen.«

»Seien Sie doch nicht so naiv! Dem Gouverneur geht's um seine Wiederwahl, genau wie mir.«

»Also wird ein Leben zerstört, weil Wahljahr ist?«

»Die Befehlskette muss eingehalten werden. Diese Lebenslektion haben Sie offenbar noch nicht verinnerlicht.«

Ich biss die Zähne zusammen. »Was soll ich also tun, Boss?«

»Bringen Sie Phillips morgen zur Befragung ins Büro des Sheriffs. Dann sehen wir weiter.«

Also soll Phillips heute befragt werden, um neun Uhr. Ich muss mich beeilen, um nicht zu spät zu kommen. Andererseits habe ich Ben versprochen, ihm zu helfen, und das kommt mir in diesem Augenblick genauso wichtig vor.

Ich öffne den Wäscheschrank in dem höhlenartigen Bad neben Bens Schlafzimmer und hole Bügelbrett und Bügeleisen heraus. Unbeholfen transportiere ich sie ins Zimmer und stelle das Brett auf. Ben telefoniert, barfuß und nur in Hose. Sein Hemd liegt ausgebreitet am Fußende des Bettes.

»Nein«, sagt er gerade. »Das ist keine gute Idee.«

Vom anderen Ende der Leitung dringt Gemurmel. Es klingt wie die Stimme der stellvertretenden Direktorin Janet Kores. Sie ist seit zehn Jahren an der Schule. Ben und sie verstehen sich gut. Ihre Lebensphilosophie ist ähnlich. Sie besteht unter anderem darin, die Lektionen über Richtig und Falsch infrage zu stellen, die die Eltern der Schüler propagieren. Nicht direkt natürlich. Sonst wären sie schon vor langer Zeit gefeuert worden.

Angesichts des Artikels in der *Nelson Daily* erstaunt es mich nicht, dass Bens Handy heiß läuft. Im Gegenteil, ich bin überrascht, dass meines so ruhig bleibt. Rich und Detective Donaldson müssen fuchsteufelswild sein, dass die *Daily* von

Phillips' Identifizierung des Jugendlichen Wind bekommen hat. Vor allem, da sie beide wild entschlossen sind, keiner Spur zu folgen, die von John Phillips wegführt. Ich frage mich, wie Joshua Wicks an die Information gekommen ist. Vielleicht gibt es eine undichte Stelle bei der Polizei? Aber wieso wusste er dann nicht, dass John Phillips' Haus zwangsversteigert werden soll?

Während Ben sein Gespräch beendet, warte ich darauf, dass das Bügeleisen heiß wird. Er tigert wie ein Raubtier im Käfig hin und her und gibt meist nur knappe Antworten. »Genau.« –»Könnte sein.« – »Nein, ich hab nichts gehört.« – »Sie ist hier. Ich werde sie fragen.«

Gerade als ich das Hemd über das Bügelbrett werfe, hat er das Gespräch beendet. Ich drücke das Eisen aufs Hemd, worauf es Dampf ausstößt.

»Was willst du mich fragen?«, sage ich.

»Ob du heute Befragungen an der Schule durchführst.«

»Woher hast du das denn?«

»Ist doch klar, wenn die Polizei meint, es wäre einer unserer Schüler gewesen. Verdammt. Hat John Phillips tatsächlich einen von ihnen identifiziert?«

»Ja.«

»Um wen handelt es sich denn?«

Ich blicke prüfend aufs Hemd und achte darauf, alles richtig zu machen. Bügeln fällt normalerweise nicht in meinen Aufgabenbereich.

»Du weißt, dass ich dir das nicht verraten darf.«

»Habe ich Janet auch gesagt.«

Seufzend lässt er sich auf die Bettkante sinken. »Heute wird ein echter Scheißtag.«

»Tut mir leid.«

»Ist ja nicht deine Schuld«, erwidert er und sieht mich bedauernd an, als ihm aufgeht, dass es in gewisser Weise doch meine Schuld ist.

»Hör mal«, sage ich. »Von mir hast du das nicht, aber es stimmt: John Phillips hat einen Schüler der *Voyages* als einen der Jugendlichen identifiziert, die immer auf seinem Grundstück herumgelungert haben. Aber in jener Nacht hat er niemanden gesehen, daher ist zu diesem Zeitpunkt alles reine Spekulation. Und ich weiß nicht, ob es heute zu Befragungen in der Schule kommt. Rich und Detective Donaldson glauben, John Phillips war es.«

»Achtung«, sagt Ben und zeigt auf das Bügeleisen. Ich habe es zu lange auf einer Stelle gelassen. Glücklicherweise hat das Hemd keinen Brandfleck. »Na, dann ist ja gut. Janet wird erleichtert sein.«

»Das darfst du ihr nicht sagen.«

»Ja, ich weiß.«

»Im Ernst, Ben, sonst könnte ich meinen Job verlieren.«

»Ich hab doch gesagt, ich verrat's nicht. Also verrate ich's auch nicht.«

Ich senke meinen Blick erneut aufs Hemd. Es ist wieder so weit. Wenn wir diesen Tonfall anschlagen, könnte es zum Streit kommen, wenn wir nicht aufpassen.

Wir haben nicht aufgepasst. Schon sehr lange nicht mehr.

Ich habe die ewige Streiterei so satt. Außerdem spüre ich immer noch Bens Lippen auf meinen.

Also.

»Das weiß ich doch«, sage ich. »Hier ist dein Hemd. Bereit für den Tag.«

Er streift es sich über, und ich stehe vor ihm wie die traditionelle Ehefrau, die ich nie war, um ihm die Knöpfe zuzumachen. Als ich oben angelangt bin, glätte ich seinen Kragen und drücke Ben einen leichten Kuss auf den Mund.

»So, fertig.«

Er lächelt mich an, amüsiert und kurzfristig abgelenkt von seinem Handy, das immer noch alle paar Sekunden einen Pington von sich gibt. In der Tasche meines Bademantels fängt mein Handy ebenfalls an zu summen, aber das ignoriere ich.

»Wegen gestern«, beginnt Ben.

»Ich bin froh darüber.«

»Wirklich?«

»Du nicht?«

»Ich dachte, du weißt schon, wegen …« Der Scheidung, will er sagen, lässt es aber. Es hat schon gereicht, dieses Wort einmal auszusprechen. »Das ist verwirrend.«

»Stimmt.«

»Wir sollten …versuchen, das zu klären.«

»Ja, das sollten wir.« Meine Hände liegen immer noch auf seinen Schultern. Er ist so groß, dass ich meinen Kopf leicht in den Nacken legen muss, um ihm direkt in die Augen zu sehen. »Ich hätte nicht gedacht, dass es so kompliziert sein würde.« *Ich hätte nicht gedacht, dass es so schwer werden würde.* »Vielleicht … wir könnten das doch als Chance sehen.«

»Wie denn?«

»So wie Ferien oder so«, erkläre ich. »Vielleicht können wir den ganzen Scheiß beiseiteschieben und uns darauf konzentrieren, was direkt vor uns liegt.«

»Das sieht dir aber gar nicht ähnlich.«

»Genau das ist doch das Problem, oder nicht? Ich? Wir?«

»Wo soll das denn hinführen?«, fragt Ben. »Schließlich wolltest du doch …«

»Du weißt doch, dass ich in solchen Sachen gar nicht gut bin.«

Da sieht er mir einen Moment lang direkt in die Augen und hält meinen Blick fest wie schon lange nicht mehr.

Mit einem Mal ertönt draußen ein Brummen, das immer lauter wird, bis ein weiteres Flugzeug seine Ladung ablässt und der Moment, wenn es denn einer war, verstrichen ist.

18

Ich weiß, was du getan hast

Mindy

Was Mindy, abgesehen von Familienangelegenheiten, am meisten bereute, war der schlichte Satz, den sie zu Elizabeth gesagt hatte: *Ich glaube, ich bin wieder schwanger.*

Wie unglaublich dumm von ihr, so etwas zu einer Freundin zu sagen, die sich danach sehnte, ein Kind zu bekommen. Und dann auch noch zuzugeben, dass sie es nicht behalten wollte … Mindy hatte keine Ahnung, was sie sich dabei dachte. Eigentlich hatte sie gar nichts gedacht, sondern bei der Vorstellung Panik gehabt, nackte Panik, in ihr könnte wieder ein Baby heranwachsen, dem ein wichtiges Stück fehlte. Panik bei der Vorstellung, dieses Kind könnte es vielleicht nicht schaffen. Denn sie wusste ganz genau, wenn sie das noch einmal durchmachen müsste, würde sie es nicht überleben.

Trotzdem war sie dumm und gedankenlos gewesen. Nachdem Elizabeth ihr all die Sachen an den Kopf geworfen hatte und aus dem Café gestürmt war, hatte Mindy die Stirn auf den zugekrümelten Resopaltisch gelegt und geweint.

Am nächsten Tag bekam sie ihre Periode und schrieb Elizabeth sofort eine E-Mail, damit sie Bescheid wusste. Sie meinte, ihr zumindest das zu schulden. Doch um Verzeihung bitten wollte sie nicht. Elizabeth hatte offenbart, was sie wirklich über Mindy dachte, und in dieser Hinsicht gab es kein Zurück. Natürlich hatten sie beide grausame Dinge gesagt, derart grausam sogar, dass Mindy verstört war. Wie lange war es her, dass sie sich so heftig mit jemandem gestritten hatte? War das überhaupt jemals vorgekommen? Trotzdem wollte sie sich nicht entschuldigen. Schon gar nicht, als Elizabeth nicht zurückschrieb und anerkannte, dass das, was sie aus ihrer Freundschaft katapultierte, nie existiert hatte.

Mindy saß nach wie vor am Computer, als ihre Familie sich regte.

Obwohl sie stundenlang wieder und wieder durchgelesen hatte, worauf sie gestoßen war, konnte sie es nicht begreifen. Angus hatte gesagt, diese Jugendlichen könnten gemein sein. Mindy wusste, was gemein war. Das da war nicht gemein, sondern grausam. Manipulativ. Mit voller Absicht. Tatsächlich huschte ihr, je länger sie darüber nachdachte, häufig ein Begriff durch den Sinn – *Soziopathen.* Oder musste es *Psychopathen* heißen? Sie hatte den Unterschied nie begriffen. Egal, wichtig war nur, dass die Jugendlichen, mit denen sich Angus seit einem knappen Jahr herumtrieb und die Mindy für seine Freunde gehalten hatte, ihren Sohn als Prügelknaben benutzten.

Es erfüllte sie mit Scham, dass ihr entgangen war, was vor sich ging. Obwohl sie wusste, dass irgendetwas mit Angus nicht stimmte, hatte sie nicht nachgehakt. Sie war der Sache nicht auf den Grund gegangen, hatte ihre Aufgabe als Mutter nicht wahrgenommen. Ihre Kinder. Das Glück ihrer Kinder. Das war ihre Pflicht. Nun überkam Mindy dasselbe Gefühl wie damals, als sie von Carries Geburtsfehler erfuhren. Als wäre sie schuld daran. Als hätte die Verletzung ihrer Mutterpflichten ihren Sohn gefährdet, sodass er sich nicht nur zur Zielscheibe machte, sondern das auch noch verheimlichte.

Ach, Angus, dachte sie. Warum hast du nichts gesagt?

Dabei kannte Mindy die Antwort. Sie stand überall auf den Seiten, die sie gelesen hatte. Offenkundig hatte Angus entschieden, er könnte nur überleben, wenn er den Kopf einzog und sich duckte. Mitläufer und Fußabtreter einer kleinen Gang von Schlägern zu sein fand er besser als die Alternative.

Angus hatte schlicht und einfach Angst.

Das klang eindeutig in seinen zaghaften Chats mit Tucker und den anderen durch und zeigte sich deutlich am Wechsel des Tons bei seinen Nachrichten an Willow, deren Interesse er monatelang für eine List gehalten hatte. Mindy hatte geweint, als sie die Korrespondenz der beiden las, nachdem Angus Willow endlich vertraut hatte und ihr verriet, was vor sich ging. Sie hatte geweint und nicht weitergelesen, weil diese Nachrichten unschuldig waren und allein ihrem Sohn gehörten.

Doch das galt nicht für Nachrichten von den Jungen.

Während ihre Familie oben herumrumorte und draußen ständig Flugzeuge vorbeidröhnten, zitterte Mindy vor Zorn am ganzen Körper, als sie den letzten Chat noch einmal las, der am Dienstagmorgen seinen Anfang auf *ask.fm* genommen hatte, ihrem neuesten Folterinstrument.

Die Art der Formulierung, ein einfaches Fragespiel, kam Mindy wie die perfekte Mobbingmethode vor. Man konnte alles jederzeit abstreiten. Wenn man etwas als Frage formuliert, sagt man ja nicht, dass etwas passiert ist, sondern fragt lediglich. Ist ja nur eine Frage! Man fragt so was wie: *Stimmt es, dass Willow letzte Nacht mit Tucker zusammen war? Stimmt es, dass ihr zugeguckt habt? Hat Angus das Feuer bei John Phillips' Haus gelegt?*

Auf die letzte Frage konnte Mindy sich überhaupt keinen Reim machen, bis ihr E-Mail-Account mit einem *Ping* den neuesten Artikel in der *Daily* anzeigte. Eigentlich sagte die Schlagzeile schon alles: *Teenager aus Nelson sollte befragt werden.*

Als Mindy den Artikel überflog, blieb ihr Blick am Wort *Voyages* hängen. Ihr wurde flau im Magen. Mehrere Möglichkeiten schwirrten ihr durch den Kopf. Tucker war ein grässlicher Junge. Es konnte durchaus sein, dass er das Rätsel um die Ursache des Feuers genutzt hatte, um andere zu quälen. Oder er versuchte, seine eigene Schuld auf Angus abzuwälzen. Oder ... Daran durfte sie gar nicht denken!

Unwillkürlich fragte sie sich, ob das, was Tucker fragte, vielleicht, nur vielleicht, doch wahr war.

Sie wurde aus ihren Gedanken gerissen, als Peter und Carrie lärmend zum Frühstück herunterkamen.

»Da bist du ja«, sagte Peter mit erleichterter Miene. »Warst du etwa die ganze Nacht auf?«

Mindy fuhr den Computer herunter. Sie wusste nicht, durch welchen Fehler im System sie an Angus' Passwort vorbei in seinen Account gekommen war. Sie betete nur, beim nächsten Hochfahren des Computers wären ihre Spuren verwischt. Angus sollte nicht merken, dass sie Screenshots gemacht und an ihren eigenen E-Mail-Account weitergeleitet hatte. Obwohl ihr klar war, dass sie ihren Sohn bald zur Rede stellen musste, brauchte sie etwas Zeit, um über die Konsequenzen nachzudenken.

»Ich bin von den Flugzeugen wach geworden«, erwiderte sie, als ein weiteres wie zur Bestätigung über sie hinwegdonnerte. »Wie konntest du bei dem Krach nur schlafen?«

»Wenn jahrelanges Babygeschrei nicht zu mir durchdringen konnte …«

»Ach ja. Wieso habe ich dir das nur durchgehen lassen?«

»Keine Ahnung«, sagte Peter und küsste sie auf die Wange. »Ich könnte es wiedergutmachen und die Monster übernehmen, während du dich hinlegst.«

»Als würde ein läppisches Frühstück mit Cornflakes mehrere Jahre schlafloser Nächte aufwiegen.«

»Man darf ja wohl noch träumen, oder?«

Mit pochendem Herzen gab Mindy ihm ebenfalls einen Kuss. Warum hatte sie es ihm nicht erzählt? Sofort, in der Küche, während Angus noch unter der Dusche war?

Sie ging nach oben, entschlossen, die Nachrichten in der Arbeitsecke ihres Schlafzimmers auszudrucken, um sie Peter zu zeigen, nachdem er die Kinder zur Schule gebracht hatte. Sie würde zu ihm ins Büro gehen, dann würden sie alles besprechen. Und sie würden einen Plan schmieden.

Nach diesem Entschluss fühlte Mindy sich ruhiger. Wieder flog ein Flugzeug über sie hinweg. Mindy presste das Gesicht ans Fenster, das zum Nelson Peak hinausging, um zu sehen, ob sie etwas vom Ablassen der Ladung sehen konnte. Doch draußen war zu viel Rauch. Allerdings nicht genug, um zu verschleiern, dass jemand unschlüssig bei ihren Mülleimern herumlungerte.

Mindy eilte die Treppe hinunter und schlüpfte in das erste Paar Schuhe, das sie finden konnte. Sie hatte noch ihr Nachthemd an, doch das war ihr im Moment egal. An den Mülleimern stand ein halbwüchsiges Mädchen, scharrte nervös mit den Füßen und starrte zu Angus' Fenster hinauf.

»Willow?«, fragte Mindy. »Was machst du denn hier?«

Willow schrak wie ein Reh zurück. Sie wirkte, als wollte sie weglaufen auf ihren staksigen Beinen in den klobigen Boots, deren Reiz sich Mindy nie erschlossen hatte. Willow hatte fast weißblonde, glatte Haare, die die Hälfte ihres eckigen Gesichts verdeckten.

»Willow?«, fragte Mindy noch einmal.

»Ich wollte … auf Angus warten. Er hat gesagt, er würde heute vielleicht zu Fuß gehen.«

»Weiß deine Mutter, dass du hier bist?«

Mindy stand so dicht vor Willow, dass sie fast spürte, wie das Mädchen zitterte.

»Nein. Aber Sie werden es ihr doch nicht sagen, oder?«

Schon unter normalen Umständen war Willows Mutter berüchtigt für ihre Strenge, und diese Umstände waren alles andere als … Aber das sollte Mindy ja eigentlich nicht wissen.

»Ihr habt doch nichts Verbotenes vor, oder?«

Willow schüttelte heftig den Kopf.

»Dann wüsste ich nicht, wieso deine Mutter erfahren sollte, dass du mit Angus reden willst. Aber, Willow, sollte es da irgendwas geben, dann wünschte ich, du würdest es mir erzählen.«

»Sie sind sehr nett, Mrs. Mitchell.«

»Sag das mal Angus.«

»Das mache ich doch. Ehrlich, ständig.«

Mindy war klar, dass Willow das nur vorgab. Sie verhielt sich so, wie Erwachsene das ihrer Meinung nach bei einem solchen Gespräch von ihr erwarteten. Sie würde Mindy gar nichts erzählen. Es würde keine Geständnisse geben. Aber dieses Mädchen war nett zu Angus gewesen, viel netter, als Mindy gewusst hatte, daher wollte sie nett zu ihr sein. Wenn sie vollkommen ehrlich war, dann brauchte sie Willow auf ihrer Seite, um auch nur den Hauch einer Chance zu haben herauszubekommen, in welcher Klemme Angus wirklich steckte.

»Wir sind heute ein bisschen spät dran, Willow. Also lauf lieber zum Bus. Du kannst ja in der Schule mit Angus reden, oder? Es sei denn, wir sollen dich mitnehmen.«

Willow kaute auf einer Haarsträhne. »Nein, lieber nicht.«

»Dann sag ich Angus, dass du hier warst.«

Willow setzte sich in Bewegung. Mindy sah ihr zu, wie sie ein, zwei zaghafte Schritte machte und sich dann umdrehte.

»Angus ist ein guter Junge, Mrs. Mitchell.«

»Wieso sagst du mir das?«

Willow zuckte die Achseln. »So was wird doch viel zu selten gesagt, finden Sie nicht?«

19

Viele Fragen, keine Antwort

Elizabeth

Da es im Büro des Sheriffs keinen richtigen Verhörraum gibt, findet John Phillips' Befragung in einer der Zellen im Keller statt.

Wie schon früher frage ich mich auch diesmal, ob das eine bewusste Taktik desjenigen war, der diese Wache entworfen hat. Soll heißen: Wenn man bei der Befragung im Knast sitzt, könnte das die Sache vielleicht beschleunigen. Sind Menschen in dieser Umgebung eher zu einem Geständnis bereit oder nicht? Darauf hat mir bisher allerdings keiner eine Antwort geben können. Ich glaube, solche Psychospielchen sind auch gar nicht erlaubt. Aber interessant zu wissen wäre es.

Jemand hat für John Phillips ein paar Anziehsachen besorgt. Nicht, dass sie passten, aber sie sind allemal besser als die Krankenhauskluft, die an ihm irgendwie vollkommen anders wirkte als an Ärzten. So als raubte sie ihm Autorität, anstatt sie ihm zu verleihen. Nicht, dass die jetzigen Anziehsachen besser wären. Die braune Hose ist zwei Zentimeter zu kurz, und über der Brusttasche seines Hemds prangt ein rostroter Fleck, für dessen Ursache man nicht viel Fantasie braucht.

Heute ist Phillips' Blick klarer und schärfer. Seine Intelligenz, die ich während seines Gebrabbels hin und wieder durchblitzen sah, zeigt sich deutlicher, weil er auf die Fragen des Detectives knapper antwortet als auf meine. Oder gar nicht.

Sehr gut, denke ich unwillkürlich. Lass dich von den Schweinen nicht einschüchtern.

»Also«, sagt Detective Donaldson, als er auf dem Metallstuhl Platz nimmt, den er sich mitgebracht hat. John Phillips sitzt stocksteif auf dem Bett und hat die Hände auf die Knie gelegt. »Sie hielten es nicht für relevant, uns zu sagen, dass die Bank Ihr Haus zwangsversteigern lassen wollte?«

»Danach hat niemand gefragt.«

»Nun, Sir, diese Einstellung ist jetzt wohl kaum angebracht, oder?«

John sieht Donaldson an, ohne zu blinzeln.

»Mr. Phillips?«

»Soll ich darauf antworten?«

Ich kann spüren, wie in Donaldson Wut aufwallt, obwohl ich im Gang stehe und mich an das Gitter der angrenzenden Zelle lehne. Die Eisenstäbe drücken mir ins Kreuz, doch ich habe so eine Ahnung, dass das nicht allzu lange dauern wird.

Donaldson schließt kurz die Augen. Als er sie wieder öffnet, setzt er ein breites Grinsen auf.

»Mr. Phillips, der Beginn unseres Gesprächs war wohl nicht ganz geglückt.«

»Wenn Sie meinen, Detective Donaldson.«

»Ja, das meine ich.« Er breitet die Handflächen aus. Er hat nichts zu verbergen. Aufgepasst, wie er jetzt ein Kaninchen aus dem Hut zaubert! »Sie können das Ganze doch sicher von meiner Warte aus betrachten, oder? Ich versuche herauszufinden, wer das alles ausgelöst hat. Da Sie einer der Betroffenen sind, wollen Sie das doch sicher auch. Sehe ich das richtig?«

»Hm.«

»Schön, schön. Je mehr Informationen ich kriege, desto leichter kann ich entscheiden, was wichtig ist und was nicht. Klingt doch vernünftig, oder?«

»Klar.«

»Ausgezeichnet. Sie wissen ja, was Mrs. Martins Aufgabe ist, nicht wahr? Ja. Schön. Nun, sie hat mir mitgeteilt, dass das Feuer in Ihrem Garten entzündet wurde. Sicher würden Sie dasselbe denken, was ich denke, wenn Sie erführen, dass der Besitzer des Hauses, in dessen Garten das Feuer seinen Ursprung hatte, dieses Haus an die Bank verlieren sollte. Oder nicht?«

»Jedenfalls kann ich es nachvollziehen.«

»Selbstverständlich. Schließlich sind Sie ein rational denkender Mensch, wie ich sehen kann. Also, als wir das herausfanden und Sie uns nichts davon erzählt hatten, da fanden wir das ...«

»Verdächtig?«, fragt John.

»Ganz genau.«

John fährt sich mit den Händen übers Kinn und sieht mich durch die Gitterstäbe an. »Sie glauben, das Feuer wurde absichtlich gelegt?«

»Darauf darf sie nicht antworten«, sagt Donaldson, sowohl an Phillips als auch an mich gerichtet.

»Also muss ich Ihnen alles sagen, was ich weiß, aber Sie müssen das nicht?«

»So läuft das.«

»Kommt mir nicht fair vor.«

»Das kann ich nachvollziehen. Aber wir müssen uns an die Regeln halten, nicht wahr?«

John nickt.

»Sie waren bestimmt sehr aufgebracht, als Sie den Bescheid über die Zwangsvollstreckung bekommen haben, oder?«

John kaut eine Zeitlang auf seiner Unterlippe, und sein Blick verschleiert sich. »Ziemlich, das gebe ich zu. Aber überraschend kam das nicht. Hatte schließlich seit Monaten keine Raten mehr bezahlt. Wusste also, dass es nur eine Frage der Zeit war.«

»Das muss Ihnen sehr zugesetzt haben. Sich zu fragen, ob Sie Ihr Haus verlieren würden.«

»So läuft das eben manchmal im Leben.«

»Dann sind Sie ein besserer Mensch als ich. Ich wäre vollkommen ausgerastet. Da hat man jahrelang Geld an die Bank abgedrückt, und dann erhöht die die Raten? Sodass Sie die Hypothek nicht mehr zahlen können? Und dann verlieren Sie auch noch Ihren Job? Schrecklich, einfach schrecklich.«

John blinzelt mehrmals, als wollte er Tränen zurückdrängen.

»Sagten Sie etwas, Mr. Phillips?«

»Haben Sie mit dem Jungen geredet?«

»Mit welchem Jungen denn?«

»Das habe ich ihr doch gesagt«, erklärt er und zeigt auf mich. »Er war in der Turnhalle. Tucker, so nannte ihn seine Mutter.«

Am meisten vermisse ich in Nelson das Wasser. Genauer gesagt, das Meer. Meine Heimatstadt Ottawa liegt allerdings auch nicht am Meer, sondern weit davon entfernt. Aber als meine Eltern noch ein Paar waren, wurde ich in den Ferien zusammen mit allem, was ein Viertürer fassen konnte, auf den Rücksitz gepackt, und dann brachen wir zu einer endlosen Reise ans Meer auf. Maine. Cape Cod. New Hampshire. Nova Scotia. Prince Edward Island. Ich weiß nicht, wie meine Eltern das durchstanden, obwohl es damals weder Tablets noch DVD-Spieler gab, aber sie schafften es.

Als wir endlich an unserem Zielpunkt ankamen, war da das Meer, erfüllte mit seiner Salzigkeit all unsere Sinne und unsere Körper, sodass selbst unsere Haut sich nach wenigen Tagen anders anfühlte.

Ich hatte ein ganz bestimmtes Ritual, ging barfuß zum Strand und geradewegs ins Wasser, bis es mir bis zu den Knien reichte. Dann stand ich da und starrte hinaus in die unendliche Weite, spürte, wie im Rhythmus meines Atems der Sand zwischen meinen Zehen von der Strömung bewegt wurde. Vor, zurück, vor, zurück. Ich wurde eins mit den Wellen.

Davon gibt es Fotos, sogar welche, die mich als Zweijährige so zeigen. Immer von hinten, immer die gleiche Haltung, nur mein Körper wächst und verändert sich im Laufe der Jahre. Dies war mein Ort des Glücks, mein Zentrum, ich.

In Nelson gibt es auch Wasser. Wunderschöne Seen, ganz in der Nähe. An ihrem Kiesufer zu stehen oder ihre schwarze Oberfläche mit meinem Körper zu teilen, ist essentiell für mein Wohlbefinden. Aber nichts hat für mich derart heilende Kräfte wie das Meer.

Daran muss ich denken, als Rich mich wieder einmal wegen meiner lausigen Fähigkeiten als Ermittlerin abkanzelt: Dass ich mich auf dünnem Eis bewege und, wenn er noch eine Metapher bemühen sollte, dann die, dass das alles eine Nummer zu groß für mich ist.

Wenn ich nur meine Füße in den fließenden Sand graben könnte, wäre alles gut.

»Um das noch mal klarzustellen«, sagt Rich in seinem Büro zu mir, nachdem Detective Donaldson ihn von John Phillips' Befragung unterrichtet hat. »Sie wissen seit gestern, dass mein Neffe möglicherweise in die Sache verwickelt ist, und haben das für sich behalten?«

Genau das ist der Grund, warum ich den Namen, den John

Phillips mir nannte, nicht preisgegeben habe. Tucker Wells, der Sohn von Honor, ist Richs Neffe. Diesem Neffen hat Rich bereits ein-, zweimal aus der Patsche geholfen, da bin ich mir ziemlich sicher. Und wenn – falls – dieser Neffe tatsächlich für das Feuer verantwortlich ist, dann ist Richs Chance auf Wiederwahl gleich null.

»Ja, aber ...«

»Endet Ihr Satz mit einer Begründung, warum ich Sie nicht auf der Stelle feuern sollte?«

»Ich wollte es Ihnen ersparen.«

»Mir ersparen?«

»Falls sich der Verdacht als unbegründet erwiesen hätte. Für den Fall, dass John Phillips doch verantwortlich ist, wollte ich Sie nicht beunruhigen.«

»Dennoch haben Sie vor nicht mal vierundzwanzig Stunden in diesem Büro gestanden und versucht, mich zu überzeugen, ihn befragen zu dürfen.«

»Weil es richtig war.«

»Weil Sie dachten, wenn ich wüsste, um wen es sich handelt, dann würde ich es nicht zulassen?«

»Was soll ich darauf antworten?«

Rich lehnt sich schwer auf seinem Schreibtischstuhl zurück. Ich bin sicher, am liebsten würde er diese Information tatsächlich in irgendeiner Schublade verschwinden lassen und sie vergessen. Doch dazu ist es zu spät.

»Ich will wissen, wie Wicks an die Story gekommen ist«, erklärt Rich. »Oder haben Sie sie ihm vielleicht gesteckt?«

»Was? Nein, natürlich nicht. Wieso sollte ich?«

»Um die Aufmerksamkeit von Phillips abzulenken.«

»Ich habe kein persönliches Interesse an Phillips.«

»Aber Sie glauben, er ist unschuldig.«

»Ja, das glaube ich. Jetzt ist es an der Zeit, zur Schule zu gehen und die Jugendlichen zu befragen.«

»Nein, das ist nicht nötig. Meinetwegen ein Gespräch unter vier Augen mit Tucker, aber …«

»Nein, genau das dürfen wir nicht tun. Nicht, wenn die Journalisten bereits die Nase in die Sache gesteckt haben. Was ist, wenn sein Name publik wird? Dann sähe das aus wie Begünstigung. Als hätten Sie was zu verbergen.«

Rich kippt langsam seinen Stuhl nach hinten. Eine ganze Minute oder länger schweigt er.

»Haben Sie eine Strategie?«, fragt er schließlich. »Wie Sie an der Schule vorgehen wollen?«

»Tucker hat eine kleine Gang. Bei der fange ich an und schau mal, was dabei herauskommt.«

»In Ordnung, etwas anderes bleibt uns wohl nicht übrig. Ich melde Sie in der Schule an. Nehmen Sie Deputy Clark mit. Alle Eltern müssen informiert werden und bei der Befragung anwesend sein. Außerdem sollten Sie vorsichtig sein. Wenn ich höre, dass Sie jemanden unbegründet beschuldigen …«

»Nein, natürlich nicht, schon verstanden.«

Ich eile an Judy vorbei zu meinem Kabuff. Sie spielt Online-Scrabble und hat gerade ein Wort mit zehn Buchstaben und Dreifachwert gelegt.

»Sehr schön«, sage ich. »Haben Sie die Nummer von Joshua Wicks?«

Sie blickt nicht mal auf. »Die steht auf der Website.«

»Nein, steht sie nicht, und das wissen Sie genau.«

»Wofür brauchen Sie die denn?«

»Ich muss ihn etwas fragen.«

»Wegen Tucker Wells?«

»Woher wissen Sie das?«

»Ich habe schließlich Ohren.«

»Haben Sie die Nummer, Judy?«

»Die schicke ich Ihnen per E-Mail.«

»Danke. So schwer war das doch nicht, oder?«

Sie ignoriert mich und konzentriert sich auf ihr Spiel.

Als ich an meinem Schreibtisch sitze, meldet sich mein Handy mit einer SMS. Von Ben.

Ruf mich an, steht da. Mehr nicht.

Ich spüre, wie mein Herz zu klopfen anfängt wie seit Jahren nicht mehr.

Ich erinnere mich noch an Bens erste SMS. Sie war etwas zweideutig und dicht gefolgt von einer zweiten, in der er sich auf die Schulter klopfte, weil er so schnell zu simsen gelernt hatte. Doch solche SMS bekam ich schon lange nicht mehr. In letzter Zeit übermittelten unsere SMS größtenteils Inhalte, die Haushaltspflichten betrafen. Kannst du Milch mitbringen, hast du den Müll rausgebracht ... Oder sie waren Fortsetzungen der passiv-aggressiven Auseinandersetzungen, die zu keinem von uns passten.

Jetzt soll ich ihn anrufen. Offenbar hat er Pause, denn im Unterricht darf ich das nicht. Ganz sicher bin ich mir jedoch nicht. Ben hat recht. Ich kenne seinen Stundenplan nicht mehr. Noch etwas, das ich habe schleifen lassen, noch etwas, für das ich mich geißle.

Mein Körper ist schon ganz wund von diesen Selbstgeißelungen.

Beim dritten Klingeln geht Ben dran.

»Was ist los?«, fragt er ohne Umschweife. »Alle Jalousien sind unten. Im Sekretariat.«

Ich weiß aus Erfahrung, dass dieser Akt nur für den Ernstfall vorgesehen ist. Als würden ein paar billige Jalousien der Schulverwaltung die Superkräfte verleihen, die sie braucht, um die Krise zu lösen, die die Jalousien erst hat runterrattern lassen.

»Aha. Es dringt nichts nach außen?«

»Es dringt nie was nach außen. Von den Schülern erfahren wir mehr. Irgendwie wissen sie immer vor uns, was Sache ist.«

»Habe ich nicht genau das neulich gesagt?«

Kaum ist mir diese Bemerkung entschlüpft, will ich sie schon wieder zurücknehmen, einfach in meinen Kopf zurückkurbeln.

Glücklicherweise nimmt Ben sie mir nicht übel. »Ja, hast du.«

»Hörst du irgendwas aus dieser Ecke?«

»Das soll wohl ein Witz sein, oder?«

»Was?«

»Heute Morgen wolltest du mir nichts sagen, und jetzt erwartest du ...«

»Das ist was ganz anderes, und das weißt du auch.«

»Ach ja?«

Ich drehe meinen Stuhl um, sodass ich aus meinem winzigen Fenster blicken kann. Ich hätte es wissen müssen. Dass der dünne Firnis, den wir in den letzten vierundzwanzig Stunden aufgetragen haben, nicht halten würde. Er hatte nicht genug Zeit zum Aushärten.

»Elizabeth? Bist du noch dran?«

»Ja.«

»Wieso hast du überhaupt angerufen?«

»Weil du mich darum gebeten hast.«

»Nein, ich meinte ... vergiss es.«

»Ich wollte mit dir sprechen«, sage ich.

»Wirklich?«

»Was, überrascht dich das?«

»In letzter Zeit überrascht mich alles.«

»Mich auch, ob du es glaubst oder nicht.«

»Wenn du das sagst.«

»Hör mal, ich komme heute zur Schule. Wir führen ein paar Befragungen durch.«

»Kein Wunder, dass die Jalousien unten sind.«

»Allerdings.«

»Ich kann es kaum glauben, dass eines der Kinder verantwortlich sein soll.«

»Weil du eben das Gute in jedem siehst.«

»Glaubst du das wirklich?«

»Ja«, sage ich. »Das glaube ich.«

Wieder tritt Schweigen ein, aber diesmal ist es besser.

»Du hast doch morgen den Termin mit meiner Mutter, oder?«, sagt Ben dann. »Die Anprobe.«

»Ich glaube ja. Um halb fünf.«

»Vielleicht könnten wir danach essen gehen?«

»*Thai Thai*?«, frage ich hoffnungsvoll.

»Klingt gut.«

»Also ein Date.«

Das kommt etwas unbeholfen aus meinem Mund, aber viel leicht ist es ja genau das, was wir brauchen. Ein Date. Einen Anfang. Einen Ansatzpunkt.

Vielleicht sollte ich auch endlich aufhören, alles zu analysieren und ein Dinner einfach mal ein Dinner sein lassen. Nahrungsaufnahme.

»Wir treffen uns dort um sechs«, sage ich.

»Alles klar. Geh nicht zu hart mit Tucker ins Gericht. Wir wissen nicht, ob er überhaupt was getan hat.«

»Woher wusstest du …«

»Du bist nicht die Einzige, die Geheimnisse für sich behalten kann.«

20

Schulzeit

Mindy

Bevor Mindy in der Schule auftauchte, hatte sie die Geistesgegenwart besessen anzurufen. Schließlich konnte sie nicht einfach zur Unterrichtszeit dort erscheinen und erwarten, mit jemandem sprechen zu können. Ben wartete wie verabredet am Seiteneingang.

Seit dem Supergau hatte sie auch Ben nicht mehr getroffen. Zwar hatte sie ihn im Ort und bei schulischen Anlässen aus der Ferne gesehen, aber nie mit ihm geredet. Seltsamerweise fiel es ihr erst jetzt auf, aber Ben hatte ihr gefehlt. Obwohl Elizabeth ihr viel näher gestanden hatte, waren sie ebenfalls befreundet gewesen. Es hatte ihr gefallen, dass Peter, sie und die beiden, wenn sie sich zu viert trafen, sich nicht nur nach Geschlechtern getrennt unterhalten hatten, sondern alle miteinander. Oder sie hatte mit Ben geredet, während Beth mit Peter sprach. Ben wusste so viel von Mindys Leben wie die beiden anderen – jedenfalls fast. Wenn so ein Mensch nicht mehr da ist, fehlt einem ein Stück von sich selbst. Natürlich war es vollkommen klar, dass sie nicht mehr miteinander geredet hatten. Elizabeth hatte sie zusammengebracht, und der Streit hatte alle vier auseinandergerissen.

»Willst du reinkommen?«, fragte Ben. Er wirkte älter als bei ihrer letzten Begegnung, irgendwie reifer. Als hätten die Begebenheiten des vergangenen Jahres die letzten Spuren von Kindlichkeit bei ihm getilgt. Das fand Mindy erst komisch, aber dann dachte sie an die letzten vierundzwanzig Stunden in ihrem eigenen Leben. Wenn sie sich selbst vor drei Tagen fotografiert und dieses Bild mit ihrem Aussehen heute Morgen vergleichen würde, könnte man sicher auch einen Unterschied feststellen.

»Können wir irgendwo außerhalb der Schule reden?«, fragte Mindy.

»In einer halben Stunde muss ich zum Unterricht. Warte kurz …«

Ben verschwand im Gebäude, während Mindy in ihrem Anorak zitternd draußen stand, obwohl dieser mehr als ausreichend bei diesem merkwürdigen Wetter war. Schließlich war es heiß, ohne die geringste Aussicht auf Regen. Zwischen dem schiefergrauen Himmel und den Rauchschwaden konnte man keinerlei Trennlinie erkennen. Ihren Anorak hatte sie aus reiner Gewohnheit übergeworfen.

Das Feuer. Dieser Morgen war so chaotisch gewesen, dass sie vollkommen vergessen hatte, sich auf den neuesten Stand zu bringen. Sie holte ihr Handy hervor und tippte auf den gespeicherten Link. Das Feuer breitete sich weiter aus. Die Behörden hofften, die Löschaktionen aus der Luft, die vor einer Stunde eingestellt worden waren, würden es eindämmen. Für alle Fälle wollten die Brandbekämpfer am Boden Vorkehrungen treffen, um dem Feuer den Weg abzuschneiden. Bäume fällen und Unterholz entfernen. Schläuche und alle nötigen Hilfsmittel vor Ort bereithalten, um im gegebenen Moment zuzuschlagen. Auch in dem Gebiet, in dem Bens und Elizabeths

Haus stand, wurden Vorkehrungen getroffen. Das sah Mindy, als sie die Karte aufrief. Sie konnte sich nicht vorstellen, wie sich das anfühlen musste. Und jetzt belastete sie Ben mit ihren eigenen Sorgen!

Sie wollte schon gehen, als Ben in einem Anorak wieder auftauchte. Der gehörte zur ortsüblichen Uniform, man hatte für jede Jahreszeit einen. Vielleicht hofften sie beide, wenn sie sich für normales Wetter anzögen, würde es auch kommen.

»Komm mit«, sagte Ben.

Schweigend gingen sie über das Schulgelände. *Voyages* erstreckte sich auf einem zehn Hektar großen Campus an einem Fluss, der sich durch den Südrand des Tals schlängelte. Obwohl die Schule zu den älteren in der Gegend gehörte, hatten Zahlungen von Ehemaligen dafür gesorgt, dass die niedrigen Gebäude neu wirkten. Die Klassenräume waren groß und hell, die Klassen klein und die Ausstattung unvergleichlich. Peter und Mindy konnten ihre Kinder nur hierherschicken, weil Mindys Vater einen Fonds eingerichtet hatte, der nach seinem Tod durch die Lebensversicherung gespeist wurde. Dadurch hatten sie genug Geld für eine private Highschool und das College. Sie erfüllten den Wunsch ihres Vaters, obwohl sie Sorge hatten, Angus und Carrie könnten sich unter reicheren Kindern fehl am Platze fühlen.

War das der Grund?, fragte sich Mindy. Wurde Angus gemobbt, weil seine Eltern in einer der Einheitsstraßen wohnten, in denen während der letzten zwanzig Jahre eher bescheidene Eigenheime gebaut worden waren? Weil sie keine Skihütte in Vail hatten, sondern mit ihren preisgünstigen Skitouren auf dem guten alten Peak vollkommen zufrieden waren?

Ben blieb an einem Picknicktisch mit Blick auf den Fluss stehen, wo er sich bückte und eine Kippe aufhob.

»Die Kinder haben Glück, dass tragbare DNA-Tester nie zugelassen wurden«, bemerkte er.

Zuerst meinte Mindy, er scherzte, doch bei genauerer Überlegung war das wahrscheinlich sein Ernst.

»Was ist los?«, fragte er, als er sich am Tisch niederließ.

Mindy nahm ihm gegenüber Platz. Normalerweise hätte sie erst um den heißen Brei herumgeredet, doch die Mischung aus Wut und Angst, die durch ihre Adern strömte, ließ sie direkt zum Punkt kommen.

»Ich befürchte, Angus könnte etwas mit dem Feuer zu tun haben.«

»Wegen des Artikels heute Morgen in der Zeitung?«

»Unter anderem deswegen.«

»Angus kann nicht der Verdächtige sein. Wenn Phillips ihn identifiziert hätte, wüsstest du davon.«

Mindys Angst schwand zuerst ein bisschen, wuchs aber dann wieder. Ben war so vernünftig und hatte sicher recht. Andererseits wusste er nicht, was sie wusste. Und er wich ihrem Blick aus.

»Du weißt, wer gemeint ist, oder?«, fragte sie.

»Nein, nein. Elizabeth durfte es mir nicht sagen.«

»Elizabeth? Was hat sie denn damit zu tun?«

»Sie untersucht die Brandursache. Wusstest du das nicht?«

»Nein. Ich ... Du weißt doch, dass wir nicht mehr miteinander reden, oder?«

»Ja, natürlich. Ich dachte nur, es wäre allgemein bekannt, dass sie ... Vergiss es. Wieso glaubst du, Angus könnte was damit zu tun haben?«

Sie erzählte ihm von den Nachrichten, die sie gefunden hatte, und wie sie auf Angus' *ask.fm*-Account gelandet war. Dann zeigte sie ihm den Ausdruck der aktuellen Chats zwischen ihm und seinen angeblichen Freunden.

Ben las ihn mit leicht zusammengekniffenen Augen, und auf seinen Wangen bildeten sich zwei rote Flecken.

»Dieser kleine … Das ist übel.«

»Deshalb zeige ich dir das ja.«

»Wieso mir? Wieso gehst du nicht zur Schulleitung?«

»Du warst immer so nett zu Angus. Außerdem bin ich überzeugt, dass du in letzter Zeit mehr von ihm mitbekommst als ich.«

»Was soll das heißen?«

Mindy wies auf den Ausdruck. »Das ist nur die Spitze des Eisbergs. Das geht schon das ganze Jahr so. Dieses … Mobbing, so nennt man das wohl. Ich hatte keine Ahnung. Wir beide nicht.«

Tränen tropften auf ihren Anorak.

»Hey, aber, aber, wein doch nicht. So sind Teenager eben. Halten alles vor ihren Eltern geheim.«

»Aber ich wusste, dass irgendwas nicht mit ihm stimmt! Ich wusste es und habe nichts unternommen. Hast du an ihm irgendwas Komisches bemerkt? Ist er … Glaubst du, er hat das Feuer gelegt?«

»Moment, Moment. Ganz langsam. Mit diesen Nachrichten will Tucker nur Unruhe stiften. Aber das beweist noch lange nicht, dass Angus etwas getan hat. War er in jener Nacht überhaupt unterwegs?«

Mindy ließ den Kopf hängen und starrte zwischen den Tischlatten auf ihre Schuhspitzen. Sie hatte gedacht, dass sie den Aufenthaltsort ihres Sohnes immer kennen würde. Aber jetzt konnte sie ihre Augen nicht vor der Wahrheit verschließen.

»Ich weiß es nicht.«

21

Der gute Sohn

Elizabeth

Deputy Clark und ich fahren nach dem Mittagessen zur Privatschule. Auf dem Weg dorthin rufe ich Joshua Wicks an und benutze dafür die Handynummer, die Judy für mich ausfindig machte, nachdem sie ihren letzten Scrabble-Gegner besiegt hatte.

»Wicks«, meldet er sich mit tiefem Bariton. Das ist seine normale Tonlage. Es hört sich gekünstelt an, weil sie eher zu einem Riesen passt als zu einem ehrgeizigen Kleinstadtreporter.

»Hier spricht Elizabeth Martin vom Büro des Staatsanwalts. Ich würde gern …«

»Ja, ich erinnere mich an Sie. Und meine Quelle darf ich nicht preisgeben.«

»Darum habe ich Sie gar nicht gebeten.«

»Aber Sie wollten es.«

»Mr. Wicks, Ihnen war doch klar, dass ein solcher Artikel Fragen aufwerfen würde.«

»Genau deshalb habe ich ihn ja geschrieben.«

»Woher hatten Sie die Informationen? Was macht Sie so sicher, dass sie stimmen?«

»Stellen Sie etwa meine Integrität als Journalist infrage?«

Am liebsten würde ich mir das Handy vom Ohr reißen und auf das Armaturenbrett schmettern.

»Ich versuche nur einfach dahinterzukommen, was los ist. Es geht um eine heikle Untersuchung. Wenn jemand unberechtigterweise Informationen preisgegeben hat …«

»Ich gebe Ihnen einen Tipp, ganz unentgeltlich. Wenn Sie in dieser Stadt etwas geheim halten wollen, dann sollten Sie nicht vor mehreren Zeugen Befragungen durchführen.«

Damit knallt er den Hörer auf, aber das Geräusch erfüllt mich mit Befriedigung. Also steckt kein großes Geheimnis dahinter. Er hat mit jemandem in der Notunterkunft geredet, ganz sicher nicht mit Honor Wells, und dabei erfahren, dass John Phillips mit dem Finger auf Tucker gezeigt hat. Also hat er angenommen, wenn wir das erführen, würden wir die Jugendlichen befragen, die etwas damit zu tun haben könnten.

Genau das tun wir jetzt.

Die ewige Frage, was zuerst da war: Henne oder Ei.

Bei unserer Ankunft empfängt uns Janet Kores, die stellvertretende Direktorin, am Haupteingang. Ben hat gerade Unterricht, außerdem dürfen Lehrer nicht bei der Befragung anwesend sein. Die Eltern natürlich schon. Ich war sicher, eine Flut wütender Anrufe bei Rich würde alles entgleisen lassen. Doch offenbar hat er seiner Schwester Honor einen Knebel angelegt. Es ist im Interesse aller, die Sache unter Verschluss zu halten, zumindest im Moment.

Janet geht auf die Fünfzig zu. Sie ist groß und drahtig. Mit ihrer Lebensgefährtin Helen ist sie kürzlich nach Maine gefahren, um offiziell zu heiraten, wie sie es ausdrückte. Noch vor fünf Jahren hätte sie das ihren Job gekostet. Dieses Jahr hat sie von ihrer Abschlussklasse ein schönes Geschenk und eine kleine Hochzeitsanzeige im *Daily* bekommen. Manchmal gibt es tatsächlich so etwas wie Fortschritt.

Dass Ben nicht da ist, Janet nervös wirkt und sich in der Aula alle Köpfe nach uns umdrehen, überrascht mich nicht. Mich überrascht eher, wen man uns als Ersten zur Befragung schickt: Angus Mitchell.

»Was macht der denn hier?«, frage ich Janet, als ich hinter der Glasscheibe der Tür zum Klassenraum den unglücklich wirkenden Angus zwischen seinen Eltern sitzen sehe. Er ist mittlerweile fast so groß wie sein Vater und trägt die dunkelroten Haare ultrakurz. Früher lachten Mindy und ich über seine Haarfarbe, weil er mir damit ähnlicher sah als Mindy oder Peter. Manchmal, wenn wir alle zusammen waren, hielten die Leute ihn für meinen Sohn.

»Wir haben eine Information erhalten … Genauer gesagt: seine Mutter ist auf uns zugekommen.«

»Mindy?«

»Kennen Sie den Jungen?«, fragt Deputy Clark mich.

Ich betrachte Mindy und Peter durch die Scheibe. Mindys Gesicht ist so rot, dass sie aussieht, als hätte sie einen Sonnenbrand. Bei ihr ein sicheres Zeichen für Stress. Peter ist schwerer zu deuten. Früher war er ein fröhlicher Kerl, heute haben sich tiefe Falten in seine Stirn gegraben.

»Ich war mit seinen Eltern befreundet«, sage ich.

»Könnte das ein Problem sein?«

»Nein, es geht schon.« Ich wende mich wieder an Janet. »Was hat Mindy Ihnen erzählt?«

»Das hören Sie am besten direkt von Angus.«

Ich fahre mir mit den Händen übers Gesicht. Das wird mir alles zu viel.

»Gehen wir rein?«, fragt Deputy Clark.

Alle drei fahren zusammen, als die Tür quietschend aufgeht. Ich stelle Deputy Clark vor, nachdem wir ihnen gegenüber Platz genommen haben. Hoffentlich täuscht das darüber hinweg, wie unangenehm es ist, dass wir ausgerechnet unter solchen Umständen zum ersten Mal seit einem Jahr wieder miteinander reden. Mindy spricht nur in knappen Sätzen. Peter ist etwas aufgeschlossener.

Deputy Clark holt ein kleines Aufnahmegerät hervor und stellt es auf den Tisch.

Mindy mustert es nervös. »Ist das ... notwendig?«

»Tja, Ma'am, reine Routine.«

Er lässt die Information so stehen und wartet auf einen Einwand. Im Moment ist die Befragung freiwillig. Sie könnten sie abbrechen oder sich weigern, aufgenommen zu werden. Wie sie wollen. Doch dagegen spricht die Autorität der Behörden – und eine Million Krimis. Sie dulden das Aufnahmegerät aus demselben Grund, aus dem sie unsere Fragen beantworten: Weil sie glauben, es kommt alles wieder in Ordnung, wenn sie uns ihre Geschichte erzählen.

Nachdem genug Zeit für einen Einwand verstrichen ist, beginnt Deputy Clark mit den Präliminarien. Name, Wohnort, Zeit, Anwesende.

»Nun, mein Sohn«, sagt er zu Angus. Wenn die Lage nicht so ernst wäre, würde ich lachen, denn Deputy Clark ist nur neun Jahre älter als Angus, redet aber mit ihm, als wäre er sein Großvater. »Wir haben gehört, du könntest etwas über den Ursprung des Feuers wissen. Entspricht das der Wahrheit?«

»Ich weiß gar nichts.«

Peters Miene bewölkt sich vor Unmut. »Angus, das hatten wir doch besprochen.«

Mindy legt ihm beschützend die Hand auf den Rücken. »Komm schon, Schatz. Erzähl ihnen von den Nachrichten.«

Angus sagt kein Wort.

Entnervt stößt Peter einen Seufzer aus. »Das ist lächerlich. Sie sollten mit diesem Tucker Wells reden.« Er streckt die Hand aus, und Mindy legt ihm einen dünnen Stapel gefalteter Blätter hinein. »Sehen Sie sich das an. Er hat meinen Sohn der Brandstiftung beschuldigt und schikaniert ihn schon das ganze Jahr. Ganz eindeutig versucht er, seine eigene Schuld jemand anderem in die Schuhe zu schieben.«

Er streckt mir die Blätter entgegen. Ich lese sie durch. Sie stammen von einem Online-Portal, das mir unbekannt ist, und enthalten eine Liste mit Fragen und Antworten von Tucker Wells, Angus und einer dritten Person. Der Chat endet am Dienstagmorgen etwa eine Stunde, wenn ich mich richtig erinnere, nachdem in der *Daily* der erste Artikel über das Feuer erschien. *Hat Angus das Feuer bei John Phillips' Haus gelegt?*, lautet eine Frage, die um 9 Uhr 23 von mothertucker gestellt wurde. Kurz darauf heißt es von willowmaker21: *Fick dich, Tucker!* Ein paar Minuten später schreibt mangledangus: *Das wirst du bereuen.* Weitere Nachrichten gab es das gesamte Wochenende über, die handelten hauptsächlich davon, dass Tucker Angus wegen eines Mädchens namens Willow triezt – vermutlich Angus' Freundin.

»Mit Tucker sprechen wir später«, erkläre ich. »Sag uns mal, Angus, ob du auf Mr. Phillips' Grundstück warst.«

Angus nickt zögernd.

»Mit Tucker.«

Erneutes Nicken.

»Sonst noch jemandem?«

»Nur ein paar Typen.«

»Angus!«, sagt Peter. »Das ist nicht der rechte Zeitpunkt, jemanden zu decken.«

Angus wendet seinen Kopf zu Peter und murmelt etwas.

»Was?«

»Ich sagte, das sind meine Freunde.«

»Mit Sicherheit nicht. Oder hältst du so etwas wirklich für Freundschaft? Das da?« Peter nimmt mir die Seiten Papier ab und wedelt mit ihnen vor Angus' Nase. In all den Jahren, seit ich Peter kenne, habe ich ihn nie so wütend gesehen.

»Ich verstehe das.« Ich halte, zu Peter gewandt, mahnend meinen Zeigefinger in die Höhe und rücke meinen Stuhl näher zu Angus, um besser Kontakt zu ihm zu bekommen. »Du willst dich nicht wie ein Verräter fühlen. Aber wenn sie nichts getan haben, kriegen sie auch keinen Ärger. Versprochen.«

»Ja, ja.«

»Hey, Angus«, sage ich und hebe mit zwei Fingern sein Kinn, damit wir uns direkt in die Augen sehen können. »Erinnerst du dich an meine Kuchenlollis?«

Angus' Miene ist zwar ausdruckslos, aber ich meine, kurz ein Lächeln aufblitzen zu sehen.

Kuchenlollis.

Vor Jahren hatte Mindy eine Phase, in der sie den Kindern keinen weißen Zucker erlaubte, und ich beging die Todsünde, mit weißem Zucker gebackene Kuchenlollis, also kleine Kuchen am Stiel, zu einem Geburtstag mitzubringen. Als Mindy ihr Veto einlegte, war Angus völlig außer sich, daher suchte ich im Internet nach einer zuckerfreien Version des Rezepts und brachte ihnen am nächsten Tag neue, gesündere Kuchenlollis vorbei. Damals war Angus acht oder neun, und diese Lollis wurden irgendwie unser Ding. Zu jedem Geburtstag oder besonderen Anlass wünschte er sie sich und bekam sie auch.

»Angus?«

»Ja, klar.«

»Weißt du noch, was ich dir darüber verraten habe?«

Als er nickt, blitzt wieder ein Lächeln auf. An und aus. An und aus.

Die Wahrheit ist, die zuckerfreien Lollis schmeckten nicht. Also kehrte ich zum ursprünglichen Rezept zurück, ohne es Mindy zu sagen, weil ich dachte, zweimal im Jahr könnte ein bisschen weißer Zucker nicht schaden. Als Angus etwa zehn Jahre alt war, lud ich ihn zum Backen ein, und er entdeckte den Trick. Da kicherte er und sagte mit supergewichtiger Stimme: »Ich kann ein Geheimnis für mich behalten.«

»Ich kann ein Geheimnis für mich behalten«, sage ich jetzt. »Vergiss alles andere, und sag mir nur, ob du, Tucker und die anderen in jener Nacht bei John Phillips' Haus wart.«

Sein Blick huscht hin und her, als suche er nach einem Fluchtweg, doch kurz darauf lehnt er sich zu mir und flüstert mir ins Ohr: »Wie ich bereits sagte: Ich weiß nichts.«

Die nächsten beiden Stunden verbringen Deputy Clark und ich mit fruchtlosen Versuchen, Sechzehnjährigen in Begleitung ihrer Eltern etwas zu entlocken. Am Ende wissen wir nur so viel: Erstens haben Tucker und seine Freunde regelmäßig in John Phillips' Garten abgehangen. Tucker hatte einen Hass auf Phillips, wie einer der gesprächigeren Jungs uns steckte, doch niemand wusste, warum. Zweitens war Angus Mitchell manchmal dabei und manchmal nicht. Eigentlich wusste niemand, wieso er überhaupt mitkam, weil Angus ein netter Junge war und sie ihn wie ein Stück Dreck behandelten. Drittens hatte Tucker ein Auge auf Willow geworfen und war wütend, weil sie eher auf Angus zu stehen schien. Und viertens gab es das Gerücht, sie wäre Montagnacht doch mit Tucker zusammen gewesen. Vielleicht sogar vor den Augen von Angus.

Bevor wir uns Tucker als Letzten vornehmen, schlage ich Deputy Clark vor, eine kurze Pause zu machen und begebe mich auf die Suche nach Ben.

Ich finde ihn im Lehrerzimmer, wo er Arbeiten korrigiert. Neben ihm steht ein dampfender Becher Tee, und ein Tintenfleck ziert seinen Nasenrücken. Ich würde gern meinen Finger anlecken und ihn wegreiben, aber Ben hasst so was, vor allem in der Öffentlichkeit.

»Hey«, sage ich und nehme ihm gegenüber Platz. »Ich brauche deine Hilfe.«

»Ach ja?«

»Könntest du bitte eine Sekunde damit aufhören?«

Ben legt seinen Stift nieder. »Ich dachte, ich dürfte nicht dabei sein.«

»Nicht bei den Befragungen, aber ... also, als Nächster kommt Tucker dran, und wir stecken in einer Sackgasse.«

»Was brauchst du da mich?«

»Ich habe mich gefragt, ob es etwas gibt, das ich bei ihm als Hebel benutzen könnte. Womit ich ihm das Gefühl vermitteln könnte, ich wüsste etwas über ihn, das ich eigentlich nicht wissen dürfte.«

Die Tür zum Lehrerzimmer geht hinter uns auf und wieder zu. Eine Lehrerin, die ich nicht kenne, kommt herein, winkt Ben kurz zu und zieht sich in die Ecke mit den Postfächern zurück.

»Was zum Beispiel?«

»Hat er dir je etwas über Angus erzählt? Oder dass er auf John Phillips' Grundstück war? Irgendwas, das dir damals ganz harmlos vorkam?«

Ben reibt sich über die Nase, worauf der Fleck sich vergrößert.

»Da fällt mir nichts ein. Vielleicht solltest du Tucker einfach nach dem fragen, was du wissen willst. Möglicherweise überrascht er dich ja.«

»Hältst du das für wahrscheinlich?«

»Nein.«

Als neben uns ein Hüsteln ertönt, blicke ich auf. Die Lehrerin von eben steht am Ende unseres Tischs. Fünfundzwanzig, frisches Gesicht, blonde Haare in einem wippenden Pferdeschwanz.

»Hi«, sagt sie und streckt mir die Hand entgegen. »Sie müssen Elizabeth sein.«

Ihre Hand fühlt sich schmal und zart in meiner an, die von jahrelanger Arbeit mit schwerem Gerät rau und schwielig ist.

»Das stimmt. Und Sie sind?«

»Stephanie. Ich unterrichte Englisch.«

Ich sehe Ben nicht an. Eine Stephanie hat er mir gegenüber nie erwähnt.

»Wie lange arbeiten Sie denn schon hier?«

Sie legt den Kopf zur Seite. »Drei Jahre? Ja, das ist mein drittes Jahr.«

»Sie arbeiten mit Ben zusammen?«

»Aber ja. Er war ganz großartig und hat mich mit allem vertraut gemacht.«

»Tatsächlich?«

»Ohne ihn hätte ich es nicht geschafft. Sagen Sie, haben Sie über Tucker Wells gesprochen? Tut mir leid, das habe ich so mitbekommen.«

»Ja, tatsächlich. Warum?«

»Tja ... Sie ermitteln doch wegen des Feuers, oder?«

»Ja, genau.«

»Dann könnte Sie das interessieren.«

Sie geht zum Regal mit den Postfächern zurück. Jeder Lehrer hat ein eigenes Fach und darunter eine tiefe Schublade. Ich sehe ihr kurz zu, wie sie in ihrer herumwühlt, dann wende ich mich Ben zu. Er hat den Blick auf seine Unterlagen gesenkt.

Am liebsten würde ich ihn fragen, was zum Teufel hier läuft, wer diese Stephanie ist und wieso er sie nie erwähnt hat. Doch es ist nicht der richtige Zeitpunkt.

»Ah! Da ist es ja.«

Stephanie bringt mir ein Blatt Papier. Mir fällt auf, dass ihr Bleistiftrock vorteilhaft ihre schlanken, wohlgeformten Beine zur Geltung bringt und dass ihr Pulli die Farbe ihrer Augen betont. Bestimmt ist die Hälfte der Jungs in sie verliebt. Gilt das auch für meinen?

Sie gibt mir das Blatt. »Das hat Tucker letzten Frühling in meinem Kurs geschrieben, nachdem er aus Bens Kurs ... äh, Sie wissen schon. Jedenfalls holt der kleine Mistkerl nie seine Arbeiten ab, aber die ist ziemlich gut, wenn auch etwas gruselig.«

Ich werfe einen Blick auf den Titel. *Brandstifter.*

»Soweit ich mich erinnere«, sagt sie, »handelt es von einem Jugendlichen, der eher zufällig entdeckt, dass er eine Affinität zum Feuer hat, beim Campen mit seinem Vater oder so, und dann legt er Feuer, bis er eines Tages so weit geht, eine ganze Stadt anzustecken. Vielleicht habe ich ein paar Details verwechselt, doch im Großen und Ganzen geht es darum.« Wieder legt sie den Kopf zur Seite, sodass ihr Pferdeschwanz schwingt. »Komisch«, bemerkt sie. »Das ist mir erst jetzt wieder eingefallen.«

Als ich zurückgehe, sitzt Tucker schon neben seiner Mutter Honor im Klassenzimmer. Ich kenne sie vom Sehen, wie das in einer Kleinstadt üblich ist. Daher weiß ich auch, dass Mindy seit letztem Jahr mit ihr Zeit verbringt, genau wie mit Kate Bourne. Die Frau hegt eine Riesenabneigung gegen mich, seit ich sie zu überreden versucht habe, ihren Mann wegen einer Sache anzuzeigen, die sie bemerkenswert gut unter Verschluss gehalten hat.

»Kommt Mr. Wells auch?«, frage ich, als ich Platz nehme.

»Nein, er ist auf Geschäftsreise«, erwidert Honor mit angespannter Stimme. »Bringen wir es hinter uns, ja?«

Ich nicke Deputy Clark zu. Er geht die üblichen Präliminarien mit dem Aufnahmegerät durch, dann beginnt er mit der Befragung.

»Kennst du einen Mann namens John Phillips?«, fragt er.

Tucker wirft ihm unter seinem fransigen blonden Pony, der sein linkes Auge halb verdeckt, einen hochmütigen Blick zu. »Den kennt doch jeder. Wegen dem Feuer.«

»Und vor dem Feuer?«, erkundigt sich Deputy Clark. »Kanntest du ihn da schon?«

»Vom Sehen.«

»Wo genau hast du ihn gesehen?«

»Kann sein, dass wir ein-, zweimal auf seinem Grundstück waren.«

»Kann sein?«

Er zuckt die Achseln. »Ja, okay, meine Jungs und ich haben da ein paar Mal abgehangen. Na und?«

»Was genau hat dieses Abhängen auf einem fremden Privatgrundstück beinhaltet?«

»Beinhaltet? Meine Güte, Sie lesen wohl zu viel Wörterbücher.«

»Tucker«, mahnt Honor.

Tucker lässt sich auf seinem Stuhl zurücksinken. »Sorry, Mann. War nicht bös bemeint. Jedenfalls haben wir nichts Besonderes gemacht, Sie wissen schon, nur rumgehangen. Geredet … über alles Mögliche. Sie wissen schon.«

»Getrunken? Geraucht? Mr. Phillips Streiche gespielt? So was in der Art?«

»Nein, Mann. Das sehen Sie ganz falsch. So was haben wir nie gemacht.«

»Also hat Mr. Phillips alles erfunden, als er der Polizei meldete, dass ihr ihn mehrfach belästigt habt?«

»Vielleicht hat da noch 'ne andere Gruppe abgehangen. Ich weiß nur, dass ich und meine Jungs das nicht waren. So was machen wir nicht.«

»Selbstverständlich nicht, Schatz«, sagt Honor und tätschelt ihm den Rücken.

Er schießt ihr einen Blick zu. *Das regle ich allein, Mutter.*

»Also war das zerschnittene Balletttrikot in Mr. Jansens Fach ein einmaliger Ausrutscher?«, frage ich.

»Das können Sie mir nicht anhängen.«

»Abgestritten hast du es jedenfalls nicht.«

»Wie Sie sicher wissen, haben wir das bereits mit dem Lehrkörper geklärt«, erklärt Honor. »Ich wäre Ihnen sehr verbunden, wenn Sie es nicht wieder aufs Tapet bringen würden.«

»Klar, sicher. Aber was ist dann damit?« Ich reiche ihr Tuckers Geschichte. Als sie den Titel liest, holt sie scharf Luft. »Du hast Fantasien darüber, Feuer zu legen, Tucker?«, frage ich. »Hast du die Fantasie vielleicht in die Tat umgesetzt? Und dann ist neulich Nacht alles außer Kontrolle geraten?«

»Das ist Fiktion. Sie wissen schon, reine Erfindung. Herrgott. Was ist denn mit euch los? Da schreibt man eine Geschichte, und plötzlich glauben alle, man schreibt über sich. Was ist dann mit Stephen King? Er schreibt auch allen möglichen Scheiß, ohne verhaftet zu werden.«

»Tucker!«

»Ist doch wahr, Mom. Die haben mich auf dem Kieker.«

»Wir versuchen lediglich, die Wahrheit herauszufinden«, erkläre ich. »Hier hat niemand irgendjemanden auf dem Kieker.«

»Was soll ich dann überhaupt hier? Jeder weiß doch, wer es war.«

»Wer was war?«

»Wer das Feuer gemacht hat.« Er verschränkt die Arme über der Brust. »Ist doch kein großes Geheimnis.«

»Über so etwas macht man keine Witze, junger Mann«, sagt Deputy Clark überraschend streng. »Es sind Sachschäden entstanden. Menschenleben in Gefahr gebracht worden. Wenn Du weißt, wer dahintersteckt, solltest du mit diesen Spielchen aufhören und es uns sagen.«

»Oder was?«

»Oder du kriegst eine Anzeige wegen Behinderung der Justiz.«

»Was?«, sagt Honor. »So was Lächerliches habe ich ja noch nie gehört …« Sie greift in ihre Tasche, um ihr Handy hervorzuholen. »Wenn mein Bruder das erfährt …«

»Ach, entspann dich, Mom. Na gut. Auch egal.« Wieder zuckt er die Achseln. »Ich wollte zwar nicht petzen, aber da Sie mir keine andere Wahl lassen … Es war Angus Mitchell. Er hat es mir selbst erzählt.«

22

Vertrauenskrise

Mindy

Obwohl es erst früher Nachmittag war, als sie und Peter mit Angus von der Schule nach Hause fuhren, fühlte es sich an wie das Ende eines sehr langen Tages.

Als hätte Angus' Totalverweigerung bei der ersten Befragung nicht ausgereicht, waren sie alle drei noch einmal zu Elizabeth und Deputy Clark zurückbeordert worden. Tucker hatte Angus beschuldigt. Er behauptete doch tatsächlich, Angus hätte ihm gestanden, das Feuer gelegt zu haben. Angus leugnete das, mehrfach und eindeutig. Danach verschloss er sich wieder und sagte kein Wort mehr. Mindy wusste nicht, was ihr größere Sorge bereitete. Dass er Freunde hatte, die ihm etwas anhängen wollten, oder dass sich langsam der Verdacht in ihr Herz schlich, ihr Sohn hätte *doch* etwas getan.

»Keine Angst«, sagte Elizabeth, nachdem Angus die Erlaubnis erhalten hatte, zur Toilette zu gehen. »Wir glauben Tucker nicht.«

»Was macht dich denn so sicher?«, fragte Peter.

»Ich habe mir den Chat durchgelesen. Selbst wenn Angus etwas damit zu tun hätte, wäre Tucker der Letzte, dem er das anvertrauen würde.«

»Soll das heißen, Tucker war es?«

»Dafür haben wir keine Beweise.«

»Was bedeutet das dann für uns?«

»Dass wir wieder am Anfang stehen, befürchte ich. Angus weiß mehr, als er uns erzählt. Ich möchte, dass du versuchst herauszufinden, was das ist, okay?«

Mindy hatte Elizabeth eine ganze Weile lang angestarrt und versucht, hinter ihrem professionellen Äußeren die Freundin zu sehen, die sie so gut zu kennen geglaubt hatte. Eben, als Elizabeth Angus an seine Kuchenlollizeit erinnerte, hatte sie einen Blick von ihr erhascht. Mindy war allerdings klar, dass sie das nur getan hatte, um Informationen zu bekommen.

Danach war zwar noch Unterricht, doch sie und Peter hatten beschlossen, dass es für Angus heute reichte.

Für Mindy jedenfalls reichte es.

Ihr Handy klingelte gebieterisch, als sie vor einem Elch anhielten, der in der Nähe des Naturschutzgebiets die Straße überquerte. Diese Wesen mit den staksigen Beinen und den bedrohlichen Schaufelgeweihen beeindruckten sie immer wieder, ganz gleich, wie oft sie sie sah.

Peter warf ihr einen Blick zu, als sie in ihre Tasche griff. Er hasste es, wenn jemand im Wagen telefonierte. Doch als Mindy Kates Namen auf dem Display sah, wusste sie, sie musste drangehen.

»Es ist Kate«, sagte sie, als wäre das eine Erklärung.

Sie nahm das Gespräch an, doch Kate schien schon mit jemandem zu sprechen.

»Ich sagte, leg das weg. Leg das sofort weg, sonst gibt es Konsequenzen.«

»Kate? Hallo?«

Kate schien völlig außer sich zu sein. So hatte Mindy sie noch nie erlebt. Hatte sie schon das von Angus gehört?

»Mindy?«

»Am Apparat.«

»Ach, Gott sei Dank. Ich versuche seit einer *Ewigkeit*, dich zu erreichen.«

»Ich hatte das Handy ausgeschaltet.«

»Hast du die E-Mails gesehen?«

Zuerst dachte Mindy, Kate meinte Angus' Nachrichten, doch dann wurde ihr klar, dass Kate selbstverständlich wegen des Supergaus mit dem Herbstfest anrief. Der war ja immer noch im Gange, obwohl er sich für Mindy meilenweit entfernt anfühlte.

»Ein paar von ihnen, gestern Abend … sind noch mehr gekommen?«

»Ich habe den ganzen Tag am Telefon verbracht, glaube aber, jetzt ist alles klar.«

Mindy warf einen Blick zu Angus. Er hatte Kopfhörer in den Ohren und spielte so laut aggressive Musik ab, dass selbst Mindy sie hören konnte.

»Heißt das, wir kehren zum ursprünglichen Plan zurück?«, fragte Mindy.

»Auf gar keinen Fall. Wir haben diesem armen Mann ein Versprechen gegeben und werden es nicht brechen. Was macht es, wenn ein paar Gäste weniger kommen? Die Eintrittskarten werden nicht erstattet.«

»Das ist großartig, Kate. Danke.«

»Du klingst irgendwie abwesend.«

»Ich bin im Wagen und sollte auflegen.«

»Wusstest du, dass Honor heute in die Schule musste, weil die Polizei Tucker befragen wollte?«

Mindy spürte, wie ihr flau im Magen wurde. »Ja, davon habe ich gehört.«

»Ist das nicht ein bisschen übertrieben? Als hätte er was damit zu tun.«

»Ich muss auflegen, Kate. Ich rufe dich später zurück, okay?«

Sie wartete gar nicht erst Kates Erlaubnis ab, sondern schaltete einfach ihr Handy aus und verstaute es in ihrer Tasche.

»Tut mir leid«, sagte sie zu Peter.

»Worum ging es denn?«

»Ums Herbstfest. Alle sind sauer, weil wir die Spendengelder nicht dem Hockeyteam, sondern John Phillips zukommen lassen wollen.«

Der Wagen machte einen Satz nach vorn und hielt abrupt an, weil Peter scharf auf die Bremse trat. Mindy spürte, wir ihr Körper gegen den Gurt und sofort darauf ihr Kopf gegen die Kopfstütze knallte.

Peter drückte seinen Arm gegen ihre Brust, um sie festzuhalten.

»Alles in Ordnung?«, fragte er.

»Ich glaube schon«, sagte Mindy und fuhr sich mit der Hand zum Hinterkopf. Dann drehte sie sich nach hinten zu Angus. Er blickte aus dem Fenster und wippte mit dem Kopf, als sei nichts gewesen. »Hast du einen Elch gesehen?«

»Was? Nein, ich … ihr wollt auf dem Herbstfest Geld für John Phillips sammeln?«

»Habe ich dir das nicht erzählt?«

Peter löste den Arm von ihr, umklammerte das Lenkrad und gab Gas.

»Nein.«

»Ach, du liebe Zeit. Ich hätte es schwören können. Es ist

einfach alles zu viel. Das Feuer. Das Fest.« Sie wies nickend zu Angus. »Ich habe einfach zu viel im Kopf.«

»Wusstest du, dass sein Haus zwangsversteigert werden sollte?«

»Du meinst, von der Bank?«

»Ich dürfte dir das eigentlich nicht erzählen, aber ... ja. Phillips ist einer meiner Kunden. Ich hatte ihn neulich dir gegenüber erwähnt.«

»Ist das der, weswegen du den Sheriff anrufen musstest? Du hast den Sheriff wegen John Phillips angerufen?«

»Sein Haus sollte zwangsversteigert werden, und auf einmal brennt es ab. Da habe ich allerdings den Sheriff angerufen, verdammt noch mal.«

»Aber er hat doch gar nichts damit zu tun. Ich meine, wenn die Polizei davon ausginge, dann hätte man heute doch nicht diese Befragungen an der Schule durchgeführt, oder?«

Peter umklammerte so heftig das Lenkrad, dass seine Fingerknöchel weiß wurden.

»Wir haben keine Ahnung, was in jener Nacht passiert ist, Mindy. *Keine Ahnung.*«

Mindy wollte ihm widersprechen, beherrschte sich aber. Was hätte sie sagen sollen? Dass sie halbwegs überzeugt war, dass Angus etwas mit dem Unglück des armen Mannes zu tun hatte? Dass es allein durch diese Möglichkeit noch wichtiger für sie war, John Phillips zu helfen?

Wie konnte man so etwas über seinen Sohn sagen, und sei es zum eigenen Mann?

Wie konnte man so etwas auch nur denken?

Zu Hause schickte Peter Angus auf sein Zimmer, damit er über seine Weigerung zu kooperieren nachdachte. Mindy bezweifelte, dass dies irgendeinen Effekt hätte. Sie beide gingen in die Küche, doch kaum hatten sie sich an den Tisch gesetzt, stand Peter wieder auf und ging unruhig hin und her.

»Könntest du das bitte lassen?«, bat Mindy. »Das macht mich wahnsinnig.«

Peter ließ sich wieder am Küchentisch nieder und starrte auf seine Hände, die er wiederholt zu Fäusten ballte und wieder streckte. Tiefes Schweigen senkte sich über sie. Mindy bekam Angst. Nicht um ihre eigene Sicherheit oder etwas in der Art, sondern um Peter. Um ihre Familie. Natürlich war ihr dieses Gefühl vertraut. Manchmal kam es ihr so vor, als fühlte sie sich mit Angst wohler als ohne. Doch diesmal war es anders.

»Was ist los, Peter? Rede mit mir.«

»Was verschweigst du mir?«

»Was meinst du denn?«

»Das Herbstfest. Angus' Nachrichten. Dein Gespräch heute früh mit Ben. Früher hast du nie etwas vor mir geheim gehalten. Wir haben keine Geheimnisse voreinander. Zumindest dachte ich das.«

Mindy wusste, was er meinte, und wusste gleichzeitig, dass es nicht stimmte. Peter und sie waren tatsächlich aufrichtig zueinander. Die großen, wichtigen Dinge teilten sie. Aber alles, was ihr in den letzten zwanzig Jahren im Kopf herumgegangen war? Nein. Peter bekam nur die Spitze des Eisbergs zu sehen, und so würde es bleiben. Musste es bleiben.

»Ich wusste nicht, was ich tun sollte«, erklärte sie.

»Wieso hast du mir das nicht gesagt?«

»Du warst so beschäftigt, und ich wusste nicht, ob da wirklich was im Gange ist und …«

»Nein. Stopp. Du hast herausgefunden, dass unser Sohn gemobbt und möglicherweise beschuldigt wird, für das Feuer verantwortlich zu sein, dass er tatsächlich etwas damit zu tun haben könnte, und erzählst mir das nicht? Weißt du eigentlich, wie ich mich dabei fühle? Ist dir klar, wie ernst das ist? Wenn er wirklich etwas damit zu tun hat, könnten wir alles verlieren, Mindy. Alles.«

»Was soll das heißen?«

»Hast du keine Zeitung gelesen? Wer für das Feuer verantwortlich ist, wird gerichtlich belangt. Für die Kosten haftbar gemacht. Hast du überhaupt eine Ahnung, was das bedeuten würde?«

»Das wusste ich nicht«, sagte Mindy. »Das war mir nicht klar ...«

Peter stand auf und kam zu ihr. Er nahm sie in den Arm und drückte sie an seine Brust.

»Wir müssen miteinander reden, Mindy. Wir sitzen in einem Boot, oder?«

Mindy nickte an seiner Brust. »Klar.«

»Also: keine Geheimnisse mehr, ja? Angus war es nicht. Das werden wir beweisen.«

Mindy nickte wieder, sagte aber nichts.

Sie war sich fast sicher, dass Angus in jener Nacht das Haus verlassen hatte.

23

Anprobe

Elizabeth

Nach etwa einem Jahr fruchtloser Versuche, schwanger zu werden, schlug ich Ben vor, uns testen zu lassen. Ich wollte herausfinden, ob es einen Grund gab, warum es nicht klappte.

Ben lehnte ab.

Zuerst bekam ich keine klare Begründung von ihm. Wenn etwas mit einem oder beiden von uns nicht gestimmt hätte, könnte man das vielleicht beheben. Wenn man nichts gefunden hätte, wäre das vielleicht auch hilfreich gewesen. Hätte uns den Druck genommen. Den Stress, der bewirkte, dass der Sex kein Vergnügen mehr war, sondern eher eine Pflicht.

Doch nein. Ben sagte nein.

Ich hätte es dabei belassen und seine Entscheidung akzeptieren sollen. Doch das konnte ich nicht. Das konnte ich nie, was natürlich ein hässlicher Charakterfehler von mir ist. Doch in diesem Fall konnte ich es wirklich nicht.

Also hakte ich nach, bedrängte ihn, setzte ihm zu und nervte ihn so lange, bis er endlich mit der Sprache herausrückte: Was, wenn es an ihm lag?

Davor hatte er Angst. Er hatte das Gefühl, mein Kinderwunsch sei sehr stark, und fragte sich, was passierte, wenn es an ihm lag, dass wir kein Kind bekamen. Was wäre die Konsequenz, wenn wir das wüssten? Würde ich ihn verlassen? Würde ich beschließen, mit einem anderen mein Glück zu versuchen, um das zu bekommen, was ich mir offensichtlich sehnlichst wünschte?

Welche Ironie. Wir hatten die Rollen getauscht!

Ich, die früher solche Zweifel gehabt hatte, wollte unbedingt eine Familie gründen. Das machte ihm Angst.

Nein, nein, nein, sagte ich. Nein. So war das nicht. Das Wichtigste waren *wir*. Für immer und alle Zeit. Diese Worte waren mein voller Ernst, und ich wiederholte sie dauernd. Doch er blieb dabei: Er wollte es nicht wissen. Konnte ich es nicht einfach dabei belassen?

Erst da kamen mir Zweifel.

Er war derjenige, der mit Kindern arbeitete, sie unterrichtete und verstand. Er würde eines Tages ein großartiger Vater sein – viel besser, so befürchtete ich, als ich eine Mutter. War es nicht so, dass Menschen oft anderen das vorwarfen, was sie am meisten an sich selbst fürchteten oder ablehnten? War es das, wovor er eigentlich Angst hatte? Dass er mich verlassen würde, wenn ich nicht schwanger werden konnte?

Diese Gedanken setzten mir so lange zu, breiteten sich in mir aus und verdrängten alles andere, bis ich es für das einzig Vernünftige hielt, mich testen zu lassen.

Ich wollte herausfinden, ob es an mir lag. Wenn nicht, hieße das nicht, dass es an ihm lag, aber zumindest hätte ich in Bezug auf mich Klarheit. Wenn es tatsächlich an mir lag, dann würde ich sehen, was ich mit dieser Information anfangen wollte.

Obwohl ich also wusste, dass Ben dagegen war, obwohl ich

wusste, dass ich damit vielleicht genau das bewirkte, wovor ich mich am meisten fürchtete, ließ ich mich testen.

Nicht in Nelson. Wenn es in einer Stadt nur drei Gynäkologen gibt, besteht die Schweigepflicht höchstens auf dem Papier. Daher wartete ich, bis ich wegen eines Waldbrands abberufen wurde, und fuhr an einem freien Tag sechs Stunden zu einer Stadt inmitten grüner, sanft geschwungener Hügel. Ich zahlte bar, um nicht auf der Abrechnung der Versicherung aufzutauchen. Ich musste Blut- und Urinproben abgeben und mich einer würdelosen vaginalen Ultraschalluntersuchung durch eine junge Arzthelferin unterziehen, die mich ansah, als plante ich etwas Illegales. Ich überredete den Arzt, mir die Resultate telefonisch durchzugeben, da ich nicht in der Lage wäre, sie persönlich abzuholen.

Als ich die Tests hinter mir hatte, konnte ich sie wundersamerweise vergessen. Es lag nicht mehr in meiner Hand. Ich konnte es loslassen wie einen mit Helium gefüllten Luftballon. Meine Angst hob sich langsam in die Lüfte und verschwand außer Sicht.

Sechs Wochen später ploppte eine E-Mail von Dr. Korn in meinem Posteingang auf. Ich ging mit dem Handy ins Bad, als hätte ich eine SMS von meinem Geliebten bekommen. Als ich die angegebene Nummer wählte, zitterten meine Hände.

Während ich mich wappnete, an die Badewanne gelehnt, stellte mich die Empfangskraft zum Arzt durch. Es tue ihm leid, er habe keine guten Nachrichten, erklärte er. Ich hatte Narbengewebe an den Eileitern, wahrscheinlich hätte ich irgendwann Chlamydien gehabt. Das komme mittlerweile sehr häufig vor, wie er mir hastig versicherte, und sei nichts, dessen man sich schämen musste. Jedenfalls seien meine Chancen extrem gering, auf natürlichem Weg schwanger zu werden.

Möglicherweise könne das Problem durch eine OP behoben werden, doch sicher sei das nicht. Es gebe jedoch die Möglichkeit der In-Vitro-Befruchtung.

Ich dachte kurz an meinen Exfreund Jason. Der hatte mir die Chlamydien angehängt, doch das kam erst Monate nach unserer Trennung bei einer Routineuntersuchung heraus. Hatte mein Arzt etwas von den möglichen Konsequenzen gesagt? Hatte ich das verdrängt? Wen interessiert so was mit einundzwanzig?

Was sollte ich machen? Es Ben sagen? Er wollte es nicht wissen. Das hatte er mir ständig erklärt, aber ich hatte mich darüber hinweggesetzt. Doch wenn ich es ihm nicht erzählte, wenn ich es für mich behielt, müsste ich mit diesem Riesengeheimnis leben und weiter versuchen, schwanger zu werden. Obwohl ich wusste, es war vergebliche Liebesmüh. Ben kannte mich viel zu gut, er würde merken, dass irgendwas nicht stimmte. Das würde zwischen uns rumoren.

Die Gedankenmühle drehte sich unablässig im Kreis, bis ich das altbekannte Aufwallen in meinem Magen spürte und mich über der Toilette wiederfand, in die ich mein Mittagessen entleerte.

Wer weiß, wie lange ich dortgehockt hatte. Ben entdeckte mich schließlich, rieb mir den Rücken, besorgte mir einen nassen Waschlappen und fragte, ob er etwas für mich tun könne. Dann meinte er, dass es ja vielleicht einen Grund für meine Übelkeit gäbe. Dabei sah er so schüchtern und unsicher aus, so erwartungsvoll, dass ich wusste, was ich zu tun hatte.

Ich musste es für mich behalten.

Das tat ich auch.

Nach den Befragungen entdecke ich, dass Ben in der Aula auf mich wartet. Nach dem letzten Klingeln hat sich die Schule geleert wie nach einem simulierten Feueralarm, den es vielleicht tatsächlich irgendwann geben wird, wenn man von der letzten Verlautbarung des Rettungsdienstes ausgeht.

Ist es Ironie, dass ich das Feuer vergessen habe, das in knapp zwei Tagen mein Haus vernichten könnte, weil ich wegen des Feuers ermittle, das in knapp zwei Tagen mein Haus vernichten könnte?

Das muss ich Ben fragen.

»Man will rund ums Haus Vorbereitungen treffen«, sagt er und hält mir sein Handy hin.

Ich nehme es und lese eine E-Mail an die zehn Familien, die in unserer Sackgasse wohnen. Über Nacht soll Ausrüstung und schweres Gerät herangeschafft werden. Morgen werden Bäume gefällt und Schläuche gelegt. Karas letzter Posten gegen das Feuer, falls es tatsächlich über den Bergrücken kommt.

Ich gebe Ben sein Handy zurück.

»Das ist schlimm«, sagt er. »Oder?«

»Ja, das ist schlimm.«

»Hast du irgendwas Nützliches erfahren?«

»Ich kann nicht …«

»Ja, ich weiß, du darfst nicht darüber sprechen.«

»Das wollte ich nicht sagen. Ich muss das erst verarbeiten. Es kommt mir so vor, als würde mir die Lösung direkt ins Gesicht starren, aber ich sehe sie einfach nicht.«

»Genauso wenig wie mich. Dabei starre ich dir auch ins Gesicht.«

Ich muss lächeln. »Das stimmt. Heißt das, du hast das Feuer gelegt?«

»Nein. Du bist mein Alibi, schon vergessen?«

Wir grinsen uns an, doch dann schwindet unser Grinsen. Uns fällt wieder ein, wieso wir uns gegenseitig ein Alibi geben können. Als das Feuer ausbrach, redeten wir über das Ende unserer Ehe.

»Hast du nicht eine Anprobe mit meiner Mutter?«, fragt Ben.

»O Gott. Die habe ich ganz vergessen. Wie viel Uhr ist es? Mist. Ist es zu spät zum Absagen?«

Ben runzelt die Stirn. Seiner Mutter abzusagen, kommt gar nicht infrage. Das sollte ich wissen. Ich habe das viel zu oft gemacht.

»Nein, klar, das geht nicht.« Ich prüfe auf meinem Handy, wie viel Uhr es ist. »Das sollte ich schaffen. Sie war doch um halb fünf, oder? Deine Mutter sagte doch halb fünf, richtig?« Selbst in meinen Ohren klinge ich hysterisch. »Tut mir leid. Ich weiß nicht, was in mich gefahren ist. Du hast deiner Mutter nichts von uns erzählt, oder?«

»Darum hast du mich doch gebeten.«

»Okay, danke. Dann muss ich los.«

Ich neige mich zu ihm und drücke ihm einen Kuss auf die Wange. Zwei Schüler gehen vorbei, und einer stößt einen leisen Pfiff aus.

»Respekt, Mr. Jansen!«

Schön zu sehen, dass die Highschool sich kein bisschen verändert hat.

Obwohl ich schneller als erlaubt über die Abkürzungen brettere, die mir Ben vor Jahren gezeigt hat, komme ich zehn Minuten zu spät. Grace wartet bereits auf einer samtbezogenen Bank, wie immer makellos in eine perfekt gebügelte Hose und ein Chanel-Jäckchen gekleidet, die sie in jeder Farbe zu besitzen scheint. Wir umarmen uns kurz, und ich rieche ihren Duft, Shalimar und teure Seife. Wenn man sie umarmt, fühlt man sich wie frisch aus dem Spa. Doch heute riecht selbst Grace leicht nach Rauch. Er hat sich in allen Winkeln und Ecken des Orts festgesetzt. Als ich aus dem Fenster zum Peak blicke, sehe ich, dass die Wolke dahinter noch dunkler, plastischer und bedrohlicher wirkt.

Caroline's Dress Shop ist ein Laden, in dem eine seltsame Mischung aus Designerkleidern für anspruchsvolle Kundinnen und engen Jeans sowie Pailletten-T-Shirts für ihre Töchter verkauft wird. Caroline ist ein ehemaliges Skihäschen und hat kurz nach ihrem Umzug einen ehemaligen Motorradcrack geheiratet. Sie eröffnete ein Geschäft wie so viele hier, wenn ihnen klar wird, dass sie ein regelmäßiges Einkommen brauchen. Es ist zwar nicht ihr Lebenstraum, doch in Nelson zu wohnen schon, daher macht sie das Beste daraus. Vor der Eröffnung ihres Ladens mussten die Frauen in einen anderen Bundesstaat fahren, um ein anständiges Kleid zu bekommen.

Alle Kleider, die Grace dieses Jahr für uns ausgesucht hat, stammen von Vera Wang. Keine Brautkleider natürlich, sondern welche aus der regulären Kollektion, also günstiger. Sie sind immer noch ziemlich teuer, weshalb ich protestierte, als Grace mir zum ersten Mal zeigte, was wir ihrer Meinung nach tragen sollten. Sie möchte, dass unsere Kleider zueinanderpassen und besteht oft darauf, dass wir aus derselben Kollektion bestellen. Meinen Protest wischte Grace mit der Nonchalance eines Menschen weg, der sich um Geld keine Gedanken zu machen braucht, und erklärte, sie würde die Kleider bezahlen.

»Wie geht es, meine Liebe?«, fragt sie gerade. »Du wirkst müde.«

Ich habe sie seit dem frühen Dienstagmorgen nicht mehr

gesehen – und der scheint eine Ewigkeit zurückzuliegen. Haben wir wirklich erst Donnerstag?

»Hat Ben dir erzählt, dass ich versuche herauszubekommen, wie das Feuer entstanden ist?«

»Ja, er hat so was erwähnt.«

Grace und Gordon konnten sich nie mit meinem Beruf anfreunden. Ich glaube, sie fanden beide bewundernswert, dass ich ihn ausübte, konnten die Gründe aber nicht nachvollziehen. Vor allem Grace verstand nicht, wie ich in einem Job arbeiten konnte, durch den ich lange Zeitspannen von meinem Mann getrennt war. Daher freute es sie besonders, als ich kündigte und ständig in Nelson blieb, obwohl ich weder ihr, geschweige denn Ben, den wahren Grund dafür nennen konnte.

Stundenlange Recherche im Internet hatte mich zu der Überzeugung gebracht, dass durchaus noch die Chance bestand, auf natürlichem Weg schwanger zu werden, jede Trennung von Ben diese Chance jedoch verminderte. Ich schuldete es ihm, uns zu den besten Chancen zu verhelfen. Schließlich war ich dafür verantwortlich, dass wir sie überhaupt brauchten.

Mindy war die Einzige, der ich davon erzählte. Sie vergalt es mir, indem sie es mir bei unserem Streit vor den Latz knallte. Wenn Grace und Gordon erfahren, dass wir uns scheiden lassen, wird es für sie die traurige Bestätigung dessen sein, was sie sicher geargwöhnt haben: Dass Ben mir einfach nicht so wichtig war wie ich ihm.

Caroline taucht aus dem hinteren Teil des Ladens auf. Sie ist eine große, sportliche Blondine, wie es sie in Nelson häufig gibt. Ihre Kleidung ist ähnlich wie meine, Skinnyjeans zum Kaschmirpullover. Meinen hat mir Grace zu Weihnachten geschenkt, doch trägt sie die Sachen mit einer Eleganz, zu der ich nicht imstande bin.

»Sind die Damen bereit?«

»Ja, gehen wir nach hinten«, antwortet Grace.

Caroline bringt uns in den Ankleideraum. Sie war so klug, zwei einzurichten, einen für die Teenager und einen für die *ältere Kundschaft*, zu der ich, wie ich betroffen erkenne, inzwischen eindeutig gehöre. Unser Ankleideraum sieht aus wie eine ausgefallene, aber exklusive Boutique in Greenwich Village. Es gibt sogar Champagner, falls man beim Shoppen etwas trinken möchte.

Unsere zueinanderpassenden Abendkleider in Creme und Elfenbein hängen vor zwei der Kabinen. Die Vorhänge der beiden anderen Kabinen sind zugezogen, aber dahinter raschelt es. Besetzt.

»Ziemlich viel zu tun«, sagt Caroline. »So kurz vor dem Herbstfest.«

»Allerdings«, erwidert Grace.

Wir treten in unsere Umkleidekabinen. Die Frau in der nächsten Kabine fängt an, mit ihrer Freundin in der übernächsten zu reden. Ich höre müßig zu, während ich mich ausziehe und darauf achte, nicht in den Spiegel zu blicken. Die jahrelange Brandbekämpfung hat Spuren hinterlassen, an die ich nicht ausgerechnet heute erinnert werden muss.

»Ich fasse es einfach nicht, dass die Leute sich wegen dieser Angelegenheit so scheiße benehmen«, erklärt eine Stimme, die ich erkenne, aber nicht sofort einordnen kann. »Ich meine, es geht doch um Wohltätigkeit! Hallo?«

»Das überrascht mich gar nicht«, erwidert eine andere, selbstbewusstere Stimme, die ich sofort identifiziere. Kate Bourne, die Bienenkönigin in Mindys aktuellem Freundeskreis. »Ach, ich hasse weiße Kleider.«

»Aber du hast doch das Motto vorgegeben«, erwidert ihre

Freundin, die die mit dem komischen Namen sein muss. Bitty, Boopsy? Den kann ich mir einfach nicht merken.

»Was hat das damit zu tun?«, fragt Kate zurück.

Ich hole mein Kleid aus der Hülle. Es hat einen Reißverschluss am Rücken, und als ich hineinsteige, bemerke ich die Druckstellen, die meine Socken an den Knöcheln hinterlassen haben.

»Sie haben der armen Mindy ziemlich zugesetzt. Außerdem«, Kate senkt die Stimme, »wurde Angus heute in der Schule befragt. Von der Polizei.«

Ich greife mit der Hand nach hinten, um den Reißverschluss zuzuziehen, doch es gelingt mir nicht. Ich komme nicht richtig an den Zipper heran. Offenbar hat er sich in dem zarten Stoff verhakt.

»Angus ist so ein netter Junge. Im Gegensatz zu diesem Tucker …«

»Ich habe Honor mehr als einmal gesagt, dass er ein richtiger kleiner Teufel ist. Schon seit Jahren versucht er, meinen Chris auf die schiefe Bahn zu ziehen, aber es gelingt ihm nicht.«

Am liebsten würde ich lachen. Chris Bourne hat ein Vorstrafenregister, das bei seiner Volljährigkeit gelöscht werden muss, wenn er die Hoffnung auf einen anständigen Job nicht aufgeben will. Wie der Vater, so der Sohn.

»Elizabeth Martin hat ihn befragt«, bemerkt Kate. »Ehrlich, wie sie Mindy behandelt hat, da könnte ich schreien vor Zorn.«

In der Kabine auf der anderen Seite hüstelt Grace. »Bist du fertig, Liebes?«

»Ich habe Probleme mit dem Reißverschluss.«

»Kommen Sie raus«, sagt Caroline. »Ich helfe Ihnen.«

Ich verlasse die Kabine, peinlich berührt, weil das Kleid genau wie ein Krankenhauskittel hinten aufklafft. Caroline führt mich zum kleinen Podest vor der Spiegelwand. Grace kommt aus ihrer Kabine, um zuzusehen. Ihr Kleid passt perfekt.

Caroline steht hinter mir und ruckt behutsam am Stoff, um ihn aus dem Zipper zu befreien. Danach fängt sie an, den Reißverschluss hochzuziehen.

»Du siehst genauso aus wie an deinem Hochzeitstag, Liebes«, bemerkt Grace.

Ich betrachte mich im Spiegel. Ich persönlich habe das Gefühl, jedes einzelne der vergangenen zehn Jahre hätte sich in mein Gesicht geätzt, über das Antlitz des Mädchens, das ich einst war.

»Sehr nett von dir, das zu sagen.«

»Aber es ist wahr.«

Kate und Bit verlassen ihre Kabinen. Über den Spiegel stelle ich Augenkontakt mit Kate her. Wir tragen die gleichen Kleider. Zumindest sind sie sich so ähnlich, dass sie auf den ersten Blick nicht zu unterscheiden sind. Einen Moment lang wirkt sie fassungslos, doch dann zeigt ihre Miene wieder die übliche harte Selbstsicherheit.

Caroline ruckt an dem Zipper, als der Stoff an meinen Rippen spannt.

»Hier ist es etwas schwierig, Elizabeth«, sagt Caroline. »Ich verstehe gar nicht, warum. Beim letzten Mal hat es ganz wunderbar gepasst.«

Ich höre einen leichten Tadel in ihrer Stimme. Habe ich in letzter Zeit zugenommen? Ich wüsste nicht. Seit Wochen esse ich nur noch mechanisch. Aber tatsächlich ist das Kleid enger als bei der letzten Anprobe. Als Caroline den Reißverschluss weiter hochzieht, spannt es schmerzhaft am Busen.

»Oder«, Caroline senkt ihre Stimme, »haben Sie vielleicht gerade Ihre Periode?«

Ihre Frage umflattert mein Gehirn, bis mehrere Puzzleteilchen sich zu einem Ganzen zusammenfügen. Dass ich ständig müde bin. Mich gestern übergeben habe. Nicht weiß, wann ich meine letzte Periode hatte. Wie empfindlich ich in letzter Zeit bin … O mein Gott.

O mein Gott.

Ich fahre mir mit der Hand zum Bauch, da sehe ich im Spiegel Graces entzücktes Gesicht.

»Verrate es Ben nicht«, sage ich spontan.

TAG 4

Von: Nelson County Emergency Services
Datum: Freitag, 5. September, 7 Uhr 33
An: Verborgener Empfänger
Betrifft: Feueralarm im Cooper Basin

Es gibt keinerlei Verbesserungen der Wetteraussichten bezüglich des Feuers, das sich weiterhin ausbreitet. Aktuell können nur zehn Prozent eingedämmt werden. Über 4000 Hektar Wald- und Buschgebiet wurden bereits zerstört. Gegenwärtig befindet es sich nur noch einen knappen Kilometer vom nördlichen Grat des Nelson Peak entfernt, wo die Brandbekämpfer seit zwei Tagen damit beschäftigt sind, einen entscheidenden Durchbruch zu erzielen, damit die Flammen nicht bis zum Südhang des Peak und weiter in den Ort vordringen.

Mittlerweile sind über 750 Menschen mit der Brandbekämpfung beschäftigt. Stündlich werden Löschversuche aus der Luft gestartet. Die Tanks der Löschflugzeuge werden hauptsächlich aus dem Witches Pool des Nelson gefüllt. Am Nelson-See wird eine zweite Befüllungsanlage eingerichtet. Daher ist die Straße zum See bis auf Weiteres gesperrt. Um den restlichen Verkehr nicht durch die Arbeiten zu stören, wurde eine Umleitung eingerichtet.

Die Evakuierungsempfehlung wurde in einen Evakuierungsbefehl umgewandelt. Alle Bewohner des Cooperbeckens und des westlichen Teils von Nelson müssen ihre Häuser verlassen. Als Schutzmaßnahme legen die Rettungsdienste Schläuche aus und bauen die nötige Ausrüstung auf. Diese Arbeiten dürfen auf keinen Fall gestört werden. Daher wird die Bundespolizei vor Ort sein, um den Bereich von Schaulustigen frei zu halten.

Für morgen Abend 20 Uhr ist eine Stadtversammlung in der Grundschule von Nelson anberaumt, auf der die Einsatzleiterin Informationen zum weiteren Vorgehen in den nächsten 48 Stunden geben wird. Alle Bewohner von Nelson, insbesondere die aus der Evakuierungszone, sind herzlich dazu eingeladen.

Beigefügt ist eine Karte der Evakuierungszone.

Weitere Informationen sind zugänglich über www.nelsoncountyemergencyservices.com.

Da das Feuer derzeit außer Kontrolle zu geraten droht, erfolgen im Stundentakt weitere Informationen, bis sich die Lage stabilisiert hat.

24

Strohfeuer

Elizabeth

Auf Youtube gibt es ein Video, das ich mir ständig ansehe. Es stammt von einer Kamera, die im Wald installiert wurde, um das Ausbreiten eines Feuers festzuhalten. Über dem Bild wird die steigende Temperatur angezeigt. In einer Ecke des Bildes gibt eine Uhr die verstreichende Zeit an.

Die ersten Sekunden des Videos sind friedlich. Im Wald ist es still, die Bäume ragen wie Säulen aus dem Unterholz zum Himmel. Im Hintergrund sieht man eine Lichtung im Sonnenlicht. Jede Sekunde könnte etwas vorbeihoppeln. Ein Hase oder ein Eichhörnchen.

Dann beginnen die Blätter zu rascheln, und der Himmel verdunkelt sich. Naht ein Gewitter? Weiße Flocken wirbeln durchs Bild. Schnee? Nein. Alles ist grün, doch die Temperaturanzeige meldet eine leichte Erhöhung. Erst ein orangeroter Schimmer am linken Bildrand liefert die Erklärung.

Es ist Asche.

Danach geht alles ganz schnell. Die Bäume sondern eine Art Gas ab, denn ihr Saft und alle Flüssigkeit werden bis zum Siedepunkt erhitzt und verdunsten. Auf dem Bildschirm sieht man nur noch Rauch und grelles Orange. Flammen strömen wie

Wasser durch Gras und Gebüsch. Die Bäume, die eine Minute zuvor noch so lebendig waren, flammen auf wie Kerzen, als die Temperatur auf vierhundert Grad steigt. Dann sieht man nur noch Flammen. Nicht wie bei einem Lagerfeuer oder einem Holzofen. Nicht mal solche wie bei einem großen Herbstfeuer.

Die ganze Luft steht in Flammen.

Der Bildschirm ist ein einziges flackerndes Orange. Sonst ist nichts mehr zu sehen.

Wenn die Temperatur neunhundert Grad erreicht hat, tauchen die Bäume wieder auf. Verkohlte, glühende Wunderkerzen wie die, die man zum Anzünden der Geburtstagskerzen oder zum Schwenken bei Feiern benutzt. Das Feuer zieht sich bereits zurück, leckt an den Stämmen der Bäume, die es zerstört hat, schafft seine eigene Atmosphäre und frisst alles auf, bevor es weiterzieht.

Die Temperatur sinkt im Muster der Gaußkurve. Zurück bleiben schwarze Stämme und verbrannte Erde. Die Flammen verhungern und verlöschen. Sie waren zu gierig. Wenn ihnen nichts mehr bleibt, von dem sie sich nähren können, sterben sie.

Bei fünfhundert Grad sieht man hier und da einen Sonnenstrahl aufblitzen. Der Rauch hat sich so weit verzogen, dass die Welt wieder auftaucht.

Das Feuer verschwindet so schnell, wie es gekommen ist, und lässt nur Rauch und Asche zurück.

Wenn man auf die Uhr schaut, sieht man, dass das Ganze nur eine Minute gedauert hat.

Als ich aufwache, fühle ich mich schlecht, seelisch und körperlich. Mir ist übel. Ich fühle mich verzagt, gefangen und weiß nicht, was ich tun soll.

Das Naheliegendste wäre, es Ben zu erzählen. Ihn an der Schulter zu rütteln und es zu gestehen. Aber irgendwie – und das ist kaum überraschend – bringe ich es nicht über mich. Ich weiß noch nicht, was der Umstand bedeutet, dass ich tatsächlich schwanger bin. Wie kann ich also darüber mit dem Mann sprechen, den ich vor vier Tagen, *vor vier Tagen,* um die Scheidung gebeten habe?

Wie soll ich hier einen klaren Gedanken fassen? Dieses Haus ist nicht mein Zuhause, dieses Zimmer hat nichts mit meinem Leben zu tun. Nachdenken konnte ich noch nie gut, nur *machen.*

Also mache ich. Ich stehe auf, ziehe mich an und gehe das Feuer bekämpfen.

Es ist so früh, dass ich mit Licht fahren muss. Doch selbst wenn die Sonne höher am Himmel stünde, wäre überall so viel Rauch, dass ich die Nebelscheinwerfer anschalten müsste. Rauchwolken driften über die Straße und umhüllen meinen Wagen. Das erzeugt ein klaustrophobisches Gefühl, daher bin ich froh, als Wind aufkommt und die Rauchwolken fortwirbelt. Dann fällt mir ein, was Wind für das Feuer bedeutet, und meine Freude verpufft.

Mein Handy verkündet summend, dass ich eine Voicemail habe. Die Nachricht kam am Vorabend, als Ben und ich zusammen essen waren. Ich hatte das Handy im Handschuhfach gelassen, weil ich es nicht alle paar Minuten wegen des Feuers checken, sondern einmal im Leben wirklich präsent sein wollte.

Die Nachricht stammt von Bens Mutter. An einer roten Ampel höre ich sie mir an.

»Hi, Liebes. Ich rufe nur an, um mich zu erkundigen, ob alles in Ordnung ist. Du bist so schnell aus dem Laden verschwunden, dass du dein Kleid vergessen hast. Christine sagt, sie könnte es ein bisschen weiter machen, also wird es am Samstag perfekt sitzen. Ich … ich hoffe, wir alle können bald etwas gemeinsam feiern.«

Schuldgefühle überkommen mich. Nach meiner ersten Reaktion auf die Erkenntnis, dass ich wahrscheinlich schwanger bin, überzeugte ich Grace, nichts zu sagen, weil ich noch keinen Test gemacht hatte und keine falschen Hoffnungen wecken wollte. Sie erklärte sich einverstanden, wenn auch widerstrebend. Ich wusste, dass von jetzt an die Zeit lief, es Ben zu sagen. Außerdem hatte ich alle Alarmknöpfe gedrückt, weil ich eher versteinert wirkte als beglückt. Und wer wusste, wie viel Kate Bourne und ihre Jüngerin mitbekommen hatten? Möglicherweise stand es heute früh schon in der *Daily*.

Doch sitze ich im Wagen und flüchte vor meinen Problemen.

Wieder einmal.

Nur nehme ich dieses Mal einen kleinen Teil davon mit. Das Baby. *Das Baby.* Wie komme ich nur dazu, diese Aussicht als Problem zu betrachten? Besser gefragt: Wie komme ich dazu, sie, ihn, unsere Zukunft, in die Nähe des Feuers zu bringen? Ich sollte auf der Stelle umkehren. Ich sollte … Nein. Es ist schon gut. Ich brauche das. Es wird mir nichts zustoßen.

Uns wird nichts zustoßen.

Als ich zur Brandstelle komme, mogle ich mich mit meiner alten Plakette durch die Absperrung und mache mich auf die Suche nach Andy. Er versammelt gerade seine Mannschaft zur nächsten Schicht um sich, und ich erkläre ihm lediglich, dass ich helfen möchte. Ich weiß, ihm liegt die Frage auf der Zunge, was das soll, doch mit einem Blick, den er nur zu gut kennt, bringe ich ihn davon ab. Er geht mit mir zum Ausrüstungsschrank und händigt mir meine Kluft aus. Eine grüne Nomex-Hose und ein gelbes Nomex-Oberteil. Lederhandschuhe. Stiefel mit Stahlkappen. Ein Helm mit Visier. Schutzbrille. Ein Rucksack, Instrumente zur Bestimmung von Windstärke und Windrichtung, Luftfeuchtigkeit und Temperatur. Und eine Axt.

Ich wiege die vertrauten Gewichte in meiner dick verpackten Hand und gehe im Kopf alle nötigen Schutzmaßnahmen durch. Ich bin bereit, ich muss es sein.

Als ich aus der durch einen Vorhang abgeteilten Umkleide heraustrete, holt Andy ein Tuch aus seiner Tasche und schlingt es mir um den Hals. Er stupst mich am Kinn und zwinkert mir zu. Ich fühle mich gleichzeitig klein und schwach und stark und bereit. Ich kann mich nicht erinnern, jemals so viele widerstrebende Gefühle gleichzeitig verspürt zu haben. Ich brauche etwas außerhalb von mir, auf das ich mich konzentrieren kann, um ruhiger zu werden.

Als Andy mit den Schutzmaßnahmen zufrieden ist, sage ich zu ihm, er gebe mir das Gefühl, ein Kleinkind zu sein, worauf er antwortet, das mache er bei jedem aus seiner Mannschaft. Dann verlassen wir den Wohnwagen und gesellen uns zum wartenden Team. Nachdem Andy eine Karte studiert hat, folgen wir dem Pfad, den sie in den letzten Tagen getrampelt haben. Am Anfang ist er gewunden, dann schnurgerade.

Gemeinsam und entschlossen bewegen wir uns im Gleichschritt aufs Feuer zu.

Nach zwei Stunden an der Flammenfront bin ich erschöpft, meine Lungen sind voll Rauch, und mich erfüllt ein Gefühl, das mir mittlerweile so fremd ist, dass ich es erst nach einer Minute identifizieren kann.

Ich bin glücklich.

Nicht über mein Leben oder das Chaos, in das ich mich anscheinend katapultiert habe. Sondern in diesem Moment, mit der Hacke in der Hand und dem schrillen Kreischen der Kettensäge im Ohr. Ich fühle mich … sicher. Ich weiß, das klingt absurd, doch tatsächlich bin ich in meiner Blase aus Rauch, Anstrengung und Schweiß sicher.

Wir ziehen eine Schneise auf dem Berggrat, entfernen auf einem Streifen Land alles Brennbare. Bäume werden gefällt, die Erde umgegraben. Das ist unsere Maginotlinie gegen die Verwüstung, an der wir auf dem Weg hinauf vorbeigekommen sind. Bis hierhin und nicht weiter.

Auf der anderen Seite des Berggrats steht, etwa eine Meile weiter unten, mein Haus. Auch dort werden Bäume gefällt. Es werden Schläuche ausgelegt und Dächer mit Wasser besprengt, um den Regen zu ersetzen, der einfach nicht kommen will. Ich war schon so oft in Wohnsiedlungen, die mit diesen Maßnahmen geschützt wurden, dass ich mir bildlich vorstellen kann, wie mein Haus von Schläuchen, Equipment und Absperrbändern umgeben ist. So als sähe ich es mit eigenen Augen, doch Ben und ich hatten uns am Abend zuvor dagegen entschieden.

»Lass uns nicht dahingehen«, hatte er beim Essen gesagt. »Das wäre … einfach zu viel.«

Wir saßen in unserem Lieblingsrestaurant, dem *Thai Thai*, an einem Fenstertisch. Bei dem Namen müssen wir immer lachen, und der Besitzer ist mittlerweile ein guter Freund geworden. Als ich irgendwann vor Jahren den Mut aufbrachte, Sammy nach der Bedeutung des Namens zu fragen, zuckte er nur die Achseln und sagte: »Ich bin Thai, das Lokal ist Thai.«

Darauf mussten wir nur noch mehr lachen.

Trotz der Achterbahn meiner Gefühle war es ein schönes Essen. Ich ignorierte die Stimme in meinem Kopf, die ständig mahnte: *Sag's ihm, sag's ihm, sag's ihm,* und konzentrierte mich auf unser erstklassiges, scharfes Pad Thai und das salatumwickelte Larb, das ich aus einer Laune heraus bestellt hatte.

Als Sammy uns das Essen auf den Tisch knallte, zwinkerte er uns zu und sagte: »Ein Rendezvous, wie? Ihr wisst ja, dass ihr mein Lieblingspärchen seid.«

Ich warf Ben ein nervöses Lächeln zu. Als Ben bereits nach drei Bissen der Schweiß auf der Stirn ausbrach, wusste ich, dass Sammy sich beim Würzen selbst übertroffen hatte. Eine positive Nebenerscheinung der intensiven Gewürze war, dass es nur hier nicht verbrannt roch, im Gegensatz zum Rest des Orts.

»Werde ich es bereuen, das angerührt zu haben?«, fragte ich und ließ meine Gabel unschlüssig über dem Teller schweben.

»Wahrscheinlich«, antwortete Ben.

»Gut.«

Ben trug den Pullover, den ich ihm vor Jahren geschenkt hatte. Er hatte genau das gleiche Grün wie seine Augen. Es tat gut, Ben übers ganze Gesicht strahlen zu sehen.

»Typisch für dich.«

»Ist das schlimm?«

»Nein, gar nicht. Es gehört zu den Eigenschaften, die ich an dir mag.«

»Da gibt's also mehrere?«

»Allerdings.«

»Dann ist es ja gut.«

Er warf mir ein breites Grinsen zu und widmete sich wieder seinem Essen. Ich steckte mir versuchsweise ein paar Happen in den Mund. Es war extrem scharf, und irgendwas schmeckte komisch. Lag das an der Schwangerschaft? Ich hatte irgendwo gelesen, dass durch die veränderte Hormonlage das Essen anders als sonst schmecken sollte.

Sag's ihm, sag's ihm, sag's ihm.

Ich schob die Mahnung beiseite. Schließlich hatte ich noch keinen Test gemacht. Dabei hatte ich einen ganzen Karton davon zu Hause, weil ich vor einiger Zeit eine Großpackung in einer anderen Stadt gekauft hatte. Damit sich die Neuigkeit nicht wie, tja, wie ein Lauffeuer verbreitete.

Feuer. Das Thema meines Lebens, oder?

»Tucker hat wohl noch nicht gestanden, wie?«, fragte Ben, trank einen kleinen Schluck von seinem Bier und ließ zur Sicherheit noch einen größeren Schluck von seinem Wasser folgen.

»Äh, nein.«

»Glaubst du, er war es?«

Ich wusste, dass er eigentlich gar nicht mit einer Antwort rechnete. *Scheiß drauf*, dachte ich. Noch etwas konnte ich einfach nicht mehr für mich behalten.

»Jedenfalls hat er was zu verbergen, das ist sicher.«

Ben tränten die Augen. »Was ist mit Angus?«

»Der auch.«

»Kaum vorzustellen, dass Mr. Kuchenlolli was damit zu tun haben soll.«

»Finde ich auch. Hat … Was hat Mindy gesagt, als du mit ihr geredet hast?«

Ben signalisierte Sammy, dass er noch ein Bier wollte. Meines stand noch voll vor mir, doch ich wollte Ben nicht darauf aufmerksam machen, indem ich es ihm anbot. Wäre es so schrecklich, wenn ich ein paar Schluck davon tränke, nur damit es nicht auffiel?

Sag's ihm, sag's ihm, sag's ihm.

»Du solltest sie anrufen«, erklärte Ben. »Sie macht sich wirklich Sorgen. Kein Wunder. Solche Chats sind ziemlich aufwühlend.«

»Kinder sind so gemein.«

»Menschen sind gemein.«

Ich aß einen kleinen Bissen von meinen Nudeln, doch sofort stand mein Mund in Flammen. »Ich meinte nur ... weißt du noch, wie du in dem Alter warst?«

»Manchmal kommt es mir vor, als wäre es erst gestern gewesen.«

»Ja, nicht? Ich habe das Gefühl, als wäre ich damals die ganze Zeit total aufgedreht gewesen. Weißt du, was ich meine?«

Er zuckte die Achseln. Mittlerweile rann ihm der Schweiß von der Stirn, doch er aß immer weiter, wild entschlossen, sich nicht geschlagen zu geben.

»Hat Angus sich verändert?«, fragte ich. »Seit er mit Tucker und den anderen Jungs abhängt?«

»Jedenfalls ist er seit etwa einem Jahr verschlossener. Weißt du noch, wie viel er früher geredet hat?«

Als Kind war Angus eine richtige Plaudertasche. Wenn man ihn nur im Geringsten zum Reden ermunterte, plapperte er los und hörte einfach nicht mehr auf.

»Das hatte ich schon ganz vergessen«, sagte ich. »Es macht mich krank, mir vorzustellen, was er durchgemacht hat, und niemand wusste davon. Und jetzt ... Ach, verdammt. Tucker hat ihn beschuldigt. Er hat behauptet, Angus hätte es getan.«

Ben legte seine Gabel nieder. »Dieser kleine Scheißer.«

»Was ist, wenn es stimmt? Das wird Mindy fertigmachen.« Ich senkte den Blick auf den Teller, weil mir plötzlich die Tränen kamen. »Ich hoffe nur, Angus war es nicht.«

Ben hob meinen gesenkten Kopf, sodass wir uns in die Augen blickten. »Das liegt nicht bei dir. Du machst nur deinen Job.«

»Ich weiß. Es ist nur ... Ach, lass uns von was anderem reden, ja?«

»Na klar.«

Er schob seinen Teller beiseite und wischte sich mit der Serviette die Stirn ab. Ich legte meine Hand auf seinen Arm. Der war so heiß, als hätte er Fieber.

»Du kapitulierst also?«, fragte ich.

»Niemals.«

Ich lachte. »O mein Gott. Corey Hart.«

»Was?«

»Corey Hart. Der Sänger von *Sunglasses at Night*. Darüber hatten wir schon mal gesprochen.«

»Hör auf mit dem unverständlichen Zeug und iss jetzt.«

»Das brennt zu sehr.«

»Für dich kann es doch gar nicht genug brennen. Hast du das nicht immer gesagt?«

»Ja«, sagte ich. »Stimmt.«

Sag's ihm, sag's ihm, sag's ihm.

»Ich bin froh, dass wir hiersitzen.«

»Ich auch.«

»Willst du darüber reden?«, fragt Andy. Ein Blick auf die Uhr verrät mir, dass es nicht mal zehn ist. Ich habe völlig das Zeitgefühl verloren. Aber genau deshalb bin ich ja hier, und deshalb habe ich das so lange gemacht. Weil ich nie etwas anderes gefunden habe, bei dem man sich derart verlieren kann.

Wir machen eine Pause, um uns zu wässern, wie Andy es ausdrückt. Dazu haben wir auf zwei frisch gefällten, gegenüberliegenden Baumstämmen Platz genommen. Die Rinde drückt sich in meinen Po. Mir brennt die Kehle, und meine Zunge fühlt sich an, als hätte ich zu viele saure Drops gelutscht. Gleich wird sich die oberste Hautschicht ablösen.

»Worüber denn?«, frage ich zurück.

»Ach, komm schon, Elizabeth.«

Sein Gesicht ist, wie meines sicher auch, rußverschmiert, und vor der geschwärzten Haut wirkt das Weiß seiner Augen wie gebleicht.

»Ich kann nicht mit dir darüber reden.«

»Schon verstanden«, sagt er, wie nicht anders zu erwarten. Ich erhasche einen flüchtigen Blick darauf, wie es gewesen sein könnte, hätte ich der Versuchung nachgegeben. Wäre alles so einfach, wenn wir wirklich zusammengekommen wären? Andererseits: War zwischen mir und Ben nicht auch alles sehr lange sehr einfach?

Das Leben geht eben weiter, glättet alles und wäscht sich aus, bis nur noch der Sand im Getriebe übrig bleibt.

Ich spüle meinen Mund mit dem lauwarmen Wasser und blicke den Hang hinunter. Das Feuer ist näher als zu Beginn unserer Schicht, als rase es auf uns zu, um die Schneise zu testen, unsere Entschlossenheit, unsere Willensstärke. Ich versuche den Gedanken zu verdrängen, dass ich mich einfach nur umdrehen und zehn Minuten laufen muss, um mein Haus sehen zu können.

Als ich überstürzt aufstehe, dreht sich mir der Magen um, und in meinen Ohren klingelt es.

»Elizabeth?«

Ich spüre eine Hand auf meinem Arm und dann die lehmige Erde unter mir.

»Komm schon, tief durchatmen.«

Ich versuche, seinem strengen Befehl zu gehorchen, kriege aber keine Luft in meine Lungen.

Dann höre ich Schritte, Stimmen, Gemurmel. Noch mehr große, starke Männer überschatten mich mit ihrer Gestalt und ihrer Besorgnis.

»Was ist los mit ihr?«

»Sollen wir die Sanitäter holen?«

»Nein, ich trage sie.«

Jetzt werde ich hochgehoben und rolle mich wie das Baby zusammen, das vielleicht in mir wächst. Ich höre Herzklopfen, wahrscheinlich mein eigenes. Meine Augen sind geschlossen, und ich habe jegliche Orientierung verloren wie ein Pilot, der nicht mehr weiß, wo oben und unten ist.

Nach einer Weile wird mir klar, dass wir uns abwärts bewegen.

Je tiefer wir kommen, desto verrauchter ist es, doch der einzige Weg führt abwärts.

25

Feuer mit Feuer bekämpfen

Elizabeth

Ben fand heraus, dass ich mich hatte testen lassen.

Da ich noch nie etwas vor ihm geheim gehalten hatte, fehlte mir jegliche Routine. Ich löschte die E-Mail des Arztes und bezahlte ihn in bar, doch auf dem Weg dorthin musste ich tanken und etwas essen, und dafür bezahlte ich mit unserer gemeinsamen Kreditkarte. Ben, der nicht misstrauisch ist, aber seltsam penibel mit Belegen, sah die Beträge und fragte mich, was ich so weit entfernt von meinem Einsatzgebiet gemacht hätte. Ich stotterte herum und suchte nach Ausflüchten, brach dann aber zusammen und gestand alles. Ich merkte, es ist eine Sache, ein Geheimnis zu wahren, wenn niemand danach fragt. Aber eine ganz andere, dem eigenen Mann, der einem vertraut, ins Gesicht zu lügen.

Also erzählte ich es Ben. Er war wütend. Sehr. Nicht darüber, dass ich mich hatte testen lassen, sondern dass ich es ihm samt Resultat verschwiegen hatte. Er sagte, er hätte nicht gewollt, dass auch ich mich nicht testen ließ. Schließlich wäre das nicht seine Entscheidung, selbstverständlich nicht. Nur weil er nicht wissen wollte, ob es an ihm lag, hieß das noch lange nicht … Mir rutschte heraus, dass er aber genau diesen Eindruck vermittelt hätte. Muckte auf, anstatt zerknirscht zu sein. Und dann stritten wir uns, endlos. Danach herrschte Schweigen. Ein quälend langes Schweigen, das immer lauter wurde. Ein stetiges Hintergrundgeräusch, das man nicht mehr ausblenden konnte.

Als ich das Schweigen am nächsten Tag brach, versicherte Ben mir, dass das Resultat bei ihm nichts geändert habe, dass unsere jetzige Situation aber genau der Grund sei, warum er es gar nicht habe wissen wollen. Weil ihm klar gewesen sei, dass ich denken würde, es hätte sich etwas verändert. Wieso hatte ich ihm so wenig vertraut, wie hatte ich mich nach all den gemeinsamen Jahren so in ihm täuschen können? Wieso hatte ich ihm keinen Vertrauensbonus gegeben?

»Ich weiß es nicht. Ich weiß es nicht. Ich weiß es nicht«, wiederholte ich wie ein Mantra, als würde uns das Frieden und Harmonie schenken und unser Universum wieder ins Lot bringen. Aber das funktioniert nicht – es ist einfach keine Antwort. So hatte ich also genau das bewirkt, was ich vermeiden wollte. Ben war wütend und verletzt, und ich erkannte im Laufe der nächsten Wochen, dass ich das Urvertrauen zerstört hatte, das bis dahin zwischen uns herrschte.

An dieser Stelle kam Andy ins Spiel. Allerdings nicht, wie man denken könnte. Ich schlief nicht mit ihm, befürchtete nicht einmal, es könnte dazu kommen. Wir waren wirklich nur Freunde. Das wusste Andy, das wusste ich, und ich dachte, Ben wüsste es auch. Nur hatte er Zweifel bekommen.

Es ist schwer zu sagen, was Bens Misstrauen weckte. In den Tagen und Wochen nach der Aufdeckung meiner Lüge war ich so unruhig, dass ich ständig plapperte, um die Leere zwischen uns zu füllen. Ich erzählte eindeutig zu viel über Andy. Ich übersah die Zeichen. Die Warnungen, dass ich genug getan und genug gesagt hatte und …

Könnte ich wohl mal aufhören, ständig über Andy zu reden? Wieso redete ich überhaupt so viel von ihm?

Als Ben das eines Abends beim Essen hervorstieß, nachdem ich so lange geredet hatte, dass ich eine trockene Kehle bekam, wusste ich sofort, worauf das hinauslief. Ben war nicht mehr überzeugt, mich wirklich zu kennen. Es kam ständig vor, dass Menschen Affären hatten. Menschen, die monatelang von ihren Partnern getrennt waren und ihre Zeit in Gesellschaft anderer verbrachten, hatten nun mal Affären. Schließlich hatte ich ihn Gott weiß wie oft mit Geschichten genau darüber gefüttert. Wir hatten sogar im Scherz überlegt, mit wem aus dem Kollegium er eine Affäre haben könnte. Vielleicht mit der ungeschminkten Physiklehrerin mit den fettigen braunen Haaren, die sich seit Bens eigener Schulzeit kein bisschen verändert hatte? Oder mit der aufgebrezelten Sekretärin, die für ihn schwärmte?

Ha. Ha. Ha.

Hätte ich von Stephanie gewusst, hätte ich vielleicht nicht so unbeschwert gelacht. Aber wir waren ja so arrogant, so sicher, dass sich nichts zwischen uns drängen konnte. Als es dann geschah, als sich das Misstrauen zwischen uns schlich, weil wir nicht genug aufpassten, haute es uns einfach um. Es war nichts passiert, obwohl Ben mir das nicht glaubte. Doch das war völlig egal. Der Vertrauensverlust reichte vollkommen aus.

Er bewirkte, dass Ben bei jeder meiner Unternehmungen, jeder meiner Reisen nachfragte und im Bett so viel Distanz zwischen uns schuf wie nur möglich, ohne das Schlafzimmer wechseln zu müssen. Er bewirkte, dass ich schließlich mitten in der Nacht meine Stirn auf die kalten Badezimmerfliesen presste und dachte: Ich kann nicht mehr, ich kann nicht mehr, ich kann nicht mehr.

»Elizabeth, du musst mit mir reden.«

Die Hand auf meinem Gesicht ist weich und schwielig. Die Stimme klingt vertraut. Ich liege auf etwas Nachgiebigem, doch die Decke ist kratzig. Wieder habe ich jegliches Zeitgefühl verloren, und mir ist übel, ich fühle mich schwach. Bin ich eine Zeitreisende geworden?

Ich versuche, die Augen zu öffnen, doch meine Lider flattern nur.

»Kara?«, frage ich matt.

»Ich glaube, sie kommt zu sich«, sagt eine Stimme.

Ich weiß sofort wieder, wer ich bin und was passiert ist. *Ohnmächtig, schwanger, Andy.*

O Gott, nein. Nein, nein, nein.

»Ben?«

Mühsam öffne ich die Augen, und tatsächlich ist es Ben, der sich über mich beugt. Natürlich. Rasch werfe ich einen Blick durch den Raum, suche nach Andy, aber er ist nicht da. Erleichterung. Erleichterung, gefolgt von Schuldgefühlen. Wieso mache ich nur immer wieder dieselben Fehler? Warum?

Ben kniet vor mir. Er hat seine Lehrerkluft an, Khakihose und Button-Down-Hemd. Er streicht mir über die Wange und schiebt mir das Haar aus der Stirn. Er wirkt so besorgt, dass mir das Herz vor lauter Schuldbewusstsein schwillt.

»Alles okay, Bethie?«

»Nie nennst du mich mehr so.«

Als unsere Blicke sich treffen, könnte ich gleichzeitig weinen und lachen. *Nie machst du* ... Wie oft hatten wir uns geschworen, *nie* so etwas zueinander zu sagen? Und wie oft im letzten Jahr haben wir genau das gemacht?

»Tut mir leid«, sagt Ben.

»Ist schon gut. Mir geht's gut ... Es ist nichts. Was ist passiert?«

»Du hast das Bewusstsein verloren«, erklärt Kara. »Oben am Berg. Die Männer haben dich runtergetragen.«

Ich blicke zu ihr auf. Ihr normalerweise lächelndes Gesicht ist ganz zerknittert vor Sorge. Doch da ist noch etwas. Tadel.

Sie weiß es. Sie weiß alles.

Bitte sag nichts, flehe ich im Stillen, weil ich irgendwie weiß, dass sie mich hören kann. Nur nicht, ob sie meiner Bitte entspricht.

Sie zögert, dann nickt sie kaum merklich.

»Was hast du denn oben gemacht?«, fragt Ben.

»Als ich heute Morgen aufwachte und den Brandbericht las, wollte ich irgendwas tun, um ... uns zu retten. Ich weiß, das klingt albern.«

Ben drückt meine Hand. »Nein, ich versteh schon.«

»Ich komme mir vor wie eine Idiotin.«

»Nein, Beth. Du hast uns nur einen Schrecken eingejagt.«

Ich schmiege mich in seine Arme, lege meinen Kopf an seine Brust und atme seinen Geruch ein. Wie konnte ich je etwas anderes wollen als ihn, als uns? Wieso habe ich dafür nie so hart gekämpft wie für den Schutz fremder Häuser? Warum zweifle ich ständig, zweifle und zweifle und ändere nichts, während ich alles andere sofort anpacke?

Was ist nur los mit mir?

»Bin ich okay?«, frage ich Kara über Bens Schulter hinweg.

»Ich glaube, du kommst wieder auf die Beine.«

26

Alarmglocken

Mindy

An diesem Morgen hatte Mindy beim Spinning keine Lust zu reden. Als Lindsay ihnen zubrüllte, sie sollten den Hintern hochkriegen, erhob sie sich vom Sitz und strampelte sich mit bisher nie gekannter Inbrunst ab. Schweiß rann ihr übers Gesicht, ihre Muskeln brannten, und sie hasste immer noch jede einzelne Sekunde. Doch offenbar hatte sie eine neue Stufe erreicht.

Eindeutig: Angst war eine großartige Motivation.

Denn Mindy hatte Angst.

Angst um ihren Sohn, Angst um ihre Familie, sogar Angst um ihre Ehe.

Mit seltsamer Gewissheit wusste sie: Das würden sie nicht überstehen. Wenn Angus das wirklich getan hatte, und sei es unabsichtlich, dann würde etwas in ihrem Haus zerbrechen, das nie wieder repariert werden könnte. Sie wusste, dieses Misstrauen, das sie tief in ihrem Inneren gegen ihren Sohn empfand, würde Peter ihr niemals verzeihen.

»Hinsetzen«, brüllte Lindsay.

Mindy ließ sich auf den unbequemen Sattel sinken. Kate und Bit waren heute auch da, radelten aber nicht wie sonst neben ihr. Obwohl Kate sie vorgeblich unterstützte, wusste

Mindy, dass dies nicht von Dauer sein würde. Kate konnte sich nicht erlauben, einen Rückzieher zu machen, daher würde sie Mindy in der Öffentlichkeit verteidigen, bis es nicht mehr nötig war. Und dann wär's das.

Mindy hatte nicht die Kraft, sich darüber aufzuregen. Der Mensch, den sie jetzt brauchte, war Elizabeth. Elizabeth, die gestern so müde und ausgezehrt gewirkt hatte. Und gleichzeitig so entschlossen, so sicher.

Mindy erkannte, dass sie vor allem Elizabeths Entschlossenheit brauchte. Ihr Selbstvertrauen. Sie musste einen Weg zu diesen Eigenschaften finden, zurück zu der Zeit, in der sie sie noch besaß. Dann konnte sie sicher das reparieren, was zerbrochen war.

In dieser Minute wusste sie nur, wie sie ihre Füße in Bewegung hielt.

Daher tat sie genau das.

Als sie in die Umkleide kam, schrillte ihr Handy im Spind. Sie fummelte hektisch mit ihrem Schlüssel. Als sie es endlich ganz unten in ihrer Tasche fand, erkannte sie die Nummer nicht. Außerdem hatte sie drei Anrufe verpasst. Das Handy hörte auf zu klingeln, fing aber sofort wieder an.

»Hallo?«

»Mrs. Mitchell?«, fragte eine Frau mit ausdrucksloser Stimme. Auch ihr Alter war unbestimmbar. Genauso gut hätte Mindy mit einem Roboter sprechen können.

»Ja?«

»Hier spricht Ihre Sicherheitsfirma Nelson Alarm. Ihr Sicherheitssystem wurde außer Kraft gesetzt.«

Eine der Frauen aus dem Spinningkurs kam vorbei und warf ihr einen vorwurfsvollen Blick zu. Handys waren strengstens verboten, da sie die esoterisch angehauchte Atmosphäre des Fitnessstudios störten, auf die man so viel Wert legte. Mindy drehte sich mit dem Gesicht zum Spind. Wenn sie gekonnt hätte, wäre sie hineingeklettert.

»Was soll das heißen? Ist jemand in unser Haus eingebrochen?«

»Von der Grundstücksgrenze kam keinerlei Alarm, aber offenbar hat jemand an der Anlage im Haus herummanipuliert.«

»Haben Sie meinen Mann angerufen? Und die Polizei vorbeigeschickt?«

»Ja, Ma'am. Ihren Ehemann konnten wir nicht erreichen, doch wir haben die Polizei vorbeigeschickt. Allerdings konnte sie keinerlei Eindringlinge auf dem Grundstück entdecken. Alles schien in Ordnung zu sein.«

»Könnte es vielleicht eine Störung an der Alarmanlage gewesen sein?«

Die Frau/der Roboter am anderen Ende der Leitung gab ein höfliches Hüsteln von sich. »Nein, Ma'am. Wir sind ziemlich sicher, dass das Problem auf Ihrer Seite liegt.«

Mindy seufzte. In der Tat lagen Probleme auf ihrer Seite.

»Schicken Sie einen Techniker vorbei?«

Die Frau betätigte ein paar Tasten. »Wir haben gerade jemanden in Ihrer Gegend. Könnten Sie in einer Stunde zu Hause sein?«

»Ja, das geht.«

»Dann sagen wir ihm, er soll bei Ihnen vorbeischauen.«

Ratlos beendete Mindy das Gespräch. Das Gefühl war ihr nicht neu. Was ihr Leben betraf, wusste sie sich seit einiger Zeit keinen Rat mehr. Was machte da schon ein Rätsel mehr oder weniger?

»Was war denn?«, fragte Kate.

Mindy schrak zusammen.

Ach, du redest doch mit mir? Diese Frage hallte so laut in Mindys Kopf, dass sie nicht sicher war, ob sie sie nicht auch ausgesprochen hatte. Doch Kates Miene zeigte weiterhin nur Neugier, also war wohl nicht davon auszugehen.

»Ach, nichts. Nur ein Problem mit unserer Alarmanlage.«

Kate stand oben ohne da, nur das Handtuch um ihren Hals bedeckte ihren Busen. Sie umfasste mit beiden Händen die Enden des Tuchs und sah damit wie ein Schauspieler am Set eines Footballfilms aus. Hinter ihr drückte sich Bit mit vom Sport zerzausten Haaren herum und trat unruhig von einem Fuß auf den anderen.

»Ich kriege immer noch jede Menge E-Mails wegen des Herbstfests«, sagte Kate. »Und wegen des Brandopfers.«

»Die lese ich schon gar nicht mehr.«

»Deshalb werden sie wahrscheinlich an mich geschickt.«

»Oder weil du die Organisatorin bist?«

Wow. Das hatte sie tatsächlich gesagt. Zumindest glaubte sie das, denn Kate stieg eine leichte Röte ins Gesicht.

»Angus wurde gestern von der Polizei befragt?«, fragte sie.

Mindy drehte sich zu ihrem Spind um und fing an, ihre Kleider herauszuziehen.

»Es war keine Befragung. Die haben sie sich für Tucker vorbehalten.«

Noch so eine Bemerkung! Was war bloß in sie gefahren?

»Das hat mir Honor schon erzählt. Nur meinte sie, dein Sohn hätte es getan.«

Mindy schnellte so abrupt herum, dass sie selbst überrascht war.

»Angus hat gar nichts getan. Wenn ich herausfinde, dass du das herumerzählt hast, dann wirst du es bereuen, Kate. Das ist mein Ernst.«

Kate lachte. »O Mindy, du solltest dich mal sehen!«

Damit ließ sie sie stehen. Bit starrte sie mit hängender Kinnlade an.

»Renn ihr schnell nach, Bit«, sagte Mindy. »Du willst Kate doch nicht warten lassen.«

Als Bit tatsächlich hinter Kate her eilte, lächelte Mindy.

Vielleicht gab es einen Weg für sie.

Endlich.

»Dieses System ist ziemlich leicht zu umgehen«, erklärte der blutjunge Techniker, den die Sicherheitsfirma zu Mindy nach Hause geschickt hatte. Er hatte vier Ohrringe und den ganzen Arm mit Drachen und anderen Fantasiewesen tätowiert. Neben ihm kam sich Mindy noch provinzieller als sonst vor.

Der Techniker hatte die Alarmanlage aufgeschraubt und über ein paar flache grüne Kabel mit seinem Computer verbunden. Die Konzentration, die die schnellen Bewegungen seiner Augen über dem Bildschirm verrieten, erinnerte Mindy an ihre eigene Konzentration, mit der sie früher bei ihren Experimenten die Ratten beobachtet hatte.

Ihr Handy klingelte. Es war Peter.

»Wo bist du?«, fragte er mit leicht panischem Unterton.

»Zu Hause. Es ist alles in Ordnung.«

»Gott sei Dank. Ich komme gerade aus einem Meeting und habe vier Nachrichten von der Sicherheitsfirma auf meinem Handy. Ich dachte schon …«

»So ging es mir auch, als mich die Anrufe im Fitnessstudio erwischt haben. Mit der Alarmanlage stimmt irgendwas nicht. Der Techniker ist gerade da.«

»Also gab es keinen Einbruch?«

»Nein, ich habe alles überprüft. Offenbar fehlt nichts.«

»Soll ich nach Hause kommen?«

»Nein, es geht schon. Wir sehen uns heute Abend.«

»Ich dachte, da gehen wir zur Stadtversammlung.«

Mindy entfernte sich vom Techniker und blickte aus dem Wohnzimmerfenster. Auf ihrer Straße herrschte Mittagsruhe. Alles war vollkommen normal, bis auf den Rauch, der alles vernebelte.

»Wieso? Da gehen wir doch normalerweise nie hin.«

»Hast du die letzten Meldungen vom Brand gelesen?«

»Nein, aber ich kann draußen Rauch sehen.«

»Es sieht wirklich übel aus, Min. Ich will von den Zuständigen persönlich hören, wie die Lage ist.«

»Wie wäre es, wenn wir alle hingingen? Ich will Carrie und Angus momentan nicht allein zu Hause lassen.«

»Einverstanden.«

Nachdem sie sich verabschiedet hatten, kehrte Mindy zum Techniker zurück. Er tippte rasend schnell etwas ein, während ein Code über seinen Bildschirm huschte.

»War es ein Stromausfall?«, fragte sie.

»Negativ. Jemand hat definitiv daran herumgepfuscht.«

Neue Sorgen bestürmten sie. Wieso sollte jemand an ihrer Alarmanlage herumpfuschen, ohne etwas zu stehlen? War er vielleicht verscheucht worden? War er noch in der Nähe?

»Wie denn?«

»Es gibt viele Möglichkeiten, dieses System zu umgehen«, erklärte der Techniker. Der Namenszug auf seiner Uniform wies ihn als *Mic* aus. Konnte das wirklich sein richtiger Vorname sein? Oder hieß er Mica? Michael? Hatte seine Mutter tatsächlich seine feuchte, sich windende Gestalt betrachtet und gedacht: Mein Kind soll Mic heißen?

»Wissen Sie, wie die Sensoren an Ihren Türen und Fenstern funktionieren?«

»Nicht genau. Sind sie nicht gesichert?«

»Kommt darauf an. Wenn man zum Beispiel ein magnetisches Feld in ihre Nähe bringt, das stark genug ist, gibt's ein Leck.«

»Ein Sicherheitsleck?«

»Genau.«

»Ist das schwer? So ein starkes magnetisches Feld zu erzeugen?«

Mindy hatte das Gefühl, dass sie das eigentlich wissen sollte.

»Wie man das schafft, kann man überall im Internet nachlesen. Ist ziemlich leicht.«

Na klar. Genauso wie man im Internet erfahren konnte, wie man eine Bombe baute oder an Waffen herankam ... Hieß es nicht, die Regierung lese alle E-Mails mit, damit genau das nicht passieren konnte?

»Was ist mit den Bewegungsmeldern? Die sind doch eine zusätzliche Sicherheit, oder nicht? Wenn jemand eindringt, würden sie Alarm auslösen, oder nicht?«

Er warf ihr einen ausdruckslosen Blick zu. Mindy kam sich schrecklich naiv vor.

»Die funktionieren mithilfe eines Infrarotsignals, das auf Veränderungen der Raumtemperatur reagiert. Also muss man nur das Signal blockieren. Normalerweise reicht dazu ein Stück Styropor aus. Bei manchen Systemen kann man auch ein bestimmtes Licht auf die Sensoren richten. Das blockiert sie dann so lange, bis man vorbei ist.«

»Ich glaube, so genau will ich das gar nicht wissen.«

»Besser allzeit bereit.«

»Meinen Sie, der Täter ist gefährlich?«

Mic klappte sein Notebook zu. »Ich glaube, er ist schlau

genug, um in die Alarmanlage einzudringen und gespeicherte Informationen zu löschen, selbst wenn der Alarm ausgeschaltet ist.«

»Was meinen Sie damit?«

»Dieser Funktionstastenblock sendet ein Signal zu unserer Zentrale, richtig?«

»Ich dachte, das tut er nur, wenn es ein Sicherheitsleck gibt.«

»Negativ. Jedes Mal, wenn der Alarm an- oder ausgeschaltet wird, wird das aufgezeichnet. Diese Aufzeichnung wird nicht lange gespeichert, höchstens einen Monat, sonst würde das zu viel Platz auf unseren Servern einnehmen. Aber Ihre Anlage ist ziemlich alt, und man kann sie manipulieren, indem man sie dazu bringt, ein Signal zur eigenen Basisstation zu senden, eine Art Kasten an einem Mobilfunkmast, sodass das Signal die Zentrale nie erreicht.«

»Hat das den Alarm ausgelöst? Hat jemand das getan?«

»Nein, der Betreffende war viel schlauer. Das heißt, so schlau auch wieder nicht. Er hat sich direkt in unseren Server eingehackt, um das Signal zu löschen. Das hat den internen Alarm unserer Firewall ausgelöst. Deswegen wurden Sie von uns benachrichtigt.«

»Das verstehe ich nicht. Wieso kann jemand dadurch leichter bei uns einbrechen?«

»Kann er nicht. So wie ich das sehe, wurde versucht, die Information zu löschen, dass jemand an einem bestimmten Tag aus dem Haus gegangen und wieder zurückgekommen ist.«

»Sie meinen, es wurde innerhalb dieses Hauses manipuliert?«

»Wahrscheinlich.«

»Um welchen Tag geht es?«

»Dienstag, frühmorgens. Irgendeine Idee, wieso jemand daran interessiert sein sollte?«

27

Vertrauen ist gut, Kontrolle ist besser

Elizabeth

Zwei Stunden, nachdem ich in Karas Büro wieder zu mir gekommen bin, warte ich in der Bank darauf, mit Peter Mitchell reden zu können.

Ich hatte Ben davon überzeugt, dass ich keine weitere medizinische Versorgung mehr bräuchte, und ihn in die Schule zurückgeschickt, dann im Lager geduscht und meine eigenen Sachen angezogen. Die ganze Zeit rechnete ich damit, dass Andy auftauchen und erklären würde, woher er wusste, dass er verschwinden musste, nachdem er mich in Sicherheit gebracht hatte. Wenn Ben erfahren hätte, dass ich mit ihm auf dem Berg war, wäre das das Ende gewesen, sogar falls ich wirklich schwanger war. Also muss ich etwas für mich behalten und Andy auch.

Aber Andy ist verschwunden. Wenn ich in letzter Zeit irgendetwas gelernt habe, dann, etwas auf sich beruhen zu lassen. Vielleicht.

Als ich mein Handy checkte, fand ich einen Marschbefehl von Rich vor: Mich von Tucker fernhalten, den Mitchell-Jungen holen. Das ist zwar nicht der genaue Wortlaut, aber die Botschaft. Allerdings keine, an die ich mich halten will. Ich will mich weder mit den Konsequenzen abfinden, die sich ergeben, falls Tucker durch irgendein Wunder tatsächlich die Wahrheit gesagt hat. Noch will ich an dem beteiligt sein, was passiert, wenn alle beschließen, ihm zu glauben, obwohl es nicht wahr ist.

Also muss ich alle anderen Möglichkeiten ausschließen. Das tun, was ich von Anfang an hätte tun sollen, anstatt einfach meinem Instinkt zu folgen. In Richtung John Phillips ermitteln und sicherstellen, dass nicht er das Feuer gelegt hat. Ich bin nur in diesem Schlamassel gelandet, weil ich mehr oder weniger seit jenem ersten Sommer auf dem Ausguck in Oregon meinem Instinkt gefolgt bin.

Peter sieht in seinem Bankeranzug hohlwangig und beunruhigt aus. Was außer Angus sollte mich zu ihm geführt haben?

»Ich bin nicht wegen Angus gekommen«, sage ich, kaum dass er seine Bürotür hinter uns geschlossen hat.

»Nicht?«

»Nein. Keine Angst.«

Er lässt sich schwer auf seinen Stuhl sinken. »Wie soll das gehen?«

Ich werfe einen Blick zu dem Foto auf Peters Schreibtisch, das die ganze Familie zeigt. Es ist ein paar Jahre alt und wurde am See aufgenommen. Wir alle waren an jenem Tag dort, lagen in der Sonne und spritzten uns im See nass. Es war einer unserer letzten guten gemeinsamen Tage.

»Ich mache mir auch Sorgen«, sage ich. »Aber es könnte eine andere Erklärung geben.«

»Was brauchst du von mir?«

»Du warst der für John Phillips zuständige Sachbearbeiter, stimmt's?«

»Ja, war ich. Wieso?«

»Wieso hast du ihn bei der Polizei gemeldet?«

»Wenn ein Haus plötzlich abbrennt, das zwangsversteigert werden soll, liegt es ziemlich nahe, dass der Besitzer etwas damit zu tun hat.«

»Aber er wusste seit längerem davon, oder nicht?«

»Wahrscheinlich. Doch an jenem Tag bekam er den schriftlichen Bescheid.«

»Am Labor Day?«

»Eigentlich sollte er ihn eine Woche früher bekommen, aber der Gerichtszusteller traf ihn nie an. Er musste erst die offizielle Erlaubnis einholen, den Bescheid in Phillips' Abwesenheit zuzustellen. Den bekam er letzten Freitag und wollte Phillips noch das Wochenende gönnen. Das sagt er zumindest. Wahrscheinlich hatte er was anderes vor. Jedenfalls war er Montagnachmittag dort, und ein paar Stunden später brennt das Haus ab. Ist doch komisch, oder?«

»Ja, finde ich auch.«

»Siehst du.« Er zuckte die Achseln. »Also habe ich die Polizei angerufen. Hat dir das der Deputy nicht erzählt?«

»Diesen Teil hat er ausgelassen. Eindeutig.«

»Ist aber doch wichtig.«

»Er ist neu. Keinerlei Ermittlungserfahrung.«

»Die Freiheit meines Sohnes steht auf dem Spiel, Elizabeth. Also, was zum Teufel soll das?«

»Es ist meine Schuld. Ich hätte früher mit dir reden sollen.«

»Aber das beweist doch nichts, oder?«

»Vielleicht doch.« Ich erhebe mich zum Aufbruch. »Danke, dass du Zeit für mich hattest.«

Er bleibt sitzen. Wirkt wie ein Häufchen Elend.

»Was ist denn, Peter?«

»Mindy glaubt, er war es.«

»Was?«

»Angus. Mindy glaubt, dass Angus es tatsächlich getan hat.«

»Wieso?«

»Das will sie mir nicht sagen, aber ich weiß, da ist was. Du kennst Mindy doch. Es ist schrecklich, wie sie immer alles mit sich selbst ausmacht.«

»Ich dachte, ihr redet über alles.«

»Dachte ich auch«, erwidert er.

»Du irrst dich bestimmt. Wenn Mindy etwas wüsste, würde sie es dir sagen.«

»Du hast keine Ahnung, wie sie seit letztem Jahr ist. Oder Angus.«

»Aua.«

»Ist doch wahr.«

Kann es sein, dass Mindy sich innerhalb eines Jahres derart verändert hat, dass die zehn Jahre davor nicht mehr als Indikator für ihre Persönlichkeit herhalten können?

Ziemlich dumm von mir, mich das zu fragen. Denn selbstverständlich ist ein Jahr mehr als ausreichend.

»Du solltest mit ihr reden«, sagt Peter.

»Ich bin bestimmt die Letzte, mit der sie reden wollte. Der sie sich anvertrauen würde.«

»Du hast ihr das Herz gebrochen, weißt du das?«

Ich spüre einen Kloß im Hals. »Das war nicht meine Absicht.«

»Meiner Erfahrung nach klaffen Absicht und Ergebnis oft auseinander.«

Ich bitte Deputy Clark, sich mit mir auf einen Kaffee bei *Joanie's* zu treffen. Dort sitzen wir an Mindys und meinem früheren Stammplatz, ich auf meiner üblichen Seite, Clark auf der Seite mit Blick zur Tür, obwohl ihn das Kommen und Gehen der Gäste nicht besonders zu interessieren scheint.

Ich hielt es für besser, ihn hierherzubeordern, anstatt ihm auf der Wache einen offiziellen Anschiss zu verpassen oder seinen Boss einzuschalten. Außerdem will ich wissen, was Detective Donaldson mit Tuckers Beschuldigung anfängt.

Deputy Clark steckt den Rüffel im Großen und Ganzen gut weg und teilt mir mit, dass Donaldson Angus und Tucker in einer Stunde zu einer offiziellen Befragung vorgeladen hat. Mitgefühl mit Mindy und Peter durchströmt mich. Ich kann mir vorstellen, in welcher Panik sich Mindy befinden muss. Oder auch nicht. Vielleicht kenne ich sie ja gar nicht mehr, genau wie Peter sagte, und sollte diese Vorstellung einfach aufgeben.

Deputy Clark schiebt einen Umschlag über den Tisch.

»Was ist das?«

»Die Laborergebnisse von der Feuergrube. Sie wissen schon, die Spuren, die wir gefunden haben.«

Ich reiße den Umschlag auf und überfliege den Bericht. Bierdosen. Papier. Holz. Weder Gas-Chromatographie noch Massenspektrometrie zeigen Spuren von bFs.

»Was sind bFs?«, fragt Deputy Clark, der den Bericht auch verkehrt herum lesen kann.

»Brennbare Flüssigkeiten. Wenn ein Brandbeschleuniger benutzt wurde, hinterlässt er manchmal chemische Überreste. Wurde das Haus nach Benzin, Petroleum oder Azeton durchsucht?«

»Azeton?«

»Nagellackentferner.«

»Soviel ich weiß, wurde nichts dergleichen gefunden.«

»Dann suchen Sie noch mal. Durchkämmen Sie auch den Wald rund um sein Grundstück. Was ist mit seinem Wagen?«

»Was soll damit sein?«

»Überprüfen Sie den Tank. Zur Brandbeschleunigung wird am häufigsten Benzin benutzt. Er könnte seinen Tank angezapft haben.«

»Haben Sie nicht gesagt, die Proben hätten keinerlei Spuren erbracht?«

»Das stimmt, aber ich habe nicht überall Proben genommen. Und es gibt auch nicht immer Spuren.«

»Könnten wir dann nicht noch einmal Proben nehmen?«

»Das ist zwecklos. Mittlerweile war der ganze Bereich zu lange der Luft ausgesetzt.«

»Wieso haben Sie dann nicht von Anfang an mehr Proben genommen?«

»Weil ich keinerlei Gießspuren oder Brandflecken entdeckt habe, die auf Brandbeschleuniger hinwiesen.«

»Tut mir leid, dass ich gefragt habe.«

Ich zwinge mich, meinen Ton zu mäßigen. »Ist schon gut. Außerdem hat Phillips angegeben, dass er keine Versicherung für sein Haus hat. Prüfen Sie das nach.« Ich sinke auf meinem Stuhl zusammen. Irgendwie habe ich das Gefühl, die Sache steigt mir über den Kopf. »So ein Schlamassel.«

»Was werden Sie tun?«

»Ehrlich gesagt, habe ich nicht die geringste Ahnung.«

28

Schadensbegrenzung

Elizabeth

Neuer Tag, neue Befragung.

Was ist nur aus meinem Leben geworden? Eigentlich sollte ich jetzt zu Hause sein und auf einen Plastikstreifen pinkeln, um die Bestätigung dessen zu bekommen, was ich eigentlich schon weiß. Dann sollte ich mit meinem Mann an ein schönes, ruhiges Plätzchen gehen, um ihm die wundervollen Neuigkeiten zu eröffnen. Stattdessen liegt mein Haus in einem Sperrgebiet, ich verstecke mich praktisch vor Ben und sitze auf einer Polizeiwache und beobachte zwei Jungen, die unruhig auf einer Holzbank hin und her rutschen.

Das ist nicht gut.

Honor sitzt am äußersten Ende der Bank, die sie sich mit Tucker teilt, und sieht aus, als wäre sie am liebsten ganz weit weg. Man muss kein Psychologe sein, um zu sehen, dass ein Teil in ihr weiß, ihr Sohn könnte durchaus hinter all dem stecken, und sie deshalb nichts mit ihm zu tun haben möchte. Im Gegensatz zu den beiden sitzen Mindy, Peter und Angus dicht beieinander auf ihrer Bank. Dort ist es Angus, der so aussieht, als wollte er so viel Distanz wie möglich zwischen sich und ihnen schaffen. Was bei mir die Frage aufwirft, ob er nicht doch der Verursacher des Feuers sein könnte, und eine Scheindebatte in meinem Kopf auslöst, bis ich nur noch das Weite suchen will.

Ich stelle Augenkontakt mit Mindy her und bedeute ihr, zu mir zu kommen. Widerstrebend gehorcht sie.

»Ja?«

Ihr Ton überrascht mich. Er ist entschiedener und misstrauischer als je zuvor.

Was hatte ich denn erwartet? Ich habe ihr das Herz gebrochen und könnte für den Zusammenbruch ihrer Familie sorgen. An ihrer Stelle wollte ich auch nicht mit mir reden.

»Es tut mir leid, Mindy.«

»Ach ja?«

»Ehrlich.«

»Hast du mich deshalb zu dir gerufen?«

»Nein, ich … Peter glaubt, du könntest etwas wissen. Über Angus' Beteiligung an dem Ganzen. Er meinte, ich sollte dich fragen.«

»Peter glaubt das? Du hast also mit Peter gesprochen?«

Du hast auch mit Ben gesprochen, kreischt die Sechsjährige in mir.

»Ich musste ihn heute wegen einer anderen Angelegenheit in der Bank befragen. Aber darum geht es gar nicht. Weißt du etwas?«

Mindy beugt sich nach unten, sei es, um Kraft zu sammeln, oder etwas wegzustecken.

»Nein.«

»Bist du sicher? Es könnte eine Kleinigkeit sein, die wichtiger ist, als du meinst.«

»Ja, ich bin sicher. Ein bisschen vertrauen solltest du mir schon, Elizabeth.«

Ich wusste, dass dieses Gespräch ein Fehler war und zu nichts führen würde. Aber ich muss anfangen wiedergutzumachen, was ich angerichtet habe, und dachte, das mit Mindy wäre ein guter Anfang. Jedenfalls mit der Mindy von früher. Aber bei dieser kämpferischen Frau weiß ich nicht, wo ich ansetzen soll.

»Es tut mir leid.«

Sie verschränkt die Arme über der Brust. »Das sagtest du bereits. Ist sonst noch was?«

»Nein, ich ...«

»Gut. Können wir es dann hinter uns bringen, damit ich mit meinem Sohn nach Hause kann?«

»Ich rede mit Detective Donaldson.«

Sie kehrt zu Angus zurück. Ich beobachte, wie sie ihren Arm um ihren stocksteif dasitzenden Sohn legt, dann gehe ich zu Donaldson. Bevor ich sein Büro erreiche, hält Mindys Stimme mich auf.

»Hör auf damit! Hör sofort auf damit!«

Ich wirble herum und eile zurück.

»Was ist los?«

»Dieser Junge da«, sagt Mindy und zeigt auf Tucker, der schlaff und selbstgefällig grinsend auf seiner Bank sitzt, wie es nur ein Sechzehnjähriger kann, dem es nie an irgendetwas gefehlt hat. »Er versucht, Angus einzuschüchtern.«

»Ich bitte dich, Mindy«, mischt Honor sich ein. »Wir stehen alle unter Druck, aber das ist kein Grund, jemanden zu beschuldigen.«

Dann verstummt sie abrupt, weil ihr zu spät aufgeht, wie unangebracht diese Bemerkung angesichts der Situation ist.

»Ich habe es gehört«, sagt Mindy. »Ich habe gehört, wie er zu Angus gesagt hat, er sollte lieber gestehen. Sonst ...«

»Das habe ich nie gesagt«, bemerkt Tucker.

»Angus?«, frage ich. »Hat Tucker was zu dir gesagt?«

Angus murmelt etwas Unverständliches.

»Sprich lauter, Angus. Wehr dich«, befiehlt Mindy.

»Er hat nichts gesagt«, erklärt Angus.

Mindy presst die Lippen zusammen, steht auf, marschiert zu Detective Donaldsons Büro und bedeutet diesmal mir, ihr zu folgen. Peter und ich wechseln einen Blick, bevor ich ihr ins Büro folge.

»Dieser Junge da draußen versucht meinen Sohn dazu zu bringen, etwas zu gestehen, was er nicht getan hat«, erklärt Mindy, ohne sich mit Höflichkeitsfloskeln aufzuhalten. »Wieso sitzen sie überhaupt nebeneinander? Ist das nicht ein Verstoß gegen das Protokoll?«

Donaldson wirkt unbeeindruckt. »Mrs. Mitchell, wir können sie nicht die ganze Zeit unter Beobachtung halten. Wenn Tucker das tut, und damit meine ich nicht, dass das wirklich der Fall ist, dann werde ich mit ihm reden. Es wäre das Beste für uns alle, wenn Sie Ihren Sohn überzeugen könnten, die Wahrheit zu sagen.«

»Wieso sind Sie sich so sicher, dass er das nicht längst tut?«

»Dazu darf ich momentan nichts sagen, Mrs. Mitchell. Doch eins ist sicher: Er weiß mehr, als er zugibt. Genau wie Tucker. Wenn die beiden nicht das Richtige tun, wird nichts Gutes dabei herauskommen.«

»Was wäre denn Ihrer Meinung nach das Richtige? Dass mein Sohn gesteht, dass er die Stadt in Brand gesteckt hat? Was würde dann mit ihm passieren?«

»Nun, das weiß ich nicht genau, da ich das nicht zu entscheiden habe. Niemand will, dass jemand wegen eines Missgeschicks ins Gefängnis geht, schon gar nicht ein Jugendlicher.

Doch kann ich Ihnen versichern, falls Sie einen Deal machen wollen, dann ist jetzt der richtige Zeitpunkt. Wenn diese Jungen gestehen, werden sie wahrscheinlich nicht so hart bestraft. Ansonsten kann ich für nichts garantieren.«

»Lass es doch einfach, Mom, ja?«

Angus steht auf der Türschwelle. Er wirkt bleich und aufgebracht.

»Was machst du hier, Angus! Ich habe dir doch gesagt, du sollst bleiben, wo du bist.«

»Ich habe es satt, dass alle über mich reden, als wäre ich gar nicht da.«

»Ach, Schatz.« Mindy versucht ihn zu umarmen, aber er wehrt sie ab.

»Befragen Sie mich jetzt oder was?«, sagt er zu Detective Donaldson.

»Hast du mir denn was zu sagen?«

»Kann sein«, sagt Angus, und Mindy schlägt sich die Hand vor den Mund.

Bevor Angus sich zur Befragung hinsetzt, bittet er, auf die Toilette zu dürfen. Als er wieder zurückkommt, hat sich eindeutig etwas verändert. Was auch immer er uns sagen wollte, ist wieder unter Verschluss. Seine Antworten sind einsilbig, er gibt sogar weniger als bei der ersten Befragung preis. Je länger das Ganze dauert, desto ungehaltener wirkt Donaldson. Nach einer Stunde entlässt er ihn schließlich mit der strengen Ermahnung, *sich zu benehmen wie ein Mann*. Mindy und Peter verlassen mit Angus die Wache. Ich weiß nicht mehr, was ich denken soll.

Die Befragung mit Tucker verläuft kein bisschen besser. Er bleibt dabei, dass Angus es war, hat aber keinerlei Beweise.

Nachdem Tucker fort ist, frage ich wegen der Bemerkung nach, die Detective Donaldson am Anfang Mindy gegenüber gemacht hat: Ob er wirklich etwas weiß, das er zurückhält.

»Könnte sein, ja«, sagt er.

»Werden Sie mich davon in Kenntnis setzen?«

Er kaut auf seiner Unterlippe. »Zum gegebenen Zeitpunkt.«

»Ich dachte, ich leite die Ermittlung?«

»Und wie ist die gelaufen?«

»Dann ziehen Sie mich von dem Fall ab.«

»Sie können uns noch nützlich sein.«

»Was soll das denn heißen?«

Daraufhin schlägt er einen Ordner auf seinem Schreibtisch auf und tut so, als lese er ein Schriftstück.

»Woher wussten Sie eigentlich, dass ich heute die Jungs befragen wollte?«, erkundigt er sich beiläufig.

»Deputy Clark hat es erwähnt. Eigentlich dachte ich, Sie würden es mir selbst sagen.«

»Haben Sie mit Joshua Wicks geredet? Dem Reporter der *Nelson Daily*?«

»Ich weiß, wer das ist. Wieso fragen Sie?«

»Wegen des Artikels gestern in der Zeitung. Wir haben eine undichte Stelle bei dieser Untersuchung. Also mache ich alle Schotten dicht.«

»Und ich sitze draußen im Rettungsboot?«

»Wenigstens gehen Sie nicht unter.«

Der Streifen färbt sich blau. Der Streifen färbt sich blau. Der Streifen färbt sich blau.

Ich habe meinen gesamten Vorrat an Schwangerschaftstests aufgebraucht. Sie sind alle blau, alle positiv.

Ich bin schwanger.

Ich sitze in meinem evakuierten Haus, in meinem evakuierten Bad, in meinem evakuierten Leben und bin schwanger.

Ich. Bin. Schwanger.

Diesen Augenblick habe ich mir so oft vorgestellt, dass ich dachte, ich wüsste ganz genau, welche Gefühle ich empfinden würde, wenn er tatsächlich einträfe.

Freude, Glück, Erleichterung.

Aufquieken, rennen und in Bens Arme springen. Sein strahlendes Lächeln.

Die freudigen Telefonate mit unseren Eltern und Freunden.

Wie ich diese Information monatelang in jede Unterhaltung einflechten und es allen viel zu früh erzählen würde.

Wie es all das Warten, all die Opfer wert gewesen sein würde, denn manchmal muss man etwas aufgeben, um das zu bekommen, was man will. Das wollte ich mehr als alles andere.

Das ist es, was ich will.

Oder nicht?

So habe ich mir das nicht vorgestellt. Rauch, der an den Fenstern vorbeidriftet. Feuer direkt hinter dem Berggipfel. Gelbe Absperrbänder rund um mein Haus wie bei einem Tatort. Lügen, die ich erzählen musste, um mich an der Absperrung vorbeizumogeln. Die Geheimniskrämerei vor meinem eigenen Mann. Wie hätte ich mir das je vorstellen sollen?

Ben. Ben. Ben.

Ich muss es ihm sagen. Komme, was da wolle.

Ich greife zu meinem Handy, um ihn anzurufen, doch da summt es bereits.

Wo bist du?, lautet seine SMS. *Ich bin bei der Stadtversammlung. Alle fragen nach dir.*

Nur wenige Minuten vor Versammlungsbeginn erreiche ich die Schule. Ich hätte das alles besser timen sollen. Eigentlich hätte ich mein ganzes Leben besser timen sollen, aber dazu ist es zu spät. Jetzt muss ich mich darauf konzentrieren, wie ich zur Versammlung komme, ohne dass alle meine Verspätung bemerken. Die Chance ist gering, wie ich weiß – angesichts der Rolle, die ich dort spielen soll, und angesichts von Bens SMS, die mich vom Badezimmerboden hochgescheucht und hierhergetrieben hat.

Der Badezimmerboden. Schon viel zu oft habe ich lebenswichtige Entscheidungen auf wenigen Quadratmetern Fliesenboden getroffen. Es ist Zeit aufzustehen und den Tatsachen ins Auge zu blicken. Allerdings weiß ich nicht, woher ich die Kraft dazu nehmen soll.

Auf der Suche nach einem Seiteneingang umrunde ich das Gebäude. Schließlich entdecke ich ihn und außerdem John Phillips, der am Türrahmen lehnt und den Sonnenuntergang hinter den Bergen betrachtet. Der Anblick ist atemberaubend, wirkt wie ein einziges Flammenmeer. Weil der Himmel dieselbe Farbe hat wie die Flammen. Weil die dunklen Rauchwolken von innen erleuchtet werden. Dabei stockt mir jedes Mal der Atem.

John Phillips hat neue, schlecht sitzende Kleider an, die er von einer Wohltätigkeitsorganisation bekommen haben muss. Vielleicht wird es ihm ab morgen Abend besser gehen. Wenn die Organisatoren des Herbstfestes ihm wirklich die Spenden des Abends zukommen lassen, kann er sich wenigstens eine Hose kaufen, die ihm bis zu den Knöcheln reicht.

»Gehen Sie zur Versammlung, Mr. Phillips?«

»Welcher Versammlung?«

»Zur Stadtversammlung. Über die Lage beim Waldbrand.

Sie findet heute Abend in der Aula statt und soll in wenigen Minuten anfangen.«

»Glauben Sie, es ist eine gute Idee, wenn ich da hingehe?«

»Niemand macht Sie für das Feuer verantwortlich«, sage ich mit einem Anflug von schlechtem Gewissen.

»Ach, nicht?« Er will gegen den Schotter treten, doch seine Segeltuchschuhe erzielen nicht den gewünschten Effekt. »Erzählen Sie das den Familien, die heute mit mir in der Notunterkunft schlafen mussten.«

»Sind Sie belästigt worden?«

»Die wollen mich nicht in Ruhe lassen. Starren mich ständig an und flüstern. Ich kann nicht mehr schlafen.«

»Dann rede ich mit ...«

»Das ist jetzt auch egal. Ich werde nicht mehr lange hier sein.«

»Genau genommen, wissen wir nicht, wie lange Sie noch bleiben müssen. Es tut mir leid, das zu sagen, aber wenn Sie Probleme mit den anderen ... Bewohnern haben, sollten Sie das wirklich melden.«

Er wirft mir ein Lächeln zu, bei dem mir jede Sekunde unseres Altersunterschieds bewusst wird.

»Sie sind ein guter Mensch, Miss Elizabeth.«

»Ach, ich ...«

»Sagten Sie nicht, die Versammlung würde gleich anfangen?«

»Kommen Sie mit mir hinein?«

Sein Blick gleitet zur Seite. »Ich glaube, ich sehe mir noch ein Weilchen den Sonnenuntergang an.«

»Bleiben Sie nicht zu lange so allein draußen.«

»Mein liebes Mädchen, ich bin doch immer allein.«

29

Unter Druck

Mindy

Nachdem sie die Polizeiwache verlassen hatten, war Mindy so erschöpft, dass sie nicht mehr zur Stadtversammlung wollte, aber seltsamerweise bestand Peter darauf. Also holten sie Carrie von ihrer Ballettstunde ab und fuhren zum Mexikaner, um früh zu Abend zu essen. Carrie und Angus auf dem Rücksitz hatten beide Kopfhörer auf. Carrie hörte offenbar klassische Musik, wenn man nach ihren graziösen Armbewegungen urteilen konnte. Angus hingegen hörte etwas Härteres, Aggressiveres – Musik, deren Reiz Mindy nie verstanden hatte.

Im Restaurant führte Jose sie an ihren üblichen Tisch am Fenster, wo sie unzählige Male gefeiert oder ganz normal gegessen hatten. Er vergewisserte sich, dass sie alle das Übliche wollten. Fajitas für Mindy, Tacos mit extra viel Rindfleisch für Peter und Angus, ein mexikanischer Salat für Carrie. Dann versuchten sie, sich wie eine normale, glückliche Familie zu benehmen. Das war natürlich unmöglich. Offenbar ging das auch Peter auf, denn er bestellte sich in letzter Sekunde noch eine doppelte Margarita.

Dass sie vor nicht einmal einer Woche glücklich gewesen waren, konnte Mindy irgendwie nicht begreifen, obwohl sie es persönlich miterlebt hatte und auch den Wechsel der Umstände bewusst empfand. Vielleicht waren sie gar nicht glücklich gewesen?

Vielleicht war die Unterströmung, die sie bei Angus gespürt hatten, seine Angst, ein Symptom gewesen, das sie ignoriert hatten? Ein Makel, um den sie sich nicht gekümmert hatten, wie die Ärzte bei Carries Herz?

Um sich abzulenken, blickte sie sich im Restaurant um. Es sah so aus, als wäre der ganze Ort versammelt und hätte dasselbe vor wie sie. Vielleicht war es auch so voll, weil viele Menschen evakuiert worden waren und die Grundschule nicht genug Verpflegung für alle hatte. In Mindys Augen wirkte es wie ein Wartezimmer voller Menschen, die auf schlechte Neuigkeiten warteten.

Wollten sie wirklich morgen zum Herbstfest gehen? Das kam ihr inzwischen banal vor, sinnlos. Natürlich wollte sie, dass Mr. Phillips geholfen wurde. Doch mittlerweile hatte sie sich so weit von der Besessenen entfernt, die sie vor zwei Tagen gewesen war, dass sie sich selbst nicht mehr verstand. Rückblickend kam es ihr vor, als sähe sie sich einen Film über das Leben einer Frau an, die ihr äußerlich ähnlich war. Ähnlich, aber doch irritierend anders.

Im Augenblick war nur Angus wichtig. Ihn zu schützen. Das für sich zu behalten, was sie am Nachmittag von Detective Donaldson erfahren hatte. Um ihre Familie intakt zu halten, war sie zu allem bereit, selbst dazu, Peter anzulügen.

Nicht, dass er sie während des Essens etwas gefragt hätte. Er warf ihr nur bedeutungsvolle Blicke über den Rand seiner Margarita hinweg zu, so als könnten sie telepathisch miteinander kommunizieren. Das einzige Signal, das sie klar und deutlich empfing, sagte ihr, dass er sauer war.

Endlich hatten sie halbwegs aufgegessen, Peters Drink war bis auf eine kleine Pfütze leer, und die Zeit zum Aufbruch nahte. Zurück in den Wagen, Kopfhörer auf und los.

Die Stadtversammlung wurde in der Aula der Grundschule abgehalten, die vor einigen Jahren zu einer Mehrzweckhalle umgebaut worden war. Es gab eine Bühne mit verschiedenen Kulissen für alle möglichen Anlässe. Sitzen konnte man wie im Kino auf weichen Klappsitzen.

Die Aula war Mindy und Peter vertraut. Sie hatten im Laufe der Jahre viele Vorstellungen dort besucht. Angus hatte sich mit acht tapfer auf seiner Klarinette geschlagen. Carrie hatte mit zehn ein überraschend hinreißendes Solo in einem zeitgenössischen Ballettstück getanzt, in dem fließenden grünen Kleid, das sie sich damals kaum leisten konnten. Bevor die Kinder auf die Mittelschule kamen, hatten zuerst Angus und dann Carrie mit Talar und Kappe die Bühne überquert, um ihre »Diplome« in Empfang zu nehmen. Sie hatten bei Theaterstücken ihren Text vergessen und sich geschämt, als Mindy an einem Gesundheitskurs mitgewirkt hatte … und ach, ach, ach … Mindys ganzes Leben hatte sich auf dieser Bühne abgespielt. Zumindest viele Teile davon.

Heute stand eine kleine, kräftige Frau auf einer Kiste vor einem Stehpult. Das war bestimmt jene Kara, von der Elizabeth so oft erzählt hatte. Ihr straffer dunkelbrauner Haarknoten erinnerte Mindy daran, wie Carrie ihr Haar trug. Doch bei dieser Frau sah es so dick und glänzend aus, wie es bei ihren Kindern niemals sein würde. Sie hatte auch die gleiche gerade Haltung und die leicht auswärts gerichteten Fußspitzen wie Carrie, dazu einen Teint wie dunkles Balsaholz. Sie strahlte eine ruhige Selbstsicherheit aus, die einen erahnen ließ, warum ihr manchmal bis zu tausend Mitarbeiter gehorchten.

Nachdem sie vier Plätze nebeneinander gefunden hatten, bemerkte Mindy, dass die Atmosphäre aufgeladen war. Vorher hatte sie sich unter diesem Begriff nie etwas vorstellen können, doch jetzt war es tatsächlich, als fließe Strom durch die Aula. Es fühlte sich an wie bei dem Spiel aus ihrer Kindheit, wo man sich bei den Händen fassen musste und einer eine Batterie berührte. Alle wirkten angespannt, selbst Kate Bourne, die mit Bit auf der gegenüberliegenden Seite des Saals saß. Die Aula summte von nervösem Gemurmel.

Kara stand dort und überblickte ruhig die Menge. Hinter ihr standen vier kräftige Männer, fast in Habachtstellung. Sonnenverbrannte Gesichter, ungekämmte, sonnengebleichte Haare, ungepflegte Bärte. Grimmig und erschöpft wirkten sie, diese Bereichsleiter, die Kara genau eine Minute nach acht vorstellte, indem sie zuerst ihren und dann die Namen der vier nannte.

Erst als Kara den Namen des letzten Mannes verkündete, Andy Thomas, fiel Mindy ein, nach Elizabeth Ausschau zu halten.

Sie entdeckte sie direkt hinter der Bühne, mit Ben zusammen, der finster zu Andy hochblickte. Elizabeth hatte versichert, dass zwischen ihnen nichts vorgefallen wäre, doch Mindy fragte sich, ob Elizabeth aufrichtig gewesen war.

Kara musste mehrfach um Ruhe bitten. Als diese eingetreten war, hatte Elizabeth sich seitlich zur Bühne positioniert.

Kara nickte ihr kurz zu und fuhr dann fort: »Vielen Dank, dass Sie heute Abend hierhergekommen sind. Ich weiß, die letzten Tage waren für Sie alle extrem aufreibend. Viele von Ihnen mussten Ihr Zuhause verlassen. Viele von Ihnen haben Angst. Viele von Ihnen haben Fragen. Deshalb habe ich heute Abend mein Führungsteam für Sie mitgebracht. Wir werden

Ihnen einen kurzen Überblick über die aktuelle Lage geben und dann Ihre Fragen beantworten.

Die Sitzung dauert, so lange es nötig ist. Es gibt keine falschen Fragen, nichts ist zu unbedeutend oder zu dumm, als dass Sie es für sich behalten sollten. Doch zuerst lassen Sie mich Ihnen eines versichern: Wir tun alles, was in unserer Macht steht, um diese wunderschöne Stadt zu schützen. Dieser Brand ist sehr schlimm und hartnäckig. Das Wetter trägt ein Übriges dazu bei. Wir kämpfen gegen einen starken Gegner. Doch wir glauben, wir haben die Mittel, um ihn zurückzudrängen. Bitte glauben Sie mir, dass es für meine Crew und mich in diesem Augenblick nichts Wichtigeres gibt, als dieses Ziel zu erreichen. Dafür setzen wir uns mit unserer ganzen Kraft ein.«

Kara verließ das Pult. Andy nahm ihren Platz ein und erklärte den Zuhörern, wo sich das Feuer befand und wohin es aller Erwartung nach laufen würde. Neben ihm stand eine Leinwand, auf die eine PowerPoint-Präsentation projiziert wurde. Andy nannte die Zahlen und Daten, die sie schon die ganze Woche gelesen hatten. Die Größe der bereits zerstörten Fläche, die Wetterbedingungen, die Anzahl der Brandbekämpfer, die Art und Größe der Ausrüstung. Doch durch seine Ausführungen war es viel besser nachzuvollziehen. Es waren nicht nur Wörter, sondern auch Bilder. So sieht ein Hektar Land aus, so fünftausend Hektar. Dort wurde eine Grenze gezogen, und das erhoffen wir uns davon. Dies ist unser größter Feind: das Wetter, das Wetter, das verdammte, gnadenlose Brandwetter. Wenn das Wetter nicht umschlägt … Tja, das war die kalte, harte Realität, der sie sich hoffentlich nicht stellen mussten. Doch hatte er wieder und wieder mit den Wetterexperten die Wetterkarten studiert und meinte, einen

Hoffnungsschimmer zu sehen. Morgen oder übermorgen gäbe es, wenn die Sterne richtig standen, eine Pause von der Hitze, vom Wind. Vielleicht sogar ein bisschen Regen.

»Wenn nicht, sind wir im Arsch?«, fragte ein Mann Mitte zwanzig, der mit seinen breiten Schultern und schmalen Hüften aussah wie ein Kletterer. »Sollte nicht die ganze Stadt evakuiert werden?«

Zustimmendes Gemurmel im Publikum.

»Nein«, sagte Andy. »Das ist nicht nötig. Wir haben überall auf der Süd- und Westseite des Berges Schneisen geschlagen.« Auf der Leinwand neben ihm erschienen Bilder. Elizabeths Straße. Elizabeths Nachbarhaus. Elizabeths Haus. »Wir haben alles in unserer Macht Stehende getan, um diese Bereiche zu sichern. Selbst wenn das Feuer über den Berg laufen sollte, werden wir dafür sorgen, dass es nichts hat, wovon es sich nähren kann. Und es ist fraglich, ob es überhaupt so weit kommt. Im Grunde ist es ganz einfach: Feuer braucht etwas zum Verbrennen, sonst erlischt es.«

»Was ist mit diesen Häusern? Die gäben doch guten Brennstoff ab.«

Geduldig erwiderte Andy: »Diese Häuser sind ausgiebig mit Wasser besprengt worden, und für den Fall, dass doch etwas in Brand gerät, haben wir überall Schläuche ausgelegt. Außerdem haben wir die Bäume zwischen den Häusern gefällt, damit sie dem Feuer keine Möglichkeit zum Überspringen bieten. In dieser Lage ist natürlich kein Haus vollkommen sicher, aber wir tun unser Möglichstes.«

»Wann können wir nach Hause?«, fragte ein anderer Mann. Mindy erkannte ihn, es war ein Vater von zwei Söhnen, der einen Block von Elizabeth entfernt wohnte. »Wir schlafen seit vier Nächten bei Freunden auf dem Fußboden. Meine Kinder haben Angst. Vor unserem Aufbruch war unsere Katze unauffindbar und …«

Da ging Ben zu ihm und legte ihm eine Hand auf die Schulter. Er neigte sich zu ihm und flüsterte ihm etwas ins Ohr, während der andere sein Gesicht in den Händen barg. Ben führte ihn vom Mikrofon weg zu seiner Familie.

»Das ist das Schwerste in einer solchen Situation«, sagte Andy. »Nicht nur die Möglichkeit, alles zu verlieren, sondern die Obdachlosigkeit. Jeder, der ein Bett braucht, wird eines bekommen. Außerdem bieten wir zwei Mahlzeiten am Tag an. Und psychologische Hilfe, was auch nicht unwesentlich ist. Bitte verzichten Sie nicht aus Stolz darauf, diese Hilfe anzunehmen. Dieses ist eine der Situationen mit dem größten Stressfaktor, in die man im Leben geraten kann. Wir möchten, dass Sie sie alle sicher und gesund durchstehen, und das sowohl körperlich als auch seelisch.«

Eine entschieden und zornig wirkende Frau Ende fünfzig marschierte zum Podium. Wegen beginnender Osteoporose ging sie leicht vorgebeugt, dennoch war ihre Haltung Ehrfurcht gebietend.

»Was ist mit der Ursache des Feuers? Wir machen Furchtbares durch.« Sie hob den Finger und zeigte auf John Phillips, der neben dem linken Bühnenaufgang in einer dunklen Nische stand, die ihn wohl hatte verbergen sollen. »Dieser Mann ist an allem schuld und bekommt zu essen und ein Dach über dem Kopf und …«

Daraufhin trat Elizabeth vor. »Wir arbeiten auf Hochtouren daran, die Ursache für dieses Feuer zu ermitteln. Dennoch müssen wir Sie um etwas Geduld bitten. Wir wissen nicht genau, wie es entstanden ist. Ich sage es noch einmal: *Wir wissen noch nicht, wie es entstanden ist.* Daher bitte ich Sie alle, ruhig zu bleiben und Vernunft walten zu lassen. Gerüchte beweisen gar nichts.«

»Sie meinen das Gerücht, dass eine Gruppe Jugendlicher es ausgelöst hat?«, brüllte jemand.

»Ich habe gehört, Sie wissen mittlerweile genau, wer es war«, rief eine andere, jüngere Stimme.

»Das ist nicht wahr«, erwiderte Elizabeth. »Genau das meinte ich, als ich von Gerüchten sprach. Ich weiß nicht, was Sie gehört haben, aber die polizeilichen Ermittlungen dauern an, und bislang wurden keinerlei Erkenntnisse bekannt gegeben. Nur weil etwas in der Zeitung steht oder jemand etwas erzählt, heißt das noch lange nicht, dass es stimmt.«

»Was ist dann damit?«, rief die junge Stimme wieder. Ein Handy wurde in die Höhe gehalten. »In meinen Augen zeigt dieses Video es ziemlich deutlich.«

Chaos brach aus. Mindy beugte ihren Kopf über Peters Handy, während sie versuchte, das Zittern, das ihren Körper durchrüttelte, unter Kontrolle zu bringen.

Nachdem der Jugendliche das Video angekündigt hatte, holten alle ihre Handys hervor. Mindy hatte den Link nicht auf ihrem E-Mail-Account, Peter schon. Er stammte von einem anonymen Absender. Kara bat um Ruhe, aber niemand beachtete sie.

Mindy drehte sich zu Angus, doch der saß nur da und starrte mit zusammengebissenen Zähnen geradeaus. Carrie saß auf der anderen Seite neben Peter und reckte den Kopf zum Handy.

Als Mindy ebenfalls wieder aufs Handy blickte, sah sie, dass die Aufnahme von der Videokamera am Stadtplatz stammte. Diese war vor einigen Jahren installiert worden und zeigte mit ein paar anderen strategisch platzierten Kameras im Ort auf der Website der *Nelson Daily* Livebilder. Wenn man wollte, konnte man den ganzen Tag damit verbringen, die Welt über diese Kameras zu beobachten. Touristen, die für Fotos posierten. Einheimische, die von einem Ort zum anderen eilten. In den letzten Tagen den Rauch, der über den menschenleeren Platz zog.

Die Zeitanzeige bewies, dass die Aufnahmen vom frühen Dienstagmorgen stammten. Kurz nach Mitternacht überquerte eine Gruppe Jugendlicher, vier Jungen und ein Mädchen, den Platz. Sie alle trugen gefütterte Westen und Pullis mit Kapuzen, die sie sich übergezogen hatten. Mindy fiel wieder ein, wie kalt es in jener Nacht gewesen war. Die Jugendlichen waren nicht zu erkennen. Sie hatten die Köpfe gesenkt und gingen schnell.

Das Video lief jetzt schneller. Wer auch immer es hochgeladen hatte, hatte vorgespult. Eine Minute, zwei, dann zehn. Schließlich überquerte noch ein Teenager den Platz. Er trug dieselbe Uniform wie die anderen und hatte dieselbe Haltung. Die Hände gegen die Kälte in die Taschen geschoben. Eine Strickmütze tief ins Gesicht gezogen. Ein weiterer anonymer Jugendlicher.

Als er den Bildausschnitt verließ, wurde wieder vorgespult, und das Publikum hielt den Atem an, während die Minuten vorbeiflogen, bis über eine Stunde vergangen war. Schließlich verlangsamte sich die Bildfolge, und die ersten vier Jungen kamen über den Platz zurück. Diesmal schlenderten sie nicht, sondern rannten, so schnell sie konnten. Das Mädchen und der fünfte Junge waren nirgendwo zu sehen.

Der Zeitstempel zeigte 1 Uhr 22 an – etwa zehn Minuten, bevor das Feuer ausgebrochen war.

Wieder wurde die Bildfolge beschleunigt. 1 Uhr 42. Der fünfte Junge und das Mädchen erschienen, schlendernd, Hand in Hand. Ein rührendes Bild, wäre nicht, wie der ganze Saal wusste, vorher woanders etwas geschehen, das Folgen hatte.

In seiner freien Hand hielt der Junge etwas, das immer wieder aufblitzte. *An/aus. An/aus.* Neben einer Bank blieb das Pärchen stehen, küsste und umarmte sich kurz. Der Junge sah dem davongehenden Mädchen nach und führte seine linke Hand geistesabwesend näher zum Gesicht. *Blitz, blitz.* Ein Feuerzeug, das sein Gesicht klar und deutlich beleuchtete.

Der Junge war Angus.

TAG 5

FEUER IM COOPER BASIN

Neue Beweise lenken Verdacht auf Teenager

Gepostet: Samstag, 6. September, um 7 Uhr 08

Von Joshua Wicks, Nelson Daily

Gestern Abend nahm die Stadtversammlung ein dramatisches Ende, als Videomaterial aus der Kamera am Stadtplatz einen Jugendlichen mit dem Brand im Cooper Basin in Verbindung brachte, der seit Dienstagmorgen am Nelson Peak wütet und die Stadt bedroht.

Das Feuer brach etwa um 1 Uhr 30 am frühen Dienstagmorgen aus. Seitdem untersuchen die lokalen Behörden dessen Ursache. Wie schon früher berichtet, wurde ein einheimischer Jugendlicher mit der Auslösung des Brands in Verbindung gebracht. Gestern Abend wurde bei einer Stadtversammlung mit Verantwortlichen vom Team der Brandbekämpfer Material der stadteigenen Überwachungskameras anonym ins Internet gestellt. Diese Aufnahmen scheinen zumindest einen Teenager mit der Ursache des Feuers in Verbindung zu bringen.

Noch ist nicht bekannt, wer das Video online gestellt hat. Die Identität der Jugendlichen auf dem Video darf nicht preisgegeben werden, da sie noch minderjährig sind. Doch die *Daily* hat sich vergewissert, dass gestern Abend ein Sechzehnjähriger festgenommen wurde und nun als Hauptverdächtiger gilt. Sollte er für schuldig befunden werden, fahrlässig oder gar mit Absicht das Feuer gelegt zu haben, könnten ihm und seinen Eltern Geldstrafen und sogar Freiheitsentzug drohen. Gegenwärtig werden Kosten und Schäden des Feuers auf drei Millionen Dollar geschätzt, Tendenz steigend.

Mittlerweile sind über 500 Häuser evakuiert worden. Etwa 7000 Hektar Wald- und Buschland sind verbrannt, und das Feuer nähert sich der Schneise an der Nordseite des Nelson Peak, direkt unterhalb des Gipfels, an der die Brandbekämpfer die gesamte Woche über gearbeitet haben. Wenn das Feuer sich wie bisher ausbreitet, wird es heute Abend den Gipfel erreicht haben.

Die problematische Wetterlage mit für die Jahreszeit ungewöhnlich hohen Temperaturen und starkem Wind soll weiterhin andauern.

Weder das Büro des Sheriffs noch die zuständige Brandermittlerin war gegenüber der *Daily* zu Auskünften bereit. Kurz vor Drucklegung erreichte uns per E-Mail eine offizielle Verlautbarung vom Büro des Sheriffs, in der es hieß: *Es handelt sich um eine laufende Ermittlung, deren Einzelheiten zu gegebener Zeit bekannt gegeben werden.*

Karten der Evakuierungszone sind sowohl auf dieser Website als auch über die Websites des County und der Nelson County Emergency Services zugänglich. Den Bewohnern wird geraten, nur das Nötigste und die wichtigsten Papiere zusammenzupacken und sich bereitzuhalten, kurzfristig ihre Häuser zu verlassen. Die Behörden bitten alle, sich per E-Mail oder SMS für Brandwarnungen anzumelden, die es noch nicht getan haben. Weitere Informationen dazu über www.nelsoncountyemergencyservices.com.

30

Überleben

Elizabeth

Das ist eine der Eigenschaften, die ich an Ben am meisten liebe.

Etwa zehn Meilen vom Ort entfernt steht der Majestic. Mit über viertausend Metern ist er der höchste Berg des Bundesstaats und der dritthöchste des Kontinents. Der Aufstieg dauert meist zwei Tage und erfordert die Überwindung von über zweitausend Höhenmetern.

Kein Spaziergang, sondern echtes Bergsteigen.

Ich wollte den Berg besteigen, kaum dass ich ihn sah. Der Berg rief mich, genauso wie wohl der Everest George Mallory gerufen hatte. Weil er etwas war, das mich bis an meine Grenzen bringen würde. Weil ich mich nur wirklich lebendig fühlte, wenn ich diese Grenzen erreichte. Weil ich die dumme Idee hatte, ich könnte nur dann ein fehlendes Puzzleteil meines Selbst finden, wenn ich mich an diese Grenzen brachte.

Und weil er da war. Er ist in Nelson eigentlich allgegenwärtig. Man sieht ihn auf jeder Postkarte, alle kennen ihn, auch wenn sie nie dort waren. Auf ihn fällt der Blick aus unserem Küchenfenster, wo ich jeden Morgen meinen Kaffee trinke und hinüberschaue, bis sich der Morgennebel verzogen hat.

Jedes Jahr fordert er seine Opfer. Im Winter mehr, im Sommer weniger. Normalerweise unvorbereitete Touristen, nur hin und wieder Einheimische, die von einem Unwetter überrascht wurden, an einem Schneefeld ausrutschten oder sich am Geröllfeld unterhalb eines Gletschers den Knöchel verdrehten. An solche Todesfälle gewöhnt man sich in Nelson ziemlich schnell.

In dem Jahr, als er fünfunddreißig wurde, erklärte Ben sich einverstanden, mit mir auf den Majestic zu steigen. Er hatte ihn mit achtzehn bezwungen, zusammen mit ein paar Freunden. So, wie er es beschrieben hatte, schien es ohne Weiteres machbar, und für viele ist es das auch.

Doch zu denen gehörte ich nicht.

Obwohl ich schon mein ganzes Leben lang wandere, bekomme ich ab einer gewissen Höhe Angst. Bei Bergtouren war ich bisher nur auf Wegen gegangen, ohne Seil, Haken und die Gefahr, an einer Steilwand abzustürzen. Doch genau das – und noch ein bisschen mehr – erwartete mich, wenn ich den Majestic hinaufwollte, ich fühlte mich gleichzeitig angezogen und abgeschreckt.

In jenem Sommer trainierten wir so viel wie möglich. Da es in jenem Jahr nicht viele Waldbrände gab, war ich oft zu Hause. Unterwegs nutzte ich halbe Tage zum Wandern oder Klettern in einer Halle. Wir beschlossen, es Ende August zu wagen, falls ich dann Zeit hatte. Der Schnee sollte bis dahin geschmolzen sein. Während ich in Kletterhallen die Wände hochstieg, um meine Angst zu überwinden, redete ich mir ein, ich könnte es schaffen.

An einem sonnigen Augusttag mit endlos blauem Himmel brachen wir auf. Am ersten anstrengenden, aber atemberaubend schönen Tag stiegen wir zum niedrigeren Bergsattel hinauf und verbrachten die Nacht in einer Berghütte. Unsere Rucksäcke waren zwar schwer, aber nicht allzu hinderlich. In den acht Stunden unseres Aufstiegs sahen wir die Sonne über den Himmel wandern, schossen Fotos und bewunderten die Aussicht über zwei Bundesstaaten. Irgendwie schafften wir es, in der Hütte mitten in einer Horde schnarchender Männer Schlaf zu finden. Dann standen wir im Dunkeln auf, stiegen in unsere Kluft, schnallten unsere Stirnlampen an und wanderten zur ersten Steilwand, die wir hochklettern mussten.

Unser Bergführer ging voran und befestigte die Seile. Ich sollte als Zweite hinaufsteigen, während er mich sicherte. Zuerst kam ich gut zurecht, aber dann führte die Route am Ende der Steilwand seitlich über einen dreißig Meter tiefen Abgrund. Die Tiefe machte mich nervös, und mein Fuß fing an zu zittern, gefolgt von meinem Bein. Schließlich zitterte mein ganzer Körper. Meine Hände waren so schweißnass, dass sie ständig abrutschten. Alle riefen mir von unten Bemerkungen zu, die mir Mut machen sollten, doch ich konnte mich einfach nicht beruhigen.

Ich rutschte ab. Verlor den Halt am Felsen, schwang wie ein großes Pendel nach unten und knallte mit der Schulter gegen die Felswand, bevor das Seil mich abbremsen konnte. Am liebsten hätte ich geschluchzt, konnte es nur mühsam unterdrücken. Ich hatte keinerlei Reserven mehr, wollte abgeseilt, getröstet und mit einem Rettungshubschrauber abtransportiert werden.

Dann hörte ich Bens Stimme.

»Du schaffst das, Beth. Du kommst damit klar.«

Das wiederholte er so lange, bis ich aufhörte zu zittern, meine Hände wieder Halt fanden und ich es bis nach oben schaffte.

Drei Stunden später feierten wir auf dem Gipfel. Ben küsste mich auf meine von der Sonne gesprungenen Lippen, und alle klopften mir anerkennend auf den Rücken, obwohl wir einen langen Abstieg vor uns hatten.

Es war Ben, der mich bis nach oben gebracht hatte.

Ohne ihn hätte ich es nicht geschafft.

Das nicht und vieles andere auch nicht.

Als ich Samstagmorgen aufwache, habe ich nur eines im Sinn: Ben zu erzählen, dass ich schwanger bin. Er muss es erfahren, komme, was da wolle. Ungeachtet aller Konsequenzen. Er wird wütend sein, dass ich es ihm nicht früher gesagt habe. Aber ganz sicher wusste ich es erst gestern Abend kurz vor der Stadtversammlung. Wegen des Tumults auf der Versammlung kam ich erst spät nach Hause, und da wäre ein so wichtiges Gespräch nicht angezeigt gewesen. Für uns beide nicht. Also stieg ich ins Bett und schlang Bens Arm um mich, so wie immer, so wie früher. Er schmiegte sich an meinen Rücken und berührte mit seinen Lippen meinen Nacken, und dann schliefen wir ohne ein klärendes oder entschuldigendes Wort ein.

Darüber nachzudenken heißt, Ausflüchte zu suchen, also …

»Ben«, sage ich und drehe mich zu ihm um. Sehe aber nur ein leeres Bett. Auf der Matratze eine Druckmulde von Ben, doch kein Körper, der sie ausfüllt. Ich werfe einen Blick auf die Uhr. Erst kurz nach sieben. Wahrscheinlich wollte er frühstücken und mich noch ein bisschen schlafen lassen.

Ich zwinge mich aufzustehen, obwohl mir die Müdigkeit in den Knochen sitzt. Ich weiß nicht, wann ich das letzte Mal so müde war. Ist das die Schwangerschaft, die Anstrengung beim Brandbekämpfen oder die Tatsache, dass ich seit Monaten nicht mehr anständig geschlafen habe?

Wahrscheinlich alles zusammen.

Auf dem Nachttischchen vibriert mein Handy. Zeigt eine eingegangene Warnmeldung an. Die kommen stündlich, und das Signal bewirkt jedes Mal, dass ich mich im Schlaf umdrehe. Ich muss sie nicht erst lesen, um zu wissen, dass es schlimm steht, dennoch öffne ich sie. Es hat sich nichts geändert. Noch mehr Land verbrannt, kaum Eindämmung, mehr Personal, weitere Kosten, weitere Löschversuche aus der Luft. Ich weiß, heute ist der entscheidende Tag. Entweder siegt der Mensch oder das Feuer. Das kommt mir passend vor. Es könnte mein Haus zerstören. Aber vielleicht kann ich meine Ehe retten.

Wie zur Bestätigung meiner düsteren Gedanken driften Rauchfetzen am Fenster vorbei. Mittlerweile bin ich so daran gewöhnt, dass ich nicht einmal mehr den Geruch bemerke, der alles durchdringt. Doch in diesem Augenblick fällt er mir auf. Er markiert sein Territorium. Er will mich holen, diese Stadt, die Idylle, die drei Meilen entfernt liegt. Wenn das Feuer nicht aufgehalten wird, wird es keine Gnade kennen.

Okay, Beth. Genug Zeit geschunden.

Als ich mich zum Bettrand wende, dreht sich das ganze Zimmer. Ich stelle die Füße auf den Boden und atme tief ein und aus. Ich lege die Hand auf den Bauch. Er fühlt sich warm an. Kann es sein, dass ich schon die Wärme des Kokons spüre, der sich in mir bildet? Wieso ist mir das nicht früher aufgefallen? Angesichts des Zustands unserer Beziehung gibt es nur einen Tag, an dem ich schwanger geworden sein könnte, und der liegt beschämend weit zurück. Bin ich gegenüber meinem eigenen Körper so sehr abgestumpft?

Die Übelkeit weicht. Obwohl ich vielleicht noch etwas grüner bin als meine Augen, werfe ich mir einen Bademantel über den Schlafanzug, fahre mir mit der Bürste durch die Haare. Jetzt werde ich es tun.

Mit plötzlichem Heißhunger folge ich dem Duft nach frisch gebackenen Croissants, weil ich sicher bin, er wird mich zu Ben führen. So fängt er am liebsten seinen Tag an, und so verwöhnt ihn seine Mutter, wann immer sie kann.

Bestimmt ist das ein gutes Omen für seine Stimmung. Doch als ich mich der Küche nähere, höre ich erhobene Stimmen. Ben und – überraschend angesichts der Uhrzeit – Grace. Als ich eintrete, verstummen sie. Bens Gesicht ist so weiß wie sein Lieblingsschlafshirt. Grace wirkt unglücklich. Noch bevor Ben den Mund aufmacht, weiß ich, was er sagen wird.

»Ist das wahr?«

Obwohl ich mir das alles ganz anders vorgestellt habe, hebe ich das Kinn, bemühe mich nach Kräften um ein strahlendes Lächeln und sage: »Ja, es ist wahr.«

31

Hinter Gittern

Mindy

Hätte man es ihr gestattet, hätte Mindy auf dem Boden vor Angus' Zelle geschlafen.

Das hatte sie gemacht, als Carrie im Krankenhaus war – zusammengerollt auf einem unbequemen Stuhl an ihrem Bett geschlafen. Manchmal schlief sie auch unter einer kratzigen Decke und auf mehreren klumpigen Krankenhauskissen auf dem Boden. Im Nebenzimmer gab es ein richtiges Bett. Dort schlief Peter manchmal, wenn eine der Großmütter auf Angus aufpasste. Die Entfernung war für Mindy zu groß. Sie musste so nah wie möglich bei ihrer Tochter sein. Hätte sie hineingepasst, wäre sie zu Carrie ins Bettchen gekrochen.

Das gleiche Gefühl hatte sie im Augenblick bei der Vorstellung, dass sich Angus hinter Gittern befand, auf einer Pritsche lag und seine persönlichen Sachen konfisziert worden waren. Sie hatte seine Zelle nicht sehen dürfen, erinnerte sich aber aus einer Unterhaltung mit Elizabeth daran, dass sie sich im Keller befanden. Ganz gleich, wo sie waren, allein das Wort *Zelle* war schon schrecklich. Sie musste die ganze Nacht gegen die Bilder aus Krimis ankämpfen, die durch ihren Kopf wirbelten.

Ein paar Monate zuvor hatte sie mit Peter in Marathonsitzungen die Serie *Orange Is the New Black* geguckt. Heute hätte sie alles dafür gegeben, diese Bilder aus ihrem Kopf zu löschen. Die Leibesvisitationen. Die anonymen Uniformen. Die quälende Einsamkeit. Die Gefahr, die von den Mitinsassen ausging. Aber Angus würde doch sicher die wenigen Stunden zurechtkommen, die sie von ihm getrennt war?

Morgen früh mussten sie sie zu ihm lassen. Sie mussten. Wenn sie nur mit Elizabeth reden könnte. Elizabeth würde wissen, was zu tun war.

Vielleicht war das die Lösung: Elizabeth.

Angus war als Kind ein schlimmer Lügner gewesen. Nicht, dass er schlecht lügen konnte – nein, im Gegenteil, erklärte Mindy, wenn jemand sie fragte. Er konnte ausgezeichnet lügen. Fast hätte man stolz darauf sein können, ein solches Talent hatte er.

Er log einfach immer. Nicht nur, wenn er in Schwierigkeiten steckte oder etwas wollte. Er schien den Akt des Erfindens zu genießen, die Höhenflüge seiner Fantasie, die ihn aus dem offenbar unbefriedigenden Dasein eines Sechsjährigen befreiten.

Einmal, als sie alle zum fünfundsiebzigsten Geburtstag ihres Vaters nach Florida flogen, hörte Mindy fasziniert zu, wie Angus seiner Sitznachbarin vollkommen überzeugend von seinen siamesischen Zwillingsschwestern erzählte, die zu Hause bleiben mussten, weil es keinen sicheren Sitzplatz für sie gab. Sie seien an einer Stelle zusammengewachsen, erklärte Angus und zeigte auf sein Herz. »Das teilen sie sich, wissen Sie?«, sagte er mit perfekt gewichtiger Stimme. »Es ist unheimlich gefährlich.«

Zwar wurde Mindy wegen seiner Flunkerei rot, staunte jedoch über seinen Scharfsinn. Mindy teilte ihr Herz mit ihren Kindern, und das war tatsächlich unheimlich gefährlich.

Die Geschichte hatte ihm eine Woche Fernsehverbot eingebracht. Außerdem musste er nach einer scharfen Ermahnung in der Toilette des Flugzeugs zurückgehen und sich bei der netten Dame entschuldigen.

»Aber s-sie mochte meine Geschichte«, sagte Angus mit dem leichten Lispeln, das sich jedes Mal bemerkbar machte, wenn er in Schwierigkeiten steckte. Das konnte er doch nicht mit Absicht machen, oder? Nicht mit *sechs*.

Fernsehverbote wirkten genauso wenig wie alles andere. Mindy erinnerte sich an eine besonders schlimme Lüge. Carrie lag angeblich blau angelaufen in ihrem Zimmer. Mindy und Peter stürzten panisch die Treppe hoch, doch als sie in Carries Zimmer ankamen, las diese gesund und munter eine Ballettzeitschrift. Peter hatte sich den Achtjährigen geschnappt und ihm zweimal fest auf den Hintern geschlagen, Mindy den schreienden Angus in die Arme gedrückt, war in sein Arbeitszimmer gegangen und hatte die Tür hinter sich geschlossen. Sie wusste, dass Peter aus Scham geflohen war. Sein eigener Vater hatte gern zum Stock gegriffen. Sie hatten sich geschworen, niemals ihre Kinder zu schlagen, ganz gleich, was geschah.

Als Peter eine Stunde später mit Tränen in den Augen zurückkam, überlegten sie, ob sie mit Angus zu einem Psychologen gehen sollten. Ein Freund empfahl ihnen jemanden. Nach ein paar sorgenerfüllten Sitzungen wurde ihnen versichert, das sei nur eine Phase, der Angus entwachsen würde. Es würde vielleicht etwas länger dauern, doch irgendwann vorübergehen. Ihr Sohn war kein Soziopath, wie sie im Stillen befürchtet hatten. Angus war ein liebevoller und einfühlsamer Junge, der es einfach nicht schlimm fand, anderen Menschen erfundene Geschichten zu erzählen.

Angus war ein Jahr zu diesem Psychologen gegangen, und die Lügen wurden erst weniger und verschwanden dann ganz. Zumindest wollten sie es glauben. Vielleicht konnte Peter das, Mindy hatte Zweifel. Angus hörte mit offensichtlichen Lügen auf, bei denen er ertappt werden konnte. Doch wenn Mindy ihn angeregt mit einem Fremden reden sah, in den Ferien etwa oder wenn sie an einem Ort waren, den sie nie wieder aufsuchen würden, dann war ihr mulmig zumute.

Viel zu oft hörte sie: »Ihr Sohn ist so interessant.«

Daher wusste Mindy, dass Angus durchaus in der Lage war, eine Geschichte zu erfinden. Doch was dahintersteckte, weckte ihre Zweifel und Sorgen.

»Das dürfte ich eigentlich nicht«, sagte Deputy Clark zu Mindy, als er sie die Treppe hinunter zu den Zellen führte. Die Sonne ging gerade hinter milchigen Rauchschwaden auf.

Mindy hatte Elizabeth nicht erreicht. Sie hatte all ihren Mut zusammennehmen müssen, um sie anzurufen. Als der Anrufbeantworter ansprang, konnte sie jedoch keine Nachricht hinterlassen. Das hieß aber nicht, dass sie keine Tricks mehr auf Lager hatte. Weinen zum Beispiel. Sie hatte früher oft mit großem Erfolg die weinende Mutter gegeben und war sich keineswegs zu schade, es wieder zu tun. Ehrlich gesagt staunte sie, wie schnell sie diese Fähigkeit wieder aktivieren konnte.

Es war ein geschickter Schachzug gewesen, sie bei Deputy Clark anzuwenden, der kurz vor Ende der Nachtschicht müde und gelangweilt wirkte. Mindy wollte nicht bis zur Besuchszeit warten, sie wollte, nein, *musste* Angus sofort sehen. Also saß sie auf dem Stuhl, den sie zu seinem Schreibtisch geschleift hatte, bat darum, Angus zu sehen und verströmte heiße Tränen, bevor er sagen konnte: »Da muss ich erst mal meinen Boss fragen.« Eine gefühlte Sekunde später führte er sie ins Untergeschoss und gab tröstende Laute von sich, um sie zu beruhigen.

Im Keller war es düster und muffig. Zwei der Zellen waren von laut schnarchenden, übel riechenden Männern besetzt, die Alkohol ausdünsteten.

Draußen war es noch nicht richtig hell geworden, daher drang durch die schmalen, unter der Decke angebrachten Fenster kaum Licht herein. Die alle drei Meter von der Decke hängenden nackten Glühbirnen halfen nicht viel. Es war gerade genug Helligkeit, um dafür zu sorgen, dass Angus nicht schlafen konnte, denn selbst unter besten Bedingungen brauchte er dazu völlige Dunkelheit. Doch für sie war es zu duster, um die Lage richtig einschätzen zu können. Zum Beispiel, um sich zu vergewissern, ob die Matratze, auf der Angus lag, wirklich so dünn war. Oder ob da tatsächlich eine Kakerlake über den Boden huschte. Oder ob Angus über Nacht dünner geworden war oder sie es in letzter Zeit nur nicht mitbekommen hatte.

»Angus?«, fragte sie mit schwankender Stimme.

»Mom?«

Mindy wandte sich zu Deputy Clark. »Danke«, sagte sie in der Hoffnung, er würde den Hinweis verstehen und sie eine Weile allein lassen. Was er tat, allerdings mit der Warnung, sie hätten nur zehn Minuten oder weniger, falls jemand früher zur Arbeit käme. Er wollte keinen Ärger bekommen, Tränen hin oder her.

Als Mindy sich wieder Angus zuwandte, saß der auf dem Rand der Pritsche und hatte beide Füße auf den Boden gestellt.

Er trug seine Turnschuhe, allerdings ohne Schnürsenkel. Auch sein Gürtel fehlte. Seine Hose klaffte hinten unter dem schwarzen T-Shirt auf.

Da er geradeaus an die Wand starrte, versuchte Mindy herauszufinden, was seine Aufmerksamkeit fesselte, doch vergebens. Wie fühlte es sich an, mit sechzehn eine Nacht in einer Zelle zu verbringen? Schüttelte man das einfach so ab? O mein Gott! Was, wenn es nicht nur eine Nacht war? Sondern Monate, Jahre? Was, wenn …

»Ich war's nicht.« Angus drehte sich zu ihr. Sein Gesicht wirkte im Zwielicht bleich. »Du glaubst mir nicht, stimmt's?«

Mindy trat näher zur Zelle und umklammerte die Gitterstäbe, die sie trennten. »Ich möchte dir glauben.«

»Warum tust du es dann nicht?«

Mindy blickte auf ihre Finger, die die Stäbe umklammerten. Wie weich ihre Hände in dieser Umgebung wirkten! Sie wünschte, sie könnte schrumpfen, durch das Gitter schlüpfen und ihren Sohn in den Arm nehmen wie früher, als er noch klein war. Damals hätte ein Kuss von ihr alles wiedergutgemacht.

Aber diese Zeiten hatten sie längst hinter sich gelassen.

»Ich weiß, dass du versucht hast, die Aufzeichnungen der Alarmanlage zu manipulieren. Und das auf dem Video warst du. Daher habe ich so meine Schwierigkeiten.«

Angus zuckte zusammen. Sie wusste nicht, was er erwartet hatte, aber eindeutig nicht die nackte Wahrheit.

»Nein, Mom«, sagte er und drehte sich mit dem ganzen Körper zu ihr um, sodass seine Beine auf dem Bett lagen. »Das hast du alles falsch verstanden. Ich weiß, es sieht übel aus. Wirklich, das ist mir klar, aber ich schwöre dir: Ich habe nichts gemacht. Ehrlich nicht.«

»Dann sag mir, was passiert ist.«

»Das kann ich nicht.«

»Wie soll ich dir dann glauben?«

Angus stand auf und kam zu ihr. Er war viel größer als sie, genauso groß wie Peter. Dann stand er direkt vor ihr und legte seine Hände auf ihre. Sie wusste nicht, wann sie sich das letzte Mal so nahe gewesen waren. Er roch nach Schweiß und dem Shampoo, das sie auch benutzte. So vertraut und doch so fremd. Isoliert.

»Wann habe ich dich je angelogen?«, fragte Angus. »Wenn es um etwas Wichtiges ging?«

»Ach, Angus.«

Er lächelte verlegen. »Das ist lange her. Damit habe ich aufgehört.«

»Nein, Schatz. Du hast uns die ganze Zeit angelogen. Das gesamte letzte Jahr, vielleicht sogar noch länger. Oder etwa nicht?«

»Ja. Schon.«

»Also, erzähl es mir einfach.«

»Ich kann nicht. Wirklich nicht. Wenn es nur um mich ginge … aber es sind auch andere betroffen.«

»Diese Jungs sind nicht deine Freunde. Du willst mir doch nicht sagen, dass du sie schützen willst.«

»Für diese Scheißkerle würde ich gar nichts tun.«

»Also geht es um Willow?«

Als er Mindy anblickte, war seine Miene ernster als je zuvor.

»Wenn ich dich bitten würde, mir nur dieses eine Mal bedingungslos zu vertrauen«, sagte Angus. »Könntest du das? Könntest du das für mich tun?«

Als Mindy seine bebende Stimme hörte, lief ein Schauer

durch ihren ganzen Körper. Sie spürte, sie beide zitterten so heftig, dass sie meinte, die Gitterstäbe würden anfangen zu klirren.

Sie wollte ihm glauben. Sie wollte es richtig machen. Sie wusste nicht, was sie tun sollte.

»Zeit ist um«, rief Deputy Clark vom Ende des Gangs und riss sie damit auseinander. »Der Wagen des Sheriffs ist gerade vorgefahren. Sie müssen sich trennen.«

Angus' Finger waren mit ihren verschränkt wie früher, als er ein Baby war und sie ihn nachts stillte. Genau wie damals blickte er ihr direkt in die Augen. Dieser Blick verriet völliges Vertrauen, als wären sie die einzigen Menschen auf der Welt, obwohl Deputy Clarks laute Schritte immer näher kamen.

»Tust du das, Mom?«, fragte Angus.

»Ja«, antwortete Mindy. »Ja.«

32

Neubeginn

Elizabeth

»Ben! Ben! Warte!«

Ben läuft vor mir weg, aus der Küche, durch die Hintertür, aus dem Haus. Ich habe keine Zeit, mir Schuhe anzuziehen. Ich ziehe nur den Gürtel meines Bademantels straffer und folge ihm auf den Kiesweg. Er wollte zum Wagen, hat aber den Schlüssel vergessen. Weil er kurz stehen bleibt, um zu überlegen, was er tun soll, habe ich Zeit, zu ihm aufzuschließen.

In der warmen Morgenluft stehe ich neben ihm, außer Atem und mit einem Geschmack nach Verbranntem im Mund.

»Bitte, Ben, können wir reden?«

Er schlägt mit der Hand auf das Wagendach. »Gottverdammt noch mal, Elizabeth. Kannst du mich nicht einfach in Ruhe lassen?«

Ich sollte ihn allein lassen, wirklich, das sollte ich, aber ich kann es nicht.

»Wir müssen darüber sprechen.«

Da wirft er mir einen ungläubigen Blick zu und macht auf dem Absatz kehrt. Nicht zum Haus geht er zurück, sondern zur Wiese. Ich sehe ihm nach und stoße Rauch aus, als hätte ich eine Kippe zwischen den Zähnen. Der Kies drückt gegen meine Fußsohlen.

Ben ist schon ziemlich weit durchs hohe Gras. Wenn ich länger stehen bleibe, werde ich ihn aus den Augen verlieren, daher setze ich mich in Bewegung, langsam zuerst, dann fange ich an zu rennen.

Ich bin ihm dicht auf den Fersen, als die Wiese ans Wäldchen stößt, und meine zu wissen, wohin er will. Zu seinem alten Versteck, dem Baumhaus. Wohin er in seiner Kindheit ging, wenn er von seinen Geschwistern und Freunden genug hatte oder darüber nachdenken wollte, welche Farben er für sein nächstes Bild benutzen sollte oder welche Worte für seine nächste Geschichte. Dann ging er dorthin, erzählte er mir, und blickte auf dem Rücken liegend durchs Plexiglasfenster auf die Bäume oder Sterne. Das war sein Geheimplatz, den er vor seinen Geschwistern verbergen konnte und nie jemandem gezeigt hatte. Diesen Ort teilte er nur mit mir.

Er hatte das Baumhaus mit zehn entdeckt. Es war von der vorigen Generation gebaut worden, und er hatte Nägel und altes Holz aus einer der Scheunen geschmuggelt, um es wieder herzurichten und sicher zu machen. Stück für Stück. Langsam und geduldig. Damit niemand etwas mitbekam. Damit niemand es entdeckte.

Als ich mich durch die Bäume zwänge, kann ich ihn weiter oben sehen. Er steht mit hängenden Schultern am Fuß der Leiter, sieht aus wie ein bezwungener Mann.

Das habe ich ihm angetan.

Ich habe ihn bezwungen.

Vielleicht sollte ich einfach kehrtmachen, ihm seine Einsamkeit lassen und ihn freigeben. Aber aus unzähligen Gründen, auch wegen des beginnenden Lebens in mir, muss ich versuchen unsere Beziehung wieder zu reparieren, auch wenn es nur Stück für Stück geht.

»Ben.«

Er neigt den Kopf und lehnt die Stirn an die Leiter. »Wieso kannst du mich nicht einfach in Ruhe lassen?«

»Weil ich das eben nicht kann. Das weißt du doch.«

Er antwortet nicht, sondern hebt nur den Kopf und steigt die Leiter hinauf, rasch und sicher.

Ich weiß nicht, ob das eine Aufforderung ist, ihm zu folgen, doch ich tue es. Meine Hände und Füße sind auf den splittrigen Sprossen längst nicht so sicher wie seine. Diesmal hilft er mir nicht wie sonst beim letzten Stück. Als ich mich hochziehe und meinen Po auf die Plattform hieve, bohrt sich ein Splitter in meinen Daumen. Eigentlich hätte mir das leichtfallen sollen, doch meine Arme sind noch ganz schlapp von der gestrigen Arbeit im Wald.

Ben sitzt mit dem Rücken an dem Baum, um den das Haus herumgebaut wurde. An dieser Stelle ist die Rinde abgewetzt und leicht ausgehöhlt. Es ist ein richtiger Sitz. Ich drehe mich um und rutsche zu ihm, bis ich ihm im Schneidersitz direkt gegenübersitze.

Er hat die Augen geschlossen und sieht so müde aus, wie ich mich fühle. Erschöpft. Erledigt.

»Ben?«

»Ist es von mir?«

»Was?«

»Das Baby. Ist es meins?«

Die Wucht der Frage treibt mich hoch auf die Knie. Das Holz ist hart und unbequem. Ich würde mir gern den Splitter aus dem Daumen lutschen wie ein Baby, aber in diesem Moment muss ich mich um größere Verletzungen kümmern.

»Ach, Schatz. Natürlich ist es von dir.«

»Nicht von Andy?«

»Nein, nein, nein. Es war nichts, nichts, gar nichts zwischen uns.«

Da macht er die Augen auf. Weder Vertrauen noch Erleichterung spiegeln sich darin. Nur Fragen. Und Wut.

»Also ging es neulich nachts darum? Um einen allerletzten Versuch, das zu bekommen, was du willst, bevor du gehst?«

»Nein! Dann könnte ich unmöglich schon wissen, dass ich schwanger bin. Das wäre viel zu früh. Ehrlich gesagt, weiß ich nicht, wie weit ich bin, wahrscheinlich ziemlich weit, denn ich, also wir haben ... Egal, ich bin mir ziemlich sicher, dass es in *jener* Nacht passiert ist. Du weißt schon.«

Jene Nacht. Unsere letzte gute Nacht.

Am 4. Juli.

Wir waren auf dem alljährlichen Open-Air-Konzert am Fuß des Nelson Peak gewesen. Augustana spielte. Es erstaunte mich stets, dass so berühmte Bands in unsere kleine Stadt kamen. Allerdings kam es mir manchmal so vor, als würde die ganze Welt hier durchkommen. Wir sind große Fans von Augustana. Als ihr Song *Boston* herauskam, hörte ich ihn monatelang ständig. Manchmal drehten wir die Musik in der Küche voll auf und sangen laut mit. Dass wir ein neues Leben anfangen wollten und das Wetter satthatten. Diese Zeile sangen wir besonders inbrünstig, wenn der Winter am schlimmsten war, mit Eiseskälte und ewigem Schnee.

Egal. Vor zwei Monaten. 4. Juli. Eine tropische Nacht. Ich hatte so wenig am Leib, wie ich in der Öffentlichkeit wagte – Shorts und ein Tanktop. Dazu Bens alte Baseballkappe aus Highschooltagen, aus der hinten mein Pferdeschwanz herauslugte. Ben trug Cargoshorts und ein T-Shirt. Wir hatten beide Sandalen an. Ich hatte das Gefühl, dass wir sehr jung aussahen. Jedenfalls benahmen wir uns so. Wie jüngere Ausgaben unserer selbst. Wir brüllten die Texte mit. Tranken Bier aus Plastikbechern. Ich biss in den Rand, um beide Arme schwenken zu können.

Den Song *Boston* sparten sie sich für die Zugabe auf. Zu dem Zeitpunkt waren wir bereits heiser, trotzdem sangen wir laut mit und sahen uns dabei an, als wäre das unser Lied, unser Augenblick. Ein aufmerksamer Mensch hätte sich vielleicht seine Gedanken gemacht, wieso ein Paar ein Lied wählte, das vom Weggehen handelte, von einem neuen Leben in einer unbekannten Stadt. Doch ich war einfach nur glücklich, zum ersten Mal seit sehr langer Zeit. Als der Song vorbei war, suchten wir uns ein Plätzchen im Gras und sahen uns auf dem Rücken liegend das Feuerwerk an, das die Sterne überstrahlte.

Nach der letzten Rakete jagte mich Ben betrunken und ausgelassen den Hügel bis zu unserem Haus hinauf und packte mich am Po. Ich fegte seine Hand weg und sagte, die Nachbarn könnten uns doch sehen.

»Was kümmern uns die Nachbarn, Baby?«, erwiderte er und drängte mich gegen die Haustür.

Was dann folgte, war stürmisch und zärtlich, hektisch und langsam. Etwas Widersprüchliches, das uns spiegelte. Danach sagten wir nicht viel, sondern starrten nur an die Decke, während Bens Finger durch meine Haare kämmten. Lächelnd nickte ich ein und schlief die ganze Nacht durch.

Als ich am nächsten Morgen unsere verstreuten Kleider aufsammelte, machte ich einen Witz über die heilsame Wirkung des Alkohols, den Ben in den falschen Hals bekam. Anstatt es gut sein zu lassen, griff ich einen Streit auf, der seit zwei Tagen ruhte, und schon waren wir zurück auf Anfang.

An jenem Morgen rief ich zum ersten Mal den Anwalt an.

»Das war eine schöne Nacht«, sagt Ben.

»Ja. Die beste.«

»Aber nicht das echte Leben. Das echte Leben war das, was am nächsten Tag passierte.«

Ich hocke mich auf die Fersen. »Du meinst den Streit?«

»Den Streit. Und den am Tag davor. Den ständigen Streit. Hast du den nicht auch satt?«

»Klar. Das weißt du doch.«

»Dann ist es vielleicht doch besser so.«

»Du meinst, dass wir uns trennen?«

»Das wolltest du doch, oder nicht?«

»Ich wollte, dass sich was ändert.«

»Man muss aufpassen, was man sich wünscht.«

»Das weiß ich.«

Er schüttelt den Kopf. »Vielleicht sollten wir einfach aufgeben.«

»Und das Baby?«

Beim Gedanken an das Baby huscht ihm unwillkürlich ein Lächeln übers Gesicht. Das Baby, für das wir so lange gekämpft haben, ist endlich unterwegs.

»Bist du wirklich schwanger?«, fragt er.

»Ja.«

»Das ist ... als Mom es mir sagte, konnte ich es einfach nicht glauben.« Er schüttelt den Kopf. »Weißt du, weil ich heute Morgen pfeifend in die Küche kam, dachte sie, du hättest es mir erzählt.«

»Es tut mir so leid, Ben. Ich hätte es dir sagen sollen. Aber ganz sicher wusste ich es erst kurz vor der Stadtversammlung, und dann, bei all dem Chaos … Heute Morgen war ich auf der Suche nach dir, um es dir zu sagen … Mir ist schon klar, dass das schwer vorstellbar ist.«

»Ja, tatsächlich.«

»Ändert das etwas?«

»Keine Ahnung.«

»Das reicht mir nicht.«

Ben blickt zum Plexiglasdach hinauf. Es ist vollkommen mit den gelben Blättern der Espen bedeckt. Rauch dringt durch die Fugen, die Tür, durch alles. Wäre Magie im Spiel, würde der Rauch dichter werden und uns einhüllen. Und wenn er sich wieder lichtete, wären wir an einem anderen Ort oder in einer anderen Zeit. Aber das Feuer ist nicht magisch, sondern eine Bedrohung, die auf nichts und niemanden Rücksicht nimmt.

»Möchtest du etwa eines dieser Paare werden?«, fragt Ben.

»Du meinst, die Paare, die nur wegen der Kinder zusammenbleiben?«

»Genau die.«

»So wollte ich nie werden.«

»Ich glaube, niemand wollte so werden.«

»So wären wir auch nicht«, sage ich und versuche das, was mir an Gewissheit noch geblieben ist, in diese Worte zu legen.

»Komm schon, Beth. Wir *sind* doch schon eines dieser Paare.«

Das haut mich buchstäblich um. Etwas zu spät streckt Ben die Hand nach mir aus, sodass mein Kopf gegen die Holzwand hinter mir knallt.

»Alles in Ordnung?«

Ich setze mich auf und reibe mir die Stelle. Es fühlt sich an, als hätte ich ein Loch im Kopf.

»Ich glaube schon. Ich Tollpatsch.«

»Bei dir konnte man schon immer jederzeit mit einer Katastrophe rechnen. Es ist erstaunlich, dass du bisher unbeschadet aus jedem Feuer gekommen bist.«

»Das stimmt. Offenbar passiert mir dabei nie etwas. Nur …«

»Nur, wenn du mit mir zusammen bist?«

»Nur, wenn ich in meinem richtigen Leben bin.«

»Ist das dein richtiges Leben? Ich dachte, das andere wäre es.«

»Die Brandbekämpfung?«

»Ja.«

»Das war es vielleicht mal. Aber das will ich nicht mehr.«

»Was willst du dann, Beth?«

»Ich will ein neues Leben anfangen. Mit dir. Zusammen.«

Ben beißt die Zähne zusammen. Er versucht, die Fassung zu bewahren und nicht zu weinen. Ich dachte, ich hätte ihn gebrochen, doch da habe ich mich geirrt. Er ist zwar am Boden, aber nicht am Ende. Wenn ich nicht aufpasse, könnte ich großen Schaden anrichten.

»Würdest du dasselbe empfinden, wenn es kein Baby gäbe?«, fragt Ben.

»Das hoffe ich zutiefst.«

»Na, das reicht jetzt *mir* nicht.«

»Ich könnte auch Ja sagen. Aber das will ich nicht, wenn ich mir nicht absolut sicher bin. Das meinte ich mit Neuanfang. Karten auf den Tisch.«

»Wir pokern also?«

»Haha.«

Dass er jetzt Witze machen konnte …

Musste ein gutes Zeichen sein.

»Ganz ehrlich?«, fragt er.

»Ganz ehrlich.«

Da blickt er mir in die Augen. Grün zu Grün. »Ich hasse deine Arbeit.«

»Bei Rich? Die würde ich mit Freuden kündigen.«

»Nein. Die Brandbekämpfung. Die hasse ich.«

»Damit habe ich doch aufgehört.«

»Ach, wirklich? Wieso ist dann *ForestFires.com* deine Startseite, wieso checkst du ständig Wetterkarten und verfolgst den Verlauf von Waldbränden? Wieso hast du nie deinen Ausweis zurückgegeben?«

»Und warst gestern auf dem Berg«, vervollständige ich seine Liste.

»Ganz genau. In deinem Zustand.«

»Es ist ein Teil von mir, Ben. Ich weiß nicht, was ich sonst sagen soll. Wahrscheinlich werde ich nie in der Lage sein, es ganz aufzugeben. Doch ich bin bereit, es hinter mir zu lassen.«

»Wieso kann ich dir das nicht glauben?«

»Weil ich dir bisher keinen Grund dazu gegeben habe. Aber gestern, bevor ich … ohnmächtig wurde, fühlte es sich zuerst gut an, da oben zu sein. Im alten Rhythmus zu arbeiten. Etwas Wichtiges zu machen. Irgendwann ging mir auf, dass ich es dieses Mal nur tat, um *unser* Haus zu retten. Ich wollte *uns* retten. Ich bin es leid, ständig nur die anderen zu retten.«

»Das würde ich dir gern glauben.«

»Das kannst du. Ehrlich.«

Am liebsten würde ich seine Hand nehmen und auf meinen Bauch legen. Sie wie einen Ultraschallkopf benutzen in der Hoffnung, sie könnte das Schlagen des winzigen Herzens erfassen. Dabei weiß ich, dass er nur meinen Puls spüren wird. Aber dieses Lächeln von eben, als er kurz an das Baby dachte, dieses Lächeln ist tief in ihm verborgen und will aus ihm herausbrechen, will in einen Freudenschrei münden. Hätten wir diese Unterhaltung vor einer Woche geführt, wäre es bestimmt so gekommen.

Aber das wäre manipulativ von mir, extrem manipulativ, daher bitte ich einfach um das, was ich möchte.

»Ich will es. Dich und mich. Mit Baby oder ohne. Ich möchte, dass wir von vorne anfangen, hier oder woanders. Weil ich mir ein Leben ohne dich nicht vorstellen kann. Also sag bitte Ja. Ja?«

33

Außerhalb des Körpers

Mindy

Mindy wusste nicht genau, wann sie zum ersten Mal das Sprichwort gehört hatte, Kinder zu haben sei, als trage man sein Herz freiwillig für den Rest seines Lebens außerhalb des Körpers. Natürlich hatte sie diese Erfahrung auch gemacht. Als Carrie im Krankenhaus war, hätte sie ihr am liebsten ihr eigenes Herz geschenkt. Und wenn Angus sich verletzte, hatte Mindy oft das Gefühl, es täte ihr mehr weh als ihm. Die Liebe zu den eigenen Kindern war mit nichts zu vergleichen. Sie war anders und umfassender als die Liebe zu Peter, die sie nie in frage stellen würde.

Genau in diesem Augenblick war Mindys Herz in einen dunklen Keller eingesperrt und würde in zwei Tagen in eine Jugendstrafvollzugsanstalt verlegt werden, wenn der Richter keine Freilassung auf Kaution gewährte.

Daher wusste Mindy ganz genau, warum sie nach dem Besuch bei Angus in den Wagen stieg und zur Grundschule fuhr.

Nur wusste sie nicht, was sie sagen sollte, wenn sie dort angekommen wäre.

Als Mindy die Grundschule erreichte, fuhren gerade die freiwilligen Helfer auf den Parkplatz, die zum Frühstückmachen eingeteilt waren. Es handelte sich um mehrere Wagen, die in einer Kolonne von einem Partyservice kamen. Die Firma hatte sich bereit erklärt, für die Mahlzeiten zu sorgen und die Bezahlung später zu regeln. Mindy hatte per E-Mail ebenfalls eine Anfrage bekommen, ob sie mitmachen wollte. Doch sie war viel zu sehr mit ihren eigenen Problemen beschäftigt gewesen, um auch nur zu antworten. Inzwischen war sie sicher, dass sie abgewiesen worden wäre, selbst wenn sie sich gemeldet hätte.

Die Freiwilligen stiegen aus ihren Autos und ließen die Kofferraumdeckel aufspringen. Mindy beobachtete das geschäftige Treiben. Es waren ein paar junge Frauen dabei, die sie nicht kannte, aber Honor leitete das Ganze. Gut, so jung waren die Frauen auch nicht, Anfang zwanzig vielleicht. Sie waren groß, hatten definierte Beinmuskeln, von denen Mindy nur träumen konnte, trugen Shorts und T-Shirts, was fast wie eine Uniform wirkte. Es herrschte immer noch diese trockene Hitze, die dem Feuer genauso viel Auftrieb gab wie der Wind und der ausbleibende Regen.

Ihr Handy signalisierte den Empfang einer SMS. Sie kam von Peter.

Wo bist du?

Sie rief ihn an.

»Ich habe Angus besucht«, sagte sie zur Begrüßung.

»Man hat dich reingelassen? Ich dachte, die Besuchszeit fängt erst um zehn an.«

»Ich bin seine Mutter.«

Sie hörte, dass Peter tief durchatmete, wie immer, wenn er sich aufregte.

»Du hast keinen Zettel hinterlassen. Wir haben uns Sorgen gemacht.«

»Ich habe … momentan einfach zu viel im Kopf.«

»Ich etwa nicht? Meinst du nicht, ich wäre gern mitgekommen?«

Mindy sah zu, wie eine der Frauen einen schweren Metallkasten aus ihrem Kofferraum wuchtete und ihre Arme vor Anstrengung zitterten. Sie taumelte und wäre wohl hingefallen, hätte eine Freundin ihr nicht geholfen.

»Mindy?«

»Ich bin noch dran.«

»Sagst du auch was?«

»Was gibt es denn da zu sagen? Offensichtlich habe ich nicht nachgedacht.«

»Geht es ihm gut?«

»Nein. Wie denn auch!«

»Bist du noch da? Meinst du, ich kann ihn auch besuchen?«

»Frag nach Deputy Clark. Er scheint ein anständiger Kerl zu sein.«

»Wo bist du?«

Sie verließ den Wagen. Heiße Luft schlug ihr entgegen, als hätte sie beim Kuchenbacken die Ofenklappe geöffnet. Der Rauch war dichter als vorher. Unwillkürlich warf sie einen Blick zum Peak. Er war mehrere Meilen entfernt und aus dieser Entfernung nur als verschwommener Umriss zu sehen. Mindy lief es kalt den Rücken hinunter. Was hatte Angus getan?

»Min?«

»Ich wollte etwas wegen Angus unternehmen. Was ihm vielleicht helfen könnte.«

»Was meinst du damit? Der Anwalt hat doch gesagt …«

»Ich weiß, was der Anwalt gesagt hat.«

Nachdem sie am Vorabend von der Wache zurückgekommen waren, hatten Mindy und Peter den besten Anwalt der Stadt angerufen. Er hatte ihnen erklärt, vor Montag bekäme er Angus nicht frei und eine horrende Summe als Kaution genannt.

»Jim meinte, wir könnten eine zweite Hypothek aufs Haus aufnehmen, wenn nötig«, sagte Peter. Jim war sein Chef.

Mindy betrachtete sich im Fenster des Wagens. Ihre Haare klebten platt am Kopf, ihre Augen waren verschwollen, und ihr T-Shirt leierte am Hals aus. Angus und sie hatten eine ähnliche Augen- und die gleiche Ohrenform, aber das war es auch schon.

»Angus sagt, er war es nicht«, bemerkte Mindy.

»Das glaubst du ihm?«

»Ich muss.«

»Min.«

»Ich weiß, Peter. Ehrlich gesagt, hatte ich ihn die ganze Woche schon in Verdacht. Aber jetzt ... glaube ich ihm wohl. Ich meine, wir müssen auf dieser Grundlage handeln.«

»Hat er dir erzählt, wieso er das Haus verlassen hat? Was genau er draußen gemacht hat?«

»Nein, das nicht, aber ...«

»Wie kannst du dann so sicher sein?«

»Was soll dieses Kreuzverhör?«

»Tut mir leid, Min. So habe ich es nicht gemeint.«

»Ich weiß. Nett von Jim, die Sache mit der Hypothek.«

Peter seufzte. Er klang, als stünde er kurz vor dem Zusammenbruch, und ein Teil in Mindy sehnte sich danach, zu ihm zu fahren. Aber sie hatte Wichtigeres zu tun.

»Geh ihn besuchen, Peter. Geh zu ihm, und hör dir an, was er zu sagen hat. Würdest du das für mich tun?«

»Aber ja.«

»Nimm Carrie nicht mit. Das ist nichts für sie.«

»Kommst du bald nach Hause?«

»So schnell ich kann.«

Im Vergleich zu Mindys letztem Besuch befanden sich erheblich mehr Menschen in der Turnhalle der Grundschule. Im Verlauf der vergangenen Woche war so viel passiert, hatte sich so viel verändert.

Sie fragte sich, ob es zu viel war, um es rückgängig zu machen.

Ihr Blick überflog die volle Halle. Die meisten Pritschen waren besetzt. Es herrschte eine Art seltsame Feierstimmung. Kinder spielten und rannten zwischen den Bettenreihen herum. In der Luft lag der salzige Geruch von Frühstücksspeck und Würstchen. Etwa zwanzig Freiwillige standen an der Essensausgabe – die hübschen Mädchen mit den geschmeidigen Körpern, die Mindy draußen gesehen hatte. Honor führte die Aufsicht.

Tucker saß neben seiner Mutter auf einer Bank, hatte die Augen starr aufs Handy gerichtet und bewegte die Finger schnell über den Touchscreen. Mindy überkam der starke Drang, schnurstracks zu ihm zu marschieren und … Nein. Das ging nicht. Den Jungen zu erwürgen war keine Lösung.

Als sie sah, dass sich Honors Kopf in ihre Richtung bewegte, duckte sie sich hinter einer Gruppe Wartender im Mittelgang, die über die Stadtversammlung am Vorabend redeten. Mindy versuchte, nicht hinzuhören, und ließ den Blick auf der Suche nach John Phillips umherschweifen.

»Dieser Junge …«

»Der mit dem Feuerzeug? Ganz schön gruselig, oder?«

»Die Eltern sollte man …«

Da meinte Mindy, John Phillips' Kopf unter einer Armeedecke hervorlugen zu sehen. Sie war sich ziemlich sicher, dass das bei ihrem letzten Besuch seine Pritsche gewesen war. Aber es war schwer zu sagen, so anders wirkte die Turnhalle heute.

Ohne genau zu wissen, was sie eigentlich sagen wollte, ging sie zu seinem Bett. Ihr war nur klar, dass sie unter den Blicken dieser tratschenden Gruppe nichts machen konnte. Die würde sicher noch größer werden, sobald sie sich zu John Phillips setzte.

»Mr. Phillips«, sagte sie, als sie direkt vor ihm stand.

Er lag auf dem Rücken und hatte die Decke bis zum Kinn gezogen, so wie sie es früher bei Angus und Carrie gemacht hatte, als sie noch so klein waren, dass sie sich vor Monstern fürchteten. Phillips schien völlig in Gedanken versunken zu sein, reagierte aber, als sie ihn ein zweites Mal ansprach. Sie fragte ihn, ob sie irgendwo ungestört reden könnten. Daraufhin schob er langsam die Decke zurück und setzte sich auf. Er schlief in seinen Kleidern und wollte nicht wissen, wieso Mindy ihn sprechen wollte, während er seine Füße in ein Paar Turnschuhe schob. In einem Anflug von schlechtem Gewissen fragte Mindy ihn, ob er lieber erst frühstücken wollte, doch er winkte ab. Er hatte keinen Hunger.

Die Sicherheit, mit der er sie zur Hintertür der Turnhalle führte, zeigte, dass er sich bereits heimisch fühlte. Sie wanderten durch die leeren Gänge der Grundschule, bis sie einen Klassenraum entdeckten, der nicht abgeschlossen war.

John nahm hinter dem Lehrerpult Platz. Mindy wusste nicht, was sie machen sollte. Sich an einen der Kindertische setzen oder vor dem Pult stehen bleiben, als warte sie auf eine Strafe?

»Was wollen Sie?«, fragte John. Seine Stimme klang belegt, als hätte er lange nicht gesprochen oder bekäme eine Erkältung.

Obwohl Mindy unsicher war, wie sie ihr Anliegen vorbringen sollte, stürzte sie sich ins kalte Wasser.

»Ich möchte, dass Sie meinem Sohn helfen.«

»Wer ist das?«

»Der Junge, der angeblich das Feuer ausgelöst hat.«

»Tja, dann sieht's wohl nicht so aus, als könnte ich ihm helfen. Außerdem, wenn er es wirklich war, ist er schuld daran, dass ich alles verloren habe.«

»Er war es nicht. Angus ist unschuldig.«

»Sie sind seine Mutter, da müssen Sie wohl an ihn glauben.«

»Aber ich *habe* nicht an ihn geglaubt. Ich schäme mich, das zuzugeben, doch anfangs dachte ich wirklich, er hätte was damit zu tun. Inzwischen habe ich aber mit ihm geredet, und er schwört, dass er es nicht getan hat. Deshalb glaube ich ihm.«

»Das mag alles sein. Was hat das mit mir zu tun?«

Mindy senkte den Blick zu Boden. Er war mit zwanzig Jahre altem Linoleum ausgelegt und war von Kinderschuhen, Tisch- und Stuhlbeinen verschrammt. Hier und dort klebten ein paar alte Kaugummis.

»Sie könnten die Schuld auf sich nehmen«, sagte sie leise.

»Wie bitte?«

Mindy blickte auf. »Sie könnten sagen, Ihnen sei klar geworden, dass Sie es versehentlich ausgelöst hätten. Ich weiß, es wird behauptet, dass Sie trotzdem mit einer Anklage rechnen müssen, doch so weit wird es bestimmt nicht kommen. Nicht, wenn wir uns einen plausiblen Grund ausdenken.«

John sah sie langsam blinzelnd an, während sie vor sich hin stammelte.

»Vielleicht haben Sie Glas an der Feuergrube liegen lassen und die Sonne hat hindurchgeschienen? Oder, ich weiß nicht, Sie haben etwas verbrannt ohne nachzudenken, weil Sie wegen der Zwangsversteigerung so aufgebracht waren? Ich meine, Angus ist ein Junge und hat sein ganzes Leben noch vor sich und …« Mindy verstummte hilflos. Sie wusste nicht weiter, merkte, wie irrational sich das anhörte, wie verzweifelt. Aber genau das war sie ja auch.

Irrational vor Verzweiflung.

»Ich habe auch noch Leben in mir«, sagte John argwöhnisch.

»So habe ich das nicht gemeint! Ach, ich weiß nicht, was ich mir gedacht habe.«

Mindy ließ sich auf den Stuhl hinter ihr sinken. Sie fühlte sich plump und unbeholfen, ganz ähnlich wie in ihrer eigenen Grundschulzeit.

»Sie lieben Ihren Sohn«, bemerkte John.

»Über alles.«

»So eine Liebe habe ich nie empfunden. Wir konnten keine Kinder bekommen, und meine Frau war kein Mensch, den man so lieben konnte, verstehen Sie?«

»Das tut mir leid.«

»Lange Zeit tat mir das auch leid. Aber wenn ich Sie jetzt so sehe, tja, Sie haben da ein ganz schönes Päckchen zu tragen. Mir wäre das wahrscheinlich zu schwer.«

»Also verstehen Sie, warum ich Sie darum bitte?«

»Ja, sicher, aber …«

»Hier sind Sie«, rief Kate Bourne von der Tür her. Sie hatte die Hände in ihre schmalen Hüften gestemmt, trug eine abgeschnittene Khakihose und Ballerinas und hatte die Haare so streng wie Carrie zurückgebunden. »Ich habe Sie überall gesucht.«

»Kennen wir uns?«, fragte John.

»Wir haben uns gestern unterhalten, erinnern Sie sich? Wegen der Gala heute Abend. Ach, Mindy, du bist ja auch da.«

Mindy wischte sich die Tränen aus dem Gesicht. »Wieso hast du nach Mr. Phillips gesucht?«

»Ich wollte ihn zum Herbstball abholen. Das wäre eigentlich nicht meine Aufgabe gewesen, wie du sicher weißt. Doch unter den gegebenen Umständen dachte ich, es wäre das Beste, ihn an die Hand zu nehmen.«

»Das Fest fängt erst in einigen Stunden an.«

»Wir haben noch viel Arbeit vor uns. Ihm einen Anzug kaufen, ihn zum Friseur bringen und generell ein bisschen schick machen.«

»Reden Sie nicht über mich, als wäre ich gar nicht da«, sagte John.

Kate wurde rot. »Verzeihung.«

»Schon gut.«

»Wir sollten langsam los.«

John sah Mindy an. »Kommen Sie mit?«

»Ich glaube nicht.«

Er stand auf. »Ich bin kein Anzugtyp.«

Kate hob die Schultern und ließ sie wieder sinken. Beim Herbstfest war Abendkleidung Pflicht. *Schon seit jeher und für immerdar*, hatte Kate mehr als einmal gesagt. »Wie wäre es dann mit einem Hemd und einer schönen Hose? Sie wollen doch zu den anderen passen, oder?«

»Ich wüsste nicht, wie ich zu denen passen sollte.«

»Tja, man soll die Hoffnung nie aufgeben.«

»Amen.«

»Dann wollen wir mal, ja?«

Mindy stand ebenfalls auf, als John sich vom Pult erhob.

Am liebsten hätte sie den Arm ausgestreckt und ihn aufgehalten. Mit einem Mal schien alle Energie verpufft, die sie seit dem Vorabend angetrieben hatte.

»Danke, dass Sie mit mir geredet haben«, sagte sie.

»Sie haben mein Mitgefühl«, erwiderte John und folgte Kate durch die Tür.

34

Überwachung

Elizabeth

Ben sagt nicht Ja und nicht Nein. Er sagt nur, dass er darüber nachdenken muss und wir wieder ins Haus gehen sollten.

Dort trennen wir uns, ich gehe ins Schlafzimmer, er in die Küche, wo seine Eltern nervös das Ende unseres Streits abwarten. Unseres Disputs. Was da auch immer zwischen uns war. Im Hause Jansen gibt es keine Scheidungen. Zwar wissen sie nicht, wie nah wir diesem Punkt waren oder noch sind. Doch ganz bestimmt ahnen sie, dass etwas nicht stimmt. Wieso sollte ich sonst etwas vor Ben geheim halten, das wir beide uns sehnlichst wünschen, oder darauf bestehen, dass Grace es Ben nicht sagt?

Im Ernst, was stimmt nicht mit mir?

Was stimmt nicht mit uns?

Als eine Welle der Übelkeit mich überkommt, lasse ich mich aufs Bett sinken. Vielleicht geht das gleich vorbei, vielleicht sollte ich aber lieber ins Bad rennen wie die vielen Schwangeren, die ich im Laufe der Jahre in Filmen und im wahren Leben gesehen habe.

Eine Bewegung, die allein Frauen vorbehalten ist.

Ein Gelöbnis der Schwesternschaft, der ich jetzt angehöre.

Nachdem ich ein paar Mal tief durchgeatmet habe, verschwindet das Gefühl. Es kommt sicher wieder, das weiß ich, doch ich akzeptiere die Gnadenfrist. Auf dem Nachttisch summt und vibriert mein Handy. Kara.

»Alles in Ordnung?«, fragt sie.

»Wieso fragst du?«

»Ich habe dir drei E-Mails geschickt, und du hast nicht geantwortet.«

»Ach. Ha. Ja. Tja. Ich habe Neuigkeiten für dich.«

»Du bist schwanger.«

»Ja. Das wusstest du?«

»Ich hatte es vermutet.«

»Wieso hast du nichts gesagt?«

»Es ging mich doch nichts an.«

Ich seufze. »Rufst du deswegen an?«

»Nein. Ich brauche dich.«

»Was ist denn los?«

»Hast du noch nicht die Meldungen von heute Morgen gelesen?«

»Ich war … nein. Ist es schlimmer geworden?«

»Heute ist der Tag der Entscheidung. Meine rechte Hand hat sich krankgemeldet. Ich brauche deine Hilfe.«

Ich starre an die Wand. James McMurtry, ein alter Lieblingsmusiker von Ben, starrt zurück. Ben hat sein Poster abgemalt.

»Ich kann nicht, Kara.«

Schweigen. »Aha. So steht es also, wie?«

»Ich muss wenigstens einmal die richtige Entscheidung treffen.«

»Ich verstehe.«

Schuldgefühle beschleichen mich. »Gibt es denn keinen anderen? Das würde Ben dann sicher verstehen.«

»Nein, ist schon gut. Andy übernimmt das.«

»Na klar. Warum hast du ihn nicht gleich gefragt?«

»Ich glaube, du weißt, warum.«

Um nicht wahnsinnig zu werden, während ich auf Bens Antwort warte, und um nicht ständig die Lage beim Waldbrand zu checken, beschließe ich, zwei Fragen nachzugehen, die ich bisher vernachlässigt habe: Wie gelangte das Video an die Öffentlichkeit? Und wieso habe ich nicht selbst danach gesucht?

Zuerst statte ich Detective Donaldson einen Besuch ab. Er hat mir mehrere zornessprühende SMS geschickt, dass er mich *Sofort!* sprechen muss.

Als ich bei ihm eintrete, tigert er mit dem Telefon am Ohr durch sein Büro.

»Ja. Ja. Ich weiß. Die Liste ist kurz, und du stehst drauf. Ich stelle nur eine Tatsache fest. Ja. Mache ich.«

Er beendet das Gespräch und reibt sich mit der Hand über den Kopf.

»Mit wem haben Sie geredet?«, frage ich.

Er dreht sich um. »Stehen Sie schon lange da?«

»Ja. Ja. Ja.«

»Das ist nicht der rechte Zeitpunkt für Scherze. Haben Sie mit Rich gesprochen?«

»Nein, Sie?«

Er wirft einen kurzen Blick aufs Telefon und legt es dann mit dem Display nach unten auf den Schreibtisch.

»Die Lage ist kritisch«, sagt er. »Es könnte mich meinen Job kosten, dass das Video veröffentlicht wurde. Also sollten Sie mir sagen, wie zum Teufel das passieren konnte!«

»Keine Ahnung. Ich wusste nicht mal, dass so ein Video existiert. Sie?«

Daraufhin geht er zu seinem Computer und rüttelt an der Maus. Sein Bildschirm zeigt ein Standbild von den vier Jungen und dem Mädchen auf dem Stadtplatz.

»Ich hab's gestern gekriegt. Doch bis zur Befragung von Tucker und Angus war ich nur bis zu der Stelle gekommen.«

»War das der Beweis, den Sie erwähnten?«

»Ja.«

»Wieso haben Sie ihnen das nicht schon gestern gezeigt?«

»Ich hatte nicht genug Zeit, um mir die ganze Aufnahme mit den Zeitanzeigen anzusehen. Außerdem habe ich sie so dazu gebracht, sich auf ihre Geschichten festzulegen. Angus hat offensichtlich gelogen.«

»Genau wie Tucker.«

Donaldson schießt mir einen Blick zu. »Wir wissen nicht, ob er zu den Jugendlichen gehört.«

»Ich wette, er gehört dazu. Hat Angus seit seiner Verhaftung irgendwas gesagt?«

»Nein.«

»Was ist mit der Identifizierung der anderen Personen aus dem Video? Die hatten doch bestimmt was damit zu tun.«

»Wir arbeiten daran.«

»Irgendwelche Spuren?«

Er schließt klickend seinen Browser. »Keine, die ich zu diesem Zeitpunkt preisgeben würde.«

»Also, was soll ich dann machen?«

»Ihren Job, solange Sie ihn noch haben?«

Die Redaktion der *Daily* befindet sich im ersten Stock eines der älteren Gebäude am Stadtplatz. Da es eine gekürzte Sonntagsausgabe gibt, ist sie zur Hälfte besetzt. Ein eifriger Volontär zeigt zum Schreibtisch, den ich suche.

Joshua Wicks Arbeitsplatz sieht ganz anders aus, als ich erwartet habe. Statt der Papierstapel und der Zettelwand mit unzähligen Querverweisen über eine Verschwörung sehe ich nur zwei große Monitore und eine Schreibtischplatte, die so leer gefegt ist, dass sie bestimmt täglich aufgeräumt wird. Eine einsame Flasche Desinfektionsmittel vervollständigt das Bild. Ich beobachte, wie Wicks Hände über die Tastatur fliegen. Ihre Haut ist rot und aufgesprungen. Die Hände eines Mannes, der sie zu oft wäscht.

Offenbar spürt er, dass ich da bin, oder er hat mein Spiegelbild im Monitor gesehen. Jedenfalls dreht er sich herum. Für einen Mann von fünfunddreißig wirkt sein Gesicht jugendlich frisch. Seine dunkelbraunen Haare sind ungekämmt, die ebenfalls dunkelbraunen Augen wirken müde. Er hat diese Woche hart gearbeitet.

»Miss Martin. Ist mir ein Vergnügen«, sagt er mit seiner tiefen grollenden Stimme.

»Aber gewiss doch.«

»Sie sind wegen des Videos hier?«

»Genau.«

»Ich werde Ihnen nicht sagen, woher ich es habe.«

»Ich hatte nichts anderes erwartet.«

»Dann hätten Sie auch anrufen können.«

»Da bin ich anderer Meinung«, entgegne ich. »Darf ich mich setzen?«

Er weist auf eine Ecke seines Schreibtischs, auf die ich mich vorsichtig hocke. Er zuckt zusammen. Sobald ich weg bin, wird da sicher ganz besonders gründlich geschrubbt.

»Also?«, fragt er.

»Die Überwachungskameras streamen alle über die Website der *Daily*. Werden die Aufzeichnungen hier gespeichert?«

»Nein. Wir hosten nur den Feed. Es sind nicht unsere Kameras.«

»Sondern wessen?«

»Die der Stadt.«

»Also müsste der Feed auf den Servern der Stadt gespeichert sein?«

»Richtig.«

»Wer hat Zugang dazu?«

»Die Polizei kann sich sicher Zugang dazu verschaffen. Oder Ihr Büro.«

»Selbstverständlich. Aber wer hat normalerweise Zugang dazu?«

»Normalerweise nur die IT-Abteilung der Stadt.«

»Wer sitzt da?«

»Nur einer. Aber der ist nicht der Androide, den Sie suchen.«

Ich schüttle den Kopf. Männer und ihre Star-Wars-Anspielungen. Wird das niemals enden?

»Soll ich Sie beim Wort nehmen?«

Er blinzelt mich langsam an. »Machen Sie doch, was Sie wollen.«

»Haben Sie die Aufzeichnungen bekommen, bevor Sie an die Stadt gemailt wurden?«

»Nein.«

»Irgendeine Idee, welche Mailing-Liste benutzt wurde?«

»Sollten Sie das nicht längst wissen?«

Ich starre ihn nur an.

»Na gut. So, wie ich es beurteile, wurde ein Teil der Rettungsdienstliste benutzt.«

»Wie kommt man da dran?«

»Das wüsste ich ein paar Möglichkeiten.«

»Die da wären?«

»Wahrscheinlich sind die Server nicht besonders gut geschützt. Oder es war jemand, der die Liste auch sonst regelmäßig benutzt.«

»Welchen Grund sollte denn jemand haben, das Video zu veröffentlichen? Wieso ist er damit nicht einfach zur Polizei gegangen?«

Wick zieht die Schultern bis zu den Ohren.

Ich versuche es anders. »Sie haben die ganze Woche Insider-Informationen bekommen. Ich weiß, Sie können mir Ihre Quelle nicht preisgeben, aber vielleicht können Sie mir sagen, wer es nicht ist?«

»Das hieße ja, indirekt zu tun, was ich direkt nicht tun kann.«

Ich stehe auf. »Einen Versuch war es wert.«

»Hätte ich nicht anders von Ihnen erwartet.«

»Danke für das Kompliment. Wenn es eins war.«

Er greift nach dem Desinfektionsspray. »Eines kann ich Ihnen sagen. Ich habe gehört, Ihr Boss ist mächtig sauer über die Veröffentlichung des Videos.«

»Er hasst undichte Stellen.«

»Ja, das wird's wohl sein.«

35

Discokugel

Elizabeth

Das Herbstfest findet wie jedes Jahr in einem riesigen Zelt auf einer öffentlichen Rasenfläche am Fuß des Nelson Peak statt. Im Nelson Peak Park werden in den wenigen Monaten mit verlässlich gutem Wetter so viele Events abgehalten, wie wir in die kurze Zeitspanne hineinstopfen können: Konzerte, Feuerwerke, Shakespeare im Freien und so weiter und so fort. Normalerweise bietet der Park eine wunderschöne Kulisse, die eine Flanke des Berges in sommerlicher Pracht zeigt. Heute Abend könnte dort der Platz in der ersten Reihe sein, um das Ende von – nun, eigentlich das Ende von allem mit anzusehen.

Vor Beendigung unseres Telefonats fragte ich Kara, ob das Fest abgesagt werden sollte. Sie seufzte schwer und erklärte, dass sie bereits vergeblich versucht hatte, das beim Stadtrat durchzusetzen. Die Show würde weitergehen, nur diesmal umrahmt von Löschzügen und den gelben Schläuchen, die auch mein Haus umgeben. Wertvolle Ressourcen, die woanders sinnvoller eingesetzt werden könnten, doch nach althergebrachter Nelsoner Art dem Gewünschten und nicht dem Notwendigen dienen müssen.

Wer bin ich, dass ich darüber urteilen könnte? Ich trage ein langes Abendkleid, aus dem rasch ein paar Zentimeter herausgelassen wurden, um meinen anschwellenden Bauch und den größeren Busen zu kaschieren. Der Wagen, aus dem ich steige, kostet mehr als das Jahresgehalt der meisten Einwohner, mich eingeschlossen. Und der Preis für die Eintrittskarten dieses Fests übersteigt ebenfalls jedes vernünftige Maß und wurde wie mein Kleid von Bens Eltern bezahlt.

»Geht es dir gut?«, fragt Ben und legt mir seine Hand auf den Rücken. Obwohl sie dieselbe Temperatur hat wie die verrauchte Nacht, reagiert meine Haut durch die Seide darauf. Mit einem Schauer. Einem Hitzefleck. Das löst Ben immer noch bei mir aus.

»Was machen wir bloß hier?«

Ben wirft einen Blick ins Zelt, als seine Eltern sich von uns lösen, um Freunde zu begrüßen. Er blickt über die runden, mit weißem Leinen eingedeckten Tische, das silberne Besteck, das im Kerzenlicht funkelt. In der Nähe des Eingangs spielt ein Streichquartett, auf der Bühne steht ein DJ-Mischpult. Die Gäste in Anzug oder Abendkleid ignorieren die rauchige Luft. Im Zelt stehen genug Blumen, um den Brandgeruch fast zu überdecken. Von der Decke hängt ein Gebilde, das sehr an Chihulys Glasblüten in der Lobby des *Bellagio* in Las Vegas erinnert. Ich weiß, es kann nicht echt sein. Aber es ist eine verdammt gute Nachbildung.

»Wegen des Feuers?«, fragt Ben.

Er trägt einen gut geschnittenen schwarzen Anzug und eine schwarze Seidenkrawatte. Dadurch wirkt er dünner und jünger, fast wie ein Filmstar, und tatsächlich haben ihm mehrere Frauen anerkennende Blicke zugeworfen. Ben hingegen warf mir einen zu, als ich vor einer Stunde aus seinem Zimmer trat. Er steckte mir eine Strähne fest, die sich aus meinem mehr schlecht als recht haltenden Haarknoten gelöst hatte. »Ich bin froh, dass wir das machen,« meinte er dann.

»Unter anderem«, sage ich jetzt.

Als ich das letzte Mal nachsah, zeigte das Satellitenfoto ein paar Wolken am Horizont, die man im Augenblick durch die tief hängende Rauchwolke unmöglich sehen kann. Ich habe Platzangst und bin nervös. Das fast ununterbrochene Dröhnen der Flugzeuge, die ihre Wasserladung auf das viel zu nahe Feuer abwerfen, hilft da auch nicht besonders. Die Rauchwolke hinter dem Peak ragt nach wie vor hoch in den Himmel, ist jedoch näher gerückt. Nach Karas Worten zu urteilen muss sie die Feuerschneise erreicht haben.

»Geige spielen, während Rom brennt«, sage ich. »Das würde Kaiser Nero gefallen.«

»Ich dachte, er hätte Leier gespielt ...«

Ich versetze ihm einen Klaps auf den Arm. »Angeber.«

Er grinst. »Unsere Mitbürger warten.«

Er führt mich ins Zelt, und wir suchen auf dem Sitzplan unseren Tisch. Uns ist Tisch drei zugewiesen worden, in der ersten Reihe rechts von der Bühne, vor den Panoramafenstern aus Kunststoff, die einen Blick auf den Peak gewähren. Man hat die Nachtbeleuchtung auf der Skipiste angeschaltet, und die Lichter leuchten schwach vor dem dunkler werdenden Himmel.

Einen Augenblick lang blicken wir hinaus und den Berg hinauf. Würde ich meine Augen schließen, könnte ich mir einbilden, draußen bei meiner Crew zu sein. Einen Schlauch zu halten, eine Schneise zu graben, verloren im Rauch. Vielleicht sagt Ben deshalb nichts, weil er das spürt. Er stellt meinen Entschluss auf die Probe. Das gefällt mir nicht, aber wenn ich eine Zukunft mit ihm haben will, muss ich meine Vergangenheit hinter mir lassen.

Also drehe ich dem Feuer den Rücken zu und verbringe die nächste Stunde mit Ben, mische mich in der Cocktailstunde unters Volk und lasse mir Küsschen auf die Wange drücken. Natürlich wird, mit nervösen Blicken zum Fenster, viel über das Geschehen auf dem Peak gesprochen, aber auch von anderen, profanen Dingen. Wir sind unantastbar, Geld ist der ultimative Schutz davor, zu Schaden zu kommen.

Etwa zehn Minuten, bevor wir zu Tisch gebeten werden, befinden Ben und ich uns gerade am Rand der Tanzfläche, als uns unser Hochzeitslied kalt erwischt. *Us* von Regina Spektor. Jemand, der nach einem tieferen Sinn sucht, würde in diese Wahl wohl einiges hineindeuten können, doch wir mochten diesen Song einfach. Denkmäler, die der Liebe gebaut wurden. Städte, die danach benannt wurden. Einer großen und dauerhaften Liebe. Genau die erhofften wir uns in bescheidenerem Maß.

Ich liebe diesen Song, hätte jedoch nicht erwartet, ihn hier zu hören.

Als ich mich zu Ben umdrehe, hält er mir mit schüchternem Blick die Hand entgegen.

»Warst du das …?«

Doch er steht nur da, mit ausgestreckter Hand. Ich ergreife sie. Da führt er uns auf die leicht umnebelte Tanzfläche, legt die andere Hand wieder auf meinen Rücken, während er meine Linke entschlossen umfasst und sie mir aufs Herz legt. Langsam, Schrittchen für Schrittchen, drehen wir uns im Kreis.

»Was bedeutet das?«, frage ich.

»Pst«, macht er. »Lass uns heute Abend einfach glücklich sein. Wir bekommen ein Baby.«

Jetzt erscheint das Lächeln auf seinem Gesicht, auf das ich gewartet habe. Ich lege mein Kinn an seine Schulter. Wir drehen uns zu der Klaviermelodie, die für eine klassische Ballade etwas zu schnell ist. Die Musik wogt um uns herum, und ich erlebe einen dieser ganz speziellen Augenblicke, in denen das eigene Leben in bedeutsamen Szenen vor dem inneren Auge abläuft. Unser erstes Gespräch. Die prekäre Situation auf dem Majestic. Unser Hochzeitstag. Die Zeit, die wir getrennt verbrachten. Die Augenblicke, wenn wir wieder zusammentrafen. Unsere letzte gute Nacht. Bens verzweifelter Anblick heute Morgen.

»Ben?«

»Ja«, haucht er. Eine widerspenstige Haarsträhne, die sich aus meinem Knoten gelöst hat, kitzelt an meinem Hals.

»Ich liebe dich.«

Er rückt mich ein Stück von sich weg, sagt nichts und dreht sich weiter mit mir im Kreis.

Ich möchte, dass er etwas sagt. Dass er mich auch liebt. Dass er es auch so meint. Und dass das reicht. Vielleicht will er das auch, doch er kommt nicht dazu.

»Bitte nehmen Sie Ihre Plätze ein«, ertönt krächzend Kate Bournes Stimme aus den Lautsprechern, nachdem Reginas Stimme abgewürgt wurde.

Ben und ich stehen immer noch in Tanzhaltung da und blicken uns an, während die Lichter über uns zu flackern anfangen. *An/aus. An/aus.*

»Wir setzen uns wohl besser«, bemerkt Ben beim dritten Flackern.

Ich nicke, worauf wir unsere Entspannungspolitik auf später verschieben. Dennoch keimt Hoffnung in mir auf, als ich Platz nehme. Meine Sitzgelegenheit ist ein mit einer Stoffhusse überzogener Klappstuhl und trotzdem weit schöner als jedes Möbel bei uns zu Hause.

Kates Stimme dröhnt erneut durch die Lautsprecher und

heißt uns willkommen. Sie steht mitten auf der Bühne vor einem Mikrofon und trägt ein bodenlanges Abendkleid aus schwarzem Seidenchiffon. Der Stoff ist an den Schultern zusammengerafft und läuft in einem Wasserfallkragen aus. Ihre Schlüsselbeinknochen sind so scharf gemeißelt, dass sie fast wie der Bügel wirken, an dem das Kleid vorher hing. Sie hat es sich anscheinend anders überlegt, nachdem sie mich in Carolines Laden gesehen hat. Ich wünschte, ich hätte dasselbe getan, denn mein Kleid zerrt tonnenschwer an mir.

Hinter mir wütet das Feuer. Ben sitzt zu meiner Linken und ein Geschäftspartner seines Vaters zu meiner Rechten. Seine Eltern wurden uns gegenüber platziert. Ich rücke das Silberbesteck neben dem Porzellanteller für den Salat zurecht und rutsche unruhig hin und her. Dann merke ich, dass Grace mich beobachtet. Als ich ihr ein zaghaftes Lächeln zuwerfe, wendet sie den Blick ab.

Hat sie Ben wirklich nur aus Versehen erzählt, dass ich schwanger bin? Wir haben heute noch nicht miteinander gesprochen, nur ein paar Höflichkeitsfloskeln im Wagen gewechselt. Ihre für die Öffentlichkeit aufgesetzte freundliche Maske verrät nichts. Doch ich kenne sie schon so lange, da glaube ich nicht, dass sie es aus Bosheit gemacht hat.

»Ich muss zur Toilette«, teile ich Ben mit.

»Alles in Ordnung?«

»Aber ja. Ich bin gleich wieder da.«

Ich stehe auf und schlängle mich durch die Tische, während Kate den Gästen mitteilt, worüber sich die bereits die ganzen letzten Tage beschwert haben. Dass dieser Abend zu Ehren von John Phillips stattfindet und die Spenden für ihn gedacht sind, damit er Geld für ein neues Zuhause hat, wenn alles überstanden ist.

Ich halte nach Mindy Ausschau. Sie hat mich heute früh angerufen, als ich noch schlief, aber nichts auf Band gesprochen. Ich habe nicht zurückgerufen. Bei all dem Chaos ist es mir erst jetzt wieder eingefallen.

Ich sehe sie nirgendwo, jedenfalls sitzt sie eindeutig nicht an Kates Tisch, wo ich sie erwartet hätte. Aber ja! Angus. Auf gar keinen Fall kann sie sich auf dem Fest blicken lassen, während er in der Zelle sitzt. Wie konnte ich das nur vergessen? Deshalb hat sie mich wahrscheinlich angerufen. Ich hätte sie zurückrufen sollen. Sofort.

Ich greife tief in die Tasche meines Rocks und hole mein Handy hervor. Wenigstens eine Sache kann ich heute Abend richtig machen. Ich verlasse das Zelt, rufe Mindys Nummer auf und drücke die Ruftaste. Es klingelt so lange, dass ich schon aufgeben will, doch da springt ihre Voicemail an.

»Hier spricht Mindy. Hinterlassen Sie eine Nachricht.«

Sie klingt so vertraut, dass mir die Stimme im Hals stecken bleibt.

»Hier spricht Beth. Elizabeth Martin. Natürlich weißt du, wer. Tut mir leid. Es war ein komischer Abend. Eine komische Woche. Ich wollte nur anrufen, um dir zu sagen, wie leid mir das mit Angus tut und dass ich nicht früher zurückgerufen habe. Wenn du irgendwas brauchst, egal was, ruf mich an. Ich denke an dich. Ich denke an euch alle.«

Dann beende ich das Gespräch. Mehr gibt es nicht zu sagen.

Ich lasse das Handy zurück in die Rocktasche gleiten und mache mich auf den etwas tückischen Weg über den Rasen zur Toilette. Mittlerweile ist es vollkommen dunkel. Durch die Lichter am Hang und das phosphoreszierende Glühen des Zelts kann ich zwar gut sehen, doch sie haben vergessen, einen Plankensteg zum fünfhundert Meter entfernten Toilettenhäuschen zu legen. Ich weiß nicht, wie ich das mit meinem Kleid anstellen soll, wenn ich erst mal da bin, aber wenigstens muss ich mich nicht in einer Mobiltoilette abmühen.

»Kann ich Ihnen helfen?«, ertönt eine männliche Stimme. Dann schiebt sich ein Arm durch meine Ellbogenbeuge, die entstanden ist, weil ich mein Kleid zum Schutz vor dem feuchten Rasen gelupft habe. Als ich mich umdrehe, kommt mir der Mann bekannt vor, aber ich kann ihn nicht einordnen.

»Kenne ich Sie?«

»Graeme Fletcher. Sie haben diese Woche einen Termin bei mir versäumt.«

Greame Fletcher? O Gott. Der Anwalt. Der Scheidungsanwalt, den ich diese Woche aufsuchen wollte. Ich werfe einen Blick über meine Schulter.

»Kein Grund, nervös zu werden, junge Dame. Ich begleite Sie lediglich zur Toilette.«

Ich lächle ihn an. Er ist Ende fünfzig, hat stahlgraue Haare und ebenso graue Augen. Sein Smoking passt ihm gut.

»Passiert das oft?«, frage ich.

»Dass jemand nicht mit mir gesehen werden will? Bedauerlicherweise sehr oft. Ein Nachteil meines Berufs.«

»Ehrlich gesagt, habe ich mich schon immer gefragt, wieso man Scheidungsanwalt wird.«

»Ich gebe zu, es kann sehr problemträchtig sein. Aber nur, wenn man es zulässt.«

»Wie kann man sich gegen all die schrecklichen Dinge immunisieren, die Menschen einander antun, obwohl sie sich mal geliebt haben?«

Er bleibt stehen. Wir haben die Toilette erreicht. »Weil ich hoffe, es leichter für sie zu machen. Einen Schritt vorwärts zu wagen. Einen Abschluss zu finden.« Er lässt meinen Arm los.

»Ich vermute, der versäumte Termin bedeutet, dass Sie meine Dienste nicht benötigen?«

»Nein. Ich … ich meine, ich glaube nicht.«

»Das freut mich zu hören.«

Ich danke ihm für seine Begleitung und betrete den Waschraum. Tatsächlich muss ich mit meinem Kleid ein bisschen manövrieren, daher mache ich mir eine Notiz im Hinterkopf, heute Abend nicht zu viel zu trinken, damit ich nicht noch einmal hierhermuss. Natürlich sollte ich überhaupt keinen Alkohol trinken. Denn ich bin schwanger. Ich bin schwanger. Wie lange wird es wohl dauern, bis ich das wirklich glaube? Wie kann das nach all der Zeit wirklich wahr sein? Ausgerechnet jetzt.

Ich schiebe mich aus der Kabine. Vor dem Gebäude steht Ben und unterhält sich mit Mr. Fletcher.

»Was ist los?«, frage ich.

Ben dreht sich zu mir. »Du warst so lange unterwegs, da wollte ich nach dir sehen.«

Mein Herz klopft wie wild. »Mr. Fletcher war so freundlich, mir über den Rasen zu helfen.«

»Das sagte er schon.«

»Es war schön, mit Ihnen zu reden, Ben«, erklärt Mr. Fletcher und zieht sich zurück.

»Kannst du mich zurückbegleiten?«, frage ich Ben.

Ich hake mich bei ihm unter, dann setzen wir uns in Bewegung. Meine Absätze bohren sich in den weichen Rasen, der vor dem Fest gründlich von der Feuerwehr gesprengt worden war. Für alle Fälle.

»Woher kennst du Mr. Fletcher?«, frage ich.

»Er ist ein alter Freund meiner Eltern. Hast du …«

»Ja.«

»Was?« Ben lässt meinen Arm los. In der Ferne ertönt eine Sirene.

»Ich will dich nicht anlügen. Also Ja. Ich hatte einen Termin bei Mr. Fletcher. Aber ich bin nicht hingegangen. Und ich habe ihm gesagt, dass ich seine Dienste nicht mehr in Anspruch nehmen werde. Weil ich das nicht will.«

»Du hattest einen Termin?«

»Nur so konnte ich mich dazu bringen zu gehen.«

»Das war dir so wichtig? Zu gehen?«

»Ich hatte das Gefühl.«

»Mehr hast du dazu nicht zu sagen?«

»Könntest du bitte leiser reden?«

»Ich rede so laut, wie ich will, verdammt noch mal.«

»Ich habe dir doch gesagt, dass ich mich trennen will. Was hast du denn erwartet?«

»Ich dachte, es wäre dir nicht ernst.«

»Tja, war es aber.«

Da stehen wir, in den Fängen unserer Wut und Frustration. Dann wird es mir klar.

»Du wirst mir niemals verzeihen, oder?«

»Das habe ich nicht gesagt.«

»Aber es ist die Wahrheit, oder? Du hast es mir nie verziehen, dass ich die Testergebnisse vor dir geheim gehalten habe, und jetzt habe ich etwas noch Schlimmeres getan. Darüber wirst du nicht hinwegkommen. Was soll das alles also noch?«

»Was das alles noch soll? Das fragst du mich ausgerechnet jetzt? Im Ernst?«

»Ich frage dich gar nichts! Ich erzähle dir die Wahrheit.«

»Die Wahrheit. Ha! Du weißt doch gar nicht, was das Wort bedeutet.«

»Ja! Genau das glaubst du wirklich von mir, oder? Ich bin

eine Lügnerin und Betrügerin, die dich im Stich lässt, sobald es schwer wird, stimmt's?«

»Tja, ist doch so, oder?«

Dass er es zugibt und ein so falsches Bild von mir hat, trifft mich. Erwischt mich kalt.

»Ich fasse es einfach nicht«, sage ich.

»Du fasst es nicht? Herrgott, Elizabeth! Du bist doch dafür verantwortlich.«

»Ich habe einen Fehler gemacht. Einen einzigen Fehler. Und seitdem machst du mich für alles verantwortlich. Das habe ich nicht verdient. Wirklich nicht.«

Ich wende mich zum Gehen. Ben greift nach meinem Arm, aber ich schüttle ihn ab.

»Lass mich los.«

»Ist alles in Ordnung?«, ertönt Andys Stimme. Er trägt seine Uniform und ist leicht außer Atem.

»Was zum Teufel will der denn hier?«, fragt Ben.

»Hör auf, hör einfach auf. Andy hat nie etwas gemacht, außer für mich da zu sein.«

»Ach ja. Ganz im Gegensatz zu mir. Denn ich war ja nicht für dich da. Ich bin der Böse.«

»Hört jetzt auf, ihr zwei«, sagt Andy. »Wir müssen das Zelt evakuieren.«

Mein Blick geht automatisch zum Berg. Flammen tanzen auf dem Grat, ein orange flackerndes Band, das hübsch wäre, würde es keine Katastrophe verkünden. Die Sirenen, die ich in der Ferne gehört habe, kommen nun näher und passen zum panischen Rhythmus meines Herzschlags.

»Wann hat es den Grat überwunden?«, frage ich Andy.

»Vor zehn Minuten. Der Wind hat es einfach über die Schneise gefegt. Es hat zwei Opfer gegeben.«

Zwei Opfer. Die ich wahrscheinlich kenne. Ich verdränge den Gedanken.

»Was sollen wir tun?«

»Wir müssen die Gäste aus dem Zelt bekommen, ohne dass Chaos ausbricht.«

Schwerer ist kaum etwas zu evakuieren als dieses Zelt voller älterer Menschen, die etwas getrunken haben. Es gibt nur einen Ausgang.

»Kannst du uns helfen?«, frage ich Ben.

»Selbstverständlich.«

Wir drei rennen über den Rasen. Als ich stolpere, hält Ben mich fest. Ich kicke meine Pumps weg und wir rennen weiter.

Im Zelt spricht Kate Bourne noch am Mikrofon, doch John Phillips steht neben ihr. In seiner dunklen Hose und dem Smokinghemd erkenne ich ihn kaum. Er hält einen Scheck über die riesige Summe von 105 000 Dollar in der Hand und wirkt wie versteinert.

»Es ist extrem wichtig, dass niemand das Wort *Feuer* ausspricht«, sage ich leise zu Ben.

»Was machen wir also?«

»Wir müssen auf die Bühne«, sagt Andy mit Blick auf den Eingang, durch den wir gerade gekommen sind. Er überlegt, wie man ihn größer machen könnte. »Wir sagen nur, dass wir das Zelt evakuieren müssen, und bitten die Gäste, sich geordnet zum Ausgang zu begeben. Anders geht es nicht.«

»Wir schaffen das«, sage ich. »Du kümmerst dich um die Tür, und ich gehe auf die Bühne.«

Mit einem Blick besiegeln wir diesen Plan. Andy geht zur Bar, um die Kellner wegen der Verbreiterung und Stabilisierung des Ausgangs um Hilfe zu bitten. Denn sonst könnte das Zelt zusammenbrechen.

Ben und ich bewegen uns rasch zur Bühne. Der raue Boden schrammt an meinen nackten Füßen und das Heulen der Sirenen schrillt in meinen Ohren. Ein paar Leute werfen uns neugierige Blicke zu, doch die meisten konzentrieren sich auf das Essen vor sich.

Als wir die Bühne erreichen und die Treppe hinaufsteigen, verstummt Kate mitten im Satz.

»Was ist los?«

»Ich muss eine Ankündigung machen.« Ich lege meine Hand über das Mikrofon und sage leise zu Kate: »Das Feuer hat den Berggrat überwunden. Wir müssen alle hier rauskriegen.«

Kate schlägt sich die Hand vor den Mund, doch Ben schiebt sich vor sie und drängt sie zurück, damit sie keine Panik auslöst.

Ich nehme meine Hand vom Mikrofon und sage mit meiner beruhigendsten Stimme: »Meine Damen und Herren, ich muss Sie bitten, ruhig und geordnet das Zelt zu verlassen. Dies ist eine reine Vorsichtsmaßnahme. Gehen Sie zügig, aber mit Bedacht. Sollten Sie Hilfe brauchen, bleiben Sie bitte an Ihrem Tisch sitzen, dann kommt jemand, um Sie zu begleiten.«

»Was ist los?«, brüllt jemand.

Als ein Flugzeug über das Zelt hinwegdröhnt, fangen alle an zu murmeln und sich umzublicken.

»Feuer«, brüllt ein anderer, steht auf und zeigt zum Fenster. »Ich sehe Feuer!«

Daraufhin bricht lautes Geschrei aus. Stühle werden zurückgestoßen, Gläser umgekippt, Rotwein befleckt die weißen Tischtücher.

»Bitte bewahren Sie Ruhe«, sage ich laut ins Mikrofon. »Bitte hören Sie auf die Anweisungen, die ich Ihnen geben …«

Ich verstumme, denn es ist hoffnungslos. Meine Stimme geht

im Geschrei der Menge unter. Dreihundert Menschen wollen raus, sofort. Sie werden nicht geduldig auf meine Anweisungen warten. Jetzt ist alles auf den Beinen, schiebt und drängelt zum Ausgang. Ich sehe, wie ein älterer Mann umgestoßen wird. Bens Eltern sitzen nicht mehr an unserem Tisch.

»Ben«, brülle ich, aber nicht er, sondern Andy ist plötzlich an meiner Seite.

»Es werden Leute zu Schaden kommen«, bemerkt er und überfliegt auf der Suche nach einer Lösung den Raum.

»Hast du was, womit man das Zelt zerschneiden kann?«, frage ich.

»Gute Idee.«

»Was?«, sagt Kate, die sich Ben entzogen hat. »Nein, dann verlieren wir unsere Kaution und ...«

»Das ist jetzt nicht so wichtig.«

Andy holt sein Taschenmesser heraus und klappt es auf. Damit springt er von der Bühne und geht zum Fenster, wo er ein Loch in den Kunststoff sticht und das Messer hinuntergleiten lässt, bis er auf den Stoff des Zelts trifft. Dort kann er noch ein paar Zentimeter weiterschneiden, bleibt dann aber stecken.

Ich knie mich neben ihn und nehme ein Ende des Stoffs.

»Reiß deins in die andere Richtung.«

Wir ziehen beide am Zeltstoff. Dabei lehne ich mich weit zurück und lege mein ganzes Gewicht hinein.

Mit einem lauten Ratsch zerreißt der Stoff, und ich falle zu Boden.

Doch sofort ist Ben da und hilft mir auf.

»Was machst du da?«, brüllt er laut, damit ich ihn hören kann.

»Wir müssen den Schlitz vergrößern. Kannst du uns helfen?«

»Überlass das mir. Du solltest rausgehen.«

»Durch das Gedränge schaffe ich es nie. Wo sind deine Eltern?«

»Ich kann sie nicht finden.«

»Los, vergrößern wir erst die Öffnung«, sagt Andy. »Dann könnt ihr sie suchen.«

Schnell reißen sie gemeinsam den Stoff auseinander und schneiden den Boden auf, um einen zweiten Ausgang zu schaffen. Dann geht Andy zu den Gästen, die uns am nächsten stehen, und weist sie an, ihm zu folgen.

»Kannst du die rausbringen?«, fragt Andy mich und zeigt auf John Phillips und Kate, die wie angewurzelt auf der Bühne stehen geblieben sind.

»Wohin sollen wir gehen?«

»Bring sie zum Arts Center. Wir schicken Busse dahin.«

»Gib mir mal kurz dein Messer.«

Als er es mir reicht, ziehe ich meinen Rock straff und steche in Kniehöhe mit dem Messer in den Stoff. Dann säble ich mit dem Messer so lange an dem Stoff, bis mir der bauschige Rock zu Füßen sinkt. Damit niemand darüber stolpert, kicke ich ihn unter einen Tisch. Nachdem ich Andy das Messer zurückgegeben habe, wende ich mich zu Ben.

»Du musst deine Eltern suchen und dich vergewissern, dass es ihnen gut geht.«

»Was machst du?«

»Ich bleibe und sorge dafür, dass alle rauskommen.«

»Das ist nicht deine Aufgabe.«

»Aber ja doch. Bitte, Ben. Ich komme klar. Wir sehen uns später, ja? Sei vorsichtig.«

Ich umarme ihn rasch, während Rauch durch die Öffnung treibt, als stünde ein Blasebalg dahinter. Dann lasse ich ihn stehen, hieve mich wieder auf die Bühne und nehme Kate an der einen Hand und John Phillips an der anderen.

»Wir müssen gehen.«

Als ich sie hinter mir herziehe, folgen sie mir die Treppe hinunter zur Öffnung. Andy steht dort, hält den Stoff beiseite und ruft den Leuten zu, wohin sie gehen sollen.

Kurz treffen sich unsere Blicke. »Pass auf dich auf.«

»Mach ich. Los.«

Ich ziehe Kate und John wie Kleinkinder durch den zweiten Ausgang. Die Flammen haben den Berggrat überwunden. Einen Moment lang bleibe ich stehen und sehe zu, wie ein Flugzeug seine pinkfarbene Ladung ablässt. Aus den gelöschten Flammen wallt Rauch auf. Dann kehre ich dem Peak ein weiteres Mal den Rücken und strebe in die richtige Richtung.

»Lauft!«

TAG 6

36

Pechschwarze Nacht

Elizabeth

Ich lasse Kate und John am Arts Center und renne zum Zelt zurück. Über den Rasen schwärmen Leute, und ich halte kurz an, um einem älteren Paar zu helfen. Der Mann hat einen Kratzer auf der Wange, und der Frau zittern die Hände. Als ich mit ihnen das Arts Center erreiche, sehe ich zwei Sanitäter, die sich um Verletzte kümmern, und drei große gelbe Schulbusse auf dem Parkplatz. Ein Sanitäter wischt dem Mann das Blut vom Gesicht. Er hat nur eine kleine Wunde, also hilft ein Pflaster, dann bekommen beide wärmende Decken über die Schultern gelegt, bevor ich ihnen in den Bus helfe und einen Platz für sie suche.

»Wohin bringen Sie sie?«, frage ich den Fahrer.

»Nach Mason«, sagt er. Das ist der Nachbarort. »In die Sporthalle.«

Ich verlasse den Bus und eile zum Arts Center zurück, um zu sehen, ob ich noch helfen kann. Jetzt haben sich ordentliche Schlangen gebildet, und ich sehe niemanden, der dringend Hilfe braucht. Also lehne ich mich an eine Wand, um tief durchzuatmen. Mir klingeln die Ohren vom Heulen der Sirenen und dem fast unablässigen Donnern des Wasserbombardements.

Die Luft um mich herum ist rosa von dem Farbstoff, den man ins Löschwasser gibt, damit man sehen kann, ob das Ziel getroffen wurde. Ich habe kleine Tröpfchen davon auf meinem zerfetzten Kleid.

In dem Chaos habe ich Ben aus den Augen verloren. Seine Eltern waren nicht im Arts Center. Ich hoffe nur, sie befanden sich in der Nähe des Zeltausgangs und sind mit ihrem Wagen und Ben im Schlepptau nach Hause gefahren. Als ich in meinen Rock greifen will, um das Handy herauszuholen, entdecke ich, dass ich keine Rocktasche mehr habe. Sie liegt irgendwo im Zelt.

Die Nachtluft fühlt sich an wie in einem Ofen, mein Kleid ist in Fetzen, meine Füße sind wund und geschwollen. Doch wir haben alle aus dem Zelt bekommen. Wahrscheinlich werden wir erst bei Tagesanbruch erfahren, ob das Feuer auf dem Berg eingedämmt werden kann. Jetzt wird alles nach vorne geworfen.

Ich versuche nicht daran zu denken, was das für mein Haus bedeuten könnte.

Ich blicke über den Rasen. Vor dem Nachthimmel zeichnet sich der Peak in einer Silhouette aus Feuer und Rauch ab. Die Stirnlampen der Brandbekämpfer blinken wie Glühwürmchen. Der Wind hat aufgefrischt und rüttelt an den Wänden des Zeltes, als stünde es auf dem Everest. Ich erkläre einem der Feuerwehrmänner, ich würde das Zelt überprüfen, und renne los, bevor er mich aufhalten kann.

Das Zelt sieht aus wie ein Bierpavillon nach Karneval. Umgekippte Tische, die Luft riecht nach Kerzenrauch und vergossenem Wein. Es ist wirklich ein Wunder, dass niemand ernsthaft verletzt wurde und das Zelt nicht in Flammen aufgegangen ist.

Vorsichtig taste ich mich vorwärts, lasse den Blick auf der Suche nach etwaigen Nachzüglern umherschweifen und achte darauf, nicht mit den nackten Füßen in eine Scherbe zu treten. Hinter mir flappen laut die zerschnittenen Zeltbahnen.

Neben der Bühne finde ich den Rest meines Abendkleides. Ich hebe den Rock in die Höhe, merke aber schon am Gewicht, dass das Handy nicht mehr in der Tasche ist. Also gehe ich auf alle Viere und fange an zu suchen. Ein Windstoß weht gegen das Zelt und drückt mir den Stoff gegen das Gesicht. Ich schiebe ihn beiseite und riskiere einen Blick unter die Bühne. Dort liegt etwas Silbernes. Ich lege mich flach auf den Bauch und strecke den Arm so weit wie möglich aus. Meine Finger berühren etwas. Ganz sicher ist es mein Handy.

Als hätte ich es durch meine Berührung zum Leben erweckt, blitzt das Display von einem Anruf auf. Ich strecke die Hand noch weiter aus, kann es aber nicht umfassen. Also mache ich mich ganz flach und schiebe mich unter die Bühne. Ich sehe das Display. Ben ruft an. Mit den Händen ziehe ich mich zentimeterweise vorwärts, da zerreißt ein lautes Ratschen die Luft. Der Wind heult auf, und ich spüre, wie sich die Zeltwände wie Lungenflügel aufblähen und wieder zusammenziehen. Meine Hand umschließt das Handy, während ein Brausen in meinen Ohren tost. Die Bühne hebt sich über mir, knallt gegen meinen Kopf. Ich kann gerade noch denken, was für eine blöde Idee das von mir war, da wird alles um mich herum schwarz.

»Mrs. Martin?«

Blinzelnd werde ich wach, atme den Geruch von Leinwand, Wein und Rauch ein und huste. Offenbar war es eine Höllennacht an der Brandfront, und nun wurde die Eindämmung des Feuers gefeiert. Ich kann mich nicht erinnern, wie ich ... Halt.

Wo zum Teufel bin ich?

»Mrs. Martin? Bleiben Sie still liegen, während ich das anhebe.«

Ich gehorche der Stimme, die mir zwar vertraut ist, die ich aber nicht einordnen kann.

Ich öffne die Augen. Sehen kann ich, obwohl ich nichts sehe. Alles ist schwarz, und meine Augen brennen. Offenbar drückt mir etwas die Schultern zu Boden.

»Feuer«, sage ich. Meine Stimme hallt in meinem Kopf laut nach, wird aber draußen geschluckt. »Feuer«, sage ich noch einmal.

»Schon gut. Hier drin ist kein Feuer. Bleiben Sie einfach still liegen.«

»Ben?«

»Nein, Ma'am. Ich bin Ihnen vom Arts Center gefolgt. Hielt es nicht für vernünftig, dass Sie ganz allein hierhergehen. Wenigstens etwas Gutes, das ich zustande gebracht hab.«

Als ich meinen Kopf leicht zur Stimme wende, schlägt der Schmerz zu. Mir dröhnt der Schädel, mein Nacken fühlt sich gestaucht an, und durch meinen Bauch fährt ein gewaltiger Krampf.

O Gott. Nein.

»Ich muss raus.«

»Ja, Ma'am. Dauert nur eine Minute.«

»Holen Sie ... Hilfe.«

»Ich hab gerufen, aber alle kümmern sich ums Feuer oder bringen die letzten Gruppen zum Bus. Ich habe kein Telefon.«

Da klickt es bei mir.

Ich drücke meine Hand zusammen. Ich halte ein Handy. Ich lasse meine Finger über die Tasten gleiten.

Eins – eins – zwei.

»Art des Notfalls?«

»Haben Sie was gesagt?«, fragt die Stimme.

»Ich …«

»Ist da jemand? Brauchen Sie Hilfe?«

»Haben Sie da ein Telefon?«

»Wenn Sie nicht sprechen können, drücken Sie bitte auf eine der Tasten Ihres Telefons. Einmal für Ja, zweimal für Nein. Verstehen Sie mich? Einmal für Ja, zweimal für Nein.«

Ich bewege einen Finger und drücke nachdrücklich auf eine Taste. *Ja.*

»Brauchen Sie Hilfe?«

Ein langes Piepen.

»Spricht dort Elizabeth Martin?«

Ja.

»Unser System meldet, dass Sie sich am Fuß des Nelson Peak befinden. Ist das korrekt?«

Wieder drücke ich lange auf eine Taste und sage dann, so laut ich kann: »Zelt.«

»Sie sind in einem Zelt?«

»Party. Zelt. Zusammengebrochen.«

»In einem zusammengebrochenen Zelt am Fuß des Peak?«

Ja.

»Sind Sie verletzt?«

Erneuter Piepton.

»Wie schwer sind Sie verletzt? Auf einer Skala von eins bis fünf. Eins ist leicht, fünf ist schwer verletzt. Drücken Sie einmal für jeden Punkt.«

Eins. Zwei. Drei. Ich zögere. Vier.

»Schwanger«, stoße ich hervor. »Ich bin schwanger.«

»Verstanden, Ma'am. Hilfe ist unterwegs. Der Rettungsdienst wird heute Abend stark in Anspruch genommen, aber wir kommen so schnell wie möglich. Bitte bewahren Sie Ruhe. Es kommt jemand.«

Das Ding, das mich zu Boden drückt, bohrt sich auf einmal in meinen Rücken und löst sich sofort darauf von mir, noch bevor ich einen Schmerzensschrei ausstoßen kann.

Ich hole tief Luft und merke erst jetzt, dass ich vorher nicht richtig atmen konnte. Wieder krampft sich mein Bauch zusammen. Ich versuche, meine Hand daraufzulegen, doch erreiche dadurch nur, dass mir das Handy entgleitet.

Jetzt weiß ich, wo ich bin. Unter der Bühne, wo ich mein dummes Handy gesucht habe. Wegen Ben. Ich muss Ben anrufen. Wenigstens weiß ich, dass er nicht im Zelt ist. Aber wenn er es rausgeschafft hat, wieso hat er mich dann nicht gesucht?

»Mrs. Martin?«

»Mr. Phillips?«

»Genau.«

»Was machen Sie hier?«

»Wie ich schon sagte, ich bin Ihnen gefolgt.«

»Aber ich hatte Sie in einen Bus gesetzt?«

»Bin wieder ausgestiegen.«

»Wieso?«

»Jetzt holen wir Sie erst mal hier raus.«

»Es kommt gleich Hilfe.«

»Kann sein. Meinen Sie, Sie könnten sich auf dem Bauch nach hinten schieben, wenn ich an Ihren Füßen ziehe?«

Ich bewege vorsichtig meinen Kopf. Ein Schmerz schießt mir in den Rücken, aber sonst scheint alles in Ordnung.

»Versuchen wir es.«

Vorsichtig legt er seine warmen Hände um meine Fußknöchel. Ich stemme mich mit den Handballen gegen den Boden. Jetzt durchzuckt der Schmerz meine linke Seite, aber ich beiße die Zähne zusammen und ignoriere ihn. Ich schiebe, John Phillips zieht. Pause. Schieben, ziehen, Pause. Es fühlt sich nichts gebrochen an, nur gestaucht und wund. Schieben, ziehen, Pause.

Die Zeit dehnt sich wie Gummi. Ich dachte, ich wüsste, wie es ist, im Augenblick zu leben. All die vielen Wälder. All die vielen Feuer. Verloren in reiner Dinglichkeit.

Das war gar nichts im Vergleich zu jetzt. Hier bin ich, in meinem Leben. Hier und jetzt. Zentimeter für Zentimeter.

»So ist es gut. Weiter, Sie sind schon fast raus.«

Ich schiebe bis an mein Limit und spüre John Phillips' Hände an meiner Taille. Er zieht noch ein bisschen, dann bin ich draußen.

Ich rolle mich auf den Rücken und lege mir die Hände auf den Bauch. Er fühlt sich warm an.

Im Zelt gibt es keinen Strom mehr. Obwohl sich meine Augen an die Dunkelheit gewöhnt haben, sehe ich nur Schatten und Umrisse, die Kinderzeichnung einer Katastrophe.

»Können Sie sich aufsetzen?«

Ich lasse mich von ihm an den Rand der Bühne lehnen. Das Zelt ist in zwei Teile gerissen, die losen Bahnen flappen in der Dunkelheit hin und her. Die beiden Zeltstangen neben der Bühne liegen auf dem Boden, und die Bühne selbst ist wie eine Wippe zur Seite gekippt.

»Wir müssen raus«, sage ich.

»Meinen Sie, Sie können laufen?«

»Ich muss es versuchen.«

Ich lege meine Hände auf seine Schultern, und er hilft mir auf. Meine Beine fühlen sich zittrig an, und mein linker Arm kann sich irgendwie nicht bewegen.

Ich schlinge meinen rechten Arm um seinen Nacken, dann schlurfen wir langsam durch den provisorischen Zeltausgang. Ein Windstoß knallt mir die schwere Leinwand ins Gesicht. Als ein erneuter Krampf meinen Bauch zusammendrückt, krümme ich mich.

»Ich kann nicht …«

»Nur noch ein bisschen.«

»Toilette. Ich muss auf eine Toilette.«

John Phillips weist mit einer Kopfbewegung Richtung Toilettenhäuschen. »Das ist die nächste.«

Ich richte mich wieder auf und gehe noch ein paar Schritte.

»Wenn ich könnte, würde ich Sie tragen.«

»Ich schaff das schon.«

Der Wind wirbelt um uns herum, und der Himmel ist pechschwarz. Über allem liegt dichter Rauch, den der Wind nicht verwehen kann. Die Luft ist von einer Geräuschkulisse erfüllt, lauter als bei jedem Konzert. In meinem ganzen Leben war ich noch nie so orientierungslos. Wie können Soldaten im Krieg nur mit dem Krach, den Schmerzen und der Angst klarkommen?

Als wir die Toilette erreicht haben, schlurfe ich, meinen linken Arm an den Bauch gepresst, in eine Kabine. Ein neuer Krampf erfasst mich. Ich lasse mich auf einer Toilette nieder, wage aber nicht nachzuschauen. Als ich mich schließlich doch dazu durchringe, sehe ich nichts Alarmierendes. Kein Blut. Ich muss zum Arzt, aber ich habe das Baby nicht verloren.

Noch nicht.

Eine Sirene kommt näher. Ich ziehe mein Kleid herunter und humple hinaus.

»Da ist sie«, sagt John Phillips gerade. »Ich weiß nicht genau, was ihr fehlt. Als das Zelt zusammenkrachte, bekam sie etwas am Kopf ab.«

»Ma'am«, fragt der Sanitäter. »Können Sie mir sagen, wie es Ihnen geht?«

Ich blicke in sein Gesicht, das ich wegen der Dunkelheit kaum erkennen kann, und spreche meine Angst laut aus: »Ich befürchte, ich könnte eine Fehlgeburt haben.«

37

Hoffnungsschimmer

Mindy

Den ganzen Sonntagvormittag drehten Mindy und Peter sich im Kreis.

Peter hatte Angus besucht, und der hatte ihm genau das gesagt, was er auch schon zu Mindy gesagt hatte: Er hatte nichts getan, konnte nicht erklären, was los war, sie sollten ihm glauben, einfach, weil er sie darum bat. Mindy hatte das überzeugt, Peter nicht.

Vielleicht waren Angus' Überzeugungskräfte in seiner Zelle versiegt. Vielleicht hatte Mindy allzu bereitwillig etwas geglaubt, das einfach nicht wahr war. Was auch immer der Grund sein mochte, sie und Peter hatten die Rollen getauscht. Sie glaubte, und er zweifelte. Sie wollte kämpfen und suchte krampfhaft nach einer Lösung. Peter wollte sich in sein Schicksal ergeben, weil er meinte, es nicht ändern zu können. Beide hatten Schuldgefühle, Angst und Fragen.

Ob Angus nun etwas getan hatte oder nicht, auf alle Fälle führte er ein Leben, von dem sie nicht die geringste Ahnung hatten. Ihr Sohn. Wie hatte das nur passieren können? Wieso hatte Angus das Gefühl, er müsste die dunkelsten Seiten seines Leben vor ihnen geheim halten? Das hatte nichts mit dem ganz normalen Autonomiebestreben eines Jugendlichen zu tun. Es fühlte sich eher wie fundamentales Misstrauen an, eine innere Distanz, die sie weder begreifen noch akzeptieren konnten. Beide hatten sie bei ihrem Sohn ganz grundsätzlich versagt, und nun war er vielleicht auf ewig für sie verloren. Die Vorstellung, er könnte zudem schuld an noch größeren Verlusten sein, hing über ihnen wie ein Damoklesschwert.

Als sie sich aneinanderklammerten, überkam Mindy die düstere Ahnung, dass ihre Beziehung nicht überleben würde. Ganz gleich, wie alles enden mochte.

Während Carries Krankheit waren sie eine uneinnehmbare Festung gewesen. Gemeinsam hatten sie gegen einen Feind gekämpft und keinerlei Zweifel an ihrem Sieg geduldet. Das Unaussprechliche war niemals zur Sprache gekommen. Es war verboten, tabu, verbannt. Während viele Paare um sie herum in ihrer Trauer einzeln durch die Krankenhausgänge schlichen und den Kaffee in ihren Pappbechern kalt werden ließen, rückten Mindy und Peter zusammen. Die Bindung zwischen ihnen wurde enger und stärker. Sie schworen sich, dass die Krankheit niemals einen Keil zwischen sie treiben würde. Nur mit vereinten Kräften konnten sie den Bann brechen, der Carries Leben bedrohte.

Heute standen sie an einem Scheideweg. Unabhängig davon, ob Angus nun, schuldig oder nicht, zur Verantwortung gezogen werden würde, war diese Tatsache, dass jeder eine andere Richtung einschlagen wollte, wie ein Schlag ins Gesicht.

Ein Schlag, der sie beide heftig schmerzte.

»Müssen wir aus unserem Haus raus?«, fragte Carrie und hüpfte mit ihrer charakteristischen Anmut aufs Bett.

Obwohl es erst kurz nach sechs war, trug Carrie das, was

Mindy als ihre Uniform betrachtete: schwarzes Trikot, rosa Leggins, Spitzenschuhe und straffer Dutt. Ein rosa Bolero bedeckte ihre dünnen Arme, und ihr Gesicht war vor Anstrengung gerötet. Ein paar Jahre zuvor hatte Peter in der Garage eine Ballettstange angebracht, damit sie trainieren konnte, wann sie wollte. Seitdem stand sie jeden Morgen früh auf und ging ihre Sequenz aus Pliés und Relevés durch.

»Bist du immer so früh auf?«, fragte Mindy und war betrübt, dass sie das nicht wusste. Wie viele Stunden verbrachte ihre Tochter täglich an der Stange, allein zwischen den Plastikboxen, in denen ihre Kindheit aufbewahrt wurde? Wieder hatte Mindy das Gefühl, dass ihre Wachsamkeit in all den Jahren zu nichts geführt hatte. Sie schien sie nur davon abgehalten zu haben, das zu sehen, was direkt vor ihren Augen geschah.

Mindy setzte sich auf. Sie sah verschwommen, weil sie nicht geschlafen, sondern stundenlang vor dem Computer gesessen hatte, nachdem Peter endlich eingedöst war. Sie hatte fortlaufend die Meldungen zum Feuer aufgerufen und dazwischen die Gesetzeslage bei fahrlässiger Brandstiftung durch Minderjährige gegoogelt. Zwar gab es eine Evakuierungsanordnung, doch ihr Haus lag außerhalb der Zone. Das Feuer lief genau auf den Herbstball zu, da konnte sie nichts dagegen machen. Also saß sie hilflos vor dem Bildschirm und aktualisierte ihren Facebook-Account, während ständig Fotos von dem Chaos und den daraus resultierenden Verletzungen gepostet wurden.

Ganz sicher würde Kate sie dafür verantwortlich machen.

Carrie schlang ihr die Arme um den Hals. Sie roch nach Schweiß und dem Schimmelgestank, der allem in der Garage anhaftete. Peter drehte sich mit einem lauten Stöhnen um.

»Ich konnte nicht schlafen«, erklärte Carrie.

»Ich auch nicht.«

Carrie setzte sich auf ihren Schoß, zog ihre gelenkigen Beine bis zur Brust und starrte Mindy so an wie früher, wenn sie darauf wartete, gestillt zu werden. Das hatte sie seit Jahren nicht mehr getan. Mindy spürte, wie etwas in ihr weich wurde. Das Leben war viel einfacher, wenn Nöte durch Milch oder eine frische Windel behoben werden konnten.

Sie schlang ihre Arme um Carries schmale Schultern und sagte leise, um Peter nicht zu wecken: »Isst du genug?«

»Ich esse doch ständig.«

»Ich weiß, Schatz, aber du …«

»Mir geht's gut, Mom, ehrlich. Ich konnte nur nicht schlafen, weil ich mir Sorgen um Angus mache.«

»Ich auch.«

»Wie war es denn da?«

»Auf der Polizeiwache? Nicht so schlimm.«

»Warum durfte ich dann nicht mitkommen?«

»Nur dein Vater und ich dürfen zu ihm.« Diese Lüge ging ihr ganz leicht von den Lippen, aber vielleicht war das sogar die Wahrheit.

»Angus muss da drinnen doch verrückt werden.«

»Ist ja nicht mehr lang. Morgen früh holen wir ihn raus. Ich glaube schon, dass er Angst hat. Ich habe auch Angst um ihn, genau wie Dad.«

»Vielleicht könnte er ausbrechen? Er schleicht sich hier doch auch oft aus dem Haus.«

»Wirklich?«

Carrie streckte die Beine aus und hielt sie gerade, mit gestreckten Zehen in der Luft. Es fiel ihr schwer stillzusitzen. Das war auch vor dem Ballett so gewesen.

»Ich habe ihn ein paar Mal erwischt. Kriege ich Ärger, weil ich dir das nicht erzählt habe?«

»Ich glaube, wir haben im Augenblick dringendere Probleme. Wusstest du, dass er in der betreffenden Nacht draußen war?«

»Ich hab gehört, wie sein Fenster aufging, war mir aber nicht sicher. Dass er was Schlimmes tut, hätte ich nie gedacht. Sonst hätte ich dir das bestimmt gesagt.«

»Was dachtest du denn, was er macht?«

»Sich mit Willow treffen. Er mag sie, weißt du?«

»Ja, das weiß ich.«

»Ihre Eltern sind superstreng. Ihr seid ja schon streng und macht euch ständig Sorgen um mich und so, aber ihre Mutter erlaubt Willow und Beech gar nichts. Nicht mal, wenn sie in der Gruppe unterwegs sein wollen.«

Beech war Willows jüngere Schwester.

»Woher kennst du Beech?«

»Vom Ballett, schon vergessen? Ihre Mom kommt jedes Mal mit und sitzt auf der Bank, um sich zu vergewissern, dass sie nicht mit Jungs redet. Doof! Wer will mit Ballettjungs reden?«

Carrie verdrehte die Augen. Unwillkürlich wünschte sich Mindy, sie würde so unschuldig bleiben.

»Vielleicht will sie sie einfach nur tanzen sehen? Möchtest du, dass ich dir öfter zugucke?«

»Gott, nein! Ich mache ständig Fehler.«

»Es ist nicht schlimm, Fehler zu machen.«

»Doch, manchmal schon. Fehler wie Angus.«

Mindy strich Carrie über den Kopf. Ihr Haar war so weich und glatt, dass man es nur schwer zu einem Knoten zusammenfassen konnte, doch sie schaffte das. Und sie zwang ihren Körper ständig in schwierige Positionen und ging dabei über ihre Grenzen.

Woher hat sie bloß den Mut dazu?, dachte Mindy. Von mir ganz sicher nicht.

»Ist es okay, wenn ich wütend auf Angus bin?«, fragte Carrie.

»Klar. Was auch immer geschehen ist, Angus hat auf jeden Fall ein paar schlechte Entscheidungen getroffen. Aber er sagt, mit dem Feuer hätte er nichts zu tun, also müssen wir ihm glauben, okay? Wir müssen als Familie hinter ihm stehen.«

Carrie glitt von ihrem Schoß. Ihre Spitzenschuhe machten ein hohles Geräusch, als sie auf dem Boden auftrafen. Sie stellte sich auf die Zehenspitzen, hob die Arme über den Kopf und blieb so, in der fünften Position.

»Angus sollte aufhören, ständig an Willow zu denken. Er ist egoistisch.«

»Weißt du etwas, das du mir nicht erzählst, Schatz?«

Carrie senkte sich anmutig in ein Demi-Plié ab und beendete mit einem Armkreis die Position.

»Ist doch egal, was ich weiß.«

»Nein. Wie kannst du das behaupten?«

Carrie zuckte die Achseln, machte plötzlich ein Grand Jeté und landete wieder lautlos auf dem Boden.

»Beech hat gestern was beim Ballett gesagt, bevor ihre Mom kam und sie wieder in ihren Kerker zerrte. Dass man mit Willow reden müsste. Dass Willow zu viel Angst vor ihren Eltern hätte, um von selbst was zu sagen.«

Zum ersten Mal seit Tagen keimte Hoffnung in Mindy. Sie sprang auf und wirbelte Carrie im Kreis, auch wenn Peter deswegen aufwachen konnte.

»Lass mich runter, Mom. Mom! Was ist denn in dich gefahren?«

Mindy war sich nicht sicher, aber es fühlte sich gut an.

38

Teile von mir

Elizabeth

Es ist eine langsame Fahrt zum Krankenhaus. Die Straßen werden von den Evakuierten verstopft, und nur wegen der heulenden Sirene macht uns niemand Platz. Ich würde in Panik geraten, würde der um meinen Bauch geschlungene und an einen Herzfrequenzmonitor angeschlossene Gurt nicht anzeigen, dass der Herzschlag meines Babys rasch und gleichmäßig ist. Ich beobachte die piepende Linie auf dem Bildschirm, während John Phillips meine Hand hält, tröstende Laute von sich gibt und mir dauernd versichert, dass wir gleich da sind.

Als wir im Krankenhaus angekommen sind, wird es nicht besser. Die Notaufnahme ist voll von Verletzten vom Herbstfest und einer Massenkarambolage auf einer Landstraße. Ein erschöpft wirkender Assistenzarzt unterzieht mich einer kurzen Untersuchung. Als ich ihm sage, dass die Krämpfe offenbar aufgehört haben, wirkt er erleichtert und steckt mich in eine Ecke des Gangs, von der aus ich einen Blick auf den Wartebereich der Notaufnahme habe.

Ich bitte John, Bens Eltern und Bens Handy anzurufen. Ich gebe ihm sogar die Festnetznummer unseres Hauses, obwohl ich weiß, dass Ben auf keinen Fall da sein wird. Nur, weil ich unbedingt etwas von ihm hören will. Als John zurückkommt, schüttelt er den Kopf. Er konnte Ben nicht erreichen. Seine Eltern befinden sich wohlauf in ihrem Haus, sind aber allein dort hingefahren. Seit Stunden versuchen sie, sowohl Ben als auch mich ausfindig zu machen.

Ich drehe mich mit dem Gesicht zur Wand und versuche, an etwas Tröstliches zu denken. »Versuchen Sie, ganz ruhig zu bleiben«, hatte mir der Assistenzarzt als Letztes geraten. Ich weiß, er hat recht, doch wie stellt man das an? Wenn es um mich persönlich ging, war ich dazu nie in der Lage. Im Angesicht einer Flammenwand bin ich die Ruhe selbst, doch in meinem eigenen Leben gibt's nur inneren Aufruhr und wirbelnde Gedanken.

»Wenigstens wissen Sie, dass es ihm vor ein paar Stunden noch gut ging«, bemerkt John.

Er hat Blut von mir auf seinem Hemdkragen, und ein Streifen Asche teilt sein Gesicht in zwei Hälften. Sein neues Smokinghemd, das wenige Stunden zuvor makellos weiß war, wirkt grau, passend zu seiner rußverschmierten Hose.

»Wie kommen Sie darauf?«

»Weil er Sie angerufen hat. Als Sie unter der Bühne lagen.«

Hat Ben mich angerufen? Ich kann mich nur verschwommen an das erinnern, was vor dem Zusammenbruch der Bühne geschah.

»Ja, stimmt …«

John Phillips greift in seine Tasche, holt mein Handy hervor und legt es mit dem Display nach oben sanft auf meinen Bauch. Als ich es einschalte, blitzt die Nachricht auf, dass ich einen Anruf von Ben verpasst habe.

»Wo haben Sie das her?«

»Als man Sie in den Krankenwagen gebracht hat, habe ich im Waschraum nachgesehen. Da lag es am Waschbeckenrand. War das Mindeste, was ich tun konnte.«

»Danke.«

Er blickt hinüber zum Warteraum, in dem sich die Leute drängen.

»Alles nur wegen des Feuers«, sagt er.

»In gewisser Weise schon.«

»Schwer vorzustellen, dass etwas, das klein angefangen hat, für so ein Durcheinander sorgt.«

»Chaostheorie.«

»Was?«, fragt John.

»Ach, das hat mein Dad früher gesagt. Dass ein Schmetterling, der in Südamerika mit den Flügeln schlägt, auf dem Atlantik einen Hurrikan auslösen kann.«

Mein Vater sagte immer solche Sachen. Wenn ich ihn anrufe, um ihm erzählen, dass ich schwanger bin, wird er sicher erklären, dass es im vergangenen Jahr in Kalifornien sechshundert verschiedene Möglichkeiten gab, den Namen Catherine zu buchstabieren. Kalifornien eben. Ich werde lachen und sagen, dass das vielleicht nicht ganz zum Thema gehört.

»Glauben Sie, man kann etwas Böses getan haben, ohne es zu wissen?«, fragt John mich.

»Dass etwas Konsequenzen nach sich zieht, die man nicht beabsichtigt hat?«

»Ja, genau.«

»Ich glaube, das passiert ständig.«

»Eben«, sagt er und schlendert den Gang hinunter.

Ich nehme mein Handy in die Hand. Der Akku ist fast leer, und mir fehlt die Kraft für einen Anruf. Ich kann kaum die Augen offen halten, schreibe aber eine kurze SMS.

Im Krankenhaus. Uns geht's gut. Bitte komm.

Ich drücke auf *Senden*. Dann schließe ich die Augen und drifte weg.

Das stetige Pochen des Herzfrequenzmonitors weckt mich. Ich liege allein im Krankenhausgang, weiß nicht, wie spät es ist. Als ich auf dem Handy nachsehen will, bleibt das Display schwarz. Ich habe Nebel im Hirn wie immer nach nur wenigen Stunden Schlaf. Aus dem Licht, das durch die Fenster fällt, schließe ich, dass es gegen sieben Uhr morgens ist. Also ist Sonntag, der 7. September.

Ich versuche, jemanden zu rufen, aber meine Kehle ist völlig ausgedörrt, daher bringe ich nur ein Krächzen hervor. Also stütze ich mich erst auf den Ellbogen und als sich das normal anfühlt, richte ich mich auf. Und bewirke damit, dass jemand auf mich aufmerksam wird. Der junge Assistenzarzt von gestern oder heute Nacht.

»Wie geht es uns denn?«, fragt er und presst seine Finger auf mein Handgelenk, um meinen Puls zu messen.

Ich unterdrücke den Impuls, eine bissige Antwort wegen des *uns* zu geben, und sage: »Gut.«

»Schön.« Er studiert die Aufzeichnungen des Herzfrequenzmonitors. »Scheint alles stabil zu sein. Hatten Sie weitere Krämpfe?«

»Nein. Wodurch wurden die denn ausgelöst? Besteht die Gefahr, das Baby zu verlieren?«

»Solange es nicht zu Blutungen kommt, sind Krämpfe zu Beginn einer Schwangerschaft ziemlich normal. Schließlich finden bei Ihnen umfassende hormonelle Veränderungen statt. Ihr Uterus und Ihre Cervix bereiten sich auf die bevorstehende Reise vor. Lassen Sie es die nächsten Tage ruhig angehen, und gehen Sie zum Frauenarzt. Sie sind gesund und kräftig. Es sollte alles in Ordnung sein.«

»Danke.«

»Bitte. Allerdings haben wir zu wenig Betten, daher werde ich eine Schwester bitten, Sie vom Tropf zu befreien und zu entlassen.«

Ich blicke auf den Schlauch, durch den Flüssigkeit in meinen Arm geleitet wird. Außerdem habe ich nur einen Krankenhauskittel an. Vage kann ich mich daran erinnern, dass mir kurz nach meiner Ankunft die letzten Fetzen meines Kleids vom Leib geschnitten wurden.

»Gibt es vielleicht ... Ich bin alleine und habe nichts anzuziehen.«

Lachfältchen bilden sich an seinen müden Augen. »Ich glaube, wir finden schon was für Sie.«

Eine halbe Stunde später ist der Tropf entfernt, ich bekomme eine Krankenhauskluft und ein Paar Papierpantoffel, wie ich sie früher im Winter bei meinem Kinderarzt anhatte. Als ich mich im Waschraum umziehe, sehe ich, welche Spuren die letzte Nacht hinterlassen hat. Meine Schultern und die gesamte linke Seite meines Körpers sind von Blutergüssen übersät. Meine Beine haben überall Kratzer und ein paar tiefere, bereits verschorfte Wunden. Als ich mir mit einer Unmenge Papierhandtüchern das Gesicht, den Hals und die Arme wasche, färbt sich das Wasser im Becken fast schwarz. Danach steige ich in die blaue Hose und das passende Oberteil, die mir die Krankenschwester gegeben hat. Der Stoff ist vom jahrelangen Waschen so weich, dass ich kurz in Erwägung ziehe, meinen eigenen Kleidern die gleiche Behandlung angedeihen zu lassen.

Als ich aus dem Waschraum komme, wartet John Phillips auf mich.

»Sorry, dass ich so lange gebraucht habe.«

»Sie entschuldigen sich ziemlich oft.«

»Ach, das ist typisch kanadisch.«

»Wie?«

»Wir benutzen das Wort Sorry ständig.«

Er nickt, rührt sich aber nicht.

»Müssen Sie auch auf die Toilette?«

»Nein, ich wollte …«

»Beth? Ach, Gott sei Dank«, ruft Ben und reißt mich in seine Arme. Erleichterung durchströmt mich.

Ich löse mich von ihm. Ben trägt eine Feuerwehruniform. Ich muss nur einmal schnuppern, schon weiß ich, dass er den Brand bekämpft hat. So roch ich früher auch. Er riecht wie Ben und ich zusammen. Wie Ben und ich als Einheit.

»Wo warst du?«, frage ich.

»An unserem Haus.«

»Ist es verloren?«

»Nein, fürs Erste ist es in Sicherheit.«

»Wie bist du dahingekommen?«

»Andy hat mich mitgenommen. Als wir sicher aus dem Zelt waren, meinte Andy, er würde dorthinfahren, und ich bat ihn, mich mitzunehmen.«

»Ich wünschte, das hättest du mir gesagt.«

»Ich konnte dich nicht finden, und wir hatten keine Zeit. Aber ich habe versucht, dich anzurufen.« Er tritt wieder näher zu mir. »Ist mit dem Baby alles in Ordnung?«

»Ja. Es geht ihm gut. Uns beiden geht es gut.«

»Ich wusste nicht, dass du in Schwierigkeiten steckst. Bis ich deine SMS bekam. Ich hätte bei dir bleiben sollen.«

»Nein, du hast dich völlig richtig verhalten. Was ist oben auf dem Berg los?«

Er schüttelt den Kopf. »Ein einziges Vor und Zurück, so wie ich es verstanden habe. Momentan hängt's in der Schwebe.«

Und was ist mit uns?, liegt mir auf den Lippen.

»Darfst du gehen?«, fragt Ben.

»Ja. Wohin fahren wir?«

»Ich wollte nach meinen Eltern sehen, wenn das okay ist?«

»Aber ja. Ich …«

Da klingelt gedämpft das Handy in seiner Tasche.

»Warte«, sagt er und holt es hervor. »Hallo?«

Er tritt einen Schritt von mir zurück. Ich höre zu, was er antwortet. »Ja, sie ist bei mir. Jetzt sofort? Ja, natürlich, selbstverständlich, ich verstehe. Wir sind in zehn Minuten da.«

Er beendet das Gespräch. »Verkraftest du einen kleinen Umweg?«

»Wohin denn?«

»Zur Polizei.«

39

Nachbarschaftshilfe

Mindy

Zögernd ging Mindy auf Willows Haus zu. Nicht Willow machte sie nervös, sondern Willows Mutter Cathy, die zu den Koffaholics gehört hätte, wäre das nicht unter ihrer Würde gewesen. Cathy, eine Mischung aus Kate Bourne und einem Barrakuda, wohnte mit ihrem Mann Ed nur einen Block von Mindy entfernt. Trotzdem konnte Mindy an einer Hand abzählen, wie oft sie miteinander gesprochen hatten, seit sie nach Nelson gezogen war.

Das Haus ähnelte ihrem eigenen. Es war ein Holzhaus mit versetzten Ebenen und Spitzdach, von dem der Schnee im Winter leicht abrutschen konnte.

Mindy stand am Weg, der zur Haustür führte, und versuchte sich zu beruhigen. Wegen des dichten Rauchschleiers wirkte alles völlig ruhig. Nur in ihrem Inneren herrschte Aufruhr.

Doch damit war Schluss, redete sie sich ein. Schluss damit, erst nach den Reaktionen ihrer Bekannten zu schielen, bevor sie ihre eigenen zeigte. Damit würde sie weder Angus aus dem Gefängnis bekommen, noch erfahren, was in jener Nacht tatsächlich geschehen war.

Mindy stieg die Treppe zum Haus hinauf und drückte

entschlossen auf die Türklingel. Erst als diese laut durch das stille Haus schrillte, warf sie einen Blick auf die Uhr. Halb acht. Es hätte auch am Ende eines langen Tages sein können. Oder Mitternacht. Der Rauch dämpfte jegliches Licht, und sie war schon so lange wach, dass sie keinerlei Zeitgefühl mehr hatte.

Weil sie keine Schritte hörte, wollte sie noch einmal klingeln, doch da öffnete Cathy die Tür und zog ihren Frotteebademantel enger zusammen. Sie war eine fünfundvierzigjährige Ausgabe von Willow, groß, mit kräftigen Gliedmaßen und Adlernase. Wie bei so vielen in Nelson waren ihre Haare aschblond und ihre Augen eisblau. Sie sah Mindy an, als hätte diese ihrem Kind erlaubt, alle Tulpen in ihrem Garten aus der Erde zu ziehen.

»Bitte gehen Sie.«

»Es wird nicht lange dauern.«

»Ich würde die Polizei rufen, wüsste ich nicht, dass sie momentan mit Wichtigerem beschäftigt ist«, sagte Cathy in ruhigem Stakkato wie ein Metronom.

»Bitte, Cathy. Lassen Sie mich rein.«

»Wieso eigentlich? Worüber wollen Sie so dringend mit mir sprechen, dass Sie zu dieser Unzeit kommen? Über Ihren verkommenen Sohn und seinen Versuch, meine Tochter zu verderben?«

»Sie kennen Angus seit Jahren. Er und Willow sind Freunde. Er würde ihr niemals schaden.«

Er liebt sie, dachte Mindy, hütete sich aber, das laut zu sagen.

Mindy wusste genau, warum sich Cathy so gluckig verhielt. Darin waren sie sich ähnlich.

»Woher wollen Sie das wissen?«, entgegnete Cathy. »Weil Ihr Sohn es gesagt hat? Bitte gehen Sie.«

»Ich gehe, sobald ich mit Willow gesprochen habe.«

»Selbst wenn Willow keinen Hausarrest hätte, würde ich ihr niemals erlauben, mit Ihnen zu reden.«

»Ich glaube, sie weiß etwas, das Angus entlastet.«

Cathy kniff leicht die Augen zusammen. »Entlastet?«

»Von dem Vorwurf, das Feuer gelegt zu haben. Er war es nicht.«

»Nun, wenn das stimmt, wird die Polizei es herausbekommen. Ich behaupte ja auch nicht, dass es so ist.«

»Darauf kann ich mich nicht verlassen. Er ist mein Sohn.«

»Ich wüsste nicht, was mich das anginge.«

»Ich glaube ... ich glaube, Willow war in der betreffenden Nacht mit ihm zusammen. Ich bin mir fast sicher, dass sie das Mädchen in dem Video ist. Wenn die Polizei Angus für schuldig hält, wird sie auch Willow befragen. Zumindest wegen des Verdachts auf Beihilfe.«

Cathys rechtes Auge zuckte. »Sie hat nichts damit zu tun.«

»Also war sie in der Nacht unterwegs?«

»Das habe ich nicht gesagt.«

»Hat sie deswegen Hausarrest?«

»Sie weiß gar nichts über die Sache.«

»Es fällt mir schwer, das zu glauben. Der Polizei sicher auch. Ich wette, sie wird Willow bald befragen. Oder hat sie das schon gemacht?«

Mindy sah, dass sie einen Nerv getroffen hatte.

»Ich habe es nicht zugelassen. Unser Anwalt hat dafür gesorgt, dass das auch in Zukunft nicht passieren wird.«

»Und was dann? Angus nimmt einfach die ganze Schuld auf sich?«

»Jeder muss die Verantwortung für seine Taten übernehmen.«

»Wieso sind Sie sich so sicher, dass er überhaupt etwas getan hat? Vielleicht ist Willow an dem Feuer schuld?«

Cathy verschränkte die Arme vor der Brust. Mindy war sich ziemlich sicher, dass sie das tat, um ihr nicht die Tür vor der Nase zuzuschlagen.

»Das ist Unsinn. Willow würde so etwas niemals tun.«

»Auch nicht aus Versehen?«

»Wenn, dann müsste sie für ihren Fehler geradestehen. So haben wir sie erzogen.«

Mindys Gedanken rasten. »Wollen Sie wissen, was ich in diesem Video sehe? Ein Mädchen, das sich zu später Stunde unerlaubt mit einer Gruppe Jungs trifft. Sie wissen, was die Leute reden werden, wenn rauskommt, dass sie das ist. Sie wissen, was sie wahrscheinlich jetzt schon über sie sagen.«

»Sie sind widerlich. Wenn Sie mein Kind wären, würde ich ...«

»Mir den Mund mit Seife auswaschen? Ach, kommen Sie schon. Ich will Sie nur dazu bewegen, das Ganze aus einer anderen Perspektive zu betrachten. Die Leute ziehen so schnell Schlüsse, ohne die Fakten zu kennen. Mehr will ich ja gar nicht. Nur die Fakten herausbekommen.«

»Ach, jetzt lass sie schon rein, Mom.«

Cathy wirbelte herum. Willow stand hinter ihr. Ihre Augen waren verweint und ihre Haare zu einem schlaffen Pferdeschwanz zusammengefasst.

»Was habe ich dir gesagt? Du hast dein Zimmer nicht zu verlassen!«

»Du kannst mich nicht für den Rest meines Lebens verstecken. Irgendwann kommt die Wahrheit ans Licht.«

Mindy trat einen Schritt vor. Cathy stellte sich ihr erst in den Weg, dann wich sie zurück. Mindy näherte sich Willow so vorsichtig, als könnte sie sie verscheuchen.

»Weißt du, was in jener Nacht passiert ist, Willow?«

Willow nickte langsam. An den Wänden im Flur hingen Kinderfotos von ihr, und in diesem Augenblick war sie ihrem achtjährigen Ich gar nicht so unähnlich.

»Bist du das in dem Video?«

»Ja.«

»Hat Angus das Feuer gelegt?«

Sie schüttelte den Kopf. Aus Mindys Gliedmaßen wich etwas von der Anspannung.

»Weißt du, wieso er das nicht der Polizei sagt?«

»Er … er beschützt mich.«

Cathy runzelte die Stirn. »Er beschützt dich? Wovor denn?«

Willow blickte unglücklich zu Boden.

»Kannst du beweisen, dass er das Feuer nicht ausgelöst hat, Willow?«

»Ich glaube schon.«

40

Ich weiß, was du getan hast

Elizabeth

Unsere Fahrt zur Polizeiwache verläuft schweigend. Vom Fahrersitz aus wirft mir Ben hin und wieder wortlos einen Blick zu. John Phillips scheint sich innerlich zurückgezogen zu haben.

Er ist uns wie ein mutterloser Welpe zum Wagen gefolgt. Nach allem, was er durchmachen musste, dachte ich, wir sollten ihn lieber mitnehmen. Schließlich könnten wir ihn nachher in die Notunterkunft zurückbringen. Und er hat ein persönliches Interesse an dem, was uns auf der Wache erwartet. Vermutlich geht es darum, wer das Feuer ausgelöst hat. Ben weiß nichts, nur, dass Mindy angerufen und uns herübergebeten hat.

Ich blicke auf meine roten verschrammten Hände. Wie sie da auf meiner blauen Krankenhauskluft liegen, fühlen sie sich nutzlos an. Genau die gleiche Kleidung hat John getragen, als ich ihn das erste Mal traf. An jenem Tag hatte er alles verloren. Gilt das heute auch für mich?

In diesem Augenblick kann ich nicht mehr tun, als mich zurückzulehnen und abzuwarten.

Mindys Wagen steht auf dem Parkplatz hinter der Wache,

als wir ankommen. Wegen des witzigen Aufklebers am Heck würde ich ihn überall erkennen. *Achtung: Idiot hinter mir!* Peter hat ihn dort angebracht und nichts gesagt, bis sie ihn selbst bemerkte.

Als wir uns dem Wagen nähern, sehe ich, dass sie noch drinsitzt und offenbar hitzig mit einer Frau debattiert, die ich als eine ihrer Nachbarinnen identifiziere. Auf der Rückbank sitzt ein Mädchen in Angus' Alter. Das Mädchen steigt aus und knallt die Tür hinter sich zu. Dann zieht sie sich die Kapuze ihres Sweatshirts über den Kopf, als wäre sie am liebsten unsichtbar.

O Gott, bin ich dämlich! Es ist ein Wunder, dass Rich mich überhaupt eingestellt hat.

Das ist das Mädchen, das mit Angus auf dem Video war. Angus' Freundin.

Ben schaltet den Motor aus.

»Packen wir's an?«

Wir gehen alle sechs gemeinsam zur Wache. Mindy kneift verwirrt die Augen zusammen, als sie uns mustert. Mich in meiner Krankenhauskluft, Ben in seiner Feuerwehruniform und John, der noch am normalsten wirkt, obwohl er so aussieht, als hätte er in einer Höhle übernachtet.

»Was macht er denn hier?«, fragt sie mit Blick auf John.

»Er war bei mir im Krankenhaus. Das ist eine lange Geschichte. Wie geht es Angus? Durftest du zu ihm?«

Ich spüre förmlich ihr Widerstreben, mit mir zu reden. Als wären wir gegensätzlich gepolte Magnete.

»Gestern. Ich habe ihn gestern gesehen.«

»Das muss hart gewesen sein. Hast du etwas herausgekriegt? Hast du Ben deshalb angerufen?«

»Du warst im Krankenhaus? Ist alles in Ordnung?«

»Ja«, sage ich und lege mir die Hand auf den Bauch. »Mit uns ist alles in Ordnung.«

Ich sehe, wie sie begreift. »Ach, Beth. Das ist ja wunderbar.«

»Ja, das ist es. Kompliziert, aber wunderbar.«

»Warst du beim Herbstfest?«

»Ja.«

»Und dein Haus?«, fragt sie. »Ist mit deinem Haus alles in Ordnung?«

Ich lege ihr meine Hand auf den Arm. »Mindy, wenn du weiterhin so nett zu mir bist, breche ich gleich in Tränen aus.«

»Dann lasse ich das lieber.«

»Ja, ich bitte darum.«

Wir lächeln uns müde an.

»Ist das Angus' Freundin?«, frage ich.

»Ja. Und vielleicht seine Retterin.«

»Was weiß sie denn?«

Mindy zuckt die Achseln, dann gehen wir hinein. Detective Donaldson ist in seinem Büro und wirkt erschöpft, weil er die ganze Nacht bei der Organisation der Evakuierung geholfen hat. Sein Schreibtisch ist übersät mit Pappbechern, und in der Luft schwebt wie eine Wolke der Geruch nach abgestandenem Kaffee.

Wir drängen uns an der Tür. Er wirft einen Blick auf den zusammengewürfelten Haufen von Unruhestiftern und schüttelt den Kopf.

»Tut mir leid, Leute, aber heute ist kein Publikumsverkehr. Wir haben die Leitung der Evakuierung an die Staatspolizei übergeben, und ich muss mich zu Hause mal kurz aufs Ohr legen. Alle anderen sind im Einsatz.«

Mindy tritt einen Schritt vor. »Mein Sohn muss frei gelassen werden.«

»Darüber haben wir doch schon gesprochen, Mrs. Mitchell. Seine Anhörung ist morgen früh. Wenn Sie dort mit Ihrem Anwalt erscheinen, werden Sie ihn wahrscheinlich auf Kaution rausbekommen. Aber versprechen kann ich nichts. Möglicherweise betrachtet ihn der Richter als Gefahr für die Allgemeinheit.«

»Angus ist keine Gefahr für die Allgemeinheit«, widerspreche ich. »Das ist doch lächerlich.«

»Wir haben Beweise für seine Unschuld«, fügt Mindy hinzu.

»Welche?«

Mindy sieht Willow an, worauf ihre Mutter sich schützend vor sie stellt.

»Hast du etwas zu sagen, junge Dame?«

Willow krümmt sich unter den Blicken der Versammelten, wendet dann aber den Kopf zur Treppe, wo Deputy Clark gerade Angus vom Keller hochführt. Glücklicherweise hat man ihm keine Gefängniskluft verpasst, aber seine Kleider sind zerknittert, als hätte er darin geschlafen – wenn man in so einer Zelle überhaupt schlafen kann.

»Was ist los?«, fragt er. Seine Stimme ist belegt, als hätte er eine Weile nicht mehr gesprochen.

»Das sollte ich dich fragen«, erwidert Detective Donaldson.

»Er musste auf die Toilette«, erklärt Deputy Clark.

»Das meinte ich nicht. Junger Mann, willst du mit uns reden, oder muss das die junge Frau für dich übernehmen?«

Mindy stöhnt leise und spannt sich an, als wollte sie zu Angus laufen. Ich halte sie am Arm fest. »Ganz ruhig. Sie werden nicht zulassen, dass du ihn berührst«, sage ich leise.

Angus starrt Willow an. Er ist rot geworden, und unter seinen Augen sind tiefe Ringe.

»Verschwinde«, sagt er.

»Genau«, sagt Cathy. »Das halte ich für eine ausgezeichnete Idee.«

Sie zieht Willow am Arm, aber die rührt sich nicht.

»Nein, Mom. Nein. Wir müssen es sagen, Angus. Ich muss es sagen.«

Angus schüttelt weiterhin den Kopf, aber jetzt hat Willow die volle Aufmerksamkeit des Sheriffs.

»Wenn du etwas weißt, musst du es unbedingt zu Protokoll geben. Dein junger Mann hat jede Hilfe verweigert.«

»Er ist nicht ihr junger Mann«, schnappt Cathy.

»Doch, das ist er, Mom. Ich weiß, dass ich dafür Hausarrest bekommen werde, aber Angus ... Er liebt mich, Mom. Und ich liebe ihn.«

Neben mir zittert Mindy wie ein Blatt im Wind. Tränen schimmern in ihren Augen. Ich muss nur einen Blick auf sie werfen, um zu wissen, was sie empfindet: Hoffnung.

»Mach dich nicht lächerlich, du bist erst sechzehn.«

»Was hat das denn damit zu tun? Und was hat das mit dem zu tun, was in jener Nacht passiert ist?«

»Willow«, sagen Cathy und Angus gleichzeitig.

»Nein, Angus. Nein. Du kannst mich nicht mehr schützen. Nicht so.«

Daraufhin lässt sich Angus auf eine Bank sinken und vergräbt das Gesicht in seinen Händen.

Willow geht an ihrer Mutter vorbei und baut sich vor Detective Donaldsons Schreibtisch auf. »Müssen Sie nicht irgendwie festhalten, was ich zu sagen habe?«

Ein paar Minuten später sitzt Willow vor Detective Donaldson, der mit einem aufgeschlagenen Notizblock und einem blinkenden Aufnahmegerät ausgerüstet ist. Willows Mutter hat auf dem zweiten Besucherstuhl Platz genommen, während ich an der Tür stehe. Alle anderen sind des Raumes verwiesen worden.

»Also los, Willow.«

»Tucker Wells und seine Gang haben Angus seit letztem Jahr auf dem Kieker.«

»Wieso?«

»Ich glaube, weil … Tucker ein Auge auf mich geworfen hatte. Er ist ein Widerling. Doch weil er einfach nicht lockerlassen wollte, habe ich ihm eines Tages gesagt, dass ich Angus mag. Ich dachte, dann würde er sich trollen.«

»Und, hat er das gemacht?«

»Eine Weile war er tatsächlich netter zu mir und Angus. Wir haben manchmal zusammen abgehangen. Aber ich hielt ihn immer noch für einen Arsch.«

»Wieso habt ihr dann mit ihm abgehangen?«

Willow zuckt die Achseln.

»Was ist danach passiert?«

»Eines Tages hat Tucker mich aufgezogen, wegen irgendwas Blödem, und da ist Angus ihm entgegengetreten und hat ihm gesagt, er soll mich in Ruhe lassen. Daraufhin wurde Tucker ziemlich wütend.«

»Was hat er gemacht?«

»Er hat ständig auf Angus rumgehackt, Sie wissen schon. Er war einfach saublöd. Aber weil ich wusste, dass Angus mich mag, haben wir beide allein Zeit miteinander verbracht. Heimlich, weil ich mich nicht mit Jungs treffen darf.«

»Hat Tucker davon gewusst?«

»Ja, er hat es irgendwann rausgekriegt. Ab da wurde er richtig ekelhaft.«

»Was hat er gemacht?«

»Angus wird keinen Ärger kriegen, oder?«

»Ich glaube, den Punkt haben wir längst hinter uns gelassen, Willow«, werfe ich ein. »Erzähl Detective Donaldson einfach, was du weißt.«

»Ich leite die Befragung«, fährt Detective Donaldson dazwischen. »Weiter, Willow. Erzähl uns, was passiert ist.«

»Letztes Jahr hat Tucker diese Kurzgeschichte geschrieben, die ihm eine Menge Ärger einbrachte. Die Geschichte, wie er seine Schwester umbringen wollte. Jedenfalls paukten ihn seine Eltern raus, aber er war sauer auf den Lehrer, der ihn gemeldet hatte, also sorgte er dafür, dass ein zerschnittenes Balletttrikot in sein Fach gelegt wurde.«

»Was hat das mit Angus zu tun?«

»Angus hat es für ihn ins Fach gelegt. Es gehörte seiner Schwester. Er kann sich ziemlich gut in alle möglichen Gebäude schleichen, Alarmanlagen umgehen und so. Also knackte er eines Tages den Code zur Tür des Lehrerzimmers und hinterließ das Trikot dort. Damals dachte er noch, Tucker und er wären Freunde. Ich hatte ihm zwar gesagt, man könnte Tucker nicht trauen, aber er hörte nicht auf mich.«

»Was hat das mit dieser Sache hier zu tun?«, fragt Detective Donaldson.

Willow schüttelt den Kopf. »Als Tucker mitkriegte, dass Angus und ich in diesem Sommer zusammen waren, drohte er, Angus zu verraten. Wegen des Balletttrikots.«

»Wann war das?«

»Vor ein paar Wochen. Ich sagte Angus, er sollte Tucker in den Wind schießen. Doch Angus hatte echt Angst vor dem, was die Schule mit ihm machen würde, wenn sie das rauskriegte. Und ich war ziemlich sauer auf ihn.«

»Auf Angus?«

»Ja.«

»Wieso?«

»Weil ich das mit dem Trikot nicht gewusst hatte.«

»Was geschah dann?«

»Letztes Wochenende hatten wir einen Riesenstreit. Dann simste Tucker mir, er und ein paar von seiner Gang würden sich nachts rausschleichen, und da bin ich mit.«

»Um Angus eifersüchtig zu machen?«

Sie nickte. »Ich hab die SMS an Angus weitergeschickt, damit er merkte, dass ich mit denen unterwegs war. Er schrieb sofort, das wäre eine schlechte Idee, aber ich hörte nicht auf ihn. Keine Ahnung, warum nicht.«

»Hast du dich aus dem Haus geschlichen?«

»Ja, und ich hab mich in der Nähe des Stadtplatzes mit ihnen getroffen.«

»Bist du das auf dem Video? Hast du das gesehen?«

»Ja, das bin ich. Ich dachte, es wären auch andere Mädchen dabei, aber als ich ankam, waren es nur Tucker und seine Freunde. Als ich auftauchte, benahm Tucker sich so, als hätte er eine Wette gewonnen oder so. Vorsichtshalber schickte ich Angus eine SMS und verriet ihm, dass wir unterwegs zu John Phillips' Haus wären.«

»Was wolltet ihr da?«

»Tucker ist irgendwie von dem Typen besessen. Ich glaube, die Gang hat ihm schon eine Weile üble Streiche gespielt. Das sind solche Arschlöcher.«

»Was geschah, als ihr dort wart?«

»Wir haben nur an der Feuergrube gesessen. Tucker hat

Bier mitgebracht und kippte eins nach dem anderen weg. Er wollte, dass ich auch was trinke, aber das wollte ich nicht. Dann versuche er mich zu küssen.« Willow senkte den Blick auf ihre Schuhe. »Ich stieß ihn weg, und plötzlich war Angus da und ging Tucker an die Kehle. Die anderen Jungs wollten Angus verprügeln, aber ich sagte, dann würde ich anfangen zu schreien. Angus und Tucker wälzten sich eine Zeit lang am Boden. Angus boxte Tucker richtig fest in die Seite, und Tucker rollte sich ins Gebüsch und kotzte.«

»Was passierte dann, Willow?«

»Tucker und die anderen verzogen sich. Angus brachte mich nach Hause.«

»Das kann nicht alles sein«, sagt Detective Donaldson. »Sonst hättest du uns das viel früher erzählen können.«

»Das konnten wir nicht. Tucker hat ... er hat uns erpresst.«

»Womit denn?«

Daraufhin schweigt Willow eine halbe Ewigkeit, während ihr Gesicht immer röter wird. Sie vermeidet jeglichen Augenkontakt mit ihrer Mutter, die sich entsetzt die Hand vor den Mund geschlagen hat. Schließlich sagt sie: »Mit Fotos.«

»Was für Fotos?«

»Ein paar ... privaten Fotos, die ich für Angus gemacht hatte. Das machen alle Mädchen so«, sagt sie, gleichzeitig trotzig und verlegen.

»Hat Angus dich um solche Fotos gebeten?«

»Nein! Ich wollte ihm bloß zeigen, wie sehr ich ihn mag. Das war echt dumm. Und ich mach's auch nie wieder, Mom, okay? Nie wieder.«

»Wie ist Tucker an diese Fotos gekommen?«

»Ich hatte vergessen, sie von meinem Handy zu löschen. Eines Tages machte er mich an meinem Schließfach an und klaute mir das Handy, als ich gerade nicht hinsah. Da hat er sie gefunden. Ich schätze, er hat sie sofort an sein Handy geschickt. Ich wusste gar nicht, dass er sie hat. Bis letzte Woche.«

»Was wollte er damit machen?«

»Sie an die gesamte Schule verschicken.«

»Aber warum?«

»Weil Angus drohte, allen zu sagen, Tucker hätte das Feuer gelegt. Aus Rache, weil er mich küssen wollte. In Wahrheit wollte er Tucker nicht in Schwierigkeiten bringen. Aber als Tucker sagte, er hätte die Fotos, drohte Angus ihm, er würde ihn sofort bei der Polizei anschwärzen, wenn er die Fotos nicht rausrückte. Doch Tucker wollte das nicht. Da wussten wir nicht mehr, was wir machen sollten.«

»Hat Tucker wirklich das Feuer gelegt?«

»Nein. Das heißt, er hat zwar Feuer in der Grube gemacht, aber es war nur ein ganz kleines und schon fast aus, als die anderen gingen. Also haben Angus und ich das restliche Bier draufgeschüttet, bis es wirklich aus war.«

»Fällt mir etwas schwer zu glauben, angesichts der Umstände.«

»Aber wir wissen, wer das Feuer gelegt hat. Angus und ich. Wir haben es gesehen.«

»Was habt ihr gesehen?«

Willow dreht sich um und zeigt auf jemanden hinter der Glaswand von Detective Donaldsons Büro. John Phillips. »Wir haben gesehen, wie er das Feuer gelegt hat.«

41

Fehler im System

John

In jener Nacht erwachte John aus einem unruhigen Schlaf.

Eigentlich war er gar nicht in den Schlaf gesunken, sondern hatte nur die Oberfläche gestreift, wie jemand in einem Segelboot, der mit den Fingern über die Wasseroberfläche fährt.

Das lag an den verdammten Unterlagen. Am dicken braunen Umschlag auf dem Esstisch. Dort hatte er ihn liegen lassen, nachdem er ihn auf dem Rückweg vom Supermarkt auf der obersten Stufe vor der Haustür gefunden hatte.

Er hätte nicht gedacht, dass man solche Umschläge einfach vor die Tür legt. Nicht, wenn die Unterlagen darin besagten, dass man sein Haus und alles darin verlieren würde, falls man nicht mehr Geld rausrückte, als man in den ganzen siebenundsechzig Jahren seines Lebens je besessen hatte. John fand, solche Unterlagen sollte man einem persönlich überreichen. Um einem die Chance zu geben, sich auf schlechte Neuigkeiten vorzubereiten, bevor man sie öffnet.

Aber so lief das vielleicht nur im Fernsehen. Was wusste er schon. Nur, dass all die *Wiebereitsmehrfachs* und *Infolgedessens* schlechte Nachrichten bedeuteten.

Warum konnten die Leute nicht einfach das schreiben, was sie sagen wollten?

»Weil Sie seit sechs Monaten Ihre Hypothek nicht abbezahlt haben, nehmen wir Ihnen Ihr Haus weg.« Das verstand John. Das hatte er erwartet. Schon seit einiger Zeit. Nur nicht ausgerechnet an diesem Tag, nachdem er sein ganzes Wochengeld für eine Dose Thunfisch mit fast abgelaufenem Haltbarkeitsdatum und ein preisreduziertes Brot ausgegeben hatte. Nicht in Form eines dicken braunen Umschlags, der ganz harmlos vor seiner Haustür lag.

Auf der Suche nach einer bequemeren Position drehte er sich auf seiner klumpigen Matratze herum. Als das Bett laut quietschte, war er vollends wach. Wach und ohne die geringste Ahnung, wie er wieder einschlafen sollte. Nicht mit diesem ... diesem Eindringling im Haus. Denn das war der Umschlag, ein Eindringling in seinem Leben. Tja, aber mit Eindringlingen hatte er nicht zum ersten Mal zu tun, oder?

Mit einem vagen Plan im Kopf schwang er die Beine aus dem Bett und hängte sich den verschlissenen Bademantel über, den Kristy ihm an ihrem letzten gemeinsamen Weihnachtsfest geschenkt hatte. Das war mittlerweile drei Jahre her. Er hätte gern geglaubt, dass sie Mitleid mit ihm gehabt hätte. Doch eine Stimme in seinem Innern sagte ihm, sie hätte nur wie üblich den Kopf geschüttelt und tief an ihrer ewigen Zigarette gezogen.

»Du und deine sinnlosen Pläne«, würde Kristy mit einer harten und heiseren Stimme sagen. John erinnerte sich noch, wie weich und schön ihre Stimme gewesen war, als sie sich im Kirchenchor kennenlernten. Doch das war lange her.

»Amen«, sagte John in die Stille des Zimmers hinein, als könnte Kristy ihn hören. Was sie wohl zu seinem Plan gesagt hätte?

Die Antwort war Schweigen, wie immer seit dem Tag, an dem sie gestorben war.

»Amen«, wiederholte er. Er fand es tröstlich, eine Stimme zu hören, auch wenn es nur seine eigene war. »Das sollte klappen.«

Mit seinem Plan im Kopf band er sich den Bademantel zu, um sich vor der Kälte zu schützen, und schlich die Treppe hinunter. Er musste ganz leise sein. Vorsichtig, um den Eindringling nicht vorzuwarnen. Man konnte nie wissen, wie solche Eindringlinge reagierten, wenn sie ertappt wurden. So kamen Leute ums Leben. Wie dieser achtzehnjährige Mexikaner vor etwa einem Jahr ganz in der Nähe. Er wäre fast gestorben, als er von Rayland Irving in seinem Wohnzimmer ertappt wurde. Rayland ließ ihm nicht die Chance, etwas zu erklären. Er pumpte ihn einfach mit einer Ladung Blei voll und das war's. *Peng, peng!*

Natürlich konnte der Umschlag ihn nicht hören. Er wusste nicht, dass John ein Heftchen Streichhölzer aus der Schüssel im Flur genommen hatte. Dort gab es ganz viele davon, weil er Kristy früher immer welche mitgebracht hatte, damit sie ihr nie ausgingen. Ganz sicher wusste er auch nichts von der Feuergrube hinten auf seinem Grundstück oder was er damit vorhatte.

Ganz leise glitt John mit seinen Füßen über den Boden. Im Wohnzimmer starrte er auf das Streichholzheftchen, in dem sich das Mondlicht spiegelte, das durch die erst gestern geputzten Fenster fiel. In dem stillen Haus konnte er seinen eigenen Atem hören. Grabesstille.

Woher kam der Ausdruck wohl?, fragte er sich, bevor er sich befahl, sich zu konzentrieren.

Er nahm den Umschlag in die Hand, drückte ihn an seine Brust und stieg schnell in die Gummistiefel, die an der Hintertür warteten. Die frisch geölte Verandatür schwang lautlos hinter ihm zu, und dann war er draußen. Draußen war es tatsächlich wärmer als drinnen. Wegen des warmen Winds, der schon den ganzen Sommer wehte, der die Luft, die Bäume und das Gras ausgetrocknet und sich trotz der späten Stunde noch nicht gelegt hatte. Als er durch den Garten ging, knirschte der Boden unter seinen Schritten, als wäre er mit Raureif überzogen. John fragte sich, wo er wohl sein würde, wenn der Schnee kam. Den ersten Schnee hatte er immer geliebt, weil er die ganze Welt in Watte packte und man sich irgendwie isoliert vorkam, ohne sich einsam zu fühlen.

Er erreichte die Feuergrube. Darin lag ein halb verkohltes Holzscheit, eben zu sehen im Mondlicht, das ihm den Weg wies. Ein paar zerquetschte Bierdosen blinkten zu ihm hoch. Die verdammten Kinder waren wieder dagewesen und hatten auf seinem Grund und Boden getrunken. Ein paar Nächte zuvor hatte er sie gehört, aber nicht den Mumm gehabt, sie zur Rede zu stellen.

Keinen Mumm. Das war wieder Kristys Stimme. Tja, jetzt würde er es ihr zeigen, richtig? Er würde es allen zeigen.

Er legte den Umschlag auf die Holzscheite und klappte das Streichholzheftchen auf. Es war alt, hatte jahrelang in der Schüssel Staub gefangen. Er brauchte mehrere Versuche, um ein Streichholz anzuzünden. Als es beim vierten endlich klappte, kniete er sich schwerfällig hin und hielt die gelbe Flamme an eine Ecke des Umschlags. Da der irgendwie beschichtet war, fing er nicht sofort Feuer. Die Flamme leckte an Johns Fingern, worauf er fluchend das Streichholz fallen ließ. Er steckte sich den Daumen in den Mund und lutschte daran, während er zusah, wie das dicke Päckchen Unterlagen langsam Feuer fing.

Als er sicher war, dass es gut brannte und er nichts mehr rückgängig machen konnte, ging er wieder ins Haus.

So sah er nicht, wie sich ein glühendes Stückchen Asche von dem Umschlag in die Luft erhob und sich auf das trockene hohe Gras senkte, das sein Grundstück umgab.

Stattdessen lutschte er an seinem schmerzenden Daumen und schlurfte in seinen knirschenden Gummistiefeln zurück zum Haus.

Vielleicht kann ich ja jetzt schlafen, dachte er.

42

Zusammenrücken

Mindy

Als Mindy Stunden später mit Angus nach Hause kam, warteten Peter und Carrie vor der Haustür auf sie.

Sie waren langsam durch unheimlich stille Straßen gefahren. Der Rauch bildete eine dicke Suppe. Als Mindy einmal die Nebelscheinwerfer anschaltete, verschwand die Welt, als befänden sie sich in einer Schneekugel.

Sie saßen zu viert im Wagen: Mindy, Angus, Willow und Cathy. Cathy war ein einziges Wutknäuel und zerrte an ihrem Sicherheitsgurt wie Carrie, als sie noch klein war und behauptete, der Gurt würde sie strangulieren. Angus und Willow auf der Rückbank sahen aus wie gespiegelt: Jeder in seiner Ecke, eine Hand flach auf dem Sitz, sodass sich ihre Finger berührten.

War etwas Ernstes zwischen den beiden?, fragte Mindy sich. Würde diese Erfahrung sie stärker zusammenschweißen, oder wäre es zu viel für Angus, dass sie ihre Intimsphäre preisgegeben hatte? Beide hatten erklärt, sie hätten John Phillips nicht früher verraten, weil sie dachten, ihnen würde niemand glauben. Sie wollten ihn nicht in Schwierigkeiten bringen und befürchteten, selbst Schwierigkeiten zu bekommen, da sie sich nachts davongeschlichen hatten.

Detective Donaldson wandte ein, das erklärte Angus' Schweigen nach dem Auftauchen des Videos nicht. Angus erwiderte, Tucker hätte wieder damit gedroht, sofort die Fotos zu veröffentlichen, sollte er etwas sagen. Schließlich hatte Tucker in jener Nacht tatsächlich ein Feuer gemacht. Er wusste nicht, dass sie gesehen hatten, was John Phillips später machte. Tucker glaubte, dass er der Verursacher des Brandes war. Angus wusste nicht, wie er das erklären sollte, ohne dass alles herauskam. Die Fotos. Die Erpressung. Dieses Risiko konnte er nicht eingehen. Außerdem war es seine Schuld, dass Willow in Schwierigkeiten steckte. Er hatte solche Fotos einmal erwähnt – im Scherz, das schwor er. Aber sie hatte trotzdem welche gemacht, und das war dabei herausgekommen. Er verdiente es, bestraft zu werden, oder etwa nicht?

Mindy war starr vor Staunen, wie verantwortungsvoll und wie naiv ihr Sohn war. Sie erkannte, dass er die Tragweite seiner Entscheidungen nicht erfasst hatte. Wie ein Jugendlicher, der raucht, aber den Gedanken an Lungenkrebs von sich schiebt. Nicht, weil er nicht an die Gefahr glaubt, sondern weil er sich durch seine Jugend für unbesiegbar hält. Seine Zukunft stand nicht fest, konnte geformt und korrigiert werden.

Als sie Cathys Haus erreichten, zerrte diese Willow aus dem Wagen, bevor er richtig zum Halten gekommen war. Willow riss sich von ihr los und ging auf Angus' Seite hinüber. Er hatte sein Fenster heruntergekurbelt, und sie lehnte sich hinein und küsste ihn kurz. Dann drehte sie sich um und rannte ins Haus.

Kurz darauf erreichten sie schweigend ihr Zuhause. Peter und Carrie standen auf der Türschwelle, als hätten sie am Fenster nach ihnen Ausschau gehalten. Zum ersten Mal seit einem Jahr ließ Angus sich von seinem Vater und seiner Mutter umarmen. Er drückte sie an sich, so heftig und lang wie früher, wenn er nach einem Monat Sommercamp zurückgekehrt war und keine Freunde dabei waren, die ihn auslachen konnten, weil er sich wie ein Mädchen benahm.

Als er sie schließlich losließ, marschierte er direkt unter die Dusche, rief Peter aber über die Schulter hinweg zu, er würde ihm alles erzählen, sobald er sich den Knastgestank von der Haut geschrubbt und seine Klamotten verbrannt hätte. Carrie quietschte vor Lachen über seine Wortwahl, und er warf ihr ein Lächeln zu, das Mindy schon lange nicht mehr gesehen hatte.

Sie wollte sich Sorgen machen, ob er oder einer von ihnen je in der Lage sein würde, die Erinnerungen, Zweifel und Anspannungen dieser Woche abzuschütteln. Sie rief sich dann aber streng zur Raison. Das würde sie nie wieder tun, sondern sich an ihr neues Selbstbewusstsein klammern. Sie fühlte sich wie ein alter Motor, der nach einem letzten Versuch doch noch angesprungen war. Ihre Entschlossenheit drohte nachzulassen, doch sie gab weiter Vollgas. Dadurch war sie gleichzeitig in Hochstimmung und erschöpft.

Die Gnadenfrist war kurz. Als Carrie sich in die Garage zurückzog, *weil das ganze Drama mein Training ernsthaft gefährdet*, setzte Peter den Wasserkessel auf, um Tee zu kochen. Er erklärte ihr, sie müssten eine Entscheidung treffen. Das Feuer war noch nicht unter Kontrolle, und es gab eine Evakuierungsempfehlung für den gesamten Ort.

»Ich finde, wir sollten das Haus verlassen«, sagte Peter.

»Angus ist gerade erst heimgekommen.«

»Ich weiß. Aber ich will nicht überstürzt aufbrechen, wenn es wirklich gefährlich wird. Man hat mir erzählt, was beim Herbstball passiert ist. Wusstest du, dass fünfundzwanzig Gäste ins Krankenhaus mussten?«

»Elizabeth.«

»Was ist mit ihr?«

»Sie war auch im Krankenhaus.«

»Du hast mit ihr gesprochen?«

»Sie war auf der Polizeiwache. Ich hatte Ben gebeten, sie dort hinzubringen, nur für den Fall, dass Detective Donaldson Willow nicht anhören würde.«

»Das kannst du mir alles im Wagen erzählen.«

»Wohin sollen wir denn? Zur Grundschule?«

»Ich dachte, wir fahren etwas weiter weg. Wie wäre es mit dem Zion National Park? Da wollen wir doch seit Langem mal hin.«

»Du willst ausgerechnet jetzt zelten fahren? Und die Schule? Deine Arbeit?«

»Ich habe Jim angerufen. Er ist einverstanden, dass ich mir zwei Wochen freinehme. Dann habe ich telefoniert. Es gibt direkt beim Nationalparkeingang ein Hotel oder eher ein Motel, das gerade ein Sonderarrangement anbietet. Ich glaube, es wäre gut. Für Angus. Und für uns.«

Mindy schwirrte der Kopf. In den letzten Tagen hatte sie sich nur darauf konzentriert, Angus aus seinen Schwierigkeiten zu retten. Jeden Gedanken an das, was danach sein würde, hatte sie aus ihrem Kopf verbannt. Die Schwierigkeiten hatten sich gelöst. Was sollten sie jetzt tun? Wie sollten sie sich davon erholen und weitermachen? Sollte Angus zur Schule gehen, vorausgesetzt, eine Schule gab es dann noch, und sich dort weiter durchkämpfen, wo er aufgehört hatte? Was war mit ihr und Peter? Mit dem Leben, das sie noch vor einer Woche geführt hatte? Spinning, Haushalt und sonst nichts, ehrlich, gar nichts, das mit der Zukunft zu tun hatte, die sie sich früher vorstellte.

»Ja. Ist gut. Fahren wir.«

Sie neigte sich zu Peter und überraschte sie beide, als sie ihn so heftig küsste wie auf der Party, auf der sie sich kennengelernt hatten.

»Danke«, sagte sie. »Danke, dass du dir das überlegt hast.«

»Es ist unsere Familie, Mindy.«

»Ja. Eine gute Familie.«

»Ich fange an, den Wagen zu packen. Kannst du Carrie aus der Garage locken?«

»Dieses Motel hat nicht zufällig irgendwo eine Ballettstange?«

Er lächelte. »Kein Ort ist perfekt.«

»Dieser Ort war es. Jedenfalls fast.«

»Wir müssen nicht perfekt sein«, sagte Peter. »Begnügen wir uns mit dem Normalen.«

Es war ganz einfach, Carrie aus der Garage zu locken. Mindy hatte kaum das Wort *Urlaub* ausgesprochen, da sprintete Carrie schon, *tapp, tapp, tapp*, ins Haus und erkundigte sich über die Schulter hinweg, ob es einen Pool gäbe.

Mindy rief ihr nach, sie sollte ihren Vater fragen, war sich aber nicht sicher, ob sie sie noch gehört hatte. Als jemand, dessen Glück oft durch andere kam, spürte Mindy, wie Carries Freude sie erfüllte. Alles würde gut werden. Das war genau das, was sie jetzt brauchten.

Mindy ging zur Garagentür und öffnete sie. Sie nahm Rucksäcke und Thermosflaschen aus den Kisten, in denen sie aufbewahrt wurden, brachte sie zu Peters Wagen und stellte sie dort ab.

Es würde bei ihnen allen Wunder wirken, dachte sie mit brennenden Augen, endlich wieder frische Luft zu atmen. Den klaren Himmel ohne Rauchschwaden zu sehen. Oder waren das Wolken? Das konnte niemand sagen.

Sie ging zurück in die Garage und sah sich um, ob noch etwas auf- oder weggeräumt werden musste, doch es war alles in Ordnung. Da fuhr sie mit der Hand über Carries Ballettstange: glattes, glänzendes Holz, das an Carries Stammplatz etwas mehr schimmerte. Sie legte ihre Hand auf genau diese Stelle und brachte ihre Füße in die erste Position. Zum ersten Mal, seit sie der vierjährigen Carrie die Grundpositionen gezeigt hatte. Ihr rechtes Knie protestierte gegen die Auswärtsdrehung, dennoch ließ sie sich zuerst in ein Demi-Plié und dann in ein Plié sinken. Vielleicht sollte sie, wenn sie wieder zu Hause wären, den Ballettkurs für Erwachsene besuchen, der in Carries Studio angeboten wurde. Und sich eine Arbeit suchen. Etwas anderes als die ehrenamtlichen Aufgaben, die sie gehasst hatte. Sie hatte eine vage Idee, wollte sie aber nicht aussprechen, nicht mal vor sich selbst. Noch nicht.

»Carrie sieht genauso aus wie du«, bemerkte Elizabeth.

Mindy fuhr herum, weit weniger anmutig, als sie sich gewünscht hätte.

»Ich sehe bestimmt komisch aus.«

»Nein«, widersprach Beth. Sie hatte immer noch die Krankenhauskluft an.

Weil sie kein Zuhause mehr hat, in das sie zurückkehren kann, dachte Mindy. Jedenfalls nicht sofort. Und vielleicht nie mehr.

»Ich habe mir immer gewünscht, Ballett zu können.«

»Das könntest du lernen. Jeder kann das.«

Elizabeth zuckte die Achseln. »Ich werde bald viel zu dick für jegliche Art von Bewegung sein.«

»Trotzdem ist das einfach eine großartige Neuigkeit.«

»Das stimmt.«

Dann standen sie da und sahen sich an. Mindy konnte sich nicht erinnern, dass sich je so langes Schweigen zwischen ihnen ausgebreitet hätte. Von Anfang an waren sie vollkommen unbefangen miteinander umgegangen, hatten munter geplaudert und getratscht, sich aber auch ernste Dinge erzählt. Doch im letzten Jahr hatte sich alles nur in Mindys Kopf abgespielt, verdüstert durch tiefe Reue.

»Was machst du hier, Elizabeth? Brauchst du etwas?«

»Ben hat mich gebracht.«

»Ach, verstehe.« Mindy spürte, wie ihr die Tränen kamen, und wandte sich ab. »Tja, wir wollten gleich los, also wenn es nichts Wichtiges …«

»Komm schon, Min. Natürlich gibt es was Wichtiges.«

»Etwas, das Bens Meinung nach geklärt werden sollte?«

»Ja, aber meiner Meinung nach auch.«

»Und was?«

»Es tut mir leid. Aufrichtig leid. Ich war gemein zu dir. Ich habe dich ausgesperrt, weggestoßen, weil ich alle wegstoßen musste. Das habe ich dir und Ben angetan. Deswegen habe ich fast alles verloren.«

»In meinen Augen scheinst du alles bekommen zu haben, was du wolltest.«

Da entfuhr Elizabeth ein Lachen, so unerwartet und heftig, dass sie sich mit gerunzelter Stirn an die Seite fasste.

»Ist alles in Ordnung?«

»Ich hatte Krämpfe, aber der Arzt meinte, das wäre nicht schlimm.«

»Aber es fühlt sich bestimmt schlimm an, oder?«

»Nein. Eigentlich nicht.«

»Was war dann so lustig?«

»Wenn du wüsstest, wie viel in letzter Zeit bei mir schiefgelaufen ist …«

»Dann erzähl doch mal.«

»Sofort?«

»Nein, wir machen ein paar Wochen Ferien. Vielleicht wenn wir wieder da sind?«

»Das würde ich gern. Wirklich.«

»Ich auch«, sagte Mindy. »Mir tut es ebenfalls leid. Dass ich gesagt habe, du wärst selbst schuld, dass du nicht schwanger werden konntest. Das war einfach gehässig von mir. Du kannst dir nicht vorstellen, wie schrecklich ich mich gefühlt habe.«

»Oh doch, das kann ich.«

Damit trat Elizabeth einen Schritt auf sie zu und umarmte sie.

»Du hast mir wirklich gefehlt, weißt du das?«

»Du mir auch.«

43

Es riecht nach Regen

Elizabeth

Nachdem ich mich von Mindy verabschiedet habe und wieder ins Auto gestiegen bin, weiß ich nicht, wohin wir sollen. Ich schlage Ben vor, zu seinen Eltern zu fahren. Doch er erwidert, er habe schon mit ihnen geredet, sie ruhten sich aus, und außerdem wolle er nicht dorthin. Er fühle sich zu rastlos, sagt er. Vielleicht solle man in ein Hotel gehen.

»Es ist alles ausgebucht«, entgegne ich. Vor ein paar Tagen hatte ich das nachgeprüft, als ich dachte, ich müsste das Haus von Bens Eltern verlassen und mir vorübergehend etwas anderes suchen. Im Augenblick gibt es nur freie Zimmer in Hotels, in denen sich höchstens Bens Eltern eine Übernachtung leisten können.

»Was schlägst du also vor?«, fragt Ben und zuckt nervös mit einem Bein.

»Du scheinst ja wirklich sehr unruhig zu sein.«

»Ja. Ich … ich weiß einfach nicht, was ich mit mir anfangen soll.«

Mich überkommt der seltsame Drang, Dusty Springfields *I Just Don't Know What to Do With Myself* anzustimmen, allerdings in der Version der White Stripes. Aber ich kann nicht singen, außerdem wäre das echt albern, oder?

»Wir könnten zu mir ins Büro fahren«, schlage ich vor. »Ich habe dort Wechselklamotten. Dann sehen wir weiter.«

Er stimmt mir zu. Ist das ein gutes Zeichen oder nur ein Zeichen dafür, dass er zu seiner schwangeren und wahrscheinlich obdachlosen zukünftigen Exfrau nett sein will? Vielleicht ist es ihm einfach nicht in den Sinn gekommen, dass wir von nun an getrennte Wege gehen könnten. Dass er mich nicht mehr herumchauffieren muss. Dass er alle Leinen, die uns aneinanderbinden, lösen und einfach davonsegeln kann. Da habe ich schon wieder das Baby vergessen und begreife: Er macht sich Sorgen um sie oder ihn. Er bleibt bei mir, weil ein Teil von ihm in mir ist. Irgendwann in nächster Zeit wird er mir das sagen. Wenn er sich beruhigt hat. Wenn ich mich nicht mehr unter Krämpfen krümme.

Wenn ich ihm sage, dass er ruhig gehen kann.

Ben setzt mich am Büro ab und verkündet, er wolle versuchen, ein paar Sandwichs aufzutreiben.

»Wenn der Sandwichladen noch nicht aufgegeben wurde«, sagt er grinsend. Die Möglichkeit besteht durchaus. Die Fahrt von Mindy hierher war wie die Besichtigung eines Filmsets: Alles wirkte wie Kulisse, wie bemalte Pappansichten einer unbekannten Stadt.

Ich finde die Ersatzklamotten, an die ich mich erinnert hatte, in der Schublade meines Schreibtischs: Yogahose und ein langes Sweatshirt. Es gibt sogar frische Unterwäsche, Strümpfe und einen BH. Als ich meinen Job hier anfing, dachte ich mir, ich müsste vielleicht meine Kleider wechseln, nachdem ich einen Müllcontainer durchwühlt hätte oder einem widerspenstigen

Zeugen nachgejagt wäre. Ehrlich gesagt sah ich mich wie Laura Holt aus *Remington Steele*, dreckverschmiert und zerzaust in voller Aktion, während Rich sich aufs Zugucken beschränkt. Nur dass Rich nicht Remington Steele ist, ganz im Gegenteil.

Ich entdeckte Rich an seinem Schreibtisch, vor sich eine geöffnete Flasche Whisky. Es ist das erste Mal, dass ich ihn in Jeans und T-Shirt zu Gesicht bekomme. Er sieht ganz anders aus als sonst, bis auf seine ewigen Cowboystiefel.

Er starrt aus dem Fenster auf den Peak, das Feuer, die verlassene Stadt. Ich überlege, wo in diesem Chaos sein Haus steht, aber es will mir nicht einfallen. Wahrscheinlich irgendwo in Sicherheit, wie das von Bens Eltern oder seiner Schwester. Auf der Suche nach einem bestimmten Foto überfliege ich den Raum. Ich entdecke es an seiner Egowand: ein Bild von ihm, Honor und Tucker. Seine Hand auf Tuckers Schulter.

»Haben Sie es gehört?«, frage ich. »Das von John Phillips?«

»Ich komme gerade von einer Besprechung mit Detective Donaldson.«

»Also lag ich falsch.«

»Sieht so aus.«

Ich nehme auf dem Stuhl vor ihm Platz und überlege, ob ich laut aussprechen soll, was mir durch den Kopf geht. Er könnte mich auf der Stelle feuern. Ehrlich gesagt habe ich keinerlei Beweise, nur meine Intuition, die sich in letzter Zeit als nicht besonders verlässlich erwiesen hat.

Was soll's! Heute ist der Tag, an dem ich so viel klären will wie möglich.

»Sie waren die undichte Stelle, stimmt's?«

Er wendet den Blick zu mir. »Wie bitte?«

»Das Überwachungsvideo. Sie wussten, dass Tucker etwas mit der Sache zu tun hatte, und Sie wussten auch, wenn das Video veröffentlicht würde, nähme die Polizei Tucker seine Geschichte eher ab und gäbe Angus die Schuld.«

»Das ist lächerlich.«

»Sie haben mich von Anfang von ihm ablenken wollen. Ich sollte keine Befragung an der Schule durchführen und nur in Richtung John Phillips ermitteln.«

»John Phillips ist schuldig.«

»Das wussten Sie damals nicht. Sie dachten, Tucker hätte das Feuer ausgelöst. Warum? Hat Honor Ihnen etwas erzählt? Zum Beispiel, dass Tucker in der betreffenden Nacht nicht zu Hause war?«

Richs Augenlider flattern.

»Das war es, oder? Als John Phillips auf einen Jungen zeigte, ohne zu wissen, dass es Tucker war. Honor kam zu Ihnen, stimmt's? Sie wusste, dass er in jener Nacht unterwegs war, und dachte, er hätte das Feuer verursacht. Deshalb hat sie auch so eifrig in der Notunterkunft gearbeitet.«

»An Ihrer Stelle wäre ich vorsichtig, Elizabeth. Ganz, ganz vorsichtig.«

»Sie haben ein ziemliches Risiko auf sich genommen. Ihren Job aufs Spiel gesetzt. Sie müssen Tucker sehr lieben. Er ist wie ein Sohn für Sie, stimmt's?«

»Wir konnten keine Kinder bekommen«, sagt er nach kurzem Zögern und dreht den Ehering an seinem Finger.

»Was ist mit Angus? Und mit John Phillips? Haben die nicht Ihren Schutz verdient?«

»Es hätte niemand ahnen können, dass dieser Junge bereitwillig die Schuld auf sich nimmt. Wieso sollte er das tun?«

»Weil Ihr Neffe ihn und seine Freundin erpresst hat.«

Rich schaudert es, er trinkt einen Schluck von seinem Whisky. »John Phillips war schuld. Das habe ich von Anfang an gesagt.«

»Ja, er war schuld«, bestätige ich. »Aber das ist nicht das Entscheidende.«

»Ich glaube, Sie sollten gehen.«

Ich stehe auf. »Meine Sachen hole ich später ab.«

»Wir haben den Schuldigen«, erklärt Rich, als hätte er mich nicht gehört. »Was zählt, ist das Ergebnis.«

»Das dachte ich früher auch. Heute bin ich mir nicht mehr so sicher.«

Draußen wartet Ben im Wagen auf mich, mit einer Tüte Sandwichs auf meinem Sitz und zwei Softdrinks in den Getränkehaltern. Als er mich fragt, wohin wir sollen, würde ein Teil in mir am liebsten antworten: Machen wir es wie Mindy und Peter, packen wir unsere Sachen und hauen einfach ab. Aber genau das habe ich schon mein ganzes Leben lang getan. Ich bin nirgendwo lange geblieben, sondern einfach immer weitergezogen. Ich habe es auf meinen Job geschoben, dabei war es meine Lebenseinstellung. Nur keine Wurzeln schlagen. Mein Leben aufs Spiel setzen. All meine Handlungen mit dem Heldentum bemänteln, das zu meinem Job gehört.

Ich muss lernen zu bleiben. Auszuharren. Wurzeln zu schlagen. Mit Ben oder ohne. Das schulde ich unserem Kind.

Das schulde ich mir.

»Willst du das Feuer beobachten?«, frage ich.

Ohne ein Wort legt Ben den Gang ein und fährt uns zum Arts Center – so nah ans Feuer wie möglich, ohne dass wir jemandem im Weg stehen.

Er parkt den Wagen, dann steigen wir aus. Es fühlt sich so

an, als käme ein Wetterumschwung. Unter dem Rauch liegt ein Geruch in der Luft, den ich nicht einordnen kann. Aber wir können nicht lange herumstehen, denn um uns rieselt Asche zu Boden, und das Atmen fällt schwer. Ich folge Ben ins Center. Gestern herrschte dichtes Gedränge, jetzt ist es menschenleer wie der Rest des Orts. Auf einem Tisch knackt ein Funkgerät, das ein Feuerwehrmann vergessen hat. Ich nehme es und spitze die Ohren.

Als ich Karas Stimme höre, drücke ich auf *Senden*.

»IC Panjabi, hier spricht Martin«, sage ich. »Kannst du mir den Status durchgeben?«

»Schön, deine Stimme zu hören, Martin«, ertönt kurz darauf ihre Stimme. »Wir haben ziemlich viel zu tun.«

»Verständlich.«

»Ich habe gerade den neuen Status durchgegeben.«

»Gibst du mir dein Handy?«, frage ich Ben.

Ich rufe *ForestFires.com* auf und lade den neuesten Statusbericht hoch. Es gibt Hoffnung. Das Feuer wurde am Berggrat aufgehalten und zurückgedrängt. Momentan kann es nicht den Abhang zu unserem Haus hinunterlaufen.

»Brauchen wir ein neues Haus?«, fragt Ben.

»Vielleicht nicht.«

»Mir hat unser Haus immer gefallen.«

»Ich liebe dieses Haus.«

Das Funkgerät knackt wieder. »Bist du noch da, Martin?«, fragt Andy.

»Ja, Thomas. Alles in Ordnung bei dir?«

»Positiv. Und bei dir?«

Ich suche Bens Blick. »Positiv.«

»Pass auf dich auf«, sagt er, dann höre ich nur noch statisches Rauschen.

Ich lege das Funkgerät zurück und warte darauf, dass Ben etwas sagt.

»Anständiger Kerl«, bemerkt er schließlich. »Andy.«

»Ja, das ist er.«

»Ich hab's jetzt verstanden. Irgendwie.«

»Was denn?«

»Das da«, sagt er und weist mit ausgestrecktem Arm auf den Peak. »Das Kämpfen. Was du all die Jahre gemacht hast. Als ich Andy gestern Nacht geholfen habe, da habe ich mich irgendwie so lebendig gefühlt wie noch nie zuvor. Nützlich.«

»Das ist das Adrenalin.«

»Klar, kann sein. Aber wir haben wirklich etwas bewirkt. Ich möchte nicht, dass du das aufgibst.«

»Im Ernst? Neulich hast du gesagt, dass du meinen Job hasst.«

»Ich hasse es, dass er dich mir immer wieder wegnimmt. Aber seit deiner Kündigung warst du unglücklich. Ich habe ein schlechtes Gewissen deswegen.«

»Du hast mich nicht gebeten zu kündigen. Im Gegenteil, wenn ich mich recht erinnere, wolltest du mich davon abhalten.«

»Aber ich habe nicht ernsthaft genug Gegenwehr geleistet. Was ich hätte tun sollen. Ich hätte wissen müssen, wie wichtig das für dich ist.«

»Was du tust, ist auch wichtig. Denk an all die Kinder, denen du hilfst.«

»Du meinst Kinder wie Tucker?«

»Okay, ihm vielleicht nicht. Doch man weiß ja nie, vielleicht ist das ein Wendepunkt für ihn.«

»Vielleicht. Und für uns?«

Mir wird der Mund trocken. Vermassle es nicht, Elizabeth. Wage es ja nicht!

»Das wünsche ich mir mehr als alles andere, aber nur wenn ...«

»Wenn wir einander wirklich verzeihen?«

»Ja. Kannst du das?«

»Ich möchte es. Und du?«

»Ich möchte das auch. Ich will mir selbst verzeihen.«

»Wie stellen wir das an?«

»Das fragst du mich? Ich bin die Idiotin, die dachte, eine Scheidung würde unsere Probleme lösen.«

Da muss er lachen. So wie ich eben bei Mindy lachen musste. Frei. Offen. Als wäre Glück möglich.

»Das war vielleicht nicht deine klügste Idee.«

»Du warst einverstanden.«

»Ja, war ich.«

»Das hat uns an diesen Punkt gebracht.«

»Ja, hat es.«

»Also war es vielleicht doch keine so dumme Idee«, sagen wir wie aus einem Munde. Dann lächeln wir wie immer, wenn wir etwas gleichzeitig sagen. So wie am frühen Dienstagmorgen, nur dass es uns diesmal an das Gute erinnert, was vor uns liegt, und nicht an das, was längst vergangen ist.

Als Ben mir seine Hand entgegenhält, ergreife ich sie, worauf er meine Finger fast ein wenig zu fest drückt. Ich schließe kurz die Augen, um die Gefühle zurückzudrängen, die mich jeden Moment zu überwältigen drohen. Dann höre ich in der Ferne ein lautes Klatschen, und mir wird klar, was ich in der Luft gerochen habe.

»Regen«, sage ich und öffne die Augen.

»Was?«

Wir blicken aus dem Fenster. Der Wind hat aufgefrischt, kommt aber jetzt anscheinend aus einer anderen Richtung.

Zum ersten Mal an diesem Tag können wir den Peak sehen. Auf dem Grat flackern keine Flammen mehr, obwohl die Rauchwolke noch finster darüber aufragt. Nun waltet noch eine andere Kraft. Hinter dem Gipfel drängt eine riesige Gewitterwolke heran. Während wir zusehen, schluckt sie zuerst den Rauch und dann den Peak mit dem Feuer, als wollte sie die ganze Stadt verschlingen. Sie ist schwarz und dräuend und sieht aus wie ein Schwarm Dementoren, der sich gierig einer Gruppe Zauberer nähert.

Blitze zucken am Himmel, und Donnerschläge knallen und grollen so nahe, dass mir die Ohren klingeln. Die Wolken umhüllen unser Haus, und dann regnet es, zuerst ein paar Tropfen nur, doch unmittelbar darauf in Sturzbächen.

Regen, Regen, *Regen.*

»Willst du raus?«, frage ich.

»Ist das dein Ernst?«

»Warum nicht?«

Ich ziehe ihn an der Hand zur Tür und drücke sie auf. Dann treten wir hinaus in den Platzregen, ohne zu zögern, so wie ich früher ins Meer ging. Wir werden eins mit dem Gewitter, lassen das reinigende Wasser auf uns herniederprasseln. Innerhalb von Sekunden sind wir nass bis auf die Knochen, doch der Regen ist so warm, dass er sich kaum von unserer Körpertemperatur unterscheidet.

Wir können zwar nichts sehen, aber Ben hält meine Hand fest umschlossen. Tief in meinem Innern weiß ich, dass alles gut wird.

DANK

Man könnte meinen, das Schreiben würde nach fünf Büchern und einer Erzählung (!) einfacher, doch weit gefehlt.

Daher schulde ich meinen Dank:

Cam, Therese, Kathleen und Lisa, weil sie die ersten Fassungen gelesen und mir erklärt haben, dass dieses Buch kein Mist ist. Und Allie, die darauf bestanden hat, dass ich es überhaupt schreibe.

Meiner Mom für das ständige Korrekturlesen und die Smileys an den Seitenrändern.

Therese, Therese und Kathryn für ein wunderbares Autorenretreat, wo ein Teil dieses Buch geschrieben wurde. Ich habe schon die Hand für die nächste Runde gehoben.

Meinen Freunden, weil sie mir den Rücken freihalten, mich zum Lachen bringen und unterstützen, wenn ich mich in dieses seltsame Abenteuer begebe.

David, weil er das Klicken meiner Tastatur erträgt, während wir gemeinsam vor dem Fernseher sitzen sollten.

Meinen vier Neffen Owen, Liam, William und Anders, weil sie mein Leben reicher machen.

Meiner Lektorin Tara Parsons für ihre unbändige Begeisterung. Dem ganzen Team bei *Lake Union* für seine wunderbare Arbeit an diesem Buch und an *Letzte Nacht*.

Meiner Agentin Abigail Koons, die immer auf meiner Seite ist und es mir ermöglicht weiterzuschreiben.

Meinen Autorenkollegen Adrian Wills und Martin Michaud für ihre Mitarbeit an anderen Projekten, die hoffentlich irgendwann ebenfalls veröffentlicht werden.

All meinen Lesern, die mir ermöglichen, weiterhin mit Träumen meinen Lebensunterhalt zu verdienen.

Den Mitgliedern der *Fiction Writers Coop* für ihre Unterstützung, ihr Lachen und ihre Klugheit.

Und Shawn Klomparens, der mir den Ort Jackson Hole gezeigt hat.